HE SHENG

文猛／著

河 生

四川人民出版社

图书在版编目（ＣＩＰ）数据

河生 / 文猛著 . —成都：四川人民出版社，
2024.6
ISBN 978-7-220-13639-9

Ⅰ.①河… Ⅱ.①文… Ⅲ.①散文集—中国—当代
Ⅳ.① I267

中国国家版本馆 CIP 数据核字 (2024) 第 068645 号

HE SHENG

河 生

文猛 著

出 品 人	黄立新
责任编辑	王定宇　舒晓利
装帧设计	张迪茗
责任校对	母芹碧
责任印制	祝 健
出版发行	四川人民出版社（成都三色路238号）
网　址	http://www.scpph.com
E-mail	scrmcbs@sina.com
新浪微博	@四川人民出版社
微信公众号	四川人民出版社
发行部业务电话	（028）86361653　86361656
防盗版举报电话	（028）86361661
照　排	成都木之雨文化传播有限公司
印　刷	四川机投印务有限公司
成品尺寸	170mm×240mm
印　张	23.75
字　数	360千字
版　次	2024 年 6 月第 1 版
印　次	2024 年 6 月第 1 次印刷
书　号	ISBN 978-7-220-13639-9
定　价	68.00 元

跟着河流走远方

浦里河流过我的家乡，浦里河并没有从我的村庄流过。浦里河和我的村庄隔着一坡叫三百梯的高坡，隔着竹子槽、纸厂沟、望乡坡、大松林，因此，关于浦里河和我村庄的描述，应该是"浦里河从我们村边流过"。

我出生在一个叫白蜡湾的山村，村子里有山，山不高，也算不上秀。村子里没有河，连一条能够长流的小溪也没有。

山也许清，水却不秀。

城里人去工作叫上班，乡里人去工作叫上坡。坡是阳光最充足的地方，坡是庄稼生长的地方，坡是祖先躺着的地方，坡是黄土最疼人的地方，坡是山最平缓的地方。

回忆故乡那些叫坡的地方，它们喂养了我们红苕、洋芋、玉米、高粱、大豆，每一片坡都叫我们刻骨铭心。在这里，我不想去触动那些与饥饿有关的记忆软肋，我只想记录一处坡，一处长不出粮食却长满了野花长满了伫望长满了泪水长满了乡愁的高坡——

望乡坡。

故乡白蜡湾对面的高坡。

望乡坡上住着祖先，从家门出发，到纸厂沟取了漫天飞舞的纸钱，抬上望乡坡，这就是祖先们的一生。祖先们没有什么关于风水关于宝地之类复杂的心思，把自己交给望乡坡，因为望乡坡望得见故乡，望得见血脉相连的亲人，望得见炊烟犬吠和山路一般坑坑洼洼的心思，因为望乡坡上阳光最先照到，坡上那么暖和。

望乡坡上哭着远嫁的女子——"巴山豆，叶叶长，巴心巴肝想我娘。娘又远，路又长，哥哥留我过端阳，嫂嫂嫌我吃饭多，拿起扁担打哥哥，大哥送到朝门口，二哥送到望乡坡，妹啊妹，这回去了哪回来？石头开花马生角，公鸡下蛋回家来……"喜庆的唢呐，灶台上的油灯，黄土屋里的木梳，村头大槐树下朦胧的爱情……走过望乡坡，翻过黄葛垭，未来岁月的风雨，那只是泪雾般的无知无底……

望乡坡上哭着远行的乡亲——"走出村口你望一望，家中爹娘泪汪汪。纸厂沟中你望一望，跪拜祖先泪汪汪。望乡坡上你望一望，思乡人儿泪汪汪。黄葛垭口你望一望，远行之路泪汪汪……"弯弯的小河，青青的山岗，美丽的村庄……悲欢离合，生离死别，你成就，你落魄，割舍不去的永远是故乡……

望乡坡那边是什么？望乡坡远方是什么？

我就向往一条河。

为了看河，我经常编出很多让父母点头的理由，大约这就是一个乡村孩子关于文学创作的"童子功"。

坐在河边，静静地看河。仰头看天，连绵的群山挡住了我很多的想象；低头看河，河总能给我远方的向往，我知道河会走向大河大江大海。对河的向往就像一枚种子在心中长大。走在大地之上，见到河，我就莫名地兴奋、莫名地幸福，总会不能自已地奔向河流，看水听水，随波逐流，我的心中也长出一株河树——河树的根在浦里河。

我一直想给流过家乡的浦里河写一些文字，古往今来写河写水的作家太多，那也是一道生生不息的文字的河流。

我不敢动笔，对于浦里河，我有着无尽的愧疚。

三年前一个槐花盛开的时节，故乡邀请我回去。父母在，故乡是春节的故乡；父母走了，故乡是清明节的故乡。在不是春节不是清明节的日子让一种邀请喊回故乡，这是第一次，这是浦里河的呼唤吗？

沿着浦里河逆流而上，走过我读书的中学、小学，走过浦里河边那些古桥、古镇、古村，走过我放牛、割草的那些山湾沟坡坪，我突然发现，我是跟着一条河出发，跟着一条河长大，人往前走，河往远方流。

笔下就有了《逆流而上的乡愁》，记录着我今天回家的路，记录着昨天那些故乡的事。"离开故乡多年，我们不能走出故乡人语言的河流，不能走出故乡给我们的序列，不管我们走得多么遥远，多么辉煌，这个位置都会为我们保留。只要我们回来，就要填补进来，成为这个序列运转的部分，发挥我们的作用，承担我们的责任。"这就是我故乡的《清明上河图》，故乡记着你所有的事。

我始终关注着乡村的变化，我害怕乡村变化，我也害怕乡村没有变化，这是我一直纠结的心思。走进乡村，我有着无尽的创作激情和创作冲动，因此就有了一系列反映乡村振兴和生态环境保护的散文：《乡村的封面》《乡村改版》《恒合开篇》《味上梁平》《穆杨沟的冬天》《古道长堰柴火香》《问山》《给你一条江》等等；有了一系列记录让我感恩、感动的乡村人物的散文：《民强"李队长"》《童油匠改门记》《开满鲜花的村庄》等等。"我们站在大门口，童油匠指给我看，我发现镇里通向兰草的柏油公路已经修好，公路伸向村口，然后是一条条人行便道通向各家和茶山。村口修建了一个很大的广场，广场上矗立着一把巨大的茶壶，茶壶口叮叮咚咚地流淌着山里的泉水。广场正中是兰草村便民服务中心大楼，大楼上飘扬着鲜艳的五星红旗，童油匠家的大门正对着的就是那面鲜艳的五星红旗……"他们是我永远牵挂的时光河流上的浪花。

我一直在回眸我们的乡村我们的城市，总想在历史的长河中记录下我们的故事我们的心思，于是就有了：《乡村章节》《庄稼地上长工厂》《城市烟火》《城市的心思》《味上万州》《寻井启事》《天地之间清漂人》《桐子花开》《土生土长》《一个村庄的半径有多大》等等。"江湖万州，这里的热闹叫'轻舟已过万重山'，这里的爱情叫'我望槐花几时开'，这里的豁达叫'唯见长江天际流'，这里的欢歌叫'太阳出来喜洋洋'，这里的奉献叫'告别故土再造家园'，这里的力量叫'不尽长江滚滚来'……"我们总会在记录中找到我们的共同记忆和感动，那是历史长河中的波光泪光。

我永远记着我故乡的朋友和粮食，那是《我们的朋友在山野》，那是《山野的味道》，那是《长江红》，那是《洋芋花开》……

我永远记着我的母亲，记录下《欠娘一声妈》《母亲一年的年》，"母亲看不清儿子们的未来，可是又很想知道儿子们的未来。我们小的时候，母亲总是乡场上算命先生的常客，母亲总是以爱的名义去打探儿子们命运的风声，提前去儿子们人生未来的现场踩点、布置，以母亲固有的坚信去期盼和祈祷，母亲希望在儿子们命运的路口或者转角处能够知道些天地给予儿子们的信息，能够提前为儿子们做些什么，等着总比碰着踏实。尽管在那些老迈的、残疾的甚至来路不明的算命先生那里，母亲得到的总是打结的话语，总是漏洞百出、模棱两可的暗示，抓到手里的签文总是粗劣的、硌手的、坚硬的疙瘩，就像母亲鞋里的沙子"。这是我们永远的疼，母亲，在您的河流上，您能够听见我们的哭声吗？

人有人的一生，河有河的一生，这是浦里河告诉我的，这是我要给浦里河诉说的。

生生之河，生生不息。

目　录

生 生 之 河

人往前走，河往远方。

人有人的一生，河有河的一生。人的一生为"人生"，河的一生为"河生"。我们经常歌颂人生反思人生奋斗人生，我们却很少去关注河生，以致"河生"两个字从我们的语言中跳出来，竟是那么干涩和生硬。

于是，我就想记录一条河的一生。

作家路遥在他的中篇小说《人生》中是这样开篇的：

　　农历六月初十，一个阴云密布的夜晚，盛夏热闹纷繁的大地突然沉寂下来……只听见那低沉的、连续不断的嗡嗡声从远方的天空传来，带给人一种恐怖的信息——一场大雷雨就要到来了。

　　这时候，高家村高玉德当民办教师的独生儿子高加林，正光着上身，从村前的小河里蹚水过来，几乎是跑着向自己家里走去……

我很想路遥式地记录我们的河生，可是我们的河一直流淌在故乡的土地上，从山林流向村庄，从村庄流向学校，从学校流向乡场，从乡场流向城镇，从城镇流向长江边的城市，然后从长江流向大海……

我该截取哪一段来记录啊？

我们的河叫浦里河，这是它在县志和家乡地图上的名字，估计更高层次的志书和地图上是很难找到它的名字，就像我那平凡的家乡和我那平凡的乡亲。

盛世修谱。欣逢盛世的人们如今很爱做的一件事情，就是给自己的家族修一部族谱、家谱，以求陈列存史，以鉴来人。

从老辈人那里问河，河从哪里来？河往哪里去？河的子孙在哪里？

问完这些问题自己就脸红了，因为这些问题浦里河早就写在大地之上，就像我们的祖先写在湖广填四川的迁徙路上，写在古柏参天、荒草萋萋的黄土堆上，写在青苔斑驳的残碑上、香火冷清的祠堂牌位上，只不过我们的河写得很清，我们的祖先写得很神，很需要后人去推理去印证。

然而，在浦里河的源头问题上，还是有些支支吾吾的问题。

问书。翻阅《万县县志》中的《江河篇》，上面记录着：浦里河源于梁山县城东乡雨先山，长江二级支流，110 千米长，流域面积 1180 平方千米。

没有更多的话。

问河。在老辈人那里，浦里河发源于蛤蟆石山脚一处暗河，从暗河那里流到我的村庄，这一段河叫天缘河。暗河从哪里来？暗河有多远？暗河会不会就是浦里河在大地母亲怀中十月怀胎的那段河？

是相信政府的记录还是民间的记忆？

关于河最贴切的比喻就是河是长在大地上的树，谁也想不出比这更妥帖的比喻。顺着这个比喻的思路，浦里河拥有 181 条支流，也就是说这株躺在大地上的大树有 181 根茂盛的枝丫，每一根枝丫的尽头都应该是浦里河的源头。就算要选取最长的枝丫作为河树的源头，是蛤蟆石山还是雨先山？不知道记录县志的人有没有问河有没有问水文专家。但我敢肯定地说，写县志的人没有到过蛤蟆石山，那里山高林密，峡深滩险，更何况还有那条不知从何方潜流而来的暗河……

不是否定典籍，只是为河流而表达。

县志记录雨先山，老辈人流传天缘河，天地之缘，天地之水，天地之河。最早的神话或传说，都是在惊涛骇浪中泡过的，闪烁着智慧、博大以及敬畏，比如诺亚方舟，比如盘古开天。水走人也走。水清人也清。水浊人也浊。天缘河敲响了浦里河的第一个音符，留下了浦里河的第一步脚步。同着一条河出生，跟着一条河流走向苦难辉煌的人生，源远流长。

请原谅，我的家乡在天缘河。

同着所有的大江大河一样，河生最茂盛的那一段才是大家共同认知的名字，其实之前的每一段河流都有每一段河流的名字。

浦里河古名曰垫水，曰浊水，曰北集渠。《太平寰宇记》中有一段关于浦里河的记载：新浦县垫水源自县高梁山。记录县志的人说浦里河源自梁山，大约的根据就在这里。看来，古时最早记河的人一样没有到过我的家乡天缘河。

从这个角度看，一片土地养一个文人非常有必要，至少有一个这片土地的发言人。

浦里河拥有今天的河名是清代以后，因为流域属清代建制中的浦里，故名浦里河。这一点很像我的奶奶，在娘家奶奶名何习珍，嫁到文家，奶奶就没有正式的名字，大家叫她文何氏。

我突然理解了我们把河称为母亲河的原因。

千枝万叶的浦里河河生，阅历和感悟让我不能全景式地去记录河生的所有枝丫，关于浦里河的河生，我只能从天缘河开始。浦里河的河生从天缘河出发，我的人生也从天缘河出发，忽略那些关于母亲河的盈眶情感，浦里河和我们一样都是天地的子孙，一起出生，一起出发。我们一起走过盘龙河、青龙河、关龙河，在一处叫余家的地方与梁山下来的蓼叶河汇聚成浦里河，百转千回，再从浦里河往下流入云阳的小江，再从小江流入万州，最后走向河生的辉煌——长江。

天缘河，梦开始的地方。

更早的记忆属于河流。

河流记着所有的事情。不信，你看河流。河流有一百种表情，激流是皱眉，缓涌是沉思，浪花是点赞，洪流是发怒。河流最静的时候，像镜子一样亮，落下一根羽毛都会显出纹路，就像早上刚刚醒来的孩子，对这个世界的万物不辨好坏，只有已知和未知的好奇，不停地流淌，不断地探索，就想去没有去过的地方。河流最怒的时候，扔下一方巨石也不会打断它的咆哮。河流用镜子照着，让滩流盛着，喊鱼虾记着。有时也会摇动河床，甩出浪花在树木上、岩石上、房梁上给你印着；有时也会晒晒太阳，飘在天空的云朵，挂在农人脸上的汗珠，流进我们的血管。

爷爷出生的时候，和浦里河一道流向远方。爸爸出生的时候，和浦里河一道流向远方。我出生的时候，和浦里河一道流向远方……浦里河的年纪是爷爷的年纪？是爸爸的年纪？是我的年纪？

河没有年纪，河只有年代，一代代地流向远方。

人在走，河在记，天在看。

再早的记忆属于父母长兄。

我们所能记住的童年，最早的记忆是从周岁抓阄开始：大人们在堂屋铺一块红布，红布正中放置一竹篮，篮里装上毛笔、算盘、书和红蛋。大人们引导我们爬向竹篮，看我们会拿起什么。拿笔寓意会写一手好字，拿算盘寓意能说会算，拿书寓意日后会金榜题名。唯一不能拿的是红蛋，如果我们拿起了红蛋，这蛋会被大人们扔出堂屋，表示"快滚蛋"，然后再从剩下的三件物里抓一次阄。

——这就是大人们关于孩子未来人生的预测和暗示。听说我抓到的是书，让堂屋围观人很是惊诧。等到我给我的孩子周岁抓阄时，我才知道那红蛋是根本无法让孩子抓起的：一是蛋特别大，特别圆。二是蛋身上抹了层滑腻腻的茶油——除了拿不起的红蛋，剩下的毛笔、算盘、书，拿啥都吉祥，这大约就是乡村孩子不能输在起跑线上的原因。

我无从知道天缘河学步的时候，有没有过这样的抓阄，只知道在那方河水清清的村庄，我的乳名叫"六妹"，母亲生了 5 个儿子，希望轮到我的时候该有一个妹娃，图一个嘴上的安慰。

从这个思路看，"天缘河"应该是浦里河的乳名。

大人们把镰刀交给我们割牛草割猪草，大人们把磨盘水车交给天缘河榨菜油、榨桐油、磨米、磨面、磨豆腐。

大人们把牛绳羊绳交给我们放牛放羊，大人们把竹槽、木槽、水堰交给天缘河盛满水缸、水田，滋润庄稼和村庄。

天缘河，我们的伙伴，我们都是乡村的孩子，乡村的孩子早当家。

父母给了我一个名字，文猛；给了我一个书包，带着我们顺着天缘河走到那段叫盘龙河的地方。河在那里流出一盘龙的河态，那是乡亲们最看重的盘态，河龙一般盘着，自然盘出一道美丽的河湾，河湾存得住水，河湾存得住风，这是老人们最看重的风水。

学校的钟声自然就响彻河边。

是虎你得先趴着，是龙你得先盘着。文的姓，猛的名，绝不是骄傲的张扬。盘龙河，应该是浦里河的学名，当然也是我们共同的学名。记着盘龙河，心中就有无边的清亮和冷静。

翻开书，在老师"人口手、雷雨风"的诵读声中，我们开始了人生最初的思量。

河水哗啦啦，书声阵阵香。

我不知道我们的浦里河最初的那滴水源自哪棵草叶哪枚松针，只知道无数的水滴从草叶从松针从云朵中，此起彼伏地滴着，浸入花草树木脚下的土地，一滴滴水珠团聚着，找到一条缝，流进蛤蟆石山下的暗河，一抬头看见太阳的时候，争先恐后地走出暗河，走出万年的沉寂，走到清清的天缘河，走到这书声琅琅的盘龙河……就像我们从家屋走向学校，从牛背走向教室。

水滴汇成河流，我们汇成学校。

从一滴水开始我们人生的朝圣。

从一滴水开始一条河和我们生命的历程。

教我们的老师是城里下来的知青，他们来自浦里河流入长江的那座叫万州的城市。电灯、电话、钟楼、汽车，对远方的仰望，背井离乡的梦想，让我们的脖子几乎扭伤，让我们心跳开始加速。大学、电影院、图书馆，对远方的梦想，让我们彻夜无眠。

老师说，走出村庄，走向远方，有两条路：一条是顺着浦里河，河流的尽头就是我们的远方；一条是翻过高高的蛤蟆石山，山的那边就是我们的远方。

大人们说，走出村庄，走向远方，有两条路：一条是当兵；一条是考学。

学校敲钟的何大爷说，走出村庄，走向远方，有两双鞋：一双是皮鞋；一双是草鞋。皮鞋的路很长，草鞋的路很短。

老师的话很有哲理，大人们的话很实用，大爷的话就在教室的黑板前面，那里摆着两双鞋：一双是草鞋，一双是皮鞋。

告别村庄，跟着盘龙河走向远方，那是我们最大的梦想。

河不回头，老回头看，眷恋那些从未有过的好日子或酸日子，只会扭伤脖子，只会撞墙或撞树。

盘龙河龙一般盘绕着学校，学校的后边是一座叫青龙岭的山，高扬着龙尾，龙头伸向盘龙河。

有一天早上，学校敲钟的何大爷神秘地对我们说，青龙岭上有一条青龙，昨晚托梦给他，要归大海啦！他敲响老槐树上的破犁，让钟声响彻村庄，让钟声把我们赶往高处。奇怪的是何大爷话刚说完，突然电闪雷鸣，风雨交加，连续下了三天三夜的雨，温顺的盘龙河河水暴涨，河水掀起巨浪，犹如蛟龙翻腾，让我们的学校隐入河水，奔腾而去。

大人们说，盘龙河走蛟啦！

我一直到现在都无法解释何大爷那奇怪的梦，真有青龙托梦给何大爷？大人们说，孩子在眼睛没有被污染之前，能够看到大人们看不到的影像，比如河里的水鬼，比如河里的蛟龙。学校那么多的孩子，我们什么也没有看到，我们的眼睛会不会从小就不清澈？神秘的是，学校没有了，老槐树还在，老槐树上的校牌和敲钟的破犁还在。更为神秘的是，敲钟的何大爷不见了，我们跟着河流找了几十里，最终还是没有找到。我们把学校搬到更高的地方，挂上那敲钟的破犁，却再也听不见那金属般的钟响，成为山村永远的痛。

我一直到现在都不解的是，明明是浦里河发大水，冲走过木榨，冲走过石磨，冲走过桥梁，冲走过牛羊，大人们却从没有责怪过浦里河，从没有把责任推在河上，说那是走榨、走蛟、走桥，龙归大海鸟归林，大人们就这么看我们的河。

追问大人们蛟是什么，大人们说蛟小的时候就是蛇，不安分守在山里，长大了练就一身翻江倒海的本领，雷声一响，就沿着浦里河走向大海。大山里蛇很多，我们谁也不知道哪一条蛇会长大为蛟，只知道祖辈一直在河边生养繁息，与地为伍，与河为伴，以食为天……

　　因为有水有滩，我们看得见河面上的阴晴雨雪柳暗花明，我们看不见水之下的浪涌波翻虾兵蟹将，在夏日的星空下，在蒲扇的摇晃下，在大人们故事的河流上漂流，浦里河的故事一波一波地流向我们心里——

　　浦里河有多少河滩，河滩中就有多少很大很大的青鱼，摇着尾巴，张着大口，最爱吞下河洗澡的小孩，最爱吞小木船上的渔翁。

　　浦里河揣着很多很多的镜子，你往河里丢脏东西，镜子照着你；你往河里撒尿，镜子照着你；你不孝敬爹妈和老人，镜子照着你……照过一次，头上长角；照过两次，身上长刺；千万不要照过三次，河水会走蛟，龙王就会收了你……

　　那个年代没有什么什么平台什么什么心灵鸡汤的说法，大人们把自己最想教育孩子的话，借着浦里河说出来，我们敬畏浦里河，敬畏星空下那传播几百年的乡村教材……

　　后来读了很多书，拜见了很多河，面对奔腾不息的滚滚流水，我们的圣哲先贤说了很多很多受用一生的话——

　　哲学家说，人不能两次踏入同一条河；

　　思想家说，逝者如斯，不舍昼夜；

　　科学家说，水是生命之源；

　　文学家说，哀吾生之须臾，羡长江之无穷……

　　回想起大人们最朴实的话，尿不往河撒，痰不往河吐，恶不往河照，对河的敬畏其实就是对自己的敬畏……

　　有河必有桥，我的那片浦里河的故乡古时归浦里，今天的地名就叫桥亭。以"桥亭"作为地名来记录一条河和一方土地，这在别处并不多见。

　　浦里河上有多少座桥，没有一个准确的数字。桥是故乡的书签，桥亭就是桥的故乡。世上没有两片相同的树叶，故乡没有两座一样的桥——或庄严持重，披一身斑驳的绿苔；或纵身跃进，寥寥几笔，如图画里一勾灵巧的飞白；或朴素平坦，简简单单，像父亲的汗巾，随意搁在河腰上……

　　故乡有几座桥一直让我深思——

　　在河水最急促、峡谷最幽深的关龙河上，是著名的关龙桥。桥架在一条龙身上，前方是龙头，后方是龙尾，关龙桥就压在龙身上。关龙桥应该是大家共同的心愿，关住蛟龙，不归大海，祈求一方平安。奇怪的是那桥上的龙头不断被人砸掉又不断被人修复。

乡村的心思就这么矛盾。

关龙河流入余家坝，河床一下平坦开阔，水流舒缓，小船悠悠，河上就有了万安桥。古老的拱桥下青藤如瀑，青苔斑驳。民国一个叫绿影的诗人这样写道：渡去踏来住所之，万安桥上动吟思。炊烟两岸蒸腾起，知是人家饭熟时。宋代一个叫查篇的诗人这样写道：满目山暮平远，一池云锦清酣。忽有钟声林际，直疑梦到江南。宋代寇准这样写道：春风入垂杨，烟波涨浦里。落日动离魂，江花泣微雨。

浦里河流过余家坝，就进入了河生的茂盛期，离小江近了，离长江近了，离大海不远了。一帆风顺中，往下的桥更万安了，从开门红开始，然后是月月红、季季红、满堂红，一直到红到底的时候，浦里河走进了小江。

桥载我们走对岸，河引我们向远方。

盘龙河带着我们的学校走了，那一年，从没有考出过大学中专生的盘龙学校居然破天荒地一下考上 5 个中专生。我们不是走向大海的蛟龙，我们也是故乡流出的河。

同着盘龙河这样告别我们的乡村，我语无伦次。

我翻山而来，浦里河踏浪而来，和浦里河一道，站在长江的江口，站在这座向往已久的灯火灿烂的江城。我很想问浦里河，你们都到了吗？其实，我也知道，浦里河也想问我同样的问题。

我们有着共同的回答。

喝着同样的河水长大，我的父辈们却从没有走出过村子，从家门口出发，到那向阳的山坡那堆望着村子的黄土，这就是他们的一生。从这点看，我们是乡村的叛逆者，我们是乡村的幸运者。

从同一山村出发，走着同样的河道，浦里河会把河水留在乡村屋檐下的滴答里，留在天空飘浮的云朵里，留在家屋水缸的倒影里，留在草叶上的露珠里，留在乡亲们奔流的血管里，留在生生不息的生命指望里……走进长江，那也是浦里河最高贵的理想。

到什么山唱什么歌，去什么水边听什么水。

这就是我们的人生和河生。

河生是什么？河生就是我们的人生，有它的童年，有它的少年，有它的青年，有它的壮年，但是河生不老。河生是一首温馨的诗，河生是一曲深情的歌，河生是一杯浓烈的酒，河生是一部波澜壮阔、起伏跌宕的交响乐。

人生是什么？人生其实何尝又不是河生？有急流，有平缓，有激越，有险滩。时光流逝，一去不返，只有爱，只有奔流不息的精神，才会汇入人类文明的历史长河，在汹涌澎湃中闪现，长流天地间。

河不会回来。河说，我也回来，我会变成云朵回到我曾经的河床。

我知道这是诗意的河生。我们的人生没有剧本，没有彩排。浦里河跨入长江，奔向它遥远的大海。我却如路遥《人生》中的高加林，逆着河流而上，沿着山道蹒跚而归。曾经期望通过自己的考学去过上一种不同于父辈们的穿皮鞋的人生，最终还是回到他们中间，成为他们中的一员，"一夜思量千条路，明朝依旧卖豆腐"。

比高加林幸运的是，他是从教书的学校回到乡村的田间继续着父辈的生活，我是从城里的学校回到乡村的学校当教师。

学校位于浦里河另一条支流黎明河的河湾上。曾经乡村读书，我望天上的星星，心飞往星星下那方不同于我苦瘠乡村的生活。现在，我一个人站在河湾，我穿着一双城里买上的皮鞋，站在这片草鞋跋涉的土地上。想起敲钟何大爷的话，从农村到城市很近，就是一双草鞋到一双皮鞋的距离。从农村到城市的距离很远，就算脱下了脚上的草鞋，也永远找不到那双皮鞋。

一代人有一代人的心事，我至今不理解路遥的是，我们那一代人为什么就那么急迫地想逃离我们的乡村，给了今天年轻人吐槽的惊讶和好奇。

伫立河湾，仰望着河湾的星空。并不宽大的河流，与无限的星空达成最默契的对望：天上有多少星星，河水就有多少星星；天上有多少疑惑，河水就有多少天问；天上有多少波涛，河水就有多少漩涡；天上有多少忧伤，河水就有多少泪眼；天上有多少离别，河水就有多少重逢……

我从没有过这么静静地伫立在河边，这么静静地想自己想河流。一阵风过，吹散河中的星星，如风一般撒播天空之下。

雨来啦，撑起一把伞。

美丽的浦里河只是大地上一条并不起眼的河流，美丽的山水并没有给这方土地任何达官显贵光照千秋的暗示和烘托，我们永远是故乡的儿子，和所有的乡亲一样谦卑和渺小。

一方水土养一方人，在浦里河就要流入小江那方叫张家坝刘家大湾的地方，铁峰山磅礴而来，走到这里，稍作展望，豪气地摆成一副马镫。浦里河恣肆而去，流到这里，偶一顿足，优雅地弯出一柄长弓——举世闻名的刘伯承元帅就出生在这里，一方并不显赫的山水走出这么一个伟大的元帅，足可以让更多人记住这条河……

对啦！刘伯承元帅是当兵走出的这条河……

踏着元帅的足迹，跟着河流的方向，一个波浪接着一个波浪，一朵浪花接着一朵浪花。

在这片土地上走出了 4 个将军、8 个教授、16 个博士、3 个大学校长、5 个作家和成百上千的老板。

元帅将军是当兵走的，教授、博士、校长、作家是考学走的，那些雨后春笋般的老板是怎么走出这条河的？

当年的大人们和我们都老了，浦里河通往外界的路其实很多，河向远方，路就通往远方。

"我思念/故乡的小河/还有河边吱吱唱歌的水磨/噢，妈妈/如果有一朵浪花向你微笑/那就是我/那就是我/那就是我……"

撑起伞，伫望着奔流不息的河，伫望着河的远方，湿淋淋的心如同头上那柄湿淋淋的伞，但是我坚信每一把湿淋淋的雨伞总会有一扇虚掩的门在等着它回去，总会有一方码头一座桥梁等着我。

浦里河的前方是大江，大江的前方是大海……

天　瓦

　　天瓦就是瓦。看颜色，有青瓦、灰瓦、红瓦、黄瓦。看材质，我们见到的瓦之外，还有玻纤瓦、琉璃瓦、玻璃瓦。

　　在我们老家，从来不单喊"瓦"，总会在"瓦"前加上"天"，喊"天瓦"，把瓦喊到天上。

　　老家喊天瓦，那些瓦是"天爪子"烧出来的。大人们喊"天爪子"，我们喊"天叔"，后来喊"天爷"。

　　"天爪子"是天叔的外号，天叔真名叫夏光华，是我们家乡川东一带有名的盖匠，就是盖房子的匠人。在很长很长的时光格上，盖在我们头上的不是瓦，是草。我们作业中用"瓦蓝"造句，我们看见的瓦蓝是别人村庄的瓦蓝，我们村庄是草枯黄后的灰白。

　　天叔有一双特别灵巧的手，他把小麦秸秆或者茅草盖在屋顶上。小麦秸秆和茅草光滑，质地硬，不藏雨水，是茅草屋最好的材料。天叔走进家屋，看了要盖的房子，掐点几下手指，多少草，多少竹，多少屋梁，多少屋檩，心中明亮得很。走进竹林砍来大堆竹子，划成篾片，破成两层，黄篾绑竹桷上垫底，青篾绑扎固定小麦秸秆或者茅草，用手除去软草杂叶，要不然这些软草会藏水很快会腐烂，捆成小腿粗细的小把，草蔸朝下，草尖朝上，呈一字形，上面压匹篾片，用篾条穿过麦草，厚薄一致，好让雨水顺畅流下，从屋檐口一层一层往上铺……

　　纸上记录出来的盖房很简单，走上屋顶，才知道盖房是很讲究的手艺活。草蔸没有扎结实，风一吹就亮相啦；屋脊上两边的草蔸没有盖平，雨一来就堵上啦。大家特佩服天叔那双巧手，喊"天爪子"的外号其实是赞叹他那双手，天叔用手在给我们头上盖一片遮风挡雨的天。

盖房子是技术活，也是力气活，天叔从没有歇着。他白天给村里人家盖房，晚上还争着去照料村上的仓屋，没有盖房活计的时候，拼了命地在村里挣工分，哪种活工分高，他就去挣。天叔盖房挣着钱，天叔在村里挣的工分也特别多，大家喊天叔"天爪子"，感觉他要是手足够大，他能把天抓在手心里。

后来天叔离开家乡，我们才知道，天叔给我们盖着茅草屋，天叔最大的理想是给自己盖一座大瓦房，这是他以抓天的气势拼命挣钱的最大动力。天叔盖大瓦房的终极目标是把村上的冬姑娶进大瓦房。天叔爱着冬姑，冬姑爱着天叔，冬姑的父母给他们的相爱加了一个条件，那就是天叔盖上大瓦房，在乡村盖一座大瓦房，今天看来实在太过平常，这是那个年代最难实现的理想，就像今天我们在北上广买到房子一样艰难。冬姑的父母没有给天叔更多的时间，他们把冬姑嫁到了山那边，那家有八间大瓦房。

起起伏伏的山路，起起伏伏的唢呐声，冬姑一步一步往山那边走去。红硕的音符一颗颗滴在天叔心中，滴血一般。天叔默默地用锋利的弯刀划着盖茅草屋的篾片，唢呐声翻过山梁，手中的弯刀闪了一下，篾片划破手指，鲜血一滴滴从篾片上滴下来……

第二天，天叔走了，谁也不知道他到了哪一方山村。

我家何时搬到这个叫新龙岭的地方，何时盖起最早的八间茅草房，我不知道，我还在父亲取好的名字中。父亲和母亲成亲的时候，他们还没有自己的家，寄住在上白蜡湾一户地主家中。父亲看中这个叫新龙岭的地方，和母亲一起在这里盖了八间茅草房，也给自己的孩子取好了八个名字："明发万代，猛勇刚强"。看不出什么中心意思和价值取向，就响亮，八间房子，八个孩子，大家都有住的地方。母亲真生了八个孩子，只是我上面的姐姐、弟弟下面的妹妹，还没有长到一岁就夭折啦，装进母亲出嫁时候的木箱子，埋在山坡上，小小的坟头上盖着一片瓦，那是从祠堂天井中取出来的瓦，祠堂天井中总堆着一堆瓦，一圈一圈地堆着，就像树的年轮，哪家有人走了，就去取一片瓦，压在坟头。我们知道，那是姐姐和妹妹永远的家。我们活下来的六个弟兄就像那些捆扎好的草苑，一个挨着一个，从屋檐口一层层往上铺。

　　桐子花开的时节，连续几场大风吹乱了我家茅草屋，那时天叔还没有离开我们白蜡村。麦子在地里绿着，没有小麦秸秆，父母发动我们到山里割茅草。那个年代到处开荒种粮，茅草没有立足之地，刚刚冒出绿芽，就被牛羊啃个精光。我们一家人只好走进大山深处，艰难地割来几捆茅草，让天叔捆扎成草苑，填补在那些风雨掀开的屋顶上。

　　五月麦收季节，村里收了小麦，家家分到很多秸秆，大家想着翻盖自家茅草屋，迎接即将到来的多雨的夏天，村里却听不到天叔的声音。

　　大哥长到谈婚论嫁的年龄，成为父母最大的渴盼和焦虑，第一个儿子成家立业，这是父母最忧心的开篇，这是望子成龙的第一声哨音。大哥一表人才，又在乡里电影队放电影，是山里姑娘暗恋的对象，媒婆不断带着姑娘上门"看人户"，却永远得不到下文，最为中心的理由就是嫌弃我家的茅草房，实用主义，始终是爱情的主题。谁会傻到把女儿嫁到一户住着茅草房的大家庭之中？

　　茅草房，那是村庄辛酸的封面。

　　村庄的茅草房让风雨从金黄刷成了灰白，我们的村庄叫白蜡村，村里没有一棵白蜡树，白蜡，其实是土地上灰白的茅草屋的白蜡色。

　　实用主义爱情最大的天敌就是缘分，这是我们歌颂爱情的理由。大哥在一个叫瓦厂的村庄放电影，一个姑娘看上了大哥，大哥的电影队走到哪个村子，姑娘就会跟到哪个村子，她不看电影，她看大哥。

　　姑娘的父母悄悄来到我家后，放出话来，什么时候盖上大瓦房，他家姑娘就什么时候嫁过来。

　　这句话让我们想起天叔和冬姑，全家人心中格外沉重，如同茅草屋上厚厚的霜雪。

　　不敢往后想。

　　油菜花开的时候，大路上出现了长长一队披红挂彩的挑夫，前面是红绸披挂的家具、铺盖、木箱子，中间是大红的花轿，后面几十人挑着瓦，瓦上盖着红纸，穿过金黄的油菜花田，向着我家走来……

姑娘成了我家大嫂，她没有等到我家盖上大瓦房，带着瓦，和全家人一起给八间茅草屋换上了青瓦。金黄田园之上的瓦蓝，灰白山村之上的瓦蓝，我家盖成了全村第一家大瓦房。仰望屋顶的青瓦，青瓦之上的蓝天，大门挂着"天作之合"的横联。

好日子不是一个承诺，好日子是夫妻双双共担风雨，就像我大哥大嫂的瓦缘，向天空共同举起一片瓦，瓦下就是风和日丽、岁月静好。带上嫁妆，带上青瓦，那是村庄最红的记忆，最蓝的记忆，最感动的记忆……

我们欠大嫂一场像样的婚礼！

天叔回来啦！

天叔是老村长找回来的。

我家有了大瓦房，村上的会场从老槐树下搬到我们家中，雨打着青瓦，如一朵花状，玉珠飞溅，滴滴答答，瓦上生烟雨。瓦就是用来遮雨的，瓦下的日子就那么踏实，那是乡村最向往的人间烟火，大家就想开个瓦厂，让瓦上烟雨开满整个村庄。

听说天叔在很远的地方给别人烧瓦，大家向他放出狠话，天叔再不回到村上，就收回他家宅基地和菜园地。

天叔就回来啦！

榨油坊离不开大树，粉坊离不开好井，瓦厂离不开好泥土，天叔带着村长选了一块深田，说那里有车瓦必需的上好"酒黄泥"。

天叔放掉深田里面的水，泥池里的水被阳光蒸发掉一些后，天叔叫村长找了些人来，派了几头身强力壮的耕牛，牵来在泥池里来回走圈。天叔没有闲着，用一把泥弓把泥池周围的泥切成大块扔进泥池里，顺着泥池的边沿一圈一圈往里切割，周围的泥浆块不断被垒进泥池中间，泥池厚度越来越高，垒起来的泥浆被踩得向四周漫延向外鼓了出去，天叔不停地用泥弓把鼓出去的泥浆切成大块再垒上去，泥堆越堆越高，渐渐地垒成一座高大的泥丘，用草帘子遮了稳稳地坐卧在瓦厂地坝边。

草棚空地上支着一个木架。一根胳膊粗细的木棍深深地直埋进土里，木棍上边套着一个架子，"亚"字形，底下是块小木板，正中间是一个跟木棍一般大小的贯穿圆孔不松不紧地套在木棍上，上边是一个圆形木板，下面有一个圆槽，木棍的顶端就顶在圆槽里。整个木架可以在木棍上自由转动，上边安放着做瓦的木模子。木模子是一个底大顶小的圆桶，细细的木片用牛筋穿了连缀起来，可以合成一个圆形中空的圆锥桶，也可以展开成一个等腰梯形的平板，还可以卷成更小的一卷，两边留着一对木柄，把木柄捏合在一起就成了做瓦的模子。模子上套着一块隔离布，不大不小刚好套住模子，顶上缝在一个篾条编成的圆环上。

天叔在一旁用泥弓从黏土丘堆的一角切割下大块大块的黏土，一层一层垒起一道厚实的泥墙，垒一层站上去踩瓷实，再切割下一块垒上再踩瓷实，垒到半人高的时候，用泥弓把边沿切成一堵长方规则的土墙，比量着模子的宽窄和长度，一堵方方正正的黏土墙做好了。一把"工"字形的泥弓，有着和模子一样的宽距，两边紧绷着细细的钢丝用来割黏土泥皮。天叔用手握着"工"字形泥弓的两头紧靠在黏土墙顶面，从前往后一拉，一张厚薄匀称方方正正的泥皮就从黏土墙顶揭下来了，然后用双手托住轻轻围在模子上。天叔一手握住模子转动模子，一手拿着一把弧形面的泥铲顺着模子上下抹动，那层泥皮被抹得光滑水净，再用一支一尺来高的上边钉着一小截竹钉的细木棍靠着模子，竹钉的一头很尖插进泥皮里，转动模子，模子顶上参差不齐的泥皮被竹钉切得整整齐齐。拎着模子的木柄提到一块铺着一层细沙的空地上，轻轻地放好，从里面把模子卷小了抽出来，再提着那张隔离布的篾环把隔离布扯出来，一个圆锥形的瓦坯就做成了。

车瓦的过程看起来好像很简单，村里人很多都去试一下身手，显摆自己能耐，结果洋相百出，不是割的泥皮薄厚不一，就是托不住泥皮，放不到模子上去，要不就是抹不平泥皮，做出的瓦坯厚薄不均，立不住，放下就倒。

车瓦是单调乏味的活计，千篇一律的动作，凉凉湿湿的泥土，脸上飞个虫子想拍打一下就会一脸的泥。天叔却快乐得很。天叔说，瓦是屋顶上的庄稼，你对它真心，它就对你暖心。我记忆中天叔车瓦时总是在唱歌。

天叔唱："妹啊妹，莫着急，嫁个篾匠睡竹席，嫁个裁缝穿新衣，嫁个瓦匠一身泥，千万别嫁剃头匠，走南闯北摸头皮。"

听说天叔在外面车瓦烧瓦的地方就在冬姑附近的村子，冬姑一有空就跑来看天叔车瓦，听天叔唱歌。冬姑的家人发觉了，要冬姑发誓不见天叔。冬姑要了天叔一件衣服，冬姑走的时候，细心的人说，那衣服里不管怎么看里面包着的就是片瓦。后来有人给天叔介绍好几个姑娘都没有成，天叔就想着冬姑，一想着冬姑，天叔就拼命地车瓦，忘情地唱歌。

天叔唱的歌很多，大多数都是情歌，天叔说把自己的心事唱成一首歌，无论她在何方，风声都会帮你传达你的愿望和心事。"不唱山来不唱水，不唱桃李不唱梅，今天专把情歌唱，还望妹妹心相随。""想哥哥你就来，只要月亮不出来，相思树下亲个嘴，看你敢来不敢来。"……

歌声不断，瓦坯不断，没有几天，天叔车出的瓦坯就把土坝摆成了圆圈的世界，一眼望去，圆圆相连，非常壮观。记得有一次张家的过年猪翻圈跑出来，居然也凑热闹跑到瓦厂，横冲直撞，把那些美丽的圆圈跑成一地碎泥。天叔边哭边唱："黄连苦黄连苦，黄连哪有哥哥苦，起早贪黑几十天，稀里哗啦一瞬间，可恨你个猪二八，下辈投胎变成瓦。"

等到草棚下瓦坯够装一窑时，屋后土坎上早早挖好了一孔瓦窑，那些黄色的瓦坯一层一层堆码起来，一直码满整个瓦窑。

装满了瓦窑，吃完夜饭，天叔就要点火烧瓦。在农村烧瓦也算一件大事，点火的时候还有仪式讲究，其他地方烧瓦专门请来掌窑师傅，在咱们白蜡村，天叔就是掌窑师傅。天叔上蹿下跳，口里念念有词，点火的时候，神情肃穆，一脸严谨。点着了火，天叔象征性添过几把柴火，就坐到一边的凳子上指挥着帮忙的人干活。几天下来，天叔熬得两眼发红，眼眶深陷，两只眼珠倒一直看着很精神。熄火的时候，天叔从顶上抽出一片瓦来直接浸进旁边的水盆里，"嗤"的一声响，水里冒出一股青烟，瓦片上的水都沸腾了，一会儿，水止住了沸腾，青烟也散了。天叔拿出瓦片，用手指轻轻一敲，那片瓦发出一阵脆生生的弦音，"当"的一声，余音绵绵。天叔说熄火，一帮人全忙活起来，下边的人堵窑门，上边的人用铁锨铲起细土盖在窑顶，盖了厚厚的一层细土严严实实地封住窑顶，顺着瓦窑边围成一个圆水塘，还有几个人从旁边的小溪里挑来水倒进水塘里，水塘里灌满了水，瓦窑里的热气烘烤着水塘，水塘里的水冒着一团团蒸腾的水汽，天叔吩咐村上来帮忙的，水塘不能断水，要一直保持水塘里水是满的。

封窑一个星期后，水塘里的水完全干涸，扒开表面那层细土，里面就是青黑的瓦片。

有天叔在村里的瓦厂，那就是村里的天瓦厂，那方烧瓦的窑叫天窑，那方车瓦的泥叫天池，那些瓦蓝瓦蓝的瓦自然叫天瓦。

村庄一堆一堆篝火如迎春花一般次第烧起来，那是茅草屋上拆下来的茅草，岁月的风雨让那些茅草早就看不到小麦秸秆和山茅草的影子，它们在屋顶上化成了草泥。

皇天后土，黄土最疼乡村，黄土是乡村最大的财宝。

天叔用黄土车出天瓦，瓦窑中熊熊烈火给了天瓦温度和硬度。

乡亲们在黄土地上平整好地基，抬来大青石砌好墙底，请来打墙的师傅，把黄土装进墙板中，一锤一锤夯得结实，墙橼在汗水里一排一排地翻上去，黄土在号子声里一寸一寸地站起来，站成墙，站成院，站成村庄。墙上架上梁，梁上架橼子，橼子上等着天瓦。

从天爷瓦厂请来天瓦，从屋脊高处，顺势而下，俯仰相承，那是在房顶上给雨铺路，给风铺路，给鸟铺路，铺上天瓦，盖了天瓦才叫屋子，升起炊烟才叫人家，给黄土一个高度，给瓦一个温度，有了自己的瓦屋，才有村庄的高度，才有挺拔的日子。

乡村俗语说，烂泥扶不上墙，乡村的烂泥经过瓦窑火的温度，经过汗水夯出的厚度，它们成为天瓦，成为黄土墙，给墙挡风遮雨，给家挡风遮雨，这是泥土的传说，这是泥土的升华，这是村庄站立的泥土。

把朽烂的屋梁丢进篝火，把朽烂的竹架丢进篝火，把朽烂的小麦秸秆、山茅草丢进篝火，把岁月的烟尘丢进篝火，这是穷困的告别，这是明天的宣示，给大地暖场，给新家暖场，给心灵暖场。

随着一堆堆篝火点燃，仿佛有一支巨大的画笔，让那些灰白的茅草屋涂上瓦蓝，瓦蓝在乡村土地上渐渐浸浸漫开。那些起起伏伏的大瓦房像一个又一个手挽着手的兄弟，成为一片瓦的浪，在山坡上，在古道边，在水井旁，在村庄大地上自豪地铺排。瓦蓝成为村庄新的色彩，新的高度，新的愉悦。天瓦覆盖的屋檐下，温温软软的土墙上，悬挂着红红的辣椒，金黄的玉米，白白的大蒜，还有草帽、斗笠、锄头、木犁，那是土地奖励的勋章，那是味上的乡村。

山风吹来，乡村的树会顺着风势弯下身子，顺着风的意志。屋顶上的瓦不像树，它们永远不会顺着风势弯下身子或者让风喊着退步，它们坚守在屋顶上，顶着风，顶着雨，顶着雪，紧紧扣住屋檐，不让一丝风雨漏进屋中。我们常说宁为玉碎，不为瓦全，玉碎太高贵太遥远，乡村最信赖的还是瓦全。

头顶上是天瓦，天瓦之上是炊烟，炊烟之上是蓝天，这才是我的乡村把瓦喊成天瓦的真正理由。

有天瓦屋顶的家，院中必然堆着一圈一圈的天瓦，就像大树的年轮，就像一摞摞的书页，泛着瓦蓝的光，随时等待着走上屋顶，等待天瓦作为瓦的真正时刻，替代那些破了的、碎裂的、被风吹走的瓦片，瓦只有走上屋顶才是真正的天瓦。

没有不可抗拒的外力，瓦永远不会自己瓦碎，瓦坚守它的瓦全，瓦能够挺立多久就会挺立多久，瓦永远不会偷懒。天瓦在我们屋顶为我们唱着歌，以风为弦，以雨为弦，以阳光为弦，以树叶为弦。余音绕梁，那是天瓦在唱歌，那是村庄的慢时光，那是村庄的小夜曲。天瓦在我们的头顶为我们托起一袭岁月、一片风云、一缕炊烟，托起鸟带来的种子，让它们在屋顶长大，在屋顶开花。

青瓦房落成，大家总会选出几片天瓦，走向村里向阳的山坡，点香，烧纸，呼喊祖先们的名讳，那里躺着我们的祖先，把天瓦盖在祖先坟头，让祖先们住上青瓦房。

时代的一粒灰，落在个人头上就是一座山，山村灰粒很多，山村不用时代那样的高度去夸大天空中飘落的灰粒，不怕！头上有天瓦挡着，有天瓦遮着，心中就没有山一样的沉重。

乡村恶毒的报复方式都与房子有关，哪怕是祖先们的"千年屋"。乡村恶毒的报复方式有高低两种。

　　高处的报复表达在瓦上。轻则向瓦房顶扔石块，砸人家天瓦，让天空天瓦的碎裂声响在心空之上。乡村做过很多坏事的人头顶总会不断响起这天瓦的碎裂声。重则爬上人家屋顶，掀开人家天瓦，让家屋飘摇在风雨之中。瓦屋是农人的脸，天瓦碎裂，那是打脸；瓦房掀开，那就是撕脸。

　　低处的报复在地上。轻则砸锅，最好的时段就是大年三十团年的日子，举起一块大石子，向人家柴火灶上的铁锅砸去。重则挖祖坟，那是祖先们的"千年屋"，这是乡村最恶毒的报复，没有到结下子孙仇的地步，是不会走到这一步，乡村几乎见不到这种恶毒的报复。

　　乡村像关注大地上的庄稼一样关注头顶上的天瓦，天瓦是屋顶上的庄稼。真正能够侍弄好这方庄稼的还是天叔。乡村茅草房年代他是盖匠，盖的是草。乡村走进大瓦房年代他还是盖匠，盖的是自己车出来自己烧出来的天瓦。

　　夏天到来的时候，乡村雨特别多，车出的瓦坯很难干，很容易让暴风雨淋成泥浆，不是天瓦厂车瓦烧瓦的季节，是村庄请天叔"检瓦"的季节，乡间词汇中这个"检瓦"也写作"拣瓦""捡瓦"，没有去考证过。现在想来，天叔就是那个年代的乡村安全检查员，所以我用的是"检瓦"。

　　屋顶哪里漏雨，主人眼里盯着。当然，村庄屋顶漏雨绝对不全是石块砸的，更不用说人为掀开的，那是岁月走过后的缝隙，那是风雨走过后的痕迹。屋顶哪里将会漏雨，只有天叔知道。

　　天叔在屋中把房顶看一遍，爬上木梯，用扫帚把房顶上的枯枝败叶、鸟粪、杂草一一清除干净，房顶覆瓦上最爱长瓦松，矮矮的，徒具松的模样。还有就是苔藓，晴天明明灰土一般，雨后立刻活过来，一直向上爬，爬得心里都是湿的，爬得耳朵里都是那灰色的雨声。天叔把清理干净的房顶巡视一遍，哪里加瓦，哪里换瓦，哪里换椽子，心中早有瓦谱。

　　乡亲们开玩笑说，天叔干的就是上房揭瓦的活。

　　过去到家中"检瓦"，天叔会用撮箕把天瓦提上房顶，或者叫人从下面递上房顶，爬上爬下十分麻烦，装瓦的撮箕压在房上久了，容易压坏天瓦。

　　大家已经记不清哪年夏天，天叔身边突然多出一个十来岁的小哑巴，眉清目秀，手脚灵活，就是不会说话。天叔带到主人家中，说你们随便给哑巴口吃的就行，不用给工钱，进每家大门都这么说。天叔给哑巴取名天娃，说是从山那边捡来的，父母嫌弃他是个哑巴。

天叔在房顶，天娃在地上，天叔比画出手指要几片天瓦，天娃取来天瓦就抛上去，地下抛，屋上接，天娃抛瓦的方向、高度、落点十分准确，那姿势让大家目瞪口呆，就像乡村最美的杂技。

检完一家瓦房，天叔对主人说："哪天下雨啦，找我，我再来补。"多雨的夏天是"检瓦"最好的季节。事实上下雨后主人找到天叔，送去的是工钱，天叔"检瓦"的屋顶没有返工的时候。只不过那是两份工钱，厚的给天叔，薄的给天娃。村里人心里都知道，天娃是冬姑的孩子，就是村里的孩子。

我们六弟兄学校毕业参加工作后陆续离开老家。父亲走后，我们要接母亲进城，母亲说什么也不答应，母亲守着老屋，说祖业不能荒废，娘在，家就在，大家就知道回家的路。每年夏天雨水到来的季节，母亲总会喊来天叔给老屋检漏盖瓦，说天瓦屋罩着我们，也罩着灶神菩萨、猪大菩萨、磨大菩萨，在父母眼里，家中除了人，一切都是菩萨都是神，都在给我们保佑，我们无数次聆听过母亲简单而又乏味的祷告，母亲不能让菩萨们淋雨。

母亲对天老爷祷告，总会来到院中，给天地跪下——

天空是我们人类共同的天瓦屋。

屋顶的天瓦，俯仰相承，一面顶着我们的风霜岁月，一面盖着娘的日月星辰。

老屋检漏的日子，我们弟兄们会相约回去，给老屋检漏盖瓦，也给我们的人生检漏盖瓦。院中堆好的天瓦抛到屋顶上，填补岁月的碎裂，我们谁也不能给母亲填补上最遮风最挡雨的天瓦。

更多的时光，母亲守在老屋，那些清冷的早晨，大路上响起脚步声或者说话声，睡眠本来就不深的母亲会被吵醒，她披衣起床，却发现没有一个声音是走向她的。

爷爷奶奶在屋后竹林里，父亲在两公里外的山坡上，坟头盖着天瓦，他们身上长满野草和山花。

我们在城里，最怕看见炊烟、落日、残荷……

　　乡村茅草屋几百年时光，乡村青瓦房十几年时光，好像突然之间，乡村开始修建砖房，房顶不再盖瓦，盖水泥板，天瓦不再是乡村最紧俏的东西，我们村的天瓦厂自然开不下去。当年的天叔让我们喊成了"天爷"。天爷瓦烧得好，庄稼也种得好。天爷说："瓦是屋顶上的庄稼，庄稼是头顶上的天瓦。"不过天爷最爱干的事情是到别人建砖房的工地转悠，看见地上那些被丢弃的完整的天瓦，像见到宝贝似的急忙捡回家，摆放在自家院中。

　　我没有去研究土变成天瓦是物理变化还是化学变化，天瓦的温度，天瓦的硬度，天瓦的脆响，我们心中的家园，总有一处青瓦覆盖着的老房子，以及屋檐下木格子的窗棂，黄土墙上的农具、辣椒……大山里的号子，山野里的情歌，大地上的背二歌，青瓦屋中的哭嫁歌，这是靠山吃山的一代人共同的记忆和心中的旋律，我们后辈的记忆，已转向城里的高楼和流水线的填充。

　　又仿佛突然之间，城里最豪华最昂贵的房子是盖着青瓦的房子，它们要么是别墅，要么是纪念馆，要么是名人故居。乡村的墙不再是土墙，但是乡村总会在水泥板顶上架上屋脊，盖上天瓦，雨打天瓦，瓦上烟雨，那是乡村幸福的慢时光。这里面固然有怀念的成分，但最为重要的理由还是水泥板的屋顶漏雨，让乡村束手无策，那不是一片瓦能够遮住的，感觉处处漏雨。盖上天瓦，哪里漏雨，那里的瓦知道，换上天瓦，风雨就挡在了外面。

　　下雨的日子，屋顶是淅淅沥沥的雨声，雨水顺着瓦槽从屋檐流下，瀑布一般。站在屋檐下，看一川烟雨，心中格外温暖，格外踏实。

　　村里没有了天爷，走上屋顶的是天娃。

　　天爷走的时候，最大的财产就是他家院中一堆一堆的瓦，像几十株巨大的树，向着天空展示出瓦的年轮。

　　天爷走后，大家把天瓦摆在天爷坟前。天照天瓦，天瓦照着天爷。

　　天瓦最懂我们的心思。

　　夏天到啦，多雨的季节即将到来——

　　回家，给老屋检漏，更换天瓦。

桐 子 花 开

　　桐子花开不是乡村最早的花事，但一定是乡村"最美丽冻人"的花事。"冻桐子树花"，描绘一场花开，更是描绘一个季节，一个乡村永远无法逾越的季节。

　　三月悄悄地来了，一年四季中被称为"春姑娘"的春天冲破冬的枷锁，迈着欢快的脚步来了。春风过处，山绿了，草青了，花开了，鸟儿在枝头欢叫，蜜蜂在花间翻飞。粉红的桃花，淡淡的杏花，金黄的油菜花，雪白的李子花，仿佛被春风突然唤醒一般，竞相开放，倾吐着对春天的渴望。唤醒的还有我们这些不知天高地厚的乡村小孩，脱去厚厚的棉衣，扑进春天的山野。看破春暖假象的还是有经验的大人们，他们赶紧把棉衣给我们穿上——

　　"冻桐子树花呢？看不冷死你！"

　　鲜花盛开，阳光明艳，却还有一场冻事等着我们，突然感觉冻桐子树花是春天的阴谋。

　　在各种鲜花盛开的春阳之下，天突然变得阴冷阴冷的，屋前屋后，沟谷山坡，冷风开始吹起来，山野一下变得格外安静，总感觉天地之间将有什么大事发生。

　　刺骨的冷风白天刮，夜里刮，没有一丝消停的迹象。走向山坡，却发现满山坡桐子树上慢慢长出了细叶，细叶间冒出了花骨朵。又是几天冷风吹过，桐子树上一簇簇花骨朵慢慢盛开——

　　桐子花开啦！

　　桐子花呈五瓣状，雪白的花瓣中间是金黄色的花蕊，花蕊四周衬着缕缕粉红。一树一树的桐子花盛开后，冷风停了下来。春阳恢复了暖意，山野开始闹腾，感觉那一树一树的桐子花像是在给天空打信号一般。

我一直到现在也没有弄明白，从春天走到夏天，一定要走过这场倒春寒吗？这是对冬天的回眸？这是对季节远行的警示？或者是为了苦其心志、劳其筋骨、饿其体肤的励志教育？

桐子花终究盛开啦！桐子花开不是乡村最早的花事，却是当年乡村最盛大的花事，那个时候的乡村栽种得最多的树就是桐子树，所有的荒坡，所有的土地边，所有的沟谷，都长满了桐子树。

桐子树是中国树，是土生土长的树，在中国很多地方都栽种了或者栽种过桐子树。桐油灯是点亮中国漫长历史的灯，我们可能会忽略桐子树，但是我们谁也不敢忽视桐油灯，没有它们几千年的照亮，就没有今天的灯火辉煌。

所以不管是当年的乡村，还是今天的乡村，乡村最永恒的花事还是桐子花开，漫山遍野一树一树的桐子花洁白亮丽，远观如雪，近看白里透着粉红，怒放乡村。

一山的雪，一坡的雪，一沟的雪，一村的雪。

桐子树是乡村的"摇钱树"，但是谁也不会在好田好地上种桐子树，所有的桐子树都长在"四边"：地边、沟边、路边、渠边，长在"四旁"：村旁、宅旁、路旁、渠旁。庄稼不好长出的地方才是桐子树的地盘。桐子花开之后自然就给田地、山岩、荒坡、家屋戴上了花环，那是乡村最美的季节。

刚好一个叫清明节的节气从春天路过，人们走向山坡上那些坟茔，燃香，献花，在坟头上用一串花花绿绿的纸挂上"坟片"，"坟片"是我们川东一带的叫法，有些地方叫"坟幡"或者"引魂幡"，因此我们家乡人口中的"坟片"应该是"魂片"。满坡花花绿绿的魂片和满坡满沟的桐子花交相辉映，总感觉满山桐子花是为死去的灵魂盛开的，成为清明节的花。清明是节气，清明也是节日，桐子花除了自身的自然属性外，就有了社会属性。

冻桐子花是天地之间的冷，更是心中的冷。

乡村的日子是寡淡的，是落寞的，是一眼可以望到头的，春寒中的桐子花开，春荒中的桐子花开，给了乡村漫山的亮色。

桐子花开的冷才有秋日桐子结果的喜，这是乡村所有向天空生长的植物告诉的朴素哲学。

桐子花在桐子树上让春风吹开，桐子花也在诗人笔下让春风吹开——

"春归便肯平平过，须做桐花一信寒。"在诗人杨万里笔下，桐子花是忍耐春寒的花，满含别绪的花，落寞惆怅的花。

"纤纤女手桑叶绿，漠漠客舍桐花春。"陆游笔下的桐子花随处盛开，毫不骄矜。

"等闲春过三分二，凭仗桐花报与知。""夜夜春寒渐觉轻，桐花十日过清明。"宋代诗人方回一定是一个"深入生活，扎根人民"的诗人，没有站在乡村土地上，没有站在春风吹拂中，是写不出这样深刻的诗句的。

"月下何所有，一树紫桐花。桐花半落时，复道正相思。"桐子花开，爱情花开，相思花开，春天是爱情萌发的季节，哪怕倒春寒，哪怕风刺骨，美丽的爱情，一路的相思，"诗王""诗魔"白居易也无法抵挡。

"桐花万里丹山路，雏凤清于老凤声。"还是李商隐这诗看得清明，桐子花年年开，年年谢，永远开出新春的桐子花，就像雏凤的鸣声远比老凤的鸣声清亮动人。春寒难过年年过，草木会发芽，桐子会开花，岁月的车轮永远不为谁停下。

在很长很长的乡村时光格上，桐子花开一直是乡村最盛大的花事，桐子花落也一直是乡村最盛大的农事。桐子花凋谢，桐子树下铺满了厚厚的落花，就像漂亮的花床。桐子花让春风吹到小路上，溪流中，田地中，一路桐子花，一溪桐子花，一地桐子花。大家没有《红楼梦》中林黛玉般的落花葬花般的伤感，满村的香，满心的香。因为在乡村人眼中，乡村的花事只有一种，那就是庄稼花，庄稼花之上才是生活和生存。在乡村人心中，桐子花其实也是庄稼花，这些庄稼花的收成在深秋。

冻桐子花过后，大地真正回暖，没有了倒春寒的担忧，麦苗该上肥，玉米苗、高粱苗、水稻秧苗该育种，一年最充满希望的季节来临啦！

走进今天的乡村，桐子花开不再是乡村最盛大的花事，满山李子花，满山槐花，满山玫瑰花，满山猕猴桃花，满山柚树花，满山橘树花，村庄开始按照自己的心愿铺排乡村的花事，庄稼花不再是乡村唯一关注的花，乡村有了宏大的花事。

人和草木都没有准备好，冬天来啦！春天来啦！

人和草木都没有准备好，桐子花开的年代就过去啦！

我赶上了乡村振兴的好时光，我也走过了桐子花开的旧时光。

桐子花落之后，细嫩的桐子叶中会现出翠绿的桐子来，桐子叶一天一天长得宽大，桐子也一天一天长大，初如青李子，再如青桃子，没过几天就如青梨一般大。春天是充满希望的季节，春天也是最让乡村揪心的季节，除了倒春寒还有春荒。那个年代的春荒特别刻骨铭心，家中无存粮，庄稼正在长，青黄不接是最准确的词语。

仰望桐子树翠绿的桐子，心中最大的梦想就是这些桐子变成李子、桃子、梨，我们就有吃不完的果子。这棵树吃完上那棵树，不像村里那些真正的果树，少得可怜，口中还没有吃出果子的味，树上早没有了果子。

我们仰望到脖子酸疼，树上的桐子也没有变成果子。

桐子树表面光滑，长得快，长得胖，枝丫多，桐子叶宽大茂盛，不像山林中的树只顾着向天空生长。我理解那些树，它们四周都是树，无法向四周伸开枝丫，伸向天空是它们最好的选择。桐子树树干不追求亭亭玉立，挺拔笔直，想弯就弯，想直就直，想歪就歪，树干上的树丫尽情向着四周蔓延，就为多结出桐子。桐子树枝繁叶茂，自然成为我们最好攀爬的树，小伙伴们在桐子树上躲猫猫是玩得最尽兴的游戏。

我躲在桐子树上枝丫中。宽大的桐子叶呈心形，翠绿的桐子也呈心形，桐子树就是乡村最走心的树。青黄中泛些红晕，有点像小苹果，又有点像石榴……让人充满美好的幻想。看着，看着，实在挡不住那片翠绿的诱惑，剥了一个，里面的籽是一瓣一瓣的，白白嫩嫩，像菱角米似的，塞进嘴里，苦涩的怪味让我吐得一塌糊涂。小伙伴们把我从树上扶下来，大家没有一个嘲笑我，让我特别惊讶。长大后一起回忆童年的事情，他们说，谁小时候没有幻想过、误吃过桐子啊？

老家有句俗话，责怪长大后一无所成的人——

"早些年不好好读书来，只晓得爬桐子树！"

爬桐子树，是乡村每一个人的成长故事。

桐子树结出桐子的时节，山野里的果子，田地里的庄稼，都在自己的季节中一一呈现，春荒的阴影荡然无存，大家对桐子变果子的想象也就淡去。除了玉米熟后摘桐子叶包玉米粑，秋末桐子熟了打桐子榨桐油，村里人从来没有担心过桐子树的收成，就像种下桐子树后，谁也没有给桐子树浇过水、施过肥，桐子树好像也从来没有过这方面的奢求。桐子树习惯了人们的淡漠和清贫的生活，要是哪年桐子树旱死啦，那绝对是乡村史无前例的大旱，桐子树是很耐旱的，很耐漠视的。我记忆中我们村的桐子树从来没有旱死过，我们村的桐子树非常坚强！

玉米收割了，大豆收割了，高粱收割了，水稻收割了……大地上的庄稼都收割完了，桐子树上的树叶开始枯黄，一片一片落下，枝丫上稀疏的几片落叶中挂满的全是黑红的饱满的桐子，地上掉下的也是桐子。桐子叶是柴灶中最好的柴火，桐子叶刚落下，还不到捞桐子叶的时候，就算可以捞，生产队也不会允许这个时段去捞桐子叶的，这是大家都明白的事情。

乡村收割最忙的时段过去，桐子才告诉大家——

"该打桐子啦！"

桐子就这么实诚！

在乡村，除了牲畜和鸡鸭之外，能够变成现钱的只有桐子了，桐子榨成桐油，桐油卖到供销社，供销社送到长江边，轮船送到国外，当年我们川东的桐油在全世界都是抢手货。我们不知道那些油坊榨出来的桐油换的是美金还是英镑，但是从没有例外的事情是，我们每家每户年底总能在生产队分到几十元上百元钱，那是桐子树给我们全家送来的过年新衣服。

"家有千棵桐，遇事不求人。"

哪怕日子过得多么惨淡，多么无味，多么无助，心中总念叨着——

"不怕！山坡上长着那么多桐子树哩！"

打桐子是乡村最幸福的活路。

这个活路属于生产队，大家都知道桐子树上挂满了钱，谁也不敢在月黑风高的晚上去打这些桐子的主意，生产队的民兵在打桐子的时段一下增加了很多人，四处巡逻，谁也不敢去碰运气！祖辈在栽种桐子树的时候也对后人发过誓，谁偷别人家的桐子树，一定会得桐子痨（一种肺病），乡村的咒语在乡村还是很管用的。

生产队长看准一个日子，看准生产队没有特别着急的活路，就是生产队统一打桐子的时候。

大家背上背篓，扬着长长的竹竿，有的还在竹竿上系一个网兜，那是为打岩边的桐子树准备的，用网兜兜住桐子摘下来，就不会再到岩下去捡桐子啦！男人们走向每一株桐子树，戴上草帽，扬起竹竿一阵欢打，桐子纷纷落下，那情形很像下冰雹一般，但是大家心中谁也不会涌出这个比喻句，落下的都是"桐锭"，下的都是"钱雨"，砸在草帽上，没有疼痛，只有欢笑，山坡上都是开怀的笑声，山坡上的桐子树很能结桐子，一株桐子树会捡到好几背篓桐子，桐子树就这么阔气！

大家把桐子背到生产队晒场，堆成好几座桐子山。大家并不急着剥桐子，得放上几天，让桐子的果皮变得更软些，更好剥。

生产队桐子山矗立等待剥桐子的时段，成了我们孩子的时段，所有的乡村学校在这个时候会心照不宣地放所谓的"农忙假"。孩子们回到家中，背上背篓，拿着父母打桐子的竹竿和网兜，漫山遍野去捡桐子。家中没有小孩子的，也会编出各种理由向生产队长请假，宁愿扣工分，也会和孩子们一道去捡桐子。草丛里，沟渠中，落叶下，山岩边，总会留下很多"走失"的桐子，甚至很多树的高处也会挂着零星的桐子，也许这些桐子都是大人们的"漏网之鱼"，现在都成了我们背篓中的收获。

我们家孩子多，父亲经常上山采药，他的经验会告诉我们，哪里最容易捡到桐子，溪沟里，树叶下，草丛中，山岩边，最关键的是父亲知道大山深处的野桐子树位置，那些地方只有父亲和我们去过。所以我们家捡到的桐子一直令队上人羡慕不已。

生产队挖冬地、储冬肥的活路交给男人，剥桐子的活路派给女人。女人们拿着特制的剥桐子的剥刀，围着桐子山，一边讲着男人们女人们夜晚那些荤故事，一边剥着桐子，每个人面前一堆桐子，一堆桐壳。

那是村庄最充满期待的幸福时光。

桐子剥出来后，抓紧翻晒，剥下的桐壳分到每一家中，桐壳烧成桐壳灰，是制桐壳碱最好的原料。我们家人口多，分到的桐壳也多，加上我们捡到的桐子，我们家桐壳烧成灰经常要烧两三天。桐壳很湿，不易烧，也是原因。

看似小山一般的桐壳，烧成灰后也没有多少，但是足够全家人背好几背篓到康家河边的"文碱板"家卖。

康家河边的"文碱板"碱厂是我见过的最美的地方，一生难忘的乡愁。清清的小河，巨大的水车，依依的垂柳，古老的石桥，那就是"小桥流水人家"的诗意。碱厂生意非常好，我们周围几个乡就这么一家碱厂。老板自然姓文，我们也姓文，每年去卖桐壳灰，"文碱板"按斤两付钱之后，总会给我们每个弟兄一人两元钱，说拿去买纸笔，姓文的还是要读书写字才对得起我们这个文姓。

前年受故乡邀请，我沿着浦里河逆流而上，回到故乡。流过故乡的河叫浦里河，其实浦里河流过每一方乡村，大家都会给这段河喊出自己想喊的河名，一路往上，三岔河，康家河，黄泥河，天缘河。当年卖桐壳灰的"文碱板"碱厂在康家河边，河边有康家小学。如今小学还在，小河还在，水车不在，碱厂不在，"文碱板"也走向上屋后向河的山坡。乡亲们围上来，听说我是文家老五，是那个会写文章的作家，大家说"文碱板"生前经常炫耀文家出读书人，看来你们几弟兄真没有让"文碱板"失望。

我的泪来啦！

剥出的桐子晒干，生产队的榨油坊开始点火冒烟。

生产队的榨油坊在我家旁边，我们是听着木榨声长大的。我们生产队上的榨油坊最早不姓公，姓龚，是原来的地主龚家三兄弟开的。榨油坊屋顶飘红旗那一天，榨油坊才开始姓公，成为生产队的。夏天菜籽油榨后，榨油坊要关门好几个月，现在又到了开榨的时候。每年的第一榨菜油、桐油都得我们生产队，不是我们近水楼台，而是第一榨菜油、桐油要浸润木榨、油桶、油盆，总会揩很多油，大家不想让别的生产队吃亏。

晒干的桐子还得上大炕烘烤，然后才倒进巨大的石碾盘，让牛反复拉着碾滚碾成细末，再将细末放进大锅中蒸熟，再放进铁箍中箍成桐油饼，然后将桐油饼轮流放进木榨中。木榨这个庞然大物，是用原木加工而成，而且必须用"铁油树"（土名）和相思树，长近 5 米，中径 1 米多，尾径近 2 米，这样木质才够坚硬。木匠用超大铁锯把巨木剖成两半，一寸一寸地把原木中心掏空掏出两弯巨大的"括号"，以天地般呼应和微微倾斜的形式固定在同样庞大的榨床上，亮出上下油槽。

榨坊龚老大取来烧酒，祭天祭地祭木榨，大喝一声"开榨啦——"，取下巨大的撞杆后，龚老大紧紧握住光光的木把，用力一拉，大喝一声"咳——"，撞杆立刻飞起来，待它落下时，龚老二和龚老三轻轻接住两侧，大喝一声"嗬——"，撞杆稳稳撞在木楔上，"咳——嗬——""咳——嗬——"一阵榨油号子响过之后，肥胖的油饼很快变成"钢饼"，桐油如小溪如春雨如露珠一般汩汩流泻在木榨下的油盆里。

我们全家人捡到的桐子从来不会卖给生产队的榨油坊，怕队上人说闲话，有近水楼台的嫌疑，我们卖到乡供销社。事实上乡供销社的桐子最后都让搬运工挑到我们生产队的榨油坊，乡里的小榨油坊多，但是最有名的还是我们生产队的榨油坊。后来我发现家里孩子多、捡到桐子多的家庭，捡到的桐子都卖到了乡供销社，乡村有着同样的心思。

我七岁那年，父亲到很远的地方采草药，家里没有来得及把捡到的桐子送到乡供销社，而是晾晒在屋檐下，结果晾出一段家史上最悲伤的记录——

我们生产队桐子榨油完后，桐油卖到了乡供销社，大家美美地等着年底分桐油钱。我们生产队山对面的第四生产队送桐子来啦！他们自然也派了人来守着榨桐油，守油坊的人叫夏德首，大家笑着喊名字的时候，其实喊的是"下得手"，是他们第四生产队的五保户，年龄比我父亲还大一些，是他们生产队开忆苦大会上台最多的人。

母亲从坡上回来，走过榨油坊，看见夏德首端着一碗玉米糊糊蹲在油坊门口，碗里连根咸萝卜也没有。回来煮好饭，让我们端到油坊送给夏德首。后来每到吃饭的时候，夏德首就望着我们家的方向，等着我们送饭。

生产队上的闲话开始传开，只是我们不知道。

第四生产队来挑桐油那天，几十个人没有走进油坊，径直走进我们家中，看到我们屋檐下晾晒的桐子，大家就骂开啦，骂词很多，中心意思就一个，说我家的桐子是夏德首在一个夜晚用箩筐拉过来的。

母亲几乎气得昏倒，耐心解释，谁也不听，说喊夏德首来对质，他们说夏德首早躲起来啦！

第四生产队来的人用背篓装我们家捡来的桐子，刚好父亲这个时候挖草药回家，也让他们捆上，一部分人送桐油到乡供销社，几个人捆着父亲连同我家的桐子，带到第四生产队仓屋，关了起来。

晚上父亲还没有回来，母亲背着小弟，带着我，我们给父亲去送饭。从我们生产队走到第四生产队要翻过一座大松林，走过几片乱坟岗。刺骨的寒风，野兽的嚎叫，坟前的鬼火，我们一身冷汗。为了给我们壮胆，母亲一路不停地和我们说着话，声音就说哑啦！

把饭送给父亲，父亲说中饭都没有吃，母亲泪又来啦！倔强的母亲带着我四处寻找夏德首，要他出来说句公道话，找遍全队都没有见到人，还是一个老奶奶悄悄告诉我们，说夏德首被他们藏在一个山洞里。

夏德首跪在母亲面前，哭着说："他们这是眼红你们家孩子多，读得书，还捡了那么多桐子！"

带着夏德首到生产队长家，生产队长根本不听夏德首说话，还威胁说："你不给文家偷送桐子，人家会顿顿给你端饭？傻子才信！你再乱说，我们取消你五保户！"

夏德首不再说话。

找父亲看病的人在第四生产队仓屋排起了长队，生产队长只好放了父亲，但是始终欠我们一个交代。几年后第四生产队队长生了大病，抬到我们家中，让父亲给救了回来。治好回家那天，那个队长不停地磕头，不停地流泪，谁也劝不了，但是一直没有说出过一句话。

大地上有多少真相是我们不知道的。

我家的桐子被他们卖到了乡供销社，买了一个高音喇叭，四队那边高音喇叭就经常响起他们派工派活的声音，声音传到我们耳中，格外刺耳，格外刺心。

那一年，我们家的秋天也逢上了"冻桐子花"，逢上了冷透一生的倒春寒。

那一年，我们全家人都没有穿上过年的新衣。

后来，土地承包到一家一户，大家开始像心疼庄稼一样心疼自家田地上的桐子树，浇水、施肥、除虫、刷白，桐子树逢上了一生最风光的时光，家家年年桐子大丰收，除了桐子收获的时节，乡村再没有去捡桐子的人啦，桐子树成了自家的树。桐子卖给榨油坊，数着比生产队时候厚实很多的钞票，大家心里格外幸福。没有了生产队，榨油坊又回到了姓龚的时代，龚家三兄弟承包了榨油坊，大家卖了桐子，总会买些桐油回来，给农具、家具上桐油，给水桶、脚盆上桐油，又好看又耐腐蚀又不上虫。我们弟兄到远方读书的木箱都是用桐油刷过的，让我们在远远的学校都能够闻到桐油香的味道，那是故乡的味道。

然而，谁也不会想到，桐子大丰收后没几年，桐油不再成为出口的抢手货，除了造船必须刷桐油外，做家具开始用上生漆和化工漆，满山丰收的桐子再也没有人去捡回来，龚家榨油坊自然就无法冒烟，再也传不出那惊心动魄振奋人心的榨油号子声。大家外出打工挣钱，栽种果树、药材挣钱，种粮食挣钱，乡村能够挣钱的门路突然一下多了起来。

人世间风光一时的多，风光一世甚至风光无限的没有，桐子树的风光同着乡村那些曾经的仓屋、晒场、粮站、食品站、供销社一样，都没有了昔日的风光。吃和穿不再是乡村唯一的人生大事，乡村有关吃和穿的物和事自然被历史的浪花淹没。桐子树突然被冷落，其实冷落的是人，是人的思想中想要它们冷落。

桐子花年年开年年落，桐子果年年结年年落，但是没有一个人上山去砍掉它们。有一件事我至今没有明白，村里最初的桐子树一定是人们有意栽种的，后来漫山遍野的桐子树却是桐子自己栽种的，桐子是天空中的鸟唯一不吃的，所以桐子树也不是鸟种下的。落下一颗桐子，大人没有捡到，小孩没有捡到，靠着一层树叶，一层薄土，一个土缝，桐子就会慢慢发芽长大，没有厚土，它就让根使劲往大地深处延伸，最终长成开花的桐子树结果的桐子树。

母亲说，有苗不愁长。我感觉母亲说的是桐子树。

走进今天的故乡，深秋的桐子树下到处是桐子，密密麻麻的，但是并没有长出我们所意想的那么多树，桐子树知道自己被冷落啦！

每年盛大的桐子花开，却落得桐子悄然落下无人问津，是谁冷落了桐子树？

坐在老屋门前桐子树下，仰望高远的星空，那些星星就像长在桐子树枝叶中。走向老屋取来存放了多年的桐油灯，点上，我们彼此照亮。

清风吹来，满心桐香。

洋 芋 花 开

洋芋花开的季节是洋芋地最美的季节，是乡村最有盼头的季节。小麦一天天黄，麦穗中麦粒一嘴浆。豌豆荚钱包一样在鼓满，钱包中的豌豆一脸青涩，没有长出乡村喜爱的麻豌豆。

春天已经到来，春天还很遥远。这是乡村的春荒！

父亲翻遍家中每一个角落，想遍村庄每一片田地，洋芋花开的山坡是他最后的希望。

洋芋花开，那是春荒时节最踏实的花开！

找到开得最蓝的洋芋花，找到长得最壮的洋芋树，找到感觉裂开了口子的土地，那是长大的洋芋传递给地上的信息，手指轻轻刨开土地，白胖白胖的洋芋就摸了出来。

我在一个春荒的时节，向人间裂开生命的口子，走向母亲的乳房，成为母亲第五个儿子，这是我的荣幸，这是母亲的苦难，我楼梯一般的哥哥让母亲的乳房干瘪，母亲已经不可能给我足够吮吸的乳汁。乡村替代乳汁最好的粮食是大米，玉米次之，小米再次，因为它们可以熬成糊状。农历四月的山野，最后的稻子、玉米、小米成了种子，在田地里发芽，家中不会有一粒大米、玉米、小米。煮熟洋芋，捣成洋芋泥，和着母亲稀薄的乳汁，一滴滴黏稠的黄黄的洋芋香，传递到我身体每一个部位。

父亲每顿饭都要去坡地摸洋芋，一直摸到洋芋花谢。洋芋收获的时节，我们家坡地上已经没有一窝洋芋——

我是母亲奶大的，我是洋芋香喂大的。

母亲说我还有一个洋芋娘，这是母亲的感恩，这是母亲一生的亏欠，每次见到我这个五儿，母亲总会说坡地摸洋芋，总会念叨洋芋娘。

母亲关于洋芋的念叨还有一件事情——

1986年夏天，我们读书放暑假回家。我们多病的父亲没有熬到夏天，在春荒时节同着一副黄灿灿的棺材走向村里向阳的洋芋地，那里可以摸到洋芋，那里可以望见家屋。

操办了父亲的丧事，母亲知道我们的担忧，母亲带我们看家里的米缸，满满一缸米，大声说，不怕，今年暑假不用光吃洋芋啦，家里有米。我们笑着应和母亲，不怕。我们知道，那"满满"的米下面是剥了玉米的玉米芯，母亲需要它们给大米的高度。母亲那些"满满"的米安排到每一顿其实就一把米，熬成还算有米的米粥，舀到鼎罐里继续熬煮，铁锅中蒸着洋芋……家家都不缺米吃的年代，她的儿子们只能喝米汤，这是母亲永远的愧疚。

母亲哪里知道，那个暑假我们过得"满满"的幸福。英国有句谚语："纤弱的东西捆到一起就刚强。"母亲拉着风雨飘摇的家，艰难地给父亲治病，艰难地送我们读书，我们比赛着剥洋芋皮的个数，我们数着碗里米粒的粒数，我们抢着给母亲打蒲扇，听母亲讲述那些她从她母亲那里听来的才子佳人、妖魔鬼怪的故事，那是一生中最"满满"的回忆。

母亲，我们念叨你亏欠的念叨，我们想念你亏欠的念叨。每年清明时节，我总会在母亲坟前摆上一碗米、一碗洋芋，兄弟们都说我这是在揭母亲的伤疤，母亲痛，我们心更痛，我就想让母亲托梦念叨她的亏欠，母亲，我们再也听不到你亏欠的念叨，这是我们永远的痛！

走出乡村，读了很多书，我们才知道乡村那么土里土气的洋芋居然曾经是"洋玩意儿"。洋芋之所以叫"洋芋"，是因为它来自美洲安第斯山区，来自秘鲁和玻利维亚交界处的的的喀喀湖盆地中心地区，那是印第安人的圣湖，那里出现了世界上第一枚洋芋。印第安人喊马铃薯，法国喊地苹果，意大利喊地豆，德国喊地梨，美国喊爱尔兰豆薯，俄罗斯喊荷兰薯……洋芋在明朝末年由传教士传入中国，我们总用家乡话喊她，山西喊山药蛋，广西喊番鬼薯，更多的地方是喊土豆或者马铃薯。

我们川东一带都喊洋芋。

往大处想象，洋芋的模样很像我们人类的地球，这是我们丝毫不会怀疑的想象，洋芋是地球上共同的粮食！

呼喊洋芋，没有崇洋媚外那些层次的心思，洋火点火，洋油点灯，洋碱洗衣，洋伞遮雨，洋布穿衣，洋芋饱肚，这是我们生活中必需的元素。没有它们，我们的生活将寸步难行。在我们老家有一首驰名中外的民歌《太阳出来喜洋洋》——"太阳出来啰嘞，喜洋洋啰啷啰……"呼喊洋芋，呼喊我们喜洋洋的心思和日子！

"山坡石坷垃，红苕洋芋苞谷粑。"中国的乡村几乎都有这句民谣，有着抱怨，有着无奈，更有刻骨铭心的感怀，我们永远记着是谁喂养了乡村，是谁喂养了中国，是谁喂养了地球。

在我们川东一带老家，在所有庄稼中，洋芋是出勤率最高的庄稼，它一年播种两次，收获两次。春天播种的是春洋芋，冬天播种的是冬洋芋。那些缺吃少穿的年月，洋芋就这么贴心。有洋芋种在地里，就有洋芋装在地窖里，就有洋芋在锅碗里，就有洋芋在每一天的乡村烟火里。哪怕日子多么艰难，不怕，地窖里还有洋芋！

为了来年更好的收成，我们选出最饱满的稻子、最饱满的麦子、最饱满的玉米、最饱满的高粱作为种子，放进瓦罐中，哪怕马上就要揭不开锅，谁也不会对这些种子动心思。洋芋没有这么讲究，我们在地窖里取出洋芋填饱我们一日三餐，感觉不能再取了，必须留下春天或冬天的种子，马上盖上地窖木板，木板上放上一把锄头——挖断吃的心思，这是洋芋种子！不去刻意选取，不追求饱满和硕大，只要是洋芋，哪怕只有鸽蛋大小，埋进泥土，它们都会生根发芽，洋芋花开。

洋芋不从我们碗里争夺最大最圆的种子，洋芋相信每一枚洋芋，就像相信乡村每一片土地。水田是稻子的，湿地是麦子的，厚土是玉米的，洋芋只能插花式地种在那些山坡上零零星星的小块地中、地里乱石中、山坡陡峭薄土中。它们不嫌弃，只要有一片土地，它们就能在土地上伸出两片核桃般大小的芽苗儿，就能长出我们期盼的洋芋树，就能在土地中长出淡黄淡黄的白白胖胖的洋芋。乡村的小孩子有很多小名叫"洋芋板儿""洋芋豆儿""土蛋儿""土豆儿""洋芋花儿"……其实我们也是乡村土地上的洋芋，我们不会挑剔我们的乡村、我们的家庭、我们的黄土。

每一个降生的婴儿都有洋芋的微笑；

每一张村民的脸庞都有洋芋的轮廓；

每一座黄土屋里都有洋芋的清香……

风一吹，一个季节过去。

风一吹，一辈子过去。

"人勤春来早"，在我们家是"春早趁人在"。我家人口多，劳力却不多，兄弟们楼梯一般读着小学中学大学。年一过，该走的亲戚走了，脱下过年走人户的新衣服，弟兄们修理好一个个撮箕、竹筐，磨好母亲早在铁匠铺淬火的锄头，用草木灰拌好粪水，大家赶在开学之前把家里的洋芋地全部种下去。

我们是村庄最早上坡的人家，我们拉开了村庄春播的大幕。

我和弟弟的任务是准备洋芋种子，我们没有把整块洋芋投入地里的奢侈，因为我们的身体中也需要这些种子填饱我们。洋芋上长着星星点点的芽眼，让每一枚洋芋在我们眼中都是微笑的表情，那些微笑的芽眼埋进土地，到了春末，每个芽眼上都会长出绿色的洋芋秧苗，都会很快长成洋芋树，洋芋树都会开出白色的、蓝色的、红色的、黄色的花。洋芋树不是我们乡村的称呼，是我的称呼。洋芋的芽眼长出两片核桃般大小的芽苗儿，胖胖的，嫩嫩的，几场雨下来，两片芽苗很快长出枝干，枝干上长出枝干，在我的眼里就像村里的桃树、李树、松树，绿满山坡沟谷。在我们儿童的眼光中，曾经的山很高，房子很高，树很高，甚至洋芋树在我们眼中都那么茂盛高大。现在回到乡村，突然觉得这一切一下都变矮啦，我们知道山没有长矮，房子没有长矮，我们和树都在长高，让我们对每一棵树致敬对我们致敬，我们都是乡村长高的孩子。

从地窖里提上来的洋芋在竹筐里，母亲教会我们看准洋芋上的芽眼，小的洋芋一分为二，大的洋芋一分为三为四，每一片洋芋种子都必须有一个两个三个芽眼，这不是力气活，这是细心活。菜刀在木板上当当地响，一撮箕一撮箕白花花的洋芋种子就摆满小院，很像早些年印刷厂那些一个一个铅字，它们就要走向山坡，在大地上完成乡村布置的年度作文。

切好的洋芋种子还得分出两类。一类是拌上灰粪，这是为那些陡薄的坡地准备的，挖好一个窝，撒下洋芋种，埋上土，等待发芽。一类是由我一块块按进哥哥们浇好粪水的土窝中，就像印刷厂的排字工人，有芽眼的一面朝上，每窝两片，这是那些平整的好地，好担粪，好浇粪，好让洋芋种的芽眼朝上。

电视剧《激情燃烧的岁月》中，石光荣一家在太阳底下在山坡上翻地种高粱，这是石光荣最幸福的画面和时光。电视剧中多次显现，激情燃烧的岁月，亲情永恒的岁月。母亲带着我们几个兄弟山坡上种洋芋，唱着歌，笑着揭露谁偷懒，空地上追逐……那是让躺在椅子上生病的爷爷和父亲老泪纵横的画面，那是母亲一生中到处讲述的骄傲的画面，那是我们心中最温暖最柔软的画面。

据说大地是最永恒的底片，当时的风、当时的阳光、当时的温度，几方面具备了，大地上立刻呈现出当时的画面，前提是，那一刻你刚好赶上。凡·高有一幅名画，叫《吃马铃薯的人》——一群底层的百姓，围着破旧的桌子，在昏暗的和马铃薯一般色调的灯光下，吃着热气腾腾的马铃薯，画中的意蕴和马铃薯一般丰富而绵长。我们心中也有一幅画，这幅画应该叫《种洋芋的人》：零零星星的雪花，打满洋芋窝窝的土地，母亲在前面挖洋芋窝，哥哥们担着粪，一瓢瓢地浇到洋芋窝中，我将洋芋种一片片按进洋芋窝中……整个画面不是凡·高笔下《吃马铃薯的人》那般马铃薯的颜色，昏灰，暗淡。我们的颜色是春天的颜色，是洋芋温暖的淡黄色，是山坡上歌声不断笑声不断的亲情色。

那画面大地记着。

哪怕风雨飘摇，哪怕四面透风，哪怕前路迷茫，有母亲在土地上挖好的窝，有母亲在，洋芋就有窝，我们就有窝，就会生根，就会发芽，就会在大地上默默长出丰收的洋芋。

母亲挖出的洋芋窝就像印满方格的稿笺纸，而且是那种没有空白行的满地格，玉米地、小麦地、高粱地总会在中间间隔出一行地来，种些大豆、红苕之类，洋芋地就铺天盖地，就洋洋洒洒，只讲述洋芋的故事洋芋的收成，心无旁骛。我们敬称的洋芋树从每一个方格上长出来，那也是铺天盖地，海海漫漫，可是洋芋树只是盖住了大地，盖不住人的身影，不像玉米地、高粱地，有了插入行，就有了插入的故事，钻高粱地、摇玉米花，都不是什么好事情，要么暧昧，要么见不得光，都是让乡村风生水起的故事。

母亲打好洋芋的方格，我得一格一格种上洋芋，就像在大地上写作文。一格中洋芋种放多了，会长出一丛洋芋苗，会因为没有足够的土壤，让那窝洋芋长不出期望的收成。一格中洋芋种放丢了，长不出期望的洋芋来，那片空格就格外显眼，成为土地上的"白卷"。丢下洋芋种，埋上泥土，眼前谁也看不出你作文完成的情况，几场雨下来，洋芋发芽，洋芋开花，开春的作文成绩，大地清楚地记着。

一次参观一家大棚蔬菜园，园主刻意指给我他们无土栽培的洋芋，洋芋的苗不是长在土地上，而是长在乡村笕水槽一般的木槽中，手在洋芋苗下一摸，里面真的有一窝洋芋，只是没有一星土。中午园主专门煮了一锅无土栽培的洋芋，我们大家都不敢放开吃，不在土地上长出的土豆还叫土豆吗？

我在农村长大，但除了备洋芋种，撒洋芋种，埋洋芋种，我其实并不会干太多的农活，小时候在乡村"爬格子"，长大后一直干的就是"爬格子"的活，难道这就是人生的暗示？

母亲看不清儿子们的未来，可是又很想知道儿子们的未来，我们小的时候，母亲总是乡场上算命先生的常客，母亲会不断去打探儿子们命运的风声，提前去算命先生描述的儿子们未来的现场踩点、布置，以母亲固有的坚信去期盼和祈祷，希望在儿子们命运的路口或者转角处能够知道些天地给予儿子们的信息，能够提前为儿子们做些什么，等着总比碰着踏实。在那些老迈的、残疾的甚至来路不明的算命先生那里，母亲得到的总是打结的话语，总是漏洞百出、模棱两可的暗示，抓到手里的签文总是硌手的、酸楚的疙瘩，就像母亲鞋里的沙子。

我们从母亲口中得到的都是"望子成龙"的信息，母亲从不告诉我们算命先生那些"但是——"后面的内容，母亲坚信儿子们成龙成虎，母亲忧心儿子们那些算命先生口中"但是——"的内容，那些担忧像一粒粒忧伤的尘埃，永远落在母亲的心上。

人生的明天和人生的不幸，我们谁也不知道哪一个会先到来？

我9岁的时候，还是那个寒假，还是那坡洋芋地。我撒洋芋种的时候，看见洋芋地边水沟上桃树早早开了花，一下分心，半撮箕洋芋种滑进了水沟——母亲和哥哥们正转向另一块洋芋地，我不说，谁也不知道。可是，那是半撮箕洋芋啊，将来可是好几背洋芋。走向水沟捡洋芋种，脚一滑……后来发生的一切都在大家语言回忆的河流之上啦！

水沟边的一块石头在我左眼角磕了很大一个口子，母亲背着我回家，衣服让鲜血染红一背。好在父亲是赤脚医生。唯一奇怪的是缝我伤口的时候药箱里居然没有了缝伤口的丝线，父亲说老五眼角将会留下永远的伤疤。母亲哭着唤我，说为了那么一点洋芋，丢下一个儿子，她也不活啦！母亲好像突然想起什么，她忙到地窖里取来洋芋，架大火煮熟，把煮熟的洋芋剥了皮，捣成洋芋泥，端到我鼻孔，洋芋的香气让我突然醒来。

母亲相信洋芋娘的事情，同样为娘，娘最知道儿子。

母亲问父亲，老五眼角的疤将会永远留下来？老五会是一个疤子娃儿？得到父亲伤心的回答后，母亲突然一下子高兴起来，这下好啦，我的五儿可以长大啦！

全家人异常惊讶！

母亲这才告诉大家，她在算命先生口中得到的那些"但是——"的话。算命先生说我命中会带疤痕，脸会破相，否则将养不过13岁……我们知道母亲应该很早就知道这个并没有多少可信度的迷信信息，儿子们的事情都会让母亲相信，都会在母亲心空放大。这种惶恐的等待就像一座山压在母亲心头，那是多么漫长多么残酷的折磨。为了洋芋种，为了报答洋芋娘，如今水落石出。脸上有了疤，我就不会从父母身边走丢，就会成为他们有疤的长大的儿子。母不嫌儿丑，母亲担心儿子的长大。有了疤，父母不会担心我的长大。

在乡村所有的庄稼中，人们把种子撒进大地，总会捏着一把汗，悬着一颗心，收成是庄稼人最大的悬念。然而，洋芋不会。洋芋只要种进土地里，总会有收成，它们没有其他庄稼那么娇气。庄稼种进地里，大家总会给自己说："不要担心！"其实担心就在那里，不担心其实是提醒一下担心，因为再怎么担心也没有用，还得看天、看地、看时运。

乡村从没有在洋芋面前说过担心的话题。

洋芋种进土里，半月过去，洋芋芽儿破土而出。我一直不解，那么嫩的芽苗儿，何以有那么大的力气冲破厚厚的泥土，向天空伸出两片芽叶儿。麦子就要黄的日子，洋芋秧长高了，长壮了，片片叶子墨绿，长成了我呼喊的洋芋树，洋芋树上开出美丽娇艳的洋芋花，有粉红粉红的，有蓝盈盈的，有黄鲜鲜的，有暗紫的，有纯白的，有褐色的，开满一地，一片花海，谁也无法预测每一株洋芋树会开出什么花，就像乡村谁也无法预测一个孩子未来的成长，但是我们坚信每一朵花下都有洋芋在慢慢长大。"场上连枷响，地里洋芋长。"麦子收割上场，正是洋芋生长发育最美的季节，拨开洋芋树，哪棵树下的土裂开了口子，那里面绝对会有白白胖胖的大洋芋。小心刨开土，拣最大的出来，放进柴火灶中，埋进火灰里，那是童年最美的洋芋香。

在故乡，挖洋芋是最幸福快乐的事情，田野里飘荡着稻谷的香味，玉米也挂上了硕大的玉米棒子，我们预测的大洋芋从地底下露脸，乡村最盛装最饱满的季节完全到来。瞅准一棵洋芋树，锄头准确落下，用力翻起，一抖，一窝子洋芋笑嘻嘻地掉在地里，白花花的，带着泥土味的洋芋香弥漫开来，一窝洋芋在地上打滚的样子，就像我们弟兄在田野快乐地追逐。洋芋由大地上遍地的绿，演变成锄头下的淡黄，演变成背篓中的一背黄，地窖中的一堆黄，那是和我们皮肤一样的肤色，和故乡一样的肤色，和阳光一样的肤色，洋芋用时间的简史喂养我们和故乡，融入我们血脉，就像我们从父母身上，从大地怀抱，得到生命和温暖一样。

在我们那片洋芋一样凹凸不平的山村，大地上种得最多收获最多的粮食就是洋芋，洋芋在今天人们眼中，已经升格为桌上的菜，在漫长的中国乡村时光中，它就是粮食。

乡村办红白喜事，请得最多的帮手就是剥洋芋皮的人，一大群人围着大木盆，说说笑笑地剥着洋芋皮，净身沐浴的洋芋将会和大米会师，做成洋芋饭，那是酒席上的饭，那个年代没有哪一家能够端出不掺和洋芋、红苕、玉米、高粱的大米饭，大米饭还不是那个年代的主旋律。酒席上的八大碗菜中，洋芋也是绝对的主力，它会给猪肉牛肉助攻，以炖肉的阵容，成为酒席上的硬菜。经常的战况是洋芋孤军深入或者继续助攻，只是变换一下阵形，炒洋芋片、炒洋芋丝、油炸洋芋、洋芋粉丸子，至于那些粉蒸系列，不管是羊肉、猪肉、牛肉，洋芋绝对是最后托底的阵型，有肉香的浸润，托底的洋芋格外可口，格外好吃，是大家抢着去光盘的对象。

女儿5岁半的时候，不再想读幼儿园，想读小学。我请了女儿幼儿班的小朋友吃饭，给女儿一个升学的仪式感。

满桌菜上来，女儿一点都不高兴，喊来服务员，要点一个土豆泥。我们记忆中从没有给女儿做过或请女儿吃过这种土里土气的食物。

我们血脉中同样流淌着洋芋的清香。

洋芋就是我们乡村粮食之首，大地的至尊，我们的生长，我们的身份，我们的小名，我们的微笑，我们的荣耀，永远在洋芋淡黄的光芒之中。

远离故土，我们的心中永远有片洋芋地。童年梦中都是洋芋花开的山坡，那时我没有走出乡村。后来走南闯北，见到过很多繁华很多神奇，梦中的画面依然是洋芋花开的山坡，这是我们梦开始的地方。

一个搞农业种植的朋友，种过李子，种过梨，种过脐橙，要么雨水多了果子烂在树上，要么果子突然变异失去原来的口味，茫然无措之中让我出主意。我说，到乡下我老家去种洋芋吧！朋友一愣，居然真的到了我老家流转了几千亩土地种洋芋，其中自然有我家当年的坡地。播好种，施好肥，洋芋一定会有收获，当年投入当年丰收，不像种果树，收获还得漫长地等待，等到的不一定是收获。朋友已经种了3年洋芋，名声大振，信誓旦旦地表示要成为永远的洋芋大王，种洋芋，发洋财，成为他自豪的显摆。我自然也能不断吃上老家土地上长出来的洋芋……

洋芋，就这么实诚！

恒 合 开 篇

　　恒合文章，这是一个关于恒合很老套的比喻，我想不出更妥帖的比喻。我们走向大地上那些美丽的地名，每一个地名都是一篇文章，我们翻阅，我们记住，我们传承，我们感动，整个大地就是一部巨著，是一部很多很多人写了很久很久而且永远在写下去的巨著，是一部永远没有句号的巨著。走进蓝天白云下的恒合，大家把"高原之乡""康养恒合""土家原乡"这些走心的标题给了恒合，是天上的街市，是云上的恒合。

　　恒合从哪里开篇？这是一个很费脑筋的问题。

　　"很久很久以前，盘古开天……"传说都这样开始。很久是多久？传说中的日历让时光漂白，一片模糊。我们谁也没有见过盘古，在恒合这片古老的土家山寨找不到盘古开天的底片，在恒合老人们语言的河流之上，盘古开天的神话只是时隐时现的浪花，我们无法定格每一朵浪花，就像我们无法定格那个叫盘古的巨人，无法定格他抡起大斧把天地一分为二的开篇。

　　恒合的天空不是斧头砍开的，恒合的天空是雄鸡鸣唱拉开的，是隐鹿湖百鸟齐鸣拉开的。

　　雄鸡一唱天下白，那不是恒合的开篇，那是恒合一天的开篇。

　　九头龙盘踞在石桶寨旁的九龙湾，涂炭生灵，和九龙的战斗成为恒合人最永远的战斗。唐贞观末年，薛礼投军路经恒合，见百姓受尽苦难萌生拯救之心，手握恒合人打造的方天画戟，深入龙穴将龙屠杀。割龙首为桶，挑龙骨为担。为保土家寨世代平安，薛礼将龙首桶置于村口山顶，化成石，就是今天的石桶寨。将龙骨担插入村尾山顶，担化为塔，就是今天的文星塔。土家人从此不再与龙争斗，这里姓张和姓蒲的两大姓却开始了新的争斗，争夺这片土地的版权，三天一小仗，五天一大仗。山寨老人带着张、蒲两家从石桶寨走到文星塔下，从干戈走到玉帛，希望恒合子子孙孙"恒心合作，永存不变"，这片土地从此叫"恒合"。

恒合是长大的恒合，原曾家乡、枫木乡、凤仪乡、恒合乡四个乡合并在一起成为新的土家族自治乡，恒合是大家选定的新的乡名。长大的恒合四乡一起，恒合是大家共同的心愿。大家把乡政府选在老鸭塘，一方山清水秀的高山坪，给恒合一个高度。老鸭塘在地图上的地名叫隐鹿湖，一个很有故事的地名，老鸭其实就是白鹭、天鹅，那是湖上翻飞的候鸟，大家喊老鸭塘，这些天空中的候鸟就像家中那些认识回家路的老鸭。

这是恒合的开篇？

送郎啊送到豇豆林，手摸豇豆诉苦情，要学豇豆成双对，莫学茄子打单身。送郎啊送到海椒林，手摸海椒诉苦情，要学海椒红到老，莫学花椒起黑心……

苍凉忧伤的《送郎调》，从远古传来，穿过逶迤起伏的山坡，穿过沟沟峁峁的黄土。在川东一带的乡村，我们描述乡村，总描述着两种人，一是山上人，一是坝下人。坝下人是大家羡慕的人。说山上人，潜台词其实就一个字：穷。七曜山下的恒合，海拔1200多米，最高处鹿鸣垭海拔1580米，恒合自然成为山上人。因为大山，恒合与周边的白土、走马、龙驹一起，是三峡最有名的连片山区。"山坡石坷垃，红苕洋芋苞谷粑""睡的苞谷壳，住的茅草窝，走的泥巴路，吃的三大坨"，这是川东一带最辛酸的顺口溜，喊出乡村的酸楚，喊出乡村的无奈，其出处就在恒合。"养儿养女不用教，恒白走龙走一遭。"这是教育孩子最走心的教程，不到恒合，你就不知道山穷水尽，水瘦山寒，背井离乡。

当一方水土养不活一方人的时候，背井离乡是我们所能想到的最好的出路。栖凤湖、隐鹿湖、龙泽湖，候鸟每年飞走，总会飞回来，恒合人一旦走出大山，就再也不想回头……

恒合《送郎调》，这是恒合的开篇？

　　短命吹手天寿锣，逼得我心碎意乱莫奈何！我的爸呀我的妈，我在你奶根脚长大，费尽二老苦心血。千般恩情我没报，万滴甘露未酬答。明日就要离开你，不知他家是个啥，内心话向谁表达……

　　山里姑娘远嫁他乡，《哭嫁歌》是必需的仪式，这是一个土家姑娘的绝唱，这是一个土家母亲的开篇。今天，在恒合听《哭嫁歌》，已经成为一场文艺的盛筵。在漫长的历史长河中，恒合《哭嫁歌》在表达哭媒人、哭梳头、哭爹娘、哭姊妹、哭上轿的"中国式咏叹调"哭歌中，有辛酸的哭诉，有离别的交代，有未来岁月无知无底的泪雾，但是在哭声中我们听出的是向往，是憧憬，是幸福，苦到极致的大山，还有比家乡更穷的地方吗？告别大山，那是哭中的喜悦，那是哭中的欢笑，那是崭新生活的开篇！
　　恒合，实在是一方不想留恋的苦土。
　　恒合《哭嫁歌》，这是恒合的开篇吗？

　　糯米颗颗小哩，曲儿那个圆又圆哩，九月重阳酿黄酒哩，醉人的黄酒蜜呀蜜个甜啊，去年八月叭一口啊，今年八月还在甜……

　　秋天第一场雨下来，我走进恒合，枫木寨门口，歌声响起来，美酒端上来，摆手舞跳起来，这是当年那个老少边穷集散地的恒合吗？
　　恒合人把我带到鹿鸣垭上，秋雨过后，碧空如洗，空气清新，隐鹿湖、栖凤湖、龙泽湖，如三面巨大的镜子，青山倒映，彩林投影，云雾缭绕，村舍田园星罗棋布。田野上稻谷金黄，土家吊脚楼前是一挂挂金黄的玉米，这是乡村最饱满最盛装的季节。
　　人往高处走，水往低处流，这是一句俗语。在温饱成为我们最揪心的日子，我们没有给心灵安一个家的奢望，只想给肚子一个饱。今天，我们饱了肚腹口福，更想饱满我们的心福，往高处走，往清风走，不仅是思想的向上，也是身心的向上，渴望一处岁月静好，渴望一处清风徐来，渴望一处心灵驿站，山上的恒合林海成为我们身心转场的首选。

俯瞰桃花源般美丽的恒合，纤尘不染的蓝天之下，石桶寨、文星塔、龙凤湾、相思坪、枫叶帐篷酒店、栖凤湖畔山庄、龙潭轩、凤凰峡、雪龙亭、齐曜山大风车……处处古老的山寨，处处桃源山村，今宵酒醒何处，在恒合，你就有这样的手足无措。

抓阄，这是清风的暗示——

石坪村。

雄奇豪迈的石桶寨，一块状若石桶的巨石矗立山头，它装着什么？从侧面看石桶寨又像慈祥的人头，它在看什么？

耸立千年的文星塔，也叫惜字塔，是专烧有文字的纸的石塔，也叫字库塔。塔身上有对联："惜今人敬字，教古圣明文。""蝌蚪云霞焕，鸿篇日月光。"在这高高的山顶，在这曾经贫穷落后的土家山寨，见到这样一座气势恢宏的文星塔，的确让人惊异，这是恒合的开篇？这是祖先的希望？矗立千年，好像在等待一群人，等待一个盛世。

村长袁明军无法告诉我们更多关于文星塔的故事，一讲起石坪村石头开花、点石成金、网红三峡的事情，如同拂脸的清风和稻香，让我们为石坪的巨变点赞，沉默的山村一下集体苏醒，一个前所未有的乡村新时代，我们刚好赶上！

石坪村人丁兴旺，当年却有三分之二的人外出打工。石坪村有着恒合最美的向上的梯田，当年却是一坡荒草。好山好水好田好空气，却没有一个好的前程。重庆市教委乡村振兴帮扶集团入驻恒合，重庆三峡职业学院乡村振兴学院恒合分院挂牌恒合，重庆三峡学院乡村振兴研究院恒合乡村振兴专家服务团入驻恒合，开始了恒合乡村振兴的教程，开始了产业振兴、文化振兴、组织振兴、生态振兴、人才振兴、建设振兴等系列乡村振兴的文章开篇，不知这是重庆市委市政府的刻意安排，还是历史惊人的巧合，文星塔等来了它要等待的一群人和要等待的盛世。

乡村振兴的专家们和村民围坐文星塔下，让古老的石桶寨装什么，让古老的土地长什么，成为文星塔下滔滔不绝的话题。

种李子？种黄桃？恒合晚熟李子和黄桃基地有了好几个村。

办养殖场？这不是文星塔的等待。

种药，这是村民将信将疑的全新的庄稼。

刚刚过去的扶贫决战全胜，他们相信帮扶团，相信村党支部。现在开始的乡村振兴工程，他们依然相信那些专家教授，相信他们的村党支部。

走向土地的不是锄头镰刀，是他们没有见过的轰鸣的施工机械，浩浩荡荡开进村里，石坪土地开始了全新的改版。因为有打工的工资，有土地入股的股份，外出打工的石坪人犹豫着被"喊"回了村里，开始在土地上书写祖辈们都没有读过写过的新的篇章。古老的土地上很快种下金荞麦、柴胡、茯苓等中药材，绿油油的药材，清风徐来不是曾经熟悉的庄稼花香，是从没有闻过的舒心的药香，等待收获的不是饱满的谷仓，是纷至沓来的药商和雪片般飞来的"订购合同"，这是大家从没有见过的"庄稼"收成。上千亩中药材每年带来了70多万元纯利润，石坪人第一次尝到了谷仓之外的丰收。

石坪土地写上了大文章，没有白卷，没有草稿，石坪人不再望天，在"三峡恒合旅游度假区"金字招牌的加持下，在这片天赐的凉都恒合，好客的土家人正式干起了好客的事情。

石坪人郎小勇、郎小平，长年在外从事与铁路有关的工程建设和开餐馆。老家的巨大变化，市区各个部门倾心帮扶老家乡村振兴，让兄弟二人格外感动。别人来帮扶恒合，我们恒合人哪里去啦，兄弟二人果断转让在外的公司和餐馆，回到石桶寨下，同着恒合那些先行开办民宿的村民一样，"清砖黑瓦马头墙，雕梁画栋花格窗"，把自家老旧房屋重新打造成土家风情民宿，开起石桶寨农庄，成为恒合30家土家民宿中的一家。有高高的石桶寨和古老的文星塔做"酒旗"，一亮相迅速走红，春踏青，夏纳凉，秋观叶，冬赏雪，一年四季一房难求。在乡村振兴帮扶团和乡里支持下，他们联合村里那些闲置的农房，按照石桶寨农庄的设计风格，包装成为土家民宿，祖祖辈辈与泥土打交道的石坪人成了笑迎八方客人的"农庄老板群"。

投入一家农庄，躺在松香扑鼻的床上，风轻轻，水清清，树青青，心自然清清。蓝天白云，松涛阵阵，一方方山清水秀、层峦叠嶂的高山湖上，候鸟翻飞。太阳落山，残霞渐暗，鸟儿的剪影，树的剪影，湖的剪影，吊脚楼的剪影，和这湖、这风、这月沉入梦境，枕梦恒合，梦中水声，梦中风声，没有电话，没有酷热，没有银行的催账单，没有医院的体检表，这才是我们向往的生活，这才是恒合的慢时光。

早上起来，太阳从山头升起，从湖里升起，鸡鸣声声，到农家的菜园摘菜，或者干脆扛起锄头，在农家的菜园种上自己喜欢的蔬菜瓜果，或者到农家的堂屋，选好火塘上挂着的那些黄亮亮的腊肉，架起柴火，投入锅中……

"采菊东篱下，悠然见南山"，这不是逃避式的归隐，这是幸福的境界！

难怪恒合的农庄一房难求？

枫木村。

枫木村有全国最大的1000亩枫香古树群，百年以上的古树上千棵，最长的树龄上千年。这里有发源于鹿鸣垭上美丽的枫木河。

枫木村得名于树得名于河。

站在海拔1380米的山色半岭上，600多米落差的谷底田园风光尽收眼底。枫木村支书告诉我们，恒合现在森林覆盖率达到70%以上，一方山水处处林，三步两步有大树。成为今天的森林之乡，是最近10年的事。早些年，为了温饱，草场改为耕地，带给乡亲们的却不是期望的丰收。很多挺拔的大树，在一个个黑夜倒在不法分子斧锯之下，变成山民火塘中的火，身上的衣，口中的食，山清水秀成为大家最向往的未来。山色半岭，喊着很不顺口的地名，记着这方山林走过的很不顺意的时光篇章。

当温饱不再成为乡亲们望天的忧伤，乡亲们开始关心那些山林，那些枫香树，那些草场，那些野花。激发三峡恒合旅游度假区建设灵感的正是这方古老的村落，它们给了恒合做大乡村旅游大文章最美最富集的素材，三峡交旅集团等著名企业看中这方宝地，流转村民田地、山林，建设枫香道房车露营基地，建设枫香记民宿酒店和枫叶帐篷酒店，开启诗意旅居方式，成为三峡最高端的酒店。乡亲们在家门口的酒店当服务员，在自家山林养牛养羊，在自家土地种植无公害蔬菜，在度假区给远远近近的游客燃起篝火，表演摆手舞，演唱《哭嫁歌》、《送郎调》、土家酒歌……

家在景区中，这是恒合人做梦也没有想到的幸福！

选中一方帐篷住下，夜幕降临，风是那样轻爽，星星是那样近，天当房，地当床，枕梦天地之间。锣鼓响起来，篝火燃起来，歌曲唱起来。《送郎调》《哭嫁歌》《六口茶》在草场上响起，古老的歌谣，一样的曲调，不同的背景，不同的心境。

把自己的心思唱成一首歌，风声会帮我们传达。

清风的问候，松涛的抚摸，最甜的睡眠，让我们错过了山林的鸟鸣。正在我们遗憾中，突然传来羊的咩咩声。走出帐篷，枫树、松树、针叶林、阔叶林，如今都是秋天的七彩色，就像天地之间一方巨大的调色盘，七彩山林之上是白云，山中是白云，山顶白云在飘，山中白云在走。走向羊群，走向山中的白云，走向七彩山林，山林中牛羊多啦，鲜花多啦，鸟鸣多啦！注目那些悠闲吃着草的牛羊，它们吃草的时候，总是吃几口，就会将头抬起，目光注视远方，羊的脸是微笑的面容，牛的脸是安详的面容，还有树叶的微笑、青草的微笑、山花的微笑，仿佛在我们看不见的某个地方，有一群值得它们感激的人，是他们将一场草的盛筵，赐予了牛羊，赐予了恒合。

这个画面让我们特别感动！

头顶蓝天，脚下缓坡，山中帐篷，山脚村落，湖畔歌声，这种日子是暖洋洋的，这种时光是慢悠悠的。

挥动羊鞭，在恒合放羊，给心灵一次美丽的转场——

电话来啦！

栖凤湖畔的风安社区在栖凤湖畔山庄摆上了恒合有名的"九大碗"，刚酿的糯米酒早已摆上……

鸿凤村黄桃熟了，他们举办恒合黄桃节，摘桃子比赛等着我们……

箱子村刚酿出红通通的蓝莓酒，等着远方客人品尝……

玉都村乡村菜园等着我们去认领一块恒合天上的菜地……

…………

恒合一个个美丽的村庄在等着我们。

显然我到恒合采风的消息，乡里已经发到他们微信工作群，他们期望看到新恒合的新篇章。

　　谁在云端深情呼唤？彩云悠悠拨动着心弦。石桶寨煮茶品味甘甜，文星塔吟诗流传千年。云上恒合，土家原乡。花草含笑，四季乐园。人间仙境流连忘返，与君同醉绿水青山……

村空之上喇叭响啦！恒合人谱写的歌曲《云上恒合》从天空中传来。
这是新的恒合！
这是恒合新的开篇！

味上梁平

向往一个地方，从味开始。

水瘦山寒的季节"逼上梁山"，是那金黄的柚香"诱"着我们。

梁山是梁平最早的县名。走进梁山，山不是梁山的主题，坝才是梁山的主题，东山高梁山和西山明月山两山之间，方圆1000平方千米的梁平坝子海海漫漫铺排开来，高滩河、波漩河、新盛河、浦里河、汝溪河、黄金河，河流蜿蜒梁平坝，"沃野千里，碧田万顷"，这不是写给梁平坝子的诗句，这是梁平坝子的气势。"高梁山麓平畴远"，"巴渝第一大坝"改名"梁平"，这是一个名副其实的地名。千里梁平坝子，是阳光最充足的地方，是庄稼生生不息的地方，是黄土最疼人的地方，是酒旗飘扬的地方，是适合摆放思想茂盛味蕾的地方——

踏进合兴镇龙滩村，平坝是柚林，山坡是柚林，柚树上挂满金黄的柚子，空气中弥漫着浓郁的柚香，以漫山遍野绿油油的柚海为背景，那是冬日点亮的一盏盏黄灯笼，那是冬日最温暖的笑容。

沿着弯弯曲曲的柚园小道，柚林中随处可见扬着采柚网、背着竹背篓的村民，他们哼着《梁山灯戏》的调子欢快地采摘柚子，兴奋地指导着游客向葱绿的柚树伸开采柚网，向金黄的柚子伸开采柚网。柚树上的黄灯笼一盏盏汇聚到竹背篓中，柚园中的柚林小道上放满了一串串金黄的背篓，就像阳光下金色的小河在柚林中流淌。

奔着笑声去，奔着歌声去，奔着竹背篓去，奔着满坡黄灯笼去。我们走进的柚园竟然是张文辉家的柚园。

梁平有个"张鸭子"，每年卖出特制的卤鸭100万只，那是梁平闻名天下的美味。梁平还有个"张柚子","张柚子"就是梁平区龙滩柚子股份合作社理事长张文辉。

张文辉一辈子种柚子，一辈子研究柚子，除了自家10亩柚子林，还承包了100亩柚子林。1998年，梁平柚子突然跑味了，又苦又麻，身价暴跌。张文辉用"吃"的办法找到原汁原味的梁平柚。一个树上的柚子，树顶的要尝，树下的要尝。一个地方的柚子，田头的要尝，山地的要尝。同一个柚子，请好几个人尝遍，最后硬是找到了"正宗"的柚子，找到了柚子变味的病根就是在管护技术上出了问题。张文辉带领乡亲们在园艺站专家指导下，探索出培植原汁原味梁平柚的管护技术，印成"护柚宝典"，让村民"照本宣科"地"精心护柚"，最后"天柚梁平""柚香梁平"，梁平柚与广西容县沙田柚、福建仙游文旦柚并称为中国三大名柚。

"张柚子"就这样喊出来，梁平柚香成为味上梁平的封面。

张文辉温暖的笑容，就像那一颗颗温暖的柚子，装进我们竹背篓中，装进我们心中。张文辉告诉我们，"柚""佑"谐音，天佑梁平，天柚梁平，庄稼不再是柚乡土地上的主题，柚子成为土地上崭新的庄稼，种植了几千年庄稼的土地重新改版，村民从祖祖辈辈的农民成为今天的"柚农"，游客成为"柚客"。三月底四月初，满坡柚花，柚香醉人，赶花的蜂农，赶花的游客，合兴镇、大观镇、荫平镇等梁平柚主产区成为梁平网红地、打卡地。

张文辉热情地指导我们用采柚网摘柚子，他的手机不断地响着"嘀嗒"声，我们知道那是网购梁平柚的下单声。张文辉说，要踏柚花香，须到柚乡来，那是无法送达的春天。2011年，张文辉突然想到远在北京读大学计算机软件专业的儿子，选了几个特别大的柚子给儿子寄去，时髦地让儿子在淘宝网上开了网店，又在村里建了网站，链接到农业信息网、中国特产网，注册"双桂牌""龙滩牌"梁平柚商标。

柚花香无法送达，柚子香能够踏网走向远方。

临近中午，一串一串装满柚子的竹背篓从柚园中走出来，汇流到村道上，汇流到柚海广场上的龙滩村便民服务中心，这是龙滩丰收的季节。装箱，上秤，填单，村口的物流快车排成了长队……

坡上种柚树，瓦房办农家乐，在龙滩的中华梁平柚海，柚农们开办农家乐18家，柚子卖钱，办农家乐挣钱。走进村民严官无家的农家乐，听说他家的全柚宴非常出名，在梁平随处都可以品尝到全柚宴、全竹宴、全鸭宴、全素宴，那是味上梁平的"全聚德"。

全柚宴登场啦：柚子皮海绵部分炸成柚皮酥，柚子皮的黄皮片垫到碗底蒸八宝饭，还有炸柚馕、柚皮炖腊猪脚、柚子鸡、柚子珍珠汤、柚香粉蒸肉……梁平人说，树上的梁平柚，每个人有每个人的吃法，灶上的梁平柚，他们有108种花式吃法。

走出严官无家的农家乐，来到龙滩村宽敞明亮的柚库，金黄的温暖，金黄的柚香，恍惚当年乡村金黄的稻谷晒场，只是今天这里飘满了金黄的柚香。陪同的梁平区委宣传部领导说：你们没有赶上秋天梁平的另一片金黄，蓝天白云，一望无边，遍地金黄的稻香，"川东粮仓""万石耕春"，梁平的丰收就这么金黄，就这么张扬，就这么任性。

以柚香为背景，定格，发到朋友圈。梁平的冬天格外温暖，格外辉煌。

全竹宴还在等着我们——

"都梁之民独无苦，须晴得晴雨得雨。"这是大诗人陆游在《题梁山军瑞丰亭》中赞叹的诗句。三山五岭，两槽一坝，丘陵起伏，六水宛转。自古富庶的梁平没有更多饥饿的记忆，所以他们有了梁山灯戏喜笑闹的欢笑味，有了梁平年画源远流长的墨香味，有了梁平竹帘山川风物的历史味，有了草把龙舞的文化味，有了梁平抬儿调、癞子锣鼓的农耕味。柚子香，几百年的事；鸭子香，几十年的事；竹子香，却是我最近几年听说的事。

将信将疑地走进明月山百里竹海。

发给我们手机上的视频，铺天盖地的竹林清波绰约，身姿婀娜，宛如浪起涛涌的绿色海洋，丛生、混生、散生状态的竹林中，有挺拔高大的大径竹，有秆形矮小的小径竹，有形姿各异的观赏竹，有美味可口的笋用竹。721平方千米的土地上，成片竹林35万亩，茫茫竹海，白夹竹、寿竹、楠竹、斑竹、慈竹、水竹、刺竹、金竹、箭竹、苦竹、桐竹、棕竹、芦竹、方竹、丝竹、罗汉竹、凤尾竹、凤凰竹……这是竹的大家族，这是竹的全家福，种类之多，面积之广，说竹海一点不过——

可惜我们没有翅膀，无法飞越竹海，我们只能投入竹海一角——

猎神村。记着地名好回家，地名记着所有的事。土地稀少贫瘠，祖辈只能打猎维生。再后来，村民利用山上的竹林，开办舀纸坊。再后来山上发现了石膏矿、煤矿，开办矿厂，卖矿维生。日子倒也过得下去，可是只有今天，没有明天。采矿的污水、舀纸坊的污水流入村庄，山上留下来的七涧河、老鹰洞溪流淌着的不再是清清的溪水，而是发臭的污水黑水，山后的竹林和山下的村庄常年灰尘笼罩。当一方水土留不住一方人的时候，背井离乡成为猎神村人唯一的选择。

猎神村人痛定思痛，在政府引导下，壮士断腕一般关掉了所有的矿山、舀纸坊、水泥厂，把山里的群众集中搬迁到七涧河、老鹰洞溪汇流的地方，建起猎神新村。从竹海往下看，今天猎神村清一色的青瓦房沿着小溪延伸开去，就像一个"日"字，四周竹海环绕，小桥流水，清风徐来，那是猎神村人今天大写的"日"字和今天幸福的日子，成为远远近近人们乐不思蜀的打卡桃源。猎神村村民候鸟般回到家乡，编竹器，开办竹家乐，大地改版后的村庄如同山村后的竹林，拔节的时候，总把一节长好了，才长下一节，一节一节地向上伸展，节与节之间，成长得清清楚楚，踏踏实实，绿意盎然。

村支书把我们带进七涧河边一个叫"矿咖"的地方，门上摆放着几节矿车，矿车从一方关闭的石膏矿洞中开出来。咖啡店外是当年的舀纸坊遗址，作坊还在，石碾还在，引水的竹槽还在，舀纸声远去。

在乡村，在矿咖，品着醇香的咖啡，这是乡村新的味道。只要我们热爱脚下的土地，珍重脚下的土地，这片土地可以长出我们期望的丰收我们幸福的味道。望着矿车和舀纸坊，仰望四周青翠的竹海，竹涛声声，我们知道猎神村人想告诉我们什么……

手机响啦，是村口小溪边的"竹家乐"发来的全竹宴菜单：竹荪、竹荪蛋、竹虫、竹胎盘、竹燕窝、竹筒笋烧白、干煸笋尖、白油冬笋……要我们圈点。

在梁平，在竹海，在猎神村，有场全竹宴等着我们——

逆流而上的乡愁

1

在故乡，远方是远方。

在远方，故乡是远方。

离开故乡，故乡只是节日的故乡和庄稼的故乡。

父母在，故乡是春节的故乡。

父母走了，故乡是清明节的故乡。

在不是春节不是清明节的日子，让一种盛情的邀请喊回故乡，这是第一次，这是槐花盛开时节的故乡。

一直以来，喊我们回家的是父母，跋山涉水，千里迢迢，就奔着那方叫白蜡湾的村庄，那方叫新龙岭的老屋。这是两方刻骨铭心的地名。

再往上故乡的大地名，叙述上就有些纠结了。

村庄之上是乡名。那是一个很诗情画意的地名——桥亭。（2004年9月，桥亭乡合并到后山镇，老家有了一个非常可以"依靠"的地名——后山。有后山作为人生的后山，我们何惧风浪，何惧飘零？）再往上是县名——万县。再往上是地区名——万县地区。再往上是省名——四川省。"高峡出平湖"的三峡工程，让我们头上四川省的省名改为了"重庆市"市名，人生档案的籍贯填写从"四川省万县"到"四川省万县市天城区"到"重庆市万州移民开发区"再到"重庆市万州区"。据说即将又有"三峡新区"……

自己是哪儿人，这么一个简单的问题，在人生各阶段填写籍贯表格时都会如此支支吾吾，含含糊糊，我们有了更多的乡愁！

2

站在故乡土地上，就没有那些往上仰望大地名的愁绪。等待我的不是父母，是故乡的镇干部。镇上的几名干部整齐站在一方门下，那是故乡的镇门，大青石的牌坊，牌坊上刻着"重庆市万州区后山镇"——

故乡有了自己的门面，有了自己的封面。

镇门所在地方土地名叫三岔河。从老家桥亭流下来的天顺河，从后山流下来的黎明河，汇在一起，流进关龙河。河上曾经有一座风雨廊桥，故乡当年这样的风雨廊桥很多，所以我的故乡叫桥亭。

河水清清，廊桥不再，故乡桥亭已经见不到一座桥亭。陪同我的故乡"父母官"说，故乡准备在当年有桥亭的地方恢复曾经的桥亭，让回家的游子有一方歇息的地方。

1983年9月1日，我考入万县师范学校，学校依然在乡村，但是学校在高高的蛤蟆石山那边，在江城万州的城郊。父亲送我上学，没有从蛤蟆石山翻越，专门送我到三岔河。父亲说关龙河的前方是浦里河，浦里河的前方是小江，小江的前方是长江，长江的前方是大海，这是故乡所有河的河生，这是父母希望的我的人生——

跟着河流走远方！

我的老家和远远的城市隔着高高的蛤蟆石山，翻越那座山，是故乡人最大的梦想。

走好选对的路，别选好走的路，祖辈们的话很有哲理。

当年架风雨廊桥的地方，如今飞架着一座气势恢宏的钢筋水泥桥，公路已经通向老家的大山里。桥上过往车辆很多，不再是拉煤的货车和拖拉机，城里能够见到的轿车、越野车不时在桥上通过。车停下来，车窗摇下来，我已经叫不完车上老乡们的名字，显然他们因为认识故乡的镇干部自然之后就认识我，有进山的，有出山的……

这是故乡的封面。

迎接我的车队沿着天顺河逆流而上。

窗外是平坦的三岔河坝子，那是山里难得见到的大坝子，聚集了故乡最肥沃的一坝田。老家人们的口中总描述着两种人，一是山上人，一是坝下人，坝下人是我们羡慕的人，说山上人，潜台词其实就一个字：穷。

越往上走，路越来越陡，山越来越高。在坝子上升为山坡的天顺桥下车，重温当年的万梁古道（万州到梁平）。光滑的青石板路蜿蜒往山中延伸，山脚就是天顺桥，一道非常古老的石板桥。漫漫古道，洒汗之路，上面撒着祖辈的盐、粮食、桐油，当然更有信念和汗水这些属于盐的物质。如今的古道已经时隐时现，就像我们记忆的河流，我们总能想起些什么，更多的是模糊。古道不再是故乡人走向远方的主题，水泥路、柏油路、高速公路，还有大山腹中的高铁，走出去的人多了，走出去的路畅了，关于异乡的前景，大家不再仰望，不再绞尽脑汁地展望。

关于故乡，最走心的比喻就是故乡就像自己的母亲，她们总会逼着你走远，让你带着疼想她们。

从天顺桥爬上一道山梁，那座山梁有个很俗的名字——屙屎梁，山梁那边又是一方坝子——康家坝，老家又一方出米的大坝子，想想那些大米，再想想坝上这个俗气的地名，我们就明白祖先们取名的理由。有坝就有路，有河就有桥，一路进山，天缘桥、桂花桥、天池桥、巨河桥、元河桥、蛮大桥、纸厂桥……那是山里人刻骨铭心的地名，那是山里人走向远方的路，回家的路。

故乡的路多、溪多、河多、桥多，最简单的心思就是把故乡想象成一片树叶，树叶上印着小溪、小河、小桥、小路的图案，树叶很青，很清，很轻，好藏在心中……

站在天顺桥上，望着不远处的牛栏圃院子，那是我二嫂的老家。因为媒人的张罗，我二哥和二嫂换了庚帖，合了八字，等待一个婚期。我二哥并不热心这桩婚事，他心中有他一个高中的女同学名字。迫于父母的压力，他们第一次拜家之后，每到逢年过节的日子，到二嫂家拜节的事情就落在母亲和我身上，虽然每一次到二嫂老家，母亲总会编些理由，大家都不说破。二嫂的父亲是个非常热情的庄稼汉，每次到他家中，他总会带着我到家门前的天顺河边捉鱼，捉螃蟹，我萌生找媳妇的念头就从那时开始，我清楚地知道，找了媳妇就会有人带着捉鱼、捉螃蟹……

当然，最后娶走我二嫂的还是我二哥。

望着老院子，眼中噙满泪。二嫂的父母也早走了，他们曾经一直在二嫂面前念叨，说：好久喊你家老五到天顺河来捉鱼啊，河里的鱼好多啊！老院子的背后是一方狭窄的峡谷，那里不久就会矗立起一道大坝，让曾经的稻田成为青龙水库，作为万州城的备用水源地，成为江城万州一口最大的水井。

很早的作品中，我总用"背井离乡"记录离开老家的心情，没想到再过几年，这口井还真被我们背到城里，我们的城市和我们的老家喝着同一口井水，我们的血液中流淌着同样的滴答声。

老家人围了过来：天啊，这不是那个给哥哥看媳妇的文家老五吗？

老家人自豪地告诉我：黎明河的上游石笋沟也要建一座石笋沟水库，你们可以天天喝上老家的水啦！

有一个词叫沧海桑田，在我的老家，这个词叫桑田沧海！

3

如果在一开始的时候，故乡是一个村庄的名字，那么读书离开村庄，故乡就是一个乡镇的名字；后来参加工作，故乡就是一个县城的名字、省份的名字。我在前面说过，在我最早的籍贯表格栏上，我是四川省万县桥亭乡人。在我的思维定式中，村支书、村长办公的地方是一个村庄的封面，乡党委书记、乡长办公的地方自然是一个乡的封面。所以在很长很长的时光格上，桥亭子才是我故乡桥亭的封面，那是乡里书记、乡长办公的地方，那是乡亲们逢每月2、5、8的日子赶场的地方，那是乡村最大的乡村派对的地方。

2022年4月28日，这是桥亭子赶场的大日子，乡场上没有我想象中的人山人海。老家桥亭乡合并到后山镇后，乡政府木牌子摘下，大家很长一段时间心里空落落的，就像乡政府门前那座风雨桥亭，桥上的亭子拆了，只留下一弯石拱桥，到哪里遮风挡雨是大家迷茫了很久的话题。改革开放以来，通往山外的路越来越多，村里的人越来越少。于是，村里的小学合并到了镇里的小学，小的村子合并到了大的村子，村里的人们搬到了乡场上、城市里。稀稀疏疏的人群，淡淡的叫卖声，我说不出是失落还是喜悦。

车队驶进乡政府大院，显然这是乡场上今天最大的事件。赶场的人们涌进乡政府，一看书记、镇长在陪同，大家更是充满期待——

"这是从我们后山走出去的文贤猛！"

文贤猛?! 教育局局长?! 宣传部部长?! 财政局局长?!

我没有感到惊讶，尽管这些帽子没有一顶戴在过我的头上。在这些乡邻面前，我才能真正取到记忆的密码。

在故乡人的语言天空，山里人一旦离开山里，走进城市工作或者当兵，大家总会给他放大向天空伸展的空间。

山中为蛇，出山为龙。鸟归山林，龙归大海。故乡河多，每年总要发大水，山里人不会责怪河发大水，在故乡语言讲述的河流之上，小溪小河发大水，那是在走蛟，蛟小的时候是山中之蛇，当蛇修炼到一定程度，不安分守在山里，就会跟着山里的小溪小河龙归大海……

一直到今天，我对老家大地上的山水林田路没有太多的神往，尽管在故乡人心中，它们都赋予了神的灵气，但是我对老家大地之下却充满无尽的敬畏，我总感觉大地之下潜伏着很多的龙和蛇，它们在等待着走出大山走向大海。

山里人当兵走啦，在乡亲们语言的天空中，他会很快成为连长、营长、团长，什么职位最兴奋，大家就给他什么职位。

我的表姐夫当年当兵走了，表姐夫给家中的信里从没有说到什么提干之类的线索，村里人短短四年中就用语言给表姐夫描绘了一个团长的职位。八年后，表姐夫回到村里，他当过最大的官就是代理排长，没有关系，在乡村希望的庄稼长势中，他就是团长。

给走出山里的人一个语言上的前程，最热闹的场景就是赶场天。该卖的东西卖了，该买的东西买了，大家坐在桥亭上，站在古街上，赶农事，赶季节，更要赶人。大家把远远近近的故乡人用自豪的语言赶上。山里人走进城里，那是山里人集体的荣光，犹如山里的徽章，成为老家永远的炫耀。

乡里第一个大学生分配到了县教育局工作，在乡场上，说他就是局长，说管着几千名教师几十万学生。父母教育孩子读书，说好好读书，不要担心，我们有个家乡人在教育局当着局长！后来我从乡下调到教育局工作，我才知道我崇拜多年的"教育局长"其实只是教研室的教研员。

乡里一个从部队转业回家的老乡安置到县委工作，一下让全乡人眼睛发亮，说他有自己专门的小车，出门就坐小车，什么困难找到他就是一句话的事情。后来我调到县委宣传部工作，才知道他出门的确坐着小车，他在县团委开车……

故乡更多的乡亲们一辈子住在村子里，从没有离开，他们就是一株株的庄稼、一棵棵的树，他们是我们故乡的证物和乡愁的药引。

离开故乡多年，我们不能走出故乡人语言的河流，不能走出故乡给我们的序列，不管我们走得多么遥远，多么辉煌，这个位置都会为我们保留，只要我们回来，就要填补进来，成为这个序列运转的部分，发挥我们的作用，承担我们的责任。

走好每一步路，故土记着你所有的事……

4

记忆中的乡政府大院正面是一排三层砖混小楼，右边是礼堂，左边是财政所、计生站、种子站、畜牧兽医站、林业站等等，挂着很多的牌子，其实每个单位就那么两三间房子。正面是大门，两边是四方形水泥柱，中间挂着大铁门，大铁门刚刷过油漆，是那种和山上映山红一般的颜色。现在两边水泥柱上不再是当年碎玻璃片，各立着一方灯箱，四面透出字，左边是"桂花"，右边是"元河"，这是两个村庄的名字。

　　这一片四合大院就是桥亭乡政府，早先不叫乡政府，叫人民公社。最早的人民公社办公地在我老家来乡场的路边，那里最早叫什么地名已经无法问到，现在的地名就叫老公社。一座曾经地主家的祠堂，门前有一棵巨大的千年柏树，尽管雷电把柏树主干劈去半边，剩下的主干也要十多个人才能围住。

　　老公社什么时候搬迁到现在的地方，我不知道。我跟着大人们到桥亭子赶场，那里只留下"老公社"的地名和那半边巨大的柏树。

　　我最早见到的乡政府还不是三层小楼，是一排木板房，只是木板外面涂上石灰，成为乡里人仰望的白房子。村里人有吵架打架的、为田边地角闹纠纷的，村里处理不下来，就到白房子讨要说法。最多的还是办理结婚证明，当兵、读书、远走他乡的户口证明。印象最深的是那里有个伙食团，经常向群众买些鸡蛋、蔬菜一类东西。父亲是山里有名的医生，我们在街上卖不出去的东西，最后都会在这里碰一下运气，基本上都有运气，价格不高，总不会再背回家。再就是那里有厕所，木板上给每人锯出那么一个小洞，对着洞，就那么回事，那已经是山里当年最高档的厕所啦！

　　又是一场雷电，木板房在火光中变成了青烟，这才有了今天的三层小楼。

　　小楼正中有一间最大的房子，房子中间摆着一部黑色手摇电话机，守着电话机的干部大家喊他"郑文书"，那是我心目中最大的官，管着公章、管着电话，像什么农田水利大会战、扫除文盲大检查一类工作，都从那台电话机和郑文书的口中传遍山区。

　　我没有见过公社的书记，后来我二哥也在乡里做过书记。当年手摇电话机换成程控电话机的时候，我把二哥扔在墙角的手摇电话机"哭"了回家，把电话线裸露在河滩里，使劲摇动电话机手柄，就有很多鱼听着"电"浮在水面，我的童年因此吃过很多的小鱼，诗意地总结是那些鱼都接到了乡里的电话通知……

　　乡里牌子摘下，挂上村里牌子，右边是元河村，左边是桂花社区。墙是老砖，墙面是纯白的墙面漆，瓦顶是新翻的新瓦房，上面高扬着鲜艳的五星红旗。便民服务大厅、图书室、会议室、党员活动中心，家具锃亮，窗明几净，完全颠覆我记忆中的村庄封面。当年在乡村最好的房子是学校，如今最好的房子是村便民服务中心。

村庄的封面在改变，村庄的心思也在改变。

崇山峻岭，沟深峡幽，让两个村的便民服务中心挨在一栋楼，这在全国应该很是少见。各进各的门，各找各的村，山路不再崎岖，路不再遥远，心就不再遥远。

乡里没有那么多的会，乡政府楼前的大礼堂更多的时候是乡电影院，那是全乡唯一一处白天黑夜可以看电影的地方。地是水泥地，凳是水泥凳，夏天凉凳，冬天凉心。因为银幕上的电影，那也是需要门票的，只是每到冬天，水泥凳上会铺上一层稻草，走进电影院就像走进秋天收割后的稻田，很给乡村诗人灵感。

没有一方水泥凳属于我。赶场的日子，我衣兜里的钱都刻上了盐巴、煤油、火柴、肥皂的标签，没有一张钱刻上电影票。每次到桥亭子赶场，我都可以看上电影，不在水泥凳上，是在放映机前。

我大哥是乡里的放映员！

乡政府合并到后山镇，礼堂开会的功能渐行渐远。后来电视机走进千家万户，礼堂电影的功能渐行渐远。今天的乡政府礼堂打造得格外漂亮，棋牌桌、健身器、书画角，比城里单位的老年活动中心还要阔大，还要漂亮。当庄稼不再是乡村土地唯一主题的时候，漫山的李子树、猕猴桃、中药材，小河边、山林中一处处农家乐，青山绿水，小桥流水，四季花开，夏凉冬雪，老家成为城里人纳凉赏雪的胜地。桂花社区是桂花村和天池村合并而成，它们就处在乡场四周。元河村是山上的元河村和巨河村合并而成，村里的人们陆续把房子迁到了乡场上，赶场的人少了，驻场的人多了。礼堂改造成为老年活动站，是礼堂必然的走向。

在一个山里孩子对天空的仰望之中，桥亭子乡场是我能够向往和想象的最大的城镇，乡政府是我能够抵达的最大的机关。那些仰望天空的日子，最大的梦想是在乡场上住上一晚，在酒馆炒一盘菜，在供销社买大把糖，在大礼堂水泥凳上坐着看上一场电影……

背靠三层小楼，照上一张相，这是我们走向远方梦开始的地方。

5

乡政府门前是天缘河，河边有一棵巨大的黄葛树，黄葛树下就是桥亭子——一座有亭子的风雨廊桥。石板拱桥还在，亭子不在。和拱桥一样横跨河上的是两座小洋楼，一边是范江家，一边是丁德权家，都开着餐馆。离开老家三十八年，老家有许多我不认识的人，他们除了我的名字和赶场人口中飞黄腾达的话题，他们也不认识我。

很多年前，我是城里的陌生人。

很多年后，我是老家的陌生人。

范家和丁家端着酒碗，请我喝老家的酒，说这是老家的味道。

碗中有酒，桥下有水，酒香在碗中，酒香在心里。

我告诉他们，镇上要恢复老家所有古桥上的桥亭。他们居然没有一点失落和惊慌，说哪里都可以再开酒馆，老家桥亭的桥上不能没有桥亭子。

桥亭子旁边是郑文书的老家，在我的记忆中，我几乎没有见过家中的郑文书，只有乡政府电话机旁边的郑文书。郑文书的儿子当年考入浙江大学，是老家第一个考上名牌大学的博士后，那天鞭炮红遍了老街。我们在家中没有见到郑文书，他跟着儿子到了上海，专门在老家请了雷发贵一家搬到家中，说等把孙子照看到上大学，他还得回到老家，这是他的根。

堂屋正中立着一块白底黑字的木牌——万县桥亭乡人民政府，木牌上系着红绸。

我们的泪来啦！

说到闻名万梁古道的古老驿站桥亭老街，其实就是郑文书家门前这条青石板老街。河那边修通公路之后，公路成了街，老街的魂还在这条青石板街上。靠山的一边是酒馆、茶馆、食品站、邮政所，靠河的一边吊脚楼上是酒坊、豆腐坊、铁匠铺，老街尽头是乡卫生院，卫生院往上的老街入口处是供销社。

铁匠铺不是我们小孩想去的地方，跟着大人赶场，铁匠铺就成了我们必须去的地方，今天的时髦词语是打卡，在铁匠铺是打铁。

大人们赶场出门的时候，有很多事情要想，该换钱的蔬菜、鸡蛋、粮食要想，煤油灯里的煤油、酒瓶里的酒、床头的针线要想，猪啊、羊啊、牛啊、鸡啊在必须买卖的季节要想，只不过这是农家的大事，一年想不到几回。

每次赶场必须想的还是与铁匠铺有关的事情，哪弯镰刀该磨了，哪把锄头、犁头该淬火了，必须想。乡间不想农具的事情，明天就没有可想的啦！

熊熊的炉火，厚厚的铁墩子，四溅的铁花，那就是乡村农具的"4S店"，不是召回，是召唤。在村庄，他们与土地对话，与庄稼对话，抒写大地上的诗行。在铁匠铺，他们与火对话，与铁对话，给大地上的诗行淬火。大人带着我们把要修理的农具放在铁匠铺，没有一个人在上面写上标签或者系上什么标志，铁匠铺师傅记得住，大人们更记得住，那些农具就是他们的孩子，他们认得家里每一件农具。乡村下地不叫劳动这么文绉绉的说法，叫"活路"，手里有称心的农具好干活，干好活脚下才有路，这就是乡村的"活路"。

同着很多乡场上的铁匠铺一样，今天的铁匠铺、铁墩子还在，炉火已经熄灭，铁匠铺成了茶馆，摆着麻将桌、川牌桌，端起茶碗，和老人们相碰，在碰的轻响里，我看见老人们眼中闪着光，就像当年燃旺的一炉锻铁的火，给幸福的生活回炉和淬火。

2018年清明节回老家，我们想把父母坟上的野草割去，找遍老屋，所有的镰刀都已经生锈，无法和野草对话。

那时，我们唯一想到的地方就是铁匠铺……

邮政所还在，不管时代的洪流如何滚滚向前，邮政所依然是永远的绿色，那是庄稼的颜色。在乡村，乡亲们注视着庄稼的绿色。在乡场，乡亲们更想通过邮政所的绿色去关注远方亲人们庄稼的绿色。邮政所大门旁边，总有一块小黑板，写满了一张张贴着名字的字条，找到自己的名字从邮递员手中取回远方的书信或者汇款单，那是乡村看得最远的窗口。有了电话，有了手机，有了微信，有了银行，小黑板上的字条越来越少，邮政所里多了一扇叫邮政银行的窗口，这里成为乡村收成最好的庄稼地——

那片庄稼地叫打工。

不算周围乡村的农家乐、民俗村，单是乡场上现在就有五家饭店，吃饭喝酒已经不再是我们的牵挂。在我离开老家读师范之前，乡场上只有一家饭馆——国营桥亭饭店。那是乡亲们到乡场吃饭喝酒的唯一去处，所以叫下馆子、杀馆子、吃炒盘，在那个锅碗难见荤腥的年代，下馆子是大家唯一能想到的有肉有酒的地方。开馆子的人自然就是大家羡慕的人。桥亭饭店最先有三名国营正式职工，一个店长，一个厨师，一个收银员兼服务员。后来又多了一名打下手的，她是我们村最漂亮的姑娘冬梅，上门提亲的就像赶场似的，最后冬梅看上了饭店的厨师，厨师有一门好手艺，最关键的是这是饭店，冬梅嫁过来后在饭店打下手，吃上了饭店的饭。在那些年代的山里，粮站、食品站、供销社的小伙子总能娶上老家最漂亮的姑娘，那些吃和穿成为我们最大牵挂的年代，山里好像不生长真正的爱情。

说是大家向往的有酒有肉的地方，充其量就是些猪头肉、猪下水之类的边角肉，偶尔也有山里老猎人深夜送来的野猪、野鸡、野山羊之类，并不是大家想象中的肉香。酒是绝对有的，一个乡场没有酒香，那还会是乡场？

乡亲们赶场，没有想过桥亭饭店的肯定没有，但真正能够走进桥亭饭店就那么一些人，比如前面说过的粮站、食品站、供销社的人，他们管着人的肚子，他们的嘴唇因为常年迎接酒而下垂很长，脸因为常年流淌酒而高粱般殷红。山里人怕他们，用今天的词语描述，就是羡慕嫉妒恨。三十年河东，三十年河西，当年这些吃香的人被冷落，被下岗，老家的人们都过上了"天天吃肉当过年"的幸福生活，有过注释的幸福更值得珍惜！

也有一些从乡村来饭店喝酒的"酒仙"，撇开关于好吃懒做这些乡村负面的语言，我一直认为在乡场上喝酒的"酒仙"应该是赶场风景图上的点睛之人。

远的乡村我不知道。我们村就有两个"酒仙"，一个叫冉老幺，一个叫杨大汉。冉老幺赶场就为卖石磨，杨大汉赶场就为卖黑狗。出门和家人招呼说卖磨走啦，卖狗走啦，家人连抬头的表情都没有，赶了无数个场，卖了无数场石磨和黑狗，他们的心思全在大路上赶场人们的笑声中。

我自然没有见过这些酒仙在桥亭饭店的酒事，落日的余晖中，通往乡村的小路上，总会有这些人的身影，落叶一般，嫌着路窄，嫌着风大，飘飘摇摇的。仿佛几碗酒下肚就衣食无忧，就风调雨顺，就人寿年丰。赶场的时候人牵狗，回家的时候狗牵人。赶场的时候背着石磨低着头走，回家的时候高昂着头，全靠背上的石磨，否则一阵风过，人会飘走很远很远……

"国营桥亭饭店"的牌匾没有了，墙面是原来的墙，贴上了瓷砖，门是原来的位置，换成了防盗门。陪同我们的桂花社区书记说，饭店所有的房子都卖给了私人，那个私人绝对是我认识的人——

难道会是冉老幺？杨大汉？

赶场卖黑狗的人！

大门锁着，我不知道门里边还有没有那些方木桌、那方木柜台、那口大酒缸。社区书记说，杨大汉这个时候正在场上的一家酒馆喝酒，他的儿女都在重庆工作，买了很多的好酒，接他到重庆，他说什么也不去，最后从别人手中买过饭店，藏了好几缸高粱酒，说接地气的酒才是好酒。

我很想问那条赶了无数场的大黑狗……

6

饭店旁边是食品站。我很佩服当年给这些单位取名的人，我们不知道食品站究竟有哪些经营范围，食品站在老家心目中的理解其实就一个功能：卖肉和卖猪。只是能够站在柜台边看肉的人多，买肉的人少，因为那些肉不只需要钱，更需要肉票。乡亲们在土地上刨食，即便能挤出钱来，谁手中又有那肉票呢？所以我们只能是卖猪，让肉走进别人的碗里。食品站摆着的肉对于我们那只是童话。

那个年代人们口中渴望的稀奇的肉用"食品"一词来讲述，是挂食品卖猪肉，还是表达一个全民的心思？好在今天肉真成了我们最普通最日常的食品，这也算是故乡人命名一个单位的前瞻性。

食品站买不了肉，我们只能在食品站卖猪，卖猪是大人的事情。所以关于食品站的记忆只能是在大人们语言讲述的河流之上——家里喂来过年的猪，有一半边肉要交食品站，不管是上交的硬边还是软边，那真正是心头肉。家里一年的开销还指望圈里喂养的猪，食品站收猪的以肥瘦和重量划等级，瘦了不要，斤两不够也不要，所以食品站是大家羡慕的好单位，食品站的人是大家并不喜欢的一类人。更为玩心思的是交售生猪。为让猪增加几斤重量，大人们头天晚上就会给猪准备好食物，大半夜还起来给猪喂食，等猪肚子吃得滚圆，就绑了送食品站。

食品站的人本来就不是吃素的，看着门前排着长队的肥猪，看着滚圆的猪肚子，他们的心思比猪肚子还滚圆。食品站的大门故意迟迟不开，就算开了，那过秤的动作也是故意的慢，让那些猪不停地拉屎拉尿，在卖和买的人心中，那些屎那些尿都是钱都是希望。

乡村的日子是散漫的，时间是缓慢的，庄稼人的生活是散漫的，但在食品站大院内的土坝上，庄稼人的心情是焦躁的，是急迫的，这种漫长的等待造成的失望和阴影，会像一粒忧伤的尘埃，永远落在故乡人的心上。

吃和穿不再成为人们牵挂的主题，很多管吃管穿的单位渐渐退出乡村的舞台。食品站关门啦，一方老街上的土墙大院，谁也没有去入住和购买的心思，几年风雨下来，土墙开始垮塌，直到最后大家干脆把大院推倒，大家对大院内猪拉屎拉尿的味刻骨铭心。

今天的食品站原址上长满了青草、苦蒿、蒲公英，格外的绿，格外的青。村里人出门总会扛把锄头或者拿上镰刀，就像城里人出门总夹个包。站在那方长满青草的老屋基上，我夹着皮包，总感觉像拿着镰刀，看见青草，我总有割草的冲动，我心中永远有一头大黄牛一圈大黑猪，给牛多割些青草，给猪多割些猪草，这是母亲的话。

今天的乡村已经很少有人去割猪草了，同着食品站一样消失的还有老街背后的猪市坝。

在乡村的时光格上，一个乡场没有猪市坝，乡场绝对不会成为乡场。在农人的天空，看得见猪的日子才叫日子，不管生活多么艰难，日子多么黯淡，不怕，圈里还有头猪哩！每年农历二月初二乡村农耕节春事节之后，乡亲们开始谋划给圈里添只猪养着过年。留足了过年要杀的猪，家里还得扯布缝衣服，儿女成家结婚，乡间的人情往来，还得指望圈里的猪卖些钱来应付乡村那一个个必须要钱解决的愁苦。乡场的猪市场就在这种刚性需求的市场天空红火起来。

说是猪市坝，最华彩最吸引人围观的还是牛市场。大家不是去看牛，是看买卖牛的牛谝儿，也有叫牛偏耳的，也有叫牵牛绳绳的。说得再明白点，就是牛贩子，买牛卖牛双方委托的中间人。在演艺江湖，中间人都是幕后，风光都在明星们身上。在猪市坝这一亩三分地，风光都在牛谝儿，买主也好卖主也好牛也好都在幕后。

接受了乡亲们的委托，牛谝儿登场啦！"老哥子，你拜托我，本人一定尽全力，好好选个好牛儿，让你高兴又满意。"卖牛的牵着牛四处展示，买牛的牵着主儿四处寻找，口中还不停地自顾自唱："上选一张皮，下选四张蹄，前要胸脯宽，后要屁股齐，颈子有蛮肉，脊背要打直……"仿佛唱着祖师爷传下的相牛葵花宝典，心里才踏实。一边唱着一边也不忘摸摸牛的耳朵、颈项、毛皮毛发，拍拍牛的身子屁股，踢踢牛的前后蹄。心中有数之后，两个牛谝儿一方把手缩进衣袖，一方把手伸进对方衣袖，握着对方的手。围观的人一层包着一层，谁也不敢大声说话，静静地听着两个牛谝儿在衣袖里的对话，这就是乡间著名的袖子生意。牛谝儿袖子里的对话达成共识，各自回到雇主那儿，贴着耳朵商量一会儿，如果还有些出入，第二轮袖子对话又开始……直到双方满意，买方付钱，卖方收钱，请着各自的牛谝儿去酒馆喝个牛谝儿酒。

今天的乡村，家里喂猪的人家已经不多，乡村有了养猪场，就算要喂猪，猪崽也会从养猪场购买，猪市坝自然就没有了市场。在乡村的田野上，耕田有耕耘机、拖拉机，播种有播种机，脱谷有打米机，走路有摩托车、汽车，短笛牧童早已成为遥远的风景，很多乡村几乎见不到一头牛，就算能见到些牛，那也是为城里餐桌养着的，奔跑和力气不再成为关注的要义。

猪市坝同样长满了野草，乡场最华彩的人物——牛谝儿，自然彻底失去了上场的机会。

7

食品站往上走，是入场的小路。就在小路要翻过山坡的地方，有一片槐花树林，供销社建在那里。一排青瓦房，一色儿草绿门窗，最宽最长的连通砖瓦房是卖百货的地方，旁边有水泥铺就的楼梯，楼上是职工的住房，那是当年乡场上最好的房子。山里人渴盼着"楼上楼下，电灯电话"的梦想生活，而供销社就是大家梦开始的地方。在历史的天空，供销社同着很多的名词一样，已经成为我们记忆中的名词，记忆中的单位。

除非赶场就是奔着供销社来，乡场封面上的供销社并不是大家急于要踏足的地方，在乡场上该卖的卖了，该买的买了，要是还有那么几个钱，有那么一点好心情，供销社是回家必须去的地方。供销社选址这里，也是有心思的，乡场散场，过了这片槐花林，真的就没有这个店。

房顶很高，从北到南连成一体，有四十多米长，也许更长一些。水泥柜台台面宽厚、光亮，在南边转角，北边墙面立柜上是布料、茶瓶一类生活用品，南边转角的柜台上是农药、坛罐、锄头、镰刀一类生产用品。

供销社里整洁敞亮。糖果、醋、饼干、棉布、铁器、肥皂、煤油、酒，各种气味也赶场式地汇聚在高大宽敞的房间里，有一种明亮的、清爽的、淡淡的、黏稠的味道，那种味道是田野上没有的味道，是很诱人的味道，是要钱才能带走的味道。

墙壁立柜上是一卷一卷花花绿绿的布料，很有些放大的彩色蜡笔模样，格外好看。今天走遍天南海北，我很难见到那一排一卷一卷的布料，人们衣服穿得越来越好，布从哪里来？布到哪里去啦？

红砖地面上的柜台很高，那是大人们选看的格局，对于童年的我们还是有些高得离谱。柜台之中有很多玻璃小柜，里边一格一格摆着缝衣针、绣花针、各色的线，摆着钢笔、圆珠笔、铅笔，各色的纽扣，当然最吸引我们的还是那搪瓷脸盆装着的一盆一盆糖果，散发出花花绿绿的香味。

买糖果时，服务员从搪瓷盆中抓一把，手停在空中，嘴里默着数，糖果屋檐水滴一般，一粒一粒落在柜台之上。我很喜欢这种数糖的声音，尽管很多时候这声音是为别人响起。

数糖声音也有专门为我响起的时候。事实上，每次赶场，家里总会给我一毛钱到两毛钱，那就是为这数糖声准备的。钱在衣兜里攥着，心里就有无尽的踏实感，不怕！我衣兜里有钱！如果变成了数糖声，嘴里甜啦，心里就不再踏实——后来，我管着家里的钱，管着单位的钱，我花钱的格局中总响着那串数糖的声音……

有了大房子有了木牌子，供销社的售货员是乡村羡慕的端"铁饭碗"的国营职工。红砖地板上有两个女的，一个男的，一人守着一段柜台，说楼上还有两个，一个是主任，一个是采购员。楼外边还有七八个搬运工，领头的叫徐启伦，他们不是端"铁饭碗"的，是供销社请来搬运货物的。河那边的公路并没有修到河这边来，所有的货物要靠徐启伦和他们的搬运工，1983年以前河那边还没有公路，所有的货物更是靠徐启伦和其他搬运工从更远的地方搬进山里，他们的身份其实就是当年万梁古道上背二哥的身份。

供销社的房子还在，还是草绿的门窗，里面开着小超市。供销社的企业改制后，房子一直空在那里，给供销社干过多年搬运工的徐启伦从银行贷了款，买下了房子。

走向供销社，徐启伦端着一个大搪瓷茶缸，躺在槐花树下喝着茶，槐花初开，一嘟噜一嘟噜的槐花，给了草绿色的房子一个雪花般的背景。

已经有一条公路从另外的方向通向供销社，徐启伦依然请着好几个搬运工给自己的超市搬货。下雨的日子，摆上酒，和几个搬运工喝着酒，唱着背二歌。

槐花林下边是乡卫生院，父亲是山里的赤脚医生，这是父亲经常来的地方。后来父亲生病了，经常来这里的就是我和给父亲治病的药方。乡卫生院在老街的尽头，那排白色的土墙房在一场暴雨中垮塌，搬到了河对面。乡卫生院的药方最终没有治好父亲的病，父亲也走到了人生的尽头。

不敢看垮塌的乡卫生院……

走过槐花林，翻过小山坡，前边就是回家的路——

8

沿着盘龙河逆流而上，在盘龙河进入天缘河的峡口，有一座古老的石板桥，踏上石板桥，走过纸厂沟，穿过大松林，爬上三百梯，就进入了我老家的村庄。

这是我们曾经的小路。

故乡今天畅通的公路并没有复制曾经的小路。我感觉那些公路就像当年的广播线，今天的电话线，有村庄的地方要去，有院落的地方要去，有果园、茶园、养蜂园的地方要去。

不是为赶场，而是为赶上。

我就有了寻梦巨河碗厂的机会。那是当年老家唯一的国有工厂，那里有我最初的爱情——

还是一沟的槐花，槐林中几排低矮的土墙房，几孔大窑，只是没有了烟囱，没有了机器，巨河沟的溪水声格外清亮。

说是工厂，其实就是用泥土烧制碗、盆、缸、钵这些东西，和山里人一样，都和泥土打交道，但是这里玩泥巴的人是国家工人，每月拿着工资，吃着国家供应粮。

1986年，我分配到离老家不远的丁阳中学教书，山区教师困难很多，但是最揪心的困难还是找媳妇。那个年代并不关注美貌、钱财之类的东西，最关注的是户口，这是那个年代门当户对的封面问题。这里的户口不是你住在哪里的户口，是你的身份是农村还是城镇，那是九十年代以前我们乡村爱情的人间天河。

从我在丁阳中学报到的第一天，全家人开始揪心我的婚事，尽管我才18岁——他们不想我再走家乡"半边户口"的老路。一头挑着教科书，一头挑着责任田，最关键的是子女的户口依然会是农村，接班、考学、吃饭、农活，那是一个永远关于户口的痛。

巨河碗厂的产品很土，生产这些土产品的人却是国家工人，这里接父母班参加工作的很多，对于山区那些刚参加工作的年轻人，这里是爱情的"战备粮库"，粮库供应"供应粮"，这里供应"吃供应粮的人"……

大哥在乡里各村巡回放电影，他有着最及时最准确的消息来源。巨河碗厂刚进了一名接班女工，叫李娟。我们通过几封信后，约定见面。

从学校出发，走了三个小时山路，爬上五里坡，巨河沟呈现眼前，五月的大山，花事正盛，满沟的槐花，河沟之上是漫山的映山红。

按照约定的见面方式，李娟在厂门口大槐树下等我，手里拿着我寄给她的书——《你往何处去》，波兰作家显克微支获得诺贝尔文学奖的小说。

远远地看见了碗厂，看见碗厂门前的大槐树，大槐树下的确站着一个少女。一首歌从心底油然而生："高高山上一树槐，手把栏杆望郎来，娘问女儿你望啥子哟，我望槐花几时开……"

我和李娟之间爱情的槐花最终没有盛开。李娟后来来到我的学校，学校是新办的中学，当时只有两个班，借了狮子包山上的村校房子，教室门前是大片的坟地。李娟回到碗厂后给我寄了一双精美的鞋垫，连同一张"对不起"的信笺。槐花的香味永远留在心间，不断在时光中反刍再现，一闻到槐花香，我的心口就怦怦直跳，我一下变得年轻。

大哥通过厂里的熟人打听我失败的原因，原来巨河碗厂是城里二轻局下面的企业，马上要搬到城里。

想起我送李娟的书——《你往何处去》——

李娟没有回答我。

李娟送我鞋垫后不到一年，槐花香还在，碗厂关了门，搬到城里。城里没有山里上好的"酒黄泥"，自然就烧不出碗钵，很多工人成了城里最早的下岗工人。

大槐树还在，厂大门早就拆除，厂里留下好几户人家守着厂房，这些都是当年在驻地找了农村姑娘结婚的工人，他们种着山里的地，除了抽屉中的下岗证，他们与这个曾经叫碗厂的单位已经没有多少关系。

围过来的群众说，好几个老板看中这片有山有水的巨河沟，更看中这些槐花林中的土墙房和那些窑孔，准备投资建设民宿村，给城里人一方纳凉和回望乡愁的地方。

很想知道李娟的下落，一直问不出口……

9

老家马槽村的支书李红在天缘村和马槽村交界的村牌路标下等我们。他的父亲曾经是我们白蜡村的支书。李红大学毕业后回到老家，当我们白蜡村和马槽村合并成为新的马槽村的时候，李红做了马槽村的支书，显然他比他父亲管辖的山野大多啦！

一路走来，除了田里的秧苗，山坡上几乎见不到我曾经熟悉的那些庄稼。镇领导告诉我，全镇有李子树3万亩，猕猴桃1万亩，槐花树5000亩，说我没有赶上三月李花盛开的时节，到处是海海漫漫的李花，整个后山一片花的海洋。

我错过了李花盛开的季节，我赶上了槐花盛开的季节。故乡小河众多，河边到处是槐树林。"槐林五月漾琼花，郁郁芬芳醉万家。春水碧波飘落处，浮香一路到天涯。"在我们老家，槐花比其他地方开得早，清明过后不久，处处槐花竞开，恰似下了场瑞雪，小河小溪边的槐树下垂着一嘟噜一嘟噜的花絮，浅淡的新叶中点缀着繁花，微风过处，洋溢着槐花的清香。大家从槐树下走过，都会换上一种愉悦的心情，情不自禁地张开嘴巴，大口呼吸着清新的槐香，脸上荡起甜蜜的微笑。

槐花以自己的美丽让人们心花怒放，也以自己的美味满足人们的口福，期待了一年的舌尖，在领略野菜的春荒之后，终于等到了槐花盛开的时节，这个季节的槐花含苞待放，这个季节的槐花闻风飘香。这个时节，大人们尽管忙得很，但还是忘不了吩咐孩子们摘些槐花回来做槐花麦饭……尽管有些饥饿年代的酸楚，但是就算到今天，那也仍然是非常诱人的美食。

不解的是，当初小河两岸有槐树林，如今到处都有槐树林，就为了城里人来看花？

在乡村的时光格上，乡村的花事其实就是庄稼花的花事，几乎没有去望过去想过那些庄稼花之外的乡村花事。在乡村的视野中，大地上只有一种植物，它们的名字叫庄稼。风吹庄稼花，一吹就是一季节，又一吹就是一年，再一吹，就是一辈子，庄稼之上是生存和生活。

种李、种桃、种茶、种荷，这可以理解，种这么多槐花？为吃槐花麦饭？为看槐花？为那首"我望槐花几时开"的情歌？

李红告诉我，当初村里退耕还林，那些山坡上的陡坡薄地无法栽种果树，再说那时村里也没有钱买果树苗。槐花树很容易栽插，结果是有心栽花花不开，无心插槐槐成林。

李红指着让我看槐花树林中的蜂箱，说咱们马槽村的槐花蜂蜜那可是抢手货，网上下手迟了就只有等来年。李红说村里的茶叶、蜂蜜、土鸡蛋、李子、柿子等统一注册了"山后马槽"的商标。

我打开手机，输入"山后马槽"，没有想到那些曾经土得掉渣的大地上的收成，现在有了自己共同的商标，成为远方人们向往的商品，我曾经贫穷、落后的老家一下成为网红之地。

"好个马槽沟，三年两不收，不是全靠几棵柿子树，眼睛就饿落眍。"

这是童年的儿歌，唱的是邻村的马槽，对于我们白蜡村，连柿子树也没有，连这样的儿歌也没有。

李红带着我们走进今天合并后的马槽村便民服务中心。中心建在我们两个村相连的山梁上，宽敞的四合院，漂亮的青瓦白墙小楼，小楼顶上飘扬着五星红旗，在蓝天白云之下格外鲜艳——

这是村庄的封面！

可以当作村庄封面的有很多，小河、古树、古井、古道、山梁。在故乡人心中，村委会办公室在哪里，村牌就在哪里，村庄的封面就在哪里。事实上，我的村庄一直没有自己的村办公室，村支书在哪里，那块村牌就扛到哪里，村庄的封面就在哪里——

村庄终于有了自己的封面！

村便民服务中心三面都是精心设计的文化墙，那些我刻骨铭心的地名下是全村果园、茶园、蜂园、花卉园、农家乐和那些山林、小河、古寨、古院的照片和简介。

三辆婴儿车推进服务中心大院，婴儿脸上的笑容犹如山坡上那一嘟噜一嘟噜的槐花。我们当年在背篓中长大，今天，我们乡村的子孙在婴儿车上长大，我突然感到，我们的村庄很年轻。

村便民服务中心小楼正对的是一面木板拼出的宣传栏，我看上面的文字——《记着地名好回家》，这不是我当年发表在《人民日报》和《北京文学》上的散文吗？故乡人什么时候把它刻写在这方木板上？

我们在《记着地名好回家》木板下合影。李红说：我就是想让在故乡的人、远离故乡的人、回到故乡的人看到这块木板，读到这些文字——

记着地名好回家！

贤猛！贤猛！贤猛！

有人在喊我——

天地间一书房

天地之间我书房。

这不是我的大气，更不是我的大格局。说这种话的人在说这种话的时候一般都没有自己的书房，只有天地之间读书的安静和无奈——

一直说着这种大气的话，一直在天地之间读着书，当我把自己和书搬进一间真正属于自己的书房时，五十年的岁月翻过去啦——

乡村岁月，"书房"一词应该分为"书"和"房"来表达。乡村有房，也许有书，但乡村绝对没有能够称为书房的地方。

先说房。我家十口人，六间房，父母一间，爷爷奶奶一间，堂屋、灶屋、猪牛圈屋，留给我们六个弟兄就一间房，两张床，一张四方桌。前面的四个哥哥两人一张床，弟弟和爸爸妈妈睡，我和爷爷奶奶睡，不用讨论，没有理由。小小的四方桌对于读书的六个弟兄来说，分摊下来，总缺少两个位置。大家读书写作业，总会有两个人悄悄去给牛喂水添草，给水缸挑水，没有值日表，四方桌上从来没有红过脸喊过妈。

书桌是方的，方方正正的方。

我喜欢下雨的日子，木栏里的牛，屋檐下的羊，木窗上的镰刀，都可以不管，捧着一本书，雨在瓦片上滴滴答答地读过去读过来，书页上的字也雨点般在心空滴滴答答地飞扬——那是童年最幸福的慢时光。后来我有了自己的书房，我不能在书房上铺上青瓦，特地叫装修工在书房阳台上伸出一片雨篷，铺上青瓦，雨打青瓦，我在书房，心是那样的安静。

该说到书啦。六个弟兄读着楼梯一般的书，家中除了哥哥们各个年级的课本，家中没有一本课本之外的书，除了数理化，我几乎读完了哥哥们所有的语文、历史、地理、政治课本，那些书是可以寻着有图的地方读的，后来认识了字就可以顺着文字读。写作几十年，我一直不敢去写一部长篇小说，总结原因还是读书的童子功，就像今天的网络、微信、电视，呈现给我的总是碎片化的章节。

乡村的雨来得快，走得也快，羊在等我，山坡在等我，割草的镰刀在等我，如果可以用古圣贤的气度比喻，放羊割草的山坡应该是我最早的书房。

赶着羊走上老鹰岩下的山坡，那是村庄放羊小孩们大家默许中划分的领地。我不知道村里其他放羊的孩子们带着什么宝贝上坡，我带的绝对是字典。随便翻到一页，随便看到一个字，在山坡上开始对这个字云一般想象，以坡为背景，以树木为背景，以山坡上总在忙碌的蚂蚁为背景，以我那些永远微笑的羊们为背景，以头顶那永远在飞却永远没有飞走的老鹰岩为背景。坡上很多坟，向阳的山坡总是祖先们爱躺着的地方，我不敢以他们为背景，突然中想到他们，赶快重翻一下字典，让思绪从坟中那曾经熟悉的名字上走开——

天当房，地当床，我没有古圣贤宏大的心空，我何尝不渴望有一间自己的房子，有很多自己的书，现在我只能在我的山坡放羊，捧一本书，握一支笔，那不是乡村的农活，也不是乡村的家务活。在我的山坡，我有很多的书桌，沙地，大青石，松树下，溪水旁，岩洞……我有很多的书，每一棵树，每一只蚂蚁，每一方石头，每一只羊，每一片云……都有它们的书名，都有它们的故事，都让我百读不厌。现在的父母，包括我，总把孩子系在自己的视野中，我们总忘记给孩子一方山坡，一方天空，心有多大，天空就有多大。

天空是永远要仰望的，只要看得分明，孙悟空、哪吒这些电影中的好汉总是在云端放牧，一伸手，我可以牵住他们送我的马，我们一起在云朵上放牧，在云朵上望着远方——

对于乡村来说，远方是乡村永远向往的地方，远方是祖先们走过或者没有走过的地方，远方是祖先们让我们要去的地方。远方有树吗？远方有微笑的羊吗？远方有很多很多的书吗？

天空中的云开始暗淡的时候，孙悟空、哪吒送我的马回到了山坡上，成为围在我身边的羊，羊望着我，望着回家的路。这个时候，谢家的鸭子就会从村庄飞起来，飞过我的山坡，飞向坡下的小河。我认得那只鸭子，谢家的孩子恶作剧，弄断鸭子的双蹼，逼得鸭子学会了飞翔。鸭子飞过山坡，谢家一家人跟在鸭子翅膀投下的影子后，一路追着。谢家追赶飞翔的鸭子几乎成为谢家隔三岔五的家事，当鸭子的翅膀飞过我头顶的时候，我该回家啦。

在村庄，我可以飞吗？

有一天，看着父母种麦子，把饱满的麦粒埋进土地中，春天一过，地里就收获很多很多的小麦。我把《新华字典》种在我放羊的山坡，种在我的书房，这是一个很朴素很实惠的思想和行动，哪怕日子过得太平淡太无聊，不怕，我有一本书种在山坡上，种在我的书房，秋天，我会收获很多很多的书……

1986 年 8 月 26 日，我师范毕业，分配到一所新办的初中学校任教，说是新办中学，其实中学只在一块松树木牌上，校园还在图纸上。学校的教室租借在狮子山包上，山包上四间房子，两间大房子是学生的教室，两间小房子，一间做教师办公室，一间做我的寝室。校长说其他几位老师在村里都有亲戚，我是远道分来的新老师。

学生们上课的日子，读书声填满时间的空格，山包上有着无尽的生气。晚自习后，其他老师和学生们打着火把星星般散落在各处租借的民居中，山包上就留下我一个人，还有山坡上那层层叠叠馒头般的坟茔，人类灵魂的工程师伴着乱草中的魂灵。捷克著名教育学家夸美纽斯说："教师是太阳底下最光辉的职业。"我突然发现我是在一个秋雨正绵的季节走向最光辉的职业，秋雨打在瓦片上，如同许多人在窃窃私语，风吹过木窗，带来荒草中那些坟茔上招魂纸条的唰唰声……

太阳什么时候出来？

如果可以称为书房，这应该是我人生第一间接近书房的房子。说是书房，床是主角，占据了几乎一半的面积，煮饭的煤油炉、锅碗瓢盆再分天地，留给放书的地方就一排小小的竹书架，书架上无书。找到校长预支了第一个月的工资，赶到城里书店，给自己买了一大堆书，将它们摆上竹书架，让我忘却煤油的浊气，让我闻到书的墨香。

突然有了一些书，让我开始相信当年山坡上种书的收获，书种在山坡上，收获在书房里。"弱水三千，只取一瓢。"我该取哪一瓢饮？闭上眼睛，转上几圈，然后手抚书本，听天安排，这是我在山坡上养成的读书思考习惯——守着昏黄的油灯，走进书中的世界，心不在书上，眼呆在窗外，就怕山包上荒草中那些魂灵闻着书香敲门，惊恐万分之时偏偏木门敲响，吓得我惊叫起来，胆战心惊开门一看，居然是这个村的村支书，他刚从乡里开会回来，见亮着灯，特地来看我……

第二天，学生晚自习下课刚走，木门敲响，是村里的乡亲，说是村支书安排来陪我，给我壮胆的……从那以后，村里的乡亲们轮到自家时，见到学生一下晚自习，抱上铺盖卷来到我旁边的小屋，给我壮胆，每一个人来都会轻轻敲响木门，走进来送上一包瓜子、一块糍粑、一个油饼，然后坐在旁边给我讲这山、这水、这屋、这坟的故事，让我的每一个夜晚，都会在乡亲们轻轻敲门之后充实、快乐、幸福。

我突然觉得，在这方远离家乡的山村，太阳会在夜里升起……

公元759年，诗人杜甫来到成都在浣花溪边给自己盖了一座茅屋，八月的大风，卷掉诗人屋上三重茅，于是诗人对着天地大喊"安得广厦千万间，大庇天下寒士俱欢颜，风雨不动安如山……"中国读书人总渴望一间房子，思想的翅膀累了，给自己一方屋檐，梳理一下心累的羽毛。我比杜甫幸运，校长给了我一间屋子，山包上风很大，但是卷不走屋顶的瓦片。课堂上我向学生们讲，深夜里我向更远的地方讲。那个年代没有电脑、打印机一类的文字助手，所有心里的文字只能秧苗一般一株株插在方格里——远方的编辑们说，我喜欢你的文字，不喜欢你文字之上散发出的煤油味、大蒜味。其实还有一种味道，编辑们没有闻到，那就是敲门的味道，那就是黑夜中阳光的味道，是那种温暖到心底的阳光味道。

1992年8月，送完两届初中毕业生，因为我不断发表的文字，我以"笔杆子"的身份转行到教育局工作。福利分房刚刚落幕，单位除了办公室和车库，其他都尘埃落定。好在单位有个教工宾馆，领导给了我一张床，用非常慢的语速告诉我只能在这里睡觉，宾馆老总表达得更明白："一张床是你的，一张床是客人的，宾馆每天都有客人，你就抓紧去找房吧！"

偌大的城市除了一张办公桌、一张床，就没有我的屋檐。想起一句俗语，"辛辛苦苦几十年，一夜回到解放前"，风可以卷走诗人杜甫屋上的三重茅，在这座城市，我连一间可以和风对话的茅草屋都没有。灯火通明的城市还不及我那煤油灯下的狮子包，那里至少有我一间房，一架书，一盏灯……

人在床上，书在流浪，几年中近乎贪婪地买书、找书、求书，如今这些书全寄投在朋友家中，就像我寄投在这家宾馆。曾经坐在书架边，闭上眼睛，书里的墨香阳光般清泉般流向心湖，"明月松间照，清泉石上流"，那是读书人最美的境界。如今坐在空床上，耳边是夜夜不同的鼾声和宾馆老总一直的白眼。

心中涌不出一个字。

> 我想有一个家，一个不需要华丽的地方，在我疲倦的时候，我会想起它……

潘美辰的歌在那个年代响彻，我不是很喜欢听到这首歌，歌声总在大街小巷响起，我不得不听。

我一直认为五六十年代出生的人具有玉米拔节生长的挺拔感：阶级斗争、十年内乱、上山下乡、恢复高考、改革开放、土地承包、下海经商、福利分房、下岗失业……时代的潮起潮落，人生的波翻浪涌，都深入到成长拔节的岁月，嘎嘎作响，每一节都那么跌宕起伏，不像那些90后、00后、10后，一帆风顺，艳阳高照。

其实，每个年代的人都是向上拔节的玉米，都有拔节的记忆，我出生在六十年代末，我记得走过的每一个章节……

当马拉松式的爱情刻录在年轮上必须用婚姻来盛装的时候，我们的结婚证书不敢再装进宾馆。还是单位同情我，我经常把中国人所在的单位比作遮风挡雨的房，因为在我最万般无助的时候，单位给我的还真是房——腾出一间曾经的车库，在车库两扇大门上贴上两个喜字，一边覆盖着"出入"，一边覆盖着"平安"——

在一方自己的家中摆上一方属于自己的书桌，寄人篱下的书们以一种"还珠格格"的团圆模式回来，人到家啦，心也到家啦！房子灰暗，有书的光照，我突然有了通透感，是那种照到骨头里的通透，久违的文字开始在笔下涌出……出入平安，这是写给车的，也是写给我那些文字的。从这个角度看，把车库作为书房的确是很创意的安排——诗和远方。

更为值得怀念的是，车库书房绝对接地气。流浪猫流浪狗不会关注大门上我们"盖章"的大红喜字，它们只记得这是它们的家，它们几乎是理直气壮地进来，在自己曾经的角落安心地躺下，屋里那些突然出现的书，在它爪下的声音格外让它们觉得新奇和享受。

屋檐下燕子飞回南方的季节，我家生了一个"也好"，抱着女儿，一边诓着我们的女儿"也好"，一边诓着纸上的文字，女儿长大，文字长大，那也是很有仪式感的。那时还没有广泛使用电脑，很多文字还得一个字一个字地写出来。妻子上街买菜，短信回来，"给女儿换尿片"。我正赶着给报社的稿子。稿子传真过去，编辑电话来啦——

请问，"给女儿换尿片"是什么意思……

古语说，天时不如地利，地利不如人和。如果家中有孩子读书，这句古语非得倒着来读，人和才有地利，地利才能够逢上好的天时。说实话，随着女儿的长大，国家的富强，我们早就有能力给自己一套真正的房子。在城市高楼以雨后春笋的模式生机益然之时，一些关于住关于看的好词语都用在了一个又一个新开的楼盘上——南山、滨江、富豪、绿地、翠园……为了孩子，我们走不进那些好词中——

古有孟母三迁，为了方便孩子读书，我们也有三迁：

2000 年 9 月 1 日，孩子该读小学啦，我们就在小学学校旁边租房；

2006 年 9 月 1 日，孩子该读初中啦，我们就在初中学校旁边租房；

2009 年 9 月 1 日，孩子该读高中啦，我们就在高中学校旁边租房……

小时候，父母在哪里，家在哪里；成家后，孩子在哪里，家就在哪里。为着孩子，联合国应该为所有中国父母颁发一枚大大的奖章。

好在我们不会跟着女儿上大学、出国留学、参加工作，等到多年的积蓄够上银行的首付门槛，2019 年 8 月，我们走进了一处城市向往已久的好词"南山绿庭"中，拥有了那个叫"房子"的词语和证书，更为关键的是"书房"这个梦了多年的词语终于出现在自己那一亩三分地之中，那是一间真正意义上的书房。坐在自己的书房，书房外边是阳台，阳台外是滚滚东流的长江，身后是三壁齐顶的书柜。背靠青青的书山，面向滚滚的长江，遥想当年那些趴在厨房饭桌上卧室木板上写出的文字，那些被文友们奚落有一股油烟味、葱蒜味、尿片味、汗臭味的文字，在这阳光明媚的书房，我心中只涌出一句话——

"面朝大海，春暖花开。"

其实，一个人如果足够地大气，世间万物皆是书，皆可读，天地之间皆书房。如今有了自己的书房，觉得还是屋顶之下、灯光之中、书架之旁更为舒心，有过曾经天地之间的书和书房，就更有今天坐拥书房的温馨和安静，就像一个村庄、一个国家，有过不堪，有过沉沦，有过苦痛，当一个时代能够给读书人一方书桌、一方书房的时候，这绝对是一个盛世的到来——

明亮的台灯下，崭新的电脑旁，馨香的奶咖啡，敲完这些文字，走上阳台——

天地之间，满天星星，万家灯火……

乡村章节

乡村开篇

乡村文章，这是一个关于乡村很老套的比喻，我想不出更妥帖的比喻。乡村让我们记住、传承、感动，乡村就是一篇大文章，是一篇很多很多人写了很久很久很长很长而且永远在写下去的文章，我们很想记住乡村的全文，我们能够记住的只是——

乡村的章节……

乡村从哪里开篇？

这是一个很费脑筋的问题。

"很久很久以前，盘古开天……"传说都这样开始讲述。很久很久是多久？传说中的日历让时光漂白，一片模糊。我们谁也没有见过盘古，所有村庄都找不到盘古开天的底片，在大人们语言的河流上，盘古开天的神话只是时隐时现的浪花，我们无法定格每一朵浪花，就像我们无法定格一个叫盘古的巨人和他抡起大斧把天地一分为二的世界开篇。

乡村的天空不是斧头砍开的，乡村的天空是雄鸡的鸣唱拉开的。但是，谁能告诉我们乡村最早的那一天是哪一只雄鸡的鸣唱拉开的——

雄鸡一唱天下白，那不是乡村的开篇，那是乡村一天的开篇。

有记载的历史或者说有科学考证的历史说，我们的祖先从云南元谋人、北京山顶洞人开始，我的乡村隔着云南元谋 1157 千米，隔着北京 1756 千米，这是有了公路有了汽车后公路上的路程，不是茶马古道、山野小道的路程。我们从考古学家那里知道我们人类的开篇，第一个站起来的元谋人、山顶洞人压根儿不知道我们这个叫白蜡湾的乡村，我们乡村的开篇从云南元谋、北京山顶洞起笔实在有些遥远。

我们从爸爸妈妈那里来，爸爸妈妈从爷爷奶奶、外公外婆那里来，爷爷奶奶、外公外婆从他们的爸爸妈妈那里来……爸爸妈妈、爷爷奶奶、外公外婆他们都远远地走啦，躺在村庄那些向阳的山坡上，我们已经问不到我们的开篇我们乡村的开篇所有的细节。大人们语言河流上的故事最爱用倒叙，乡村文章不是乡村故事，那是和土地上庄稼一样真实的时光底片。我很希望乡村文章的开篇能够倒叙，让祖先们回到村庄，讲述乡村文章顺叙的开篇，可惜，乡村文章不讲写作技巧。

我们读到的族谱不是一个完全记录，那是第一个识字的祖先能够回忆上的血脉记录。村史更没人记录，地名虽然记着乡村所有的事，那不是文字的记录，是我们所能够想到的情感上的记录，我们喊着地名，我们没有听过地名说话。

向乡村打听乡村的开篇，只有更早的事情，没有最早的事情。

"关关雎鸠，在河之洲，窈窕淑女，君子好逑。"这是《诗经》的第一篇，这是唱在口中记在纸上我们所能知道的最早的篇章。雎鸠相向和鸣，相依相恋，掀动乡村的天空，掀动田野的爱情。乡村在鸟鸣声中开篇，这是我们永远不会质疑的乡村之声。乡村会不会在田野爱情中开篇？这得去问炊烟、锄头、镰刀、木犁……

鲁迅在《秋夜》中这样开篇："在我的后园，可以看见墙外有两株树，一株是枣树，还有一株也是枣树。"乡村村口都有很古老的树，树能够记住村庄很多的事情，就算我们记不住我们的年龄乡村的年龄，树能够记住，它会一个年轮一个年轮地记住。乡村的树作为乡村的开篇，这是个很青葱的想法。我们白蜡湾村口有一棵古老的槐花树，远行的人们望见槐花树，知道村庄近啦！走到槐花树下，心就近啦！槐花树下总有乘凉的人们，那是乡村的客厅。出远门的人走到槐花树下，总要坐下来，回眸村庄，回眸老屋，哪怕远在天边，心中总有这片绿荫，总有乡村槐花麦饭的清香，那是我们共同的乡村味道！

没有另一棵槐花树，要找到最近的一棵槐花树，效仿鲁迅先生的笔法记录，还得走到水井边，至少一袋烟的工夫。村里树很多，就像村里的人。村里人很多，他们也是乡村的树。这些年，村里人考学走啦，当兵走啦，打工走啦，村里的人越来越少，但是，他们的根在村里，所以村里的树越来越多，树不会走，乡村就不会走，乡村就在……

树是乡村的开篇吗？

捷克作家伏契克有一篇文章这样开篇："从门到窗子是七步，从窗子到门是七步。"我很喜欢这样静静地表达，撇开文章中那些关于牢房绞刑架之类的沉重和无奈，乡村生活就是这样的风轻云淡、日出日落——从家屋到水井，从水井回家屋；从地东头到地西头，从地西头到地东头；从北坡到南坡，从南坡到北坡……

路是乡村的开篇吗？

乡村不会回答我。

乡村的文章不是写出来的，是过出来的：挑满一缸水，翻挖一块地，种好一季粮，吃香一碗饭……

乡村是一篇不问开篇只写续篇没有终篇的文章！

乡村标点

乡村没有多少诗人，他们不会诗一般去想大地上的事情。在很长的历史岁月中，乡村连识字的人也没有多少。当今天乡村的人们认识各种庄稼也能认识很多字的时候，他们会用农人的眼光想大地上的事物，读书人在纸上写字，乡村人在大地上写字，在星空下写字，乡村的一草一木一山一水一砖一瓦都是乡村的字符和标点！

乡村有了比庄稼更高远的思想！

逗号。

蝌蚪是乡村最逼真的标点，是乡村春天的逗号，它们游弋在乡村的春天，书写青蛙王子的童话。春天一过，逗号不再是逗号的模样，走进辛弃疾的词意，听取蛙声一片。它纵身一跃，飞出一个破折号。它时隐时现水面，游出一串省略号。它突然跳到农人脚背上，哇出一个惊叹号。

…………

蝌蚪只是乡村的逗号，它给乡村的春天断句。

乡村是一篇永远写不完的篇章，所以，乡村的逗号很多——

水井是乡村的逗号。有人可能会笑问我的比喻，圆圆的、亮汪汪的水井怎么会是逗号？因为你忘记了水井旁边总会牵出一条路，有了路，水井自然成了逗号。没有路，水井就成为句号。我们刚学会走路，母亲第一件事就是把我们引向去水井的路，记住那口井，记住那条路。乡村从来没有把水井当成句号的时候，井水顺着那些路走进我们的血管，灌溉乡村，灌溉乡村一代一代子孙。

土灶是乡村的逗号。乡村土灶总是一副逗号的模样，从大锅到中锅到小锅，没有一家会有几口同样大小的锅，一排锅铺排下来，土灶就是逗号的模样。圆圆的铁锅，圆圆的碗，笔直的筷子，如果再想象高远些，土灶上一缕炊烟升起，这就是乡村的逗号。即使土灶上升腾不起我们期望的丰盛，也会把一日三餐张罗得格外分明。

不要把土灶想象为句号，有袅袅的炊烟，有仰望天空的目光，人间烟火永远是乡村的逗号——明天，太阳照样升起！

种子是乡村的逗号。父母总会把最饱满的水稻、玉米、大豆、高粱、洋芋、红苕选出来，作为种子，藏在最保险的地方，哪怕家里下顿揭不开锅，也不会对那些种子动心思。农人和种子都知道自己的季节，农历一到，父母把种子泡进农历和井水中，一根根嫩嫩的芽苗冒出来，成为颗颗季节最饱满的逗号，撒向水田、坡地，讲述大地上那个永远讲不完的收获的悬念……

冒号。

石磨是乡村的冒号。乡村的石头不会讲话，乡村不会讲话的孩子，最常用的责问：你是石头吗？乡村在石头上写过很多的标语，小鸟在石头上唱过很多的歌，哪怕有一星泥土，野草野花也会在石头上随风窃窃私语，但是谁也没有见过没有听过石头讲话。就算两块隔得很近很近的石头，风从石缝中走过，野猪、野兔、牛羊从石缝中走过，它们也没有听见两块石头说过话。乡村石匠看中一块石头，一分为二，用钢钎、錾子、铁锤把它们打磨成两片圆圆的石磨，安放在石头凿成的磨槽上，磨槽摆放在屋角或者屋檐下，两片圆圆的石磨就成了乡村的冒号，把金黄的玉米、红红的高粱、圆圆的大豆、晶莹的大米、调皮的豌豆一颗一颗地琢磨、思考、分析、细化，一圈一圈地讲，一轮一轮地讲，一天一天地讲，讲述成很有面儿的话题，再引用一些井水和柴火的思想，把大地上的收成讲述成为玉米糊、玉米馍、高粱粑和豆腐、白糕、粉条这些人间的温饱。石磨不停地讲，家屋就有不断的炊烟、笑声和农人渴望的风调雨顺、六畜兴旺。

今天的乡村我们已经很难见到石磨，就像我们已经很难见到乡村的炊烟、牧人的短笛、春雨中的蓑衣斗笠，乡村冒号开始了新的讲述——

圆圆的车轮停泊在李树杏树桃树下，讲述你所惊异的今天乡村慢时光；圆圆的铁皮打制的粮仓装满冒尖的粮食，讲述大地上的丰衣足食；圆圆的液化气灶孔升腾村空的清香，讲述乡村做梦也想不到的小康阳光；圆圆的卫星地面锅盖天线回荡天南海北的声音，锄禾不再日当午、床前依然明月光……

乡村冒号很多，聆听乡村，我们从来没有今天这样踏实！

破折号。

扁担是乡村的破折号。担着水，担着柴，担着菜，担着粮。身轻担重轻挑重，脚短路长短走长。耕耘，担当，收获，每一步都心怀平静和喜悦，每一步都步履生风，幸福的花儿随风开放。一头挑着耕耘一头就会挑着收获，扛上扁担，扛起乡村最朴素的格言，已经到来的乡村春天，延伸在扁担上，历史的转折，就在明天！

桥是乡村的破折号。横跨乡村的河流、溪涧、沟谷，没有蹚不过去的河，没有跨不过去的沟，乡村东岸和西岸，一桥相连，走向彼岸。乡村没有两座相同的桥，乡村就没有两道相同的岸，要知道对岸的风景，我们只能听从桥的呼唤！

路是乡村的破折号。有炊烟升起的地方，那里牵着一条路；有田地庄稼的地方，那里牵着一条路；有祖先躺着的地方，那里牵着一条路……那是母亲的呼唤，那是大地的恩情，那是流淌的血脉……

父母更多让我们守望的是通往村外的古道，那是上学的路，那是当兵的路，那是打工的路，那是致富的路。大地上路很多很多，所以成就了丰富多彩的人生，乡村的路很长很长，一步步，走向远方，记住回家！千万不要迷失方向，人一生的转折就那么几步！

问号。

犁是乡村的问号。

镰刀是乡村的问号。

乡村最早的犁是木犁，要寻找一弯那么恰当的树干打造乡村的木犁，那得问遍整个山林，山林的树总是向天空伸展，于是很久很久以前的一场风一场雪给农人预备好答案，等待那些像犁的树长大，等待时光给乡村木匠最后的答案。

像犁的树做成木犁，装上犁铧，它依然是乡村的问号。春雷响过，春雨润过，它在问："哪天开犁？"稻子割尽，水田晒干，它在问："哪天开犁？"回答木犁的是乡村的农人、健壮的耕牛、大地上的季节，木犁更多的日子挂在黄土墙上，木犁只能是乡村的问号，木犁永远在问属于自己的季节。

乡村的镰刀长满牙齿，总是一副问话的样子，面对金黄的麦子、金黄的油菜、金黄的玉米、金黄的大豆、金黄的稻子，父母把镰刀磨得明晃晃的，把心磨得明晃晃的，一棵棵询问庄稼的收成。镰刀一一问完每一棵庄稼，镰刀并不知道瓦罐中、竹筐中、木仓中的收成。问收成，问木犁，问锄头，问乡村所有的农具。

先握锄头，再握镰刀，这是乡村关于耕耘和收获最朴素的哲理。镰刀仰望着墙上的木犁，木犁环顾着墙边的农具，乡村就在这些问号中，茁壮一代又一代子孙……

感叹号。

我们最简单的想象是把火柴作为乡村的感叹号，点燃火柴，点亮乡村的感叹，点亮乡村的天空。乡村说，我们没有那么小气，小小的火柴盒装不下我们对天空、对大地、对乡村、对生活的感叹、赞叹——

乡村的感叹号是挺拔的树!

乡村的感叹号是挺拔的人!

乡村的树,乡村的人,是乡村最挺拔的符号,亭亭玉立,力争上游,不折不挠,感叹的那枚圆点在哪里,感叹的那枚音符在哪里?

俯瞰大地,圆点、音符是我们盘根错节、深入大地的根,是我们厚重的大地。仰望天空,太阳、月亮、星星就是我们感叹的圆点和音符!

大地之上,天空之下,到处是乡村的感叹号,到处是生命的礼赞!

每年过年的时候,我们点亮一盏灯,燃起一炷香,呼唤祖先们的名讳,呼唤他们回家过年;我们端起一碗米饭,在房前屋后的树上砍上一个刀口,敬上几粒米饭,呼唤它们回家过年;我们端上猪头肉,燃香,焚纸,跪拜苍天,跪拜大地,报告天地,我们过年啦!

乡村还有很多的标点,鸟儿是天空的逗号,蹄印是老牛的顿号,汗珠是耕耘的顿号,屋顶青瓦是家的书名号,石板路是古道的省略号,桥墩是过河的省略号,雨点是屋顶上的省略号、屋檐下的省略号、斗笠上的省略号、蓑衣上的省略号……

屋檐水点点滴……

人在做,天在看……

这是乡村很让人思考的省略号……

我不想说乡村的句号,在乡村可以看成句号的很多,落日,月亮,水井,水缸,树蔸,斗笠,草帽,锅碗瓢盆……乡村从不把它们看成句号,乡村最怕它们成为句号,因为乡村的文章永远没有尾声——

乡村没有句号……

乡村花事

乡村文章少不了乡村的花事,这不是花边新闻的那个花,也不是叙述的插花那个花。写在乡村大地之上天空之下的乡村文章,乡村花事占据着绝对大的版面。

　　乡村看重乡村大地上的花事，很长很长的时光格上，乡村看乡村的花事不是一视同仁的眼光，乡村的眼光总是深情地投向那些庄稼花，几乎没有去望过那些庄稼花之外的乡村花事。花开两朵，各表一枝，在乡村关于花事的心思上，其实是花开两朵，只表一枝——

　　那就是庄稼们开放的花！

　　在乡村舞台上，最先登场的是油菜花，它是庄稼花中的名门望族，开得最恣意，最热烈，或成块成片，汇聚成气势宏大的黄金方阵，海海漫漫，绵延不绝。除了伟大、壮观这些灿烂的大词，面对那片金黄，我们唯一能表达的只有"啊"字，连这个"啊"也会被浩大的金黄堵在喉咙。或一方田一块地，插叙在麦田之中，为麦浪翻滚镶上一道道春天的金边。

　　紧随油菜花的是胡豆花和豌豆花，这是庄稼花中的孪生姊妹，没有油菜花出场的宏大气势，开得温婉雅致，楚楚动人，粉白，浅红，淡紫，算是庄稼花的小资，每一朵花看上去都像对着镜子有过精心的描画。

　　小麦和水稻是庄稼中的主角，尽管它们不是一个时段出场，但是它们的花事很是相同，静静地开，静静地谢，你不凑近每一株禾苗，你是看不见麦花和稻花的，连乡村同样微小的蜂啊、蝶啊，都懒得去亲近这些琐碎的花。只有乡村的农人，在小麦和水稻扬花的时节，心神不宁地望着天空田野，担忧突然的风雨吹落渺小的麦花稻花，吹落农历中谋划了一年的收成。诗人说："稻花香里说丰年。"真正能够看懂它们花开的，只有乡村的农人，他们才能听懂庄稼花开的声音。

　　庄稼花中的主角还有玉米花，玉米花跟着小麦花开的脚后跟，它开在玉米树的顶端，与乡村的各种花走样太远，或者说是不像花的花，所以，乡村把玉米开花叫"出天花""出顶花"。

　　走进乡村视野的还有雪白的芝麻花、紫红的豆花、金黄的南瓜花、淡黄的西红柿花、映日别样红的荷花、灿烂的向日葵花。芝麻包过年的汤圆，大豆做豆腐，南瓜莲藕也当粮。向日葵尽管只是饭前饭后的闲嗑，但是它迎着太阳开放，满满的金黄，满满的喜庆，满满的光芒。

事实上，乡村大地上还开满了比庄稼花更多的花，所有的花都在寻找自己花开的季节——桃花、李花、杏花、桐子花、槐花、杜鹃花、兰花、鸡冠花、蒲公英、水仙花、百合花、牡丹花、菊花、蜡梅花、红火棘……你花开罢我登场，开满村庄所有的农历，所有的季节，所有的山野。这些花静静地开，静静地谢，没有人去张罗它们的长势，没有人去关注它们的收成。乡村看花，有等待的希望，更多的是等待的焦急，肚中的饥饿，一日三餐的谋划，明天的粮缸，乡村的心思不是花开而是收获。当然这些花中还是有几样花会偶尔走进乡村的嘴边——桃花、李花、杏花，开启了乡村春天的农事，更为关键的是桃子、李子、杏子，那也是庄稼之外生活的甘甜。桐子花开放的时候，是乡村最寒冷的时段，乡村把这一时段的春天叫"吹桐子花"，但是没有一个人骂天气，骂春风，骂桐子花，桐子花是否就是乡村的庄稼花，我不知道。桐子花谢之后，桐子慢慢长大，走进榨油坊，桐子变成桐油，桐油是乡村冬天最期待的银行——过年的新衣，开春购买仔猪、修理农具，全指望桐子花开的艳丽。

所以，乡村看花，那是很实用主义的，那是乡村的一日三餐，那是身上的温饱，在乡村的视野里，大地上只有一种植物，它们的名字叫庄稼，庄稼之上是生活和生存。

上世纪七十年代初，村庄来了一个城里女知青，早出工晚收工的时候，乡亲们发现那些长在山林中、田埂上、地角边、小溪旁的杜鹃花、牡丹花、兰花、水仙花、百合花，一束束长在女知青的怀抱，长在女知青的窗台上、大门旁、小院中，当那些野花集束式地走进乡亲们视野，大家发现这些野花花香四溢，直香得心里亮堂堂的。从那以后，在山林，在山坡，在溪边，乡亲们开始有了一双看花的眼睛，有了一双采花的手，捧回村里，放在女知青的小院中……

后来，女知青回城啦，离开村庄那天，乡亲们送来鸡蛋、腊肉、香肠、汤圆，恨不得把每家最好的东西都让女知青带走。女知青哭着谢绝所有的礼物，捧走一盆杜鹃花——

我们乡村，那花叫映山红！

乡村的花事回到庄稼花的时光。

2015 年，女知青又回到我们村庄，带着一张很大的图纸，图纸上不仅有我们的村庄，还有周围七八个村庄。女知青带着乡亲们在山坡上种李花，在水田里种荷花，在河谷种槐花，在山林种映山红和红火棘，曾经长满庄稼的乡村开满了各种各样的花，种花，酿蜜，摘果，农历上的农事变成今天的花事，乡村的季节变成了今天的花节，三月李花节，五月槐花节、杜鹃节，六月荷花节，冬天冰雪节，让乡村的花事呼唤城里的人们，乡村有了比庄稼花更饱满的收成，乡村有了庄稼花之外更幸福的花事——

乡村开始了前所未有的改版！

乡村的花走进乡亲们眼中，不再是牵挂，而是欣赏，就像远远近近的游人看花的眼光，那是村庄真正的盛世。

"幸福的花儿心中开放，爱情的歌儿随风飘荡，我们的心儿飞向远方……"

花开乡村，乡村如歌。

民强"李队长"

拜访李德禹，为孝心而来。

登上李家山，问询李德禹的家，乡亲们一脸茫然，"哪个李德禹？"

在李家山，喊李德禹的不多，李家山的乡亲们都喊"李队长"。

晨雾渐渐散去，太阳缓缓探出了头。

"来，您慢慢走，坐着晒会儿太阳，我去给您拿杯热牛奶。"

走进李德禹的家，他正搀扶着村中百岁老人冯万梅出来晒太阳。李德禹搀扶着老人在椅子上坐好，转身到屋中拿出热好的牛奶插上吸管递到老人手中。李德禹给老人捏肩，温暖的阳光洒在"母子"二人脸上，两人相视一笑。

定格。朋友圈。李家山的春天格外温馨。

民强成为一个村庄的名字之前，它只是李家村下面一个生产队，有一个很有富裕暗示的地名——金湾，李德禹就是这个生产队的队长。金湾从李家村划出来，成为一个村庄。祖祖辈辈生活在金湾，乡亲们却过着与地名名不副实的生活。再给村庄取名，大家不再想金湾的事情，给村庄取了个很实惠的名字——民强。它和土坝村、李家村屋檐挨着屋檐、山路连着山路，在李家山下抱团取暖。

那个年代，它们之上的乡叫五桥公社，后来叫五桥镇。

当江城万州扩大到这片土地的时候，五桥镇成为五桥街道，土坝、李家、民强三个村庄合并在一起，给新的村庄取什么名字，成为李家山争得最脸红的话题，李德禹站起来说："民强。"

大家把掌声给了李德禹提议的"民强"。

这是山村共同的理想！

李德禹所在的金湾生产队成为民强村 8 组，李德禹从 "李队长" 到 "李组长"，一干就是 33 年，但是大家还是喊他李队长。

中国的乡村有着漫长的贫穷记忆，民强村的贫穷却有些让人费解，村庄之下是长江，长江对面是江城万州，占尽地利之势，民强却是村不强、民更不强，不用列举更多的穷困符号，直到今天，全村还有 41 户五保户、43 户低保户，已经说明一切。

李德禹做 "李队长" 的年代，派工派活，协调纠纷，是队上最忙的人，但是做得最多的事情还是给生产队外出的人开具证明，生产队没有更多的 "活路" 派给大家，只好让他们出去找 "活路"，于是李德禹身上始终带着三样工具：锄头、纸笔、生产队的公章。

李德禹做 "李组长" 的年代，想为 8 组忙一些，却找不到忙的事情，说实话，今天的乡村，村里的支书主任很忙，村下面的组长除了处理乡村那些永远存在的家庭、邻里之间的纠纷，传达上级的文件精神，的确没有太多的事情。

看着周边的乡村纷纷从村到居委会，成为城市的细胞，民强依然是五桥街道最后的村庄，成为街道的疼和尴尬，更成为李德禹和乡亲们的疼和尴尬。听着乡亲们喊他 "李队长"，李德禹感到脸红，说实话，作为李家山知名的新时代 "乡贤"，加上他在村里的辈分和威望，村里出去的大老板都高薪请他去帮忙，他说自己出去可以找到 "活路" 挣钱，村里留下来的人到哪里挣钱，必须给自己找事情，给乡亲们都找到 "活路"。

土地是农民的命根子，在庄稼成为土地上唯一主题的年代，乡亲们投向土地的目光只是庄稼一样的目光，人均六七分土地自然长不出大家渴望的温饱。说是城郊，其实是城焦。

土地必须改版，庄稼必须超越，要让村里和他一样渐渐变老的老人们看到民强真正民强的那一天。

作为民强村的老党员、老队长，这些老人是他的牵挂，这片土地更是他的牵挂。

1989 年，村里膝下无子女的冯万梅已经 79 岁，丈夫杨成林去世后，无人照料。李德禹告诉我们，在他小时候，冯万梅十分疼爱他，每逢家中做上一桌好饭好菜，都会叫上李德禹来家中打个牙祭。这样的恩情，李德禹一直铭记在心。看着老人无人照管，他决定担负起照顾冯万梅的责任。为了照顾老人更方便，老人有需求能第一时间赶到，李德禹自掏腰包将老人的房子重新建在自家一墙之隔的地方，给老人添置新的家具和生活用品。当老人生病时，李德禹成了专业"陪护"；当老人的房子破损时，李德禹成了专业"修理工"……在李德禹孝心的感召下，妻子和儿子也加入照顾老人的行列，一家人在一起其乐融融。

走访民强村，我们才知道，除了冯万梅，李德禹照顾的村里老人很多很多，大家都说这是一个好队长，是一个真孝子。我们问李德禹，村里这么多老人，你照顾得过来吗？

李德禹给我们讲了一个往事，是他的小学老师带他们到李家山下长江边救小鱼的往事。

暴风雨后的长江边，江边沙滩浅水洼里有许多被昨夜暴风雨卷上岸来的小鱼。小鱼被困在浅水洼里，回不了长江——虽然长江近在咫尺。

老师带着他们捡起水洼里的小鱼，用力把它们扔回长江。围观的人们好心劝他们："这些水洼里有几百几千条小鱼，你们救不过来的。"

大家回答："我们知道。"

"哦？那你们为什么还在扔？谁在乎呢？"

"这条小鱼在乎！"大家一边回答，一边拾起一条条小鱼扔进长江。

"这条在乎，这条也在乎！还有这一条、这一条、这一条……"

对老人们的孝心才有对这片土地的孝心。李德禹知道，靠自己的能力，靠村里的实力，继续组织大家向土地刨食，已经没有前景，必须敞开村门，当年开具那么多证明送民强人出去找到"活路"，现在该请这些人回来给乡亲们找"活路"，重新打量土地，耕种新的庄稼。

心中有路，脚下才有路。

李德禹干的第一件事情就是重建李家山李氏宗祠。"让大家记住自己的家乡，让大家记住自己的乡愁。"李德禹说，在民强村说"乡愁"，乡愁的封面就是已有两百余年历史的李氏宗祠。

"这是我们村里的根，必须保留下来，让大家记住回家的路。"2017 年 3 月，李德禹挨个上门走访出生在民强村的老板们，希望他们能出资复建李氏宗祠，让大家有个聚会和聚心的地方。大家都敬重他这个老队长，2018 年 4 月，经过一年的修复和重建，李氏宗祠以全新的面貌坐落在民强村中。为了唤起大家更多的记忆，李德禹走村串户踏遍山山岭岭，收集风车、石磨、石缸、斗笠、犁耙等传统农具，既是李家山的宗祠，也是李家山的乡情陈列馆。

有了宗祠，大家就知道自己的根，就有了对家乡的牵挂，李德禹开始思考他的第二件事情，把这些远走他乡的民强人喊回来，一起为民强村的民强出谋划策。

2018 年春节到来之前，李德禹专门找了一家老面坊，买了几百把报纸包好的土面条，请了一个老屠户，砍了几十块"人情菜"，那是当年乡村"走人户"标准的礼物：三把面，一块小腊肉（"人情菜"）。

春节一到，外出创业的民强人陆续回家过年，李德禹一家一家地拜年。打开包袱，摆上面条，摆上红纸包着的"人情菜"，让大家一下回到曾经的年代。大家敬重的老队长来拜年，让这些民强在外的老板们十分惊讶，大家拿出好酒好烟回礼，李德禹说：这些我不要，我只要你们的电话，民强喊你们回来。

有了这些外出的民强能人的电话，李德禹建起五桥街道第一个农村产业发展微信群——"民强大家庭"，告诉他们村庄的穷、村庄的苦，请求他们共同为民强的明天把脉。

民强微信群就像民强那古老的李氏祠堂一样，微信连乡情，宗祠连亲情，把大家系在这方叫民强的地名之上血脉之上。外出创业的人们每天都能够看到故乡的信息，他们牵挂故乡亲人就像牵挂故乡一株株庄稼、一棵棵树，故乡的亲人们就是这些庄稼这些树，就是远方人们故乡的证物和乡愁的药引。

李德禹成了村里最忙的人，大家很不解，说你一个村民小组长，操那么多心图什么？李德禹说：过去我给他们派工派活，因为我是队长。今天我给他们派工派活，因为大家还是喊我"李队长"。民强人不给自己的家乡做贡献，我这个李家的老辈子是可以骂他们的。

让民强村名副其实，这是民强人最大的心愿。

电话、微信请不回来，李德禹就天南海北地上门请，几年下来，远远近近的民强人让李德禹喊回民强乡情的河流，相继引进 14 家农业公司，全村 4300 亩土地流转经营 3800 亩，种花种果，发展蔬菜，养猪养羊，培育山菌，全村土地仿佛一下集体唤醒——

熊道常是民强村出去的创业能人，每一次回到村里，李德禹就带他拜宗祠，看村里的山山水水，拜望村里的老人。熊道常说：我再不回家创业，我以后就不敢回民强啦，我怕李队长那双期待的眼睛。熊道常回到村里创办了"四季钓鱼城"休闲农家山庄。古色古香的山庄，原生态的幽雅环境，饱蘸民间地气的传统食物，丰富的休闲方式，引得各路游客纷至沓来，给了更多民强人回家创业一个美丽的封面。

39 岁的李小平老家在土坝，很早就出去搞建筑，干得风生水起。李德禹做通他父母的工作喊他回来，后来干脆以长辈的身份走进他的建筑公司，说你发财啦，老家还穷得很，你看着办吧！

李小平把建筑公司交给其他人管理，回到老家土坝，将民强村 200 亩土地承包下来栽种羊肚菌、樱桃树、枇杷树、爱媛 38 号柑橘新品，在林下散养土鸡，准备与熊道常联手打造特色乡村民宿。

差工人，李德禹挨家挨户给他请。差流动资金，李德禹争取街道支持向银行贷款，让李小平栽种的羊肚菌很快投产并大获成功，成为万州的名贵山菌，从小看着他长大的乡亲们也能够在家门口找到"活路"挣到工资。

熊道常、李小平回乡创业的成功让出去的民强人看到老家的发展前景。龚天河、王帮全、向成文等人都在民强村中发展起各自的产业，让村里那些望天的人们能够就近就业，让曾经长苞谷洋芋的民强村，长出了水果、山菌、桃花、中药材。

走出民强的人陆续回来，民强土地上全新的"庄稼"，吸引了更多外地客商走进民强。

开州人唐明让村里能人引进到民强村，设立吉之源农业发展公司，起初种植中药材 170 亩，后来又乘势发展蔬菜、樱桃等种植业。

民强村金龟山下，水波粼粼的万家沟水库旁，程志和他的吉森缘生态农业开发公司在这里落户，种植"水果皇后"嘉宝果。

从李家山上俯瞰民强村，海海漫漫的桃花、李花、橘花，波光粼粼的水库堰塘，以羊肚菌、大球盖菇、嘉宝果、燕窝果、巴西樱桃、台湾长果桑、砂糖橘、蜜橘等为主打的 1100 亩特色水果农产品基地，1000 亩蔬菜基地，200 亩中药材基地，源源不断，赶场一样，汇聚民强。

更远的年代的乡村数据我们不去回首，2016 年全村人均收入 4000 元，2023 年全村人均收入 5.8 万元，让曾经尴尬曾经心疼的民强村开始跨入亿元村行列。

李德禹告诉我们，民强村的民强之变，让当年那些土得掉渣的地名如今也洋气起来。

饿母狗梁上建起了万州国际滑翔伞基地，天空上飘飞着五彩的滑翔伞。

杀人坳是三峡有名的宝林越野车俱乐部基地，成为玩越野车人最神往的地方……

太阳出来了，李德禹推着百岁老人冯万梅去李家山顶看桃花，春阳暖照，桃花满坡，李德禹情不自禁地唱起山歌——

　　太阳出来啰嘞，喜洋洋啰啷啰，挑起扁担啷啷扯喱扯上山岗啰啷啰……

　　只要我们啰嘞，多勤快啰啷啰，不愁吃来啷啷扯喱扯不愁穿啰啷啰……

冯万梅像个小孩一样，拍打着轮椅，回过头大声喊着："德禹，德禹，大声点，我听不见！"

　　太阳出来啰嘞，喜洋洋啰啷啰……

庄稼地上长工厂

榨油坊

严格说，我们白蜡湾生产队上的榨油坊不姓公，姓龚。榨油坊屋顶没有飘动红旗前，榨油坊是生产队上地主龚家三弟兄唯一的产业。榨油坊屋顶插红旗那一天，龚家老大找到村长说：我们三弟兄建榨油坊不容易，我们这么多年没有种过地，就让我们继续在榨油坊干活好吗，听不到木榨声的日子该怎么过啊？

榨油坊的年龄与我隔着至少二十五年的光阴，我无法穿越去见到龚家三弟兄建榨油坊的过程，我是从长辈们碎片般的描述中复现榨油坊响起木榨声的过程。

从语言描述中，建榨油坊其实很简单：安装上木榨油机，修一间很宽大的房子，安装好碾盘，请几个壮劳动力，收来油菜籽、桐子、蓖麻籽，木榨声一响，菜油、桐油、蓖麻油就清亮亮地出来啦。

事实上，龚家兄弟建榨油坊绝没有我的描述这般轻松。我如此详细地记录一座榨油坊的建设和榨油过程，是因为在时下的乡村已经很难见到那古老的榨油坊，我想通过我的记录来勾起我们对那个时代和那古老文化的记忆和怀念——

开油坊最重要的设备是木榨油机这庞然大物。木榨油机，是用原木加工而成的，且定要用"特种"大树原木不可。所谓"特种"，其实只有铁油树（土名）和相思树两种树，而且一定要长得高大而直，树龄百年以上，长近 5 米，中径 1 米多，尾径近 2 米，这样木质才够坚硬，才合适加工成榨油机。

龚家兄弟建设榨油坊看中的就是故乡山岭中的"特种"树。在没有公路和起重设备的年代，从荒山野岭运回大树，那绝对是一件很难想象的艰难事情。冬天天寒地冻的日子，龚家兄弟请了几十个人在山林中挖出一条路来，泼上水，路结上厚厚的冰，大家一起一米一米地把原木挪运回来，在离村里大水井不远的地方平了一块地坝，把超长的木头安放好，围绕木头开始"就木建屋"，建起长长的油坊。

油坊建好后，龚家请来李家木匠班，李家木匠干其他木工活一天吃三顿饭，建木榨油机是非常费体力的活，一天要吃六顿饭。李家木匠架起超大的铁锯把巨木剖成两半，一寸一寸地把原木中心掏空掏出两弯巨大的"括号"，以天地般呼应和微微倾斜的形式固定在同样庞大的榨床上，亮出上下油槽。接着开始打磨撞杆、榨筒、尖方、尖碗。铁匠按照油槽空间打制铁圈，按照蒸灶大小打制炒锅。石匠上场建造蒸灶、石磨、碾槽……

建好这些榨油坊的车间设备，每年六月到九月榨菜油和蓖麻油，十月到次年四月榨桐油。

我没有见过龚家榨油坊诞生的过程，但是我多次见过榨油坊榨菜油的过程，那高亢的木榨声声伴我度过了童年。所以现在该我用文字为你拍摄榨油坊榨油的影像啦，那绝对是乡村最华彩和最清香的乐章——

龚家老三把送来的油菜籽倒进大铁锅中用巨大的木铲一锅一锅炒香炒熟，放在巨大的圆形石碾槽里，戴着眼罩的牛拉着碾盘，钟表指针一般碾碎、碾细。这个时段对于我们小孩绝对是最美的时段，大人总爱让我们小孩坐在牛车上面，增加碾压的重量。那种乘车的感觉，放在时过三十余年的今天来回味，我想仍不亚于成年人开宝马汽车的心情。大人们守着碾盘，一边加菜籽，一边神聊，一年的坎坷、疲惫、失意、挫折随着那碾轮碾得粉碎。

碾好的原料装进蒸灶中，蒸到龚家老二眼睛嘴巴眨巴出的火候，在热气腾腾的气雾中，龚家三兄弟围坐一圈用稻草包住蒸熟的油菜粉末，放在铁箍里，做成一个个的大饼，放入一旁的榨床，等候开榨——

龚家老大取来烧酒，祭天祭地祭木榨，大喝一声"开榨啦——"。三兄弟一人喝完一碗酒，脱光上衣，棱角分明的腱子肉，古铜色的皮肤闪着油光，像青铜雕像一般。他们取下撞杆，龚家老大紧紧握住光光的木把，用力一拉，大喝一声"咳——"，撞杆立刻飞起来，待它落下时，早有老二和老三轻轻接住两侧，大喝一声"嗬——"，撞杆稳稳地撞在木楔上，胖胖的油饼逐渐变得如一块钢饼，清香的菜油如小溪如春雨如秋雨如露珠一般汩汩流泻在木榨下的油盆里。

第一榨结束，龚家弟兄们把从木榨中退出的油菜饼再舂碎，再放入碾槽中碾细，再架起大火蒸，再响起"咳——嗬——咳——嗬——"的木榨声，直到高大的木榨油槽下再无一滴油流出。

"咳——嗬——咳——嗬——"

小村庄激荡着号子声和撞榨声。那是力的声音，力的诗篇！村庄醒来了，人们扛着木梨走向田野，小学生们唱着歌走向学校……不管你在干什么，不管你在什么地方，那号子让你精神倍发，斗志昂扬。即使远离故乡，远离那方亲亲的乡土，头脑中总轰响着那力的吼声，仿佛一根无形的橡皮筋，连着你和故乡。

就是这声声木榨号子，让村庄卸去沉寂和冷落，永远蓬勃，永远亢奋。后来，汽车开进山中，发电机、柴油机赶趟儿似来了，仅仅一个年轻书记的一句话，榨油坊拆啦、分啦。

我家分到的是那油光光的撞杆。

我去榨油坊的时候，龚家三个伯伯迎上来。我乖巧地张开腿让他们摸雀雀，他们没有，只是含泪抖抖索索取下撞杆。只见龚老大抓住撞杆把，高高一提，老二老三扶住两侧，撞杆飞起来，可是，撞下去时却撞不到木楔，一冲，系撞杆的竹索断啦！三个伯伯立刻扑倒在地上……

木榨声绝了，榨油坊再也不能飘香。三个伯伯静静地躺在榨油坊后面。老大在前，老二老三在后，中间埋着那根油亮亮的撞杆……

我没有看见现代科学代替古朴劳作的优越，只叹息再也听不到那一声声悲壮的声响，看不到那一幅幅雄浑的撞榨图，体味那一种力的美。

风吹过来，飘过水车的嘎吱声。我的脑海中仿佛又响起榨油号子来——

咳——嗬——咳——嗬——

豆腐坊

豆腐在中国，有中国"第五大发明"之称。明朝李时珍在《本草纲目》中记载："豆腐之法，始于前汉淮南王刘安。"说明延续至今的豆腐起源于西汉，距今已有2100多年的历史，发明者是淮南王刘安。

南宋理学大师朱熹在《素食诗》中写道："种豆豆苗稀，力竭心已腐。早知淮南术，安坐获泉布。"

五代陶谷《清异录》中记载："日市豆腐数个，邑人呼豆腐为小宰羊"，将豆腐的营养价值与鲜美的羊肉相比。

五代谢绰《宋拾遗录》载："豆腐之术，三代前后未闻。此物至汉淮南王亦始传其术于世……"

罗家并不知道这些关于豆腐的记载，罗家在著名的川鄂茶马古道边，在美丽的盘龙河边开豆腐坊开了好几辈人。

看着周围生产队都有自己的企业，生产队长着急了，在那个天天割什么尾巴的年代，在那个几天不吃罗家豆腐心中闹得慌的年代，为了不至于让罗家豆腐坊关门，生产队长就动了小心思，把罗家豆腐坊划归我们白蜡湾生产队的企业，这种做法有些损私肥公，大家一合计，让罗家给生产队交点集体提留款，村里给罗家计工分分口粮，罗家豆腐坊就成了生产队的工厂。

村里人为这个决定高兴，大家可以继续享受罗家豆腐的口福。罗老爹更是高兴，不会让祖传的手艺歇业，不用下田干活，关键是自己也成了生产队管事的人，可以参加生产队领导班子会议，决定生产队一些大事情。

罗家豆腐坊就这样成为我们白蜡湾生产队第一个也是最后一个队办工厂。

回到豆腐话题。

不管是乡下还是城里，豆腐本不是什么稀罕物，制作豆腐算不上好复杂的工艺，可是罗家豆腐就是特别好吃。说实话，我也算走南闯北的主儿，吃了那么多地方的豆腐，都没有罗家豆腐好吃，也难怪罗家豆腐声名远扬啦。我全程看过多次罗家做豆腐的过程，说实话，从工艺程序上，罗家豆腐和其他做豆腐的没有什么太大的差别，我感觉罗老爹在做豆腐的几个关键节点上有本外人看不到的账：水，磨，火，点卤，大约这就是罗家豆腐好吃的"四阴真经"。

水，好水出好豆腐，这是乡村美食最基本的共识。罗家收购的大豆绝对是颗粒饱满的黄豆，罗家泡豆子的水一定是盘龙河清晨流动的水，就算哪天豆腐特别好卖，早上挑到水缸里的水用完了，罗家说什么也不会再开锅做豆腐。

磨，罗家磨豆子一定是石磨，罗老爹经常请石匠隔三岔五来修理石磨，好几次生产队长看到罗家豆腐生意特别好，要买钢磨换掉石磨，说可以多打豆腐，罗老爹说什么也不同意，说换钢磨就换人。河水泡好的黄灿灿的豆子往石磨里喂，别人要换罗老爹往磨里加豆子，罗老爹总是不肯，说添豆子要均匀，这是细活，马虎不得。

火，豆子磨好了，卸到锅灶里筛浆，这就需要烧火。罗家豆腐烧浆绝对不用煤炭火，说煤炭总有股难闻的味，罗家豆腐烧浆用麦秸、豆秸烧火。在豆腐烧浆时，罗老爹戴起眼镜，说这是细活，浆熟要正当时，不能煳掉。烧火有窍门，什么时候用大火，什么时候用小火，什么时候不要火，有讲究。把浆顶开，要用大火，这个时刻要舍得投柴，像"该出手时就出手"。

点卤，罗老爹点卤绝对是祖传的绝活，把石膏和盐卤轮流点，这大约是罗老爹做豆腐远近出名的奥妙。

我陶醉罗老爹点豆腐时潇洒的手势。两手端着一个松木木瓢，一瓢一瓢将半大桶卤水倒进大铁锅，偶尔还把瓢举得老高老高，抛下铁锅的卤水均匀混在滚烫的豆浆里。罗老爹俯身锅上，用一根竹棍揭豆腐皮。我们也围住锅，折了小竹棍，在锅里乱挑豆腐皮吃。新出锅的豆腐皮油油的，有嚼头，好吃极了。三遍豆腐皮揭过，豆腐在锅中结成块。罗老爹吩咐帮手，张开豆腐包，把豆腐块带水一瓢一瓢舀进豆腐包。豆腐包是用细纱布做的，放在一个大瓦盆里，瓦盆下面是一个木制的井字架，架下是一口半人高的老瓮。经过豆腐包的过滤，豆腐留在了纱包里，豆腐浆水顺着盆沿，流进下面瓮里。包里的豆腐满了，罗老爹便会和帮手扎紧豆腐包口，在包上倒扣一个和下面一样大的瓦盆，这样，一盘豆腐做成了。等热豆腐冷凝，解了纱包，外面等着很多买豆腐的人。

我们最急切等待的是罗老爹扎紧豆腐包那一刻。这时候，罗老爹便会把锅里剩下的豆腐和铲下的锅巴分给我们。豆腐锅巴上有很多细细的眼儿，吃起来有一点焦煳味，味道很特别。至今，我还能记得我们吃焦煳豆腐锅巴，罗老爹常爱说的一句话："吃焦锅巴，拾大银子！"

罗家豆腐是我吃过的最好吃的豆腐，罗家豆腐坊绝对是我见过的最美的豆腐坊。

罗家在盘龙河边水流最激的一段修起吊脚楼，楼下激流带动着水车，水车带动着楼上的石磨，石磨不远处就是三个三尺来高的巨大木桶，其中一个木桶套上一口大铁锅，架在一个土灶上，还有几盆筛豆浆的吊浆架。水车声声，炊烟袅袅，豆香四溢，以蜿蜒清澈的盘龙河、郁郁葱葱的河边竹林为背景，那绝对是非常温馨的乡村图画。

罗家豆腐做得好人气旺，可是罗家人丁不旺，好几代都是单传，尽管单传毕竟每一代传的是印把子，到了罗老爹这辈，印把子传不下去，传的是印盒子。好在罗老爹的女儿豆豆长得非常水灵，那漂亮的脸蛋比他家的豆腐还白还嫩。罗家豆腐坊是我们小伙伴最爱去的地方，因为那里有豆浆喝有豆腐锅巴吃。村里村外年轻人爱去，因为那里有漂亮的豆豆姑娘，看她同着豆腐一般白嫩的手切着同样白嫩的豆腐，听豆豆银铃般的笑声和百灵鸟般的歌声。其实，我们小孩们最清楚，豆豆姑娘喜欢我的四哥，在乡村的婚姻图谱上，四哥迟早会成为罗家的上门女婿，他们一块上过几年学。后来罗老爹考虑家中没有劳力，请人帮忙又怕村里乡里干涉，就让豆豆退了学。

我每次到豆腐坊去，豆豆给我称好豆腐，会用瓦罐装上豆花，要我带给四哥，说补脑。我吵豆豆姐说我也要吃豆花，豆豆姐提着豆腐刀说我还少喝了她家的豆浆少吃了她家的豆腐锅巴？

我四哥最终没有成为罗家的上门女婿。四哥大学毕业后带回来一个城里姑娘，一个农村娃娶了城里姑娘那是多大的面子，家里杀鸡宰羊像过年一般。我对母亲说我去豆豆姐家买几块豆腐招待未来的四嫂吧，母亲直叹气，把菜板砍得山响，让我乖乖烧火哪里也不准去。

砰，砰，砰，我好像听到有人敲我家的院门，我出去一看，没有见到人，却看见石凳上摆着几块豆腐，豆腐还冒着热气……

粉　坊

我们白蜡湾生产队坡地多，盛产土豆、红薯、豌豆，生产队长打算建个粉坊，在社员大会上一说，大家都同意。说到谁来建谁来漏粉，大家一下都哑炮啦。队长和队里几个领导咬耳商量从外地请人时，门槛上站起一个人来，说：大家都不愿意干，我来干吧。

这人外号叫"黄皮狗"，一年四季穿着不知从哪里弄来的黄棉袄。大家热烈讨论建粉坊时，他正热情地在掐灭棉袄上的虱子。

大家一看黄皮狗，突然想起这家伙早年在东北一家粉坊干过。

队长说那你就选人吧，黄皮狗看了一圈人群，大家都热情地期待那目光落在自己身上，不下地干活，不晒太阳，那是乡村最美的活路。

黄皮狗对队长说点兵点将的事情还是你们当官的看着办吧。会后黄皮狗给了队长一张人选条子，第二天几个粉友来到他家门前，听候他这个粉头儿招呼。只不过队长在他的条子之外夹带了一个人，就是队长的女儿秀英。队长解释说，女儿高中毕业回家，给粉坊当个会计吧。

黄皮狗在村口那口百年老井旁边建设粉坊，黄皮狗说清澈甘甜的井水是开粉坊的首要条件。黄皮狗说建个粉坊简单，关键是漏粉的技术。用黄泥巴垒砌几间瓦房，平整一块土坝今后晒粉。瓦房里建几眼大灶，装几口大锅，装上风箱，置办一些大陶盆或者大木盆。瓦房里少不了要安上石磨，我们那地方称为"粉磨"，比磨面粉的石磨要大要厚，磨眼也粗不少。磨上方吊有一水桶，底部有眼儿，内插一根芦苇什么的，不停地朝下滴水。磨盘与豆腐磨相似，周围镶有木栏板，留有口，口下面是大肚砂缸——

风箱拉起，炉火生起，炊烟冒起，白蜡湾粉坊开张了！

建粉坊不复杂，拉粉丝的工艺流程也不复杂。同着做豆腐、做面粉一样，粉坊的第一道工序从粉磨的转动开始。

黄皮狗请了赶驴的秦大爷在粉坊磨粉，十年前黄皮狗父母生病去世，是秦大爷帮着送父母上山，黄皮狗一辈子记着这份情。

每天清晨，秦大爷牵着那头青灰色的驴子，沿着窄窄的土路，下到磨坊，把驴子拴在磨杠上，蒙上它的眼睛，拿来一根树枝撑住驴子的嘴巴，使它不能偷食。随着他的一声吆喝，驴子开始不紧不慢地围着磨台转圈。将清凉凉的井水泡好的绿豆、豌豆、蚕豆或者土豆、红薯慢慢喂进磨眼，随着石磨的转动，白花花的粉浆从磨缝内流下，不断流进缸内，再舀出倒进一个很大的粉箩里，开始晃浆，直至将浆"晃"净冲洗几遍后，开始澄芡——也就是淀粉。淀粉沉下成块后，将上面的水小心撇净，再将粉块挖进一块过滤布里，使其沉为一个大坨，送到黄皮狗他们几个漏粉的师傅那里，漏粉就开始了，暂时用不完的粉坨晾干等到春节前下粉条儿赶年集。

下粉条儿是一项繁重的活计，而且需要壮劳力。开锅之前，先是将粉坨砸碎，在一个大盆里揣成糊状，四条汉子围盆而立。那盆很大很深，放在一个粗壮的木架子上。旁边有专人添水续水。水的温度要适中，不可将粉烫熟，又不可太凉"粉"不开芡。四个人光膀子，双手在大盆里揣，边用力边转着圈儿边喊着号子，为的是揣力要整齐。这时候，大铁锅里的水已经烧沸，开始下粉了。那和好的淀粉，玉白，均匀，浓稠适当，拿起一点，就吊成一条线，装进一个木漏勺里，送给站在灶台上漏粉的黄皮狗这个大粉匠。黄皮狗挺直腰板，腰系一条大带子，手持粉瓢，粉瓢为铜制，马勺般大小，底部有九个或十一个眼儿，那是其他粉匠用的粉瓢，黄皮狗依旧沿袭在东北学到的36个眼儿漏勺36个粉头的传统，那是顶尖级粉匠才敢用的。黄皮狗一手端瓢，把瓢把儿掖在腰上大带子里，为的是帮端瓢的手更有力，另一只手开始下粉。粉条儿粗细由下粉人掌控，将粉瓢端高便细，放低便粗。旁有一人专往瓢内续揣成的糊状淀粉，黄皮狗抡起巴掌有节奏地拍打起来，像击打战鼓一般，催动千军万马。那淀粉糊糊，像一条条不间断的银线，落进沸腾的锅里，经滚水煮烫，立刻成了一条条白生生的粉丝漂浮上来。煮粉匠上前引出，粉丝便溜进灶台边那些冷水锅里，透凉后再捞出，洗粉匠将粉丝拿到清水池浸泡，挂到一尺长的木棍上，晒粉匠将粉丝架到场院里的支架上晾晒。

阳光下，一架架粉丝，像一道道雪白的瀑布，逗得馋嘴的孩子直围着转。

曾经的黄皮狗邋里邋遢，游手好闲，一直是村里父母教育孩子的反面典型，孩子不学好像黄皮狗一样，那是父母最担心的人生失败。黄皮狗当了粉坊的头儿，身上的黄皮不见了，换上粉丝一样白净的白大褂，指挥其他粉匠的气派不比队长逊色。特别是他那漏粉的派头的确让人着迷，在巴掌有节奏的拍打中，36根雪白的粉丝如同一挂瀑布倾泻而下，常常引得很多人来看黄皮狗漏粉。队长女儿秀英更是经常端了高板凳，站在黄皮狗身边，不时掏出毛巾给黄皮狗擦汗。

清凉的井水，讲究的选料，高超的技术，咱们白蜡湾粉坊一开张，周围的粉坊一下黯淡，来咱们粉坊换粉买粉的多了去，让秀英的算盘打得山响，歌儿唱得欢快。咱们队上逢年过节走人户，人家就希望送他家咱们粉坊的粉条，招呼客人时总会自豪地说多吃点，这可是白蜡湾粉坊的粉条哩！

那时还没有什么"粉丝"的说法，黄皮狗潇洒地漏粉也拨动了秀英的心思，正如大家预言的一样，秀英看上了曾经在人们眼中一文不值的黄皮狗，成了黄皮狗死心塌地的"粉丝"。队长夫妇自然不心甘，开始还是破口大骂，没有骂上几天，骂声就开始减弱，最后喜气洋洋地请了锣鼓唢呐，把黄皮狗"娶"进家做了上门女婿。

土地包产到户，生产队分家，什么都分了，大家就不愿意分粉坊，说分了今后吃不上那么好的粉条，估了一个价格，卖给黄皮狗。黄皮狗老了，漏不动粉了就传给儿子。

2018年我回老家，黄皮狗送了我一大包粉条，说以后可没有粉条送我了，黄皮狗的孙子考上大学，在城里安了家……

舀纸坊

祝家舀纸坊到祝家兄弟这辈，已经是祖传第三代。

把祝家呙纸坊归属于我们白蜡湾生产队的企业，因为它建在生产队地盘上。祝家呙纸坊没有像豆腐坊那样要给生产队缴纳集体提留款，生产队照样给他兄弟俩分口粮，除非生产队确实人手不够，也没有强令他兄弟俩每天必须出工。

生产队厚此薄彼原因很简单，祝家兄弟开的是呙纸坊。

呙纸坊是干什么的？呙纸坊生产竹纸。

竹纸干什么？很少部分卖给乡里甘蔗糖厂包装红糖和卖给鞭炮厂做鞭炮，记得那个时候我们村小作业本不够用，老师也去买了竹纸让我们写毛笔字的。当然绝大部分是卖给了乡亲们写上"关津无阻或者水陆通行虔备财包"等等字样烧给死去的先人们做纸钱。

乡亲们说，祝家兄弟是给祖先们开银行的，跟祝家兄弟较真就是跟祖先较真。

呙纸坊离不开竹子和溪水，祝家古老的呙纸坊在盘龙河边，满山遍野的竹子给造纸提供了丰富的原材料。除了要去祝家买竹纸，大人们是不准我们孩子到祝家去的，说祝家周围围满了很多鬼啊神的。现在回忆大人们的话，再看看今天城里银行周围人山人海情况，我感觉大人们说的特别有道理，有钱真是很幸福的事情。事实上，我们小孩们总爱去呙纸坊玩，那古老的呙纸程序非常好看，而且祝家呙纸坊河里螃蟹啊小鱼啊特别多。

那个年代我们捉了多少螃蟹多少小鱼没有更多的印象，倒是祝家那古老的呙纸程序至今历历在目，现在很多地方把古老的呙纸技术列为非物质文化遗产保护，因为现在很多人没有见过甚至以后也再没有机会看到这种古老的呙纸文化啦。我现在尽量用详细的笔墨记录下来，我的文字不会打动你，但是我绝对相信那些失传的呙纸程序一定会让你记住让你怀念。

呙纸坊呙纸的工序十分复杂。

每年三、四月间，山上新生的竹子尚未完全散开枝丫，砍下来，截成两米左右，剖开成条，削去俗称青篾的外皮，分层放到池中，每放一层撒上适量的生石灰，灌入清水，浸泡三两个月，以竹片柔软至轻扯即烂为宜，这个过程俗称"泡竹麻"。七月开始洗麻，将已被石灰水泡烂的竹子捞起来，把石灰洗净，再把池子里的石灰水清除干净，放上清水继续浸泡，15 天之后捞起洗净再泡，这道工序之后，再过 15 天捞起竹捆洗净后再用清水泡两天，这时的竹捆已经成了原始的生纸浆。以上这些过程其实是听祝家兄弟叙述的，我们真正记住并看见的舀纸的华彩乐章应该是从把生纸浆捞起春碾时候开始——

一条水牛拉着大石碾子，它向内的一只眼睛被一块硬纸板遮着。它一天反复在草棚里转圈，祝家兄弟在石碾后边不停地用竹扒翻着里面泡了半年的嫩竹，直到它们要彻底粉碎才停。撒入下面的两口石板做的青石池子，祝家兄弟用细竹竿在里面狂划几百下才能达到舀纸的要求。

泡好的竹麻在捞起来的过程中清洗干净，沥干再搬到碎料棚捣碎，捣碎的过程全凭人力，将适量竹麻放在一个浅槽中用脚踩，为了支撑身体平衡和用力，在适当位置装一个扶手，双手抓着扶手，双脚用力踩踏，一般一槽竹麻要踩上半天才能达到可使用的碎屑程度，这个过程俗称"踩竹麻"。将踩碎了的竹麻再适量放到槽子中，充分搅拌，再将浮于水面的粒状物捞出来，加入少量滑水（植物油脂或用猕猴桃藤、枞树根等浸泡出的滑水）后就可以用帘床舀纸了，加入滑水的目的是使舀出来的纸张更均匀，为了保持效果，滑水一定是边舀纸边加入。

最讲技巧的工序是"舀纸"。舀纸的帘床由帘子和床架组成，帘子放在床架上，在槽子里左右晃动一两次，帘子上就有了纸浆，提出帘床，将帘子翻转放在事先准备好的木板上，轻揭帘子，一张舀制的草纸就生产成功了。只是舀纸时用帘子探入纸浆的水中，必须平稳端起，猛地一按，一层竹浆便均匀地粘在一起。系列动作一定要非常娴熟，否则纸张就会厚薄不均，甚至出现残缺，那将大大影响纸张的质量。最要讲究耐心细致的工序就是揭纸，一定要轻轻地揭，慢慢地揭，不要太快，也不要太慢，特别讲究手感，否则揭出来的纸不是烂了就是断了。一张一张的湿竹纸叠放一起，到一定数量再用滚筒加码子进行榨压，除去水分后就送入烤房烘烤。

房屋右侧搭建了一个简易的草棚可以住人，右前方也有个独立的小杉皮房，墙壁是竹篾织就的，里面是一个约两米多高用土砖砌成的空心的长方形灶台，厚约 1.5 米，宽约 6 米，两边用三合土粉刷光滑，只要中间烧火，灶台壁就会变烫，这是用来烘烤竹纸的，那就是烤房。在烤房内，祝家兄弟手拿一个条形扫帚，用嘴吹翻湿竹纸一角，轻扯带风，扫帚一刷，纸张便贴在了墙上，那娴熟的动作，那飞快的速度，让人眼花缭乱。

后来，一场很大的运动来啦，村里来了个年轻干部，看到了舀纸坊，将它严肃地列入破四旧的范围，坚决要烧掉舀纸坊。

放火那天，祝家兄弟看见熊熊大火烧掉石碾、舀纸坊、烤房和那一堆堆竹纸，突然挣脱大家的束缚，跑进火海中……

队上把祝家兄弟埋进盘龙河边那片他们晒纸的空地，大火烧掉了所有的草纸，大家只好在祝家兄弟坟前烧了很多报纸，不知道那些报纸在祝家兄弟那边能不能够作为纸钱通用……

穆杨沟的冬天

穆杨沟最美的季节不是冬天。

雪花还在高远的天空。漫坡梯田上金黄的稻子早已经颗粒归仓，一弯弯田埂上不是稻子的金黄，是稻草的枯黄。没有预想中的山林红叶，梯田之上的山林除了几片红火棘的火红、银杏叶的金黄、芭茅草的灰白，依然是海海漫漫的深绿。山顶上是一排巨大的风车，风声把我们的心思传得很远。山腰是大片的山林，泼墨一般，泼墨浸漫到山脚，一坡坡一层层梯田亮在泼墨洒下的山林、竹林、溪沟之间。山脚是清清的大洞河，流向远方。

这不是穆杨沟最美的季节！

穆杨沟最美的季节在春天，在夏天，在秋天，我在朋友们的微信朋友圈中、在铺天盖地的网络报道中翻阅穆杨沟——

我没有赶上穆杨沟最美的季节。

穆杨沟成为网红打卡之地，理由很多，但是穆杨沟的封面应该是穆杨沟梯田。

一说到最美梯田，我们会想到桂林龙脊梯田、元阳哈尼梯田、贵州加榜梯田、浙江云和梯田、江西红岭梯田……中国最美梯田排行榜就是一坡梯田，只是在这坡梯田排行中，目前没有穆杨沟梯田的名号。

鲁迅说：这正如地上的路，其实地上本没有路，走的人多了，也便成了路。

沿着鲁迅先生的思路，这正如大地上的风景，其实大地上本没有风景，看的人多了，也便成了风景。

我好像明白武隆人为什么召集我们到武隆，到大洞河，到穆杨沟，在这个静静的冬天。

没有赶上穆杨沟最美的季节，我只能在朋友们的朋友圈中的图片和视频中，去讲述穆杨沟梯田最美的季节、最美的风景——

穆杨沟梯田，藏在树林竹林之间，架在溪水深沟之上，挂在山梁悬崖之边，顺着坡势，和着沟谷，携着炊烟，从大洞河谷到赵云山腰，凡是有土的地方，都开辟成了梯田，梯田随山而开，依山而弯，弯弯盘盘，盘盘弯弯，弯盘错置，波光闪闪。梯田中散落着一方方石墙民居，在漫坡水汪汪的梯田中，犹如点缀在银河中的星星。

我很不喜欢学生作文似的笔法描绘一个地方的四季。在穆杨沟，从春到冬，穆杨沟梯田就像一位美丽纯洁的村姑，跟随着季节，变换着自己的衣服和心思，关于穆杨沟的描绘，最贴切的表达还得是学生作文的笔法和套路——

春天，春雨淅淅沥沥地刷过穆杨沟，山绿了，草绿了，花红了。春雨刷得最贴心的还是那漫坡的梯田，春雨刷过，水田盈盈上涨，山坡更加晶亮起来。穆杨沟的梯田没有我们想象的那么宏大，田很小，很弯，小家碧玉，远看就像山坡上一条条亮亮的琴弦，几坡看过去，就是几把半躺着的扬琴。弹拨的是沟中的老农，披着蓑衣，戴着斗笠，仰头喝上二两老白干，这是山里人下田之前必需的功课，花开不一定春暖。走进一行行琴弦，柳条一扬，扶紧犁铧，在梯田中划出几条泥土的琴弦。

夏天，梯田让犁耙来回抹过，平滑如镜。关于梯田，最美最贴切的比喻自然是诗行。这个时节，更为准确的比喻其实应该是诗笺，等到稻秧一棵棵插进梯田，这才是我们所能看到的诗行，那是穆杨沟最诗情画意的季节，层层新绿，漫坡新绿，每一棵秧苗都带着笑容。

秋天，漫坡的绿渐渐变成漫坡的金黄，天高云淡，稻香满沟，那是穆杨沟最饱满的季节。走进十公里长的穆杨沟，犹如走进一个金色的童话世界，田间小道，农家瓦屋，树丛果园，沟谷石崖，到处是耀眼的金辉。一层层向上的梯田里，沉甸甸的稻穗肥大硕实，颗粒饱满，就像诗人醉酒后的诗句，在秋风中摇晃。清清的凉风吹来，满沟是浓烈、醇厚、清新、悠远的稻香。

春看绿，夏乘凉，秋赏秋，冬玩雪。穆杨沟四季分明，引人入胜。客人走进沟中，山里人总会请客人喝酒，酒是自家酿造的糯米酒，酒要"三道"。第一道是"进山酒"，第二道是"洗尘酒"，第三道是"同乐酒"。酒碗端起来，酒歌唱起来："今天是个吉祥日，穆杨沟上彩云飘，喜鹊高叫喜事到，迎接贵客到山腰。青山笑来绿水唱，三道酒满捧手上，穆杨没有好茶饭，唯有美酒敬客人。喜欢喝茶是茶友，喜欢喝酒是酒友，咱们端酒来相碰，记住我们穆杨沟……"

回到我眼前的穆杨沟，回到初冬的穆杨沟。

陪同我们的大洞河乡政府领导告诉我们，几年前的穆杨沟并没有多少年轻人在家，很多年轻的都外出打工，在山里人眼里，那些最美的梯田只是生产粮食的梯田，当土地上生产的粮食已经不能彻底改变贫穷落后的时候，他们所能想到的唯一出路就是走出大山。近些年来，随着大洞河乡旅游开发不断深入，看最美梯田，赏最原始的杜鹃花海，拜大佛岩，探险大洞河，大洞河杜鹃花节、越野车节，到大洞河的游客越来越多，穆杨沟陆续建起了农家乐、民俗村、度假村，外出打工的人们候鸟般回来，他们耕耘抛荒多年的梯田，不仅仅为了秋天的稻米……

朝阳朗照大佛岩，夕阳晚照赵云山，在大佛岩和赵云山的对望中，穆杨沟随着清清的大洞河海海漫漫地铺排开去。

山和山站着思考站着说话，脚底为沟。我们总爱仰望高山，最怕被人带进沟里。沟总比山低总比路低。比山还低比路还低的地方，就是山的低谷人生的低谷。从沟底爬出来，总会见到路见到山顶，见到山顶总会见到又一条沟……这就是真实的人生。穆杨沟其实就是真正的沟，穆杨沟也是我们要思考的沟——

"杨家有女初长成，养在深闺人未识"，白居易这句诗引用在穆杨沟，感觉很是妥帖，美丽的穆杨沟，是我们人未识的迟到和赶上。

如果没有我下文的注释，单从字面上看，穆杨沟中的"穆""杨"二字并没有多少关联的意义。有调侃者说，"穆杨沟"其实是"牧羊沟"，就是一条放牛放羊的河沟。显然这是调侃。在四川方言中，放羊就是放羊，绝对没有牧羊这么文绉绉的说法。"穆杨沟"中的"穆"指穆桂英，"杨"指杨宗保。南宋时期，穆桂英、杨宗保夫妻二人奉朝廷之命，降服招安焦赞、孟良，以大佛岩、赵云山作掩护，卧薪尝胆，建立山寨，招募忠勇，刻苦练兵，以求来日重返战场，保家卫国。穆杨沟从而得名。

翻阅正史、野史，显然我们找不到这番记录，询问沟中的老人们，他们总是振振有词，说祖祖辈辈都这么传下来。走进穆杨沟，沟中至今还有"穆家寨""拴马石""点兵台""八卦阵"这些古老的地名，地名记着所有的事情。

不去探究，穆杨沟传名千百年，古老的地名古老的传说给了这方沟谷寻古纳凉的暗示。

大洞河乡，一个同样古老的地名。在山里人还没有完全认识这方土地的时候，大山里的铁矿石成为人们变现的唯一思路，古老的地名因此改名为"铁矿乡"，就是一个很直接很功利的地名。一车车的铁矿石将大山挖得千疮百孔，却没有给大山带来期望的富裕。乡亲们果断关了矿山，把向大山攫取的目光收回来，让这片土地全新改版，全新超越，把目光投向青山、小河、山花、梯田，"铁矿乡"的名字成为历史成为反思，这方土地回到大洞河乡的地名。仰望山的高度，瞩望河的远方，你对大地有多厚爱，大地对你就有多厚报。

记住地名好回家，记住地名走远方。

山顶是山风，山腰是山林，山下是坡地，当山坡上的巴掌地、鸡爪地无法解决山里人温饱的时候，勤劳的穆杨沟人改地换天，在山坡上有土的地方开挖梯田。当年开挖梯田就为让山里人吃上大米，谁也没有想过会成为重庆最美梯田。当温饱不再成为山里人最大的牵挂，梯田关于粮食的含义已经超越，这就是穆杨沟先辈对土地的暗示，给后人的财富，生生之土，生生不息。

如果开挖梯田是有意为之，修造石墙房子绝对是无奈之举。当年大炼钢铁让山里的大树投进火中，穆杨沟人用树木建造木屋吊脚楼的梦想随烟远去。为了遮风挡雨，大家只好就地取材，用沟谷的石头砌墙，建起石墙屋。我们不去比较木屋吊脚楼和石墙屋，今天层层梯田中一幢幢石墙民居，让远远近近的游人望墙兴叹，流连忘返，这又是先辈给穆杨沟人山沟大改版的暗示。

走进穆杨沟，走进梯田，走进石墙民居。仰望层层梯田，宛如蓝天之下的天梯，接地连天。田中有水，水中有天。一度沉寂的石墙屋如今炊烟袅袅，外出的人们陆续回家，开办农家乐，就近在农家乐和度假村打工。他们选出最饱满的稻种，放进瓦罐中，就为春夏写进向上的梯田中，向上的诗行中。上天给了穆杨沟得天独厚的凉爽，也给了穆杨沟梯田的乡愁、大佛岩神奇的石林和佛光、赵云山的杜鹃花海和高高的风车、大洞河险峻的峡谷和神秘的吞江的山洞……

在向老汉的石墙屋小院，向老汉的儿子刚从广东打工回来，面对一张图纸思索如何把小院建成农家乐。陪同我们的大洞河乡领导说，沟里好几户人家都趁着冬闲的日子在谋划农家乐、民俗村的事情，冬天确实是一个思考和谋划的季节。

四季有冬天，人生有冬天，穆杨沟有冬天，冬天就是一个静静地想天想地想日子的好季节，就像沟底的大洞河，在就要流出峡谷的时候，突然消失在一方神秘的山洞中，因为流出山洞后，前方是乌江，乌江前方是长江，长江前方是大海。

穆杨沟就有春天到来之前的沉寂和从容！

如果说，穆杨沟是一篇大地思考很久后的大地美文，穆杨沟的冬天就是这篇美文的桥段。

如果说，神秘的大洞河是一部等待翻阅的大地新著，穆杨沟梯田就是这部新著的桥篇。

梯田，石墙屋，大洞河，杜鹃花，大佛岩，注定这是一方诱人的乡愁之地。乡领导似乎看出我的心思，他和向老汉耳语了一会儿，然后带着我走向梯田。

文老师，你可以认领一方梯田啊！

在竹林之边选中一方梯田，捡来小石块，在田边摆出一个"文"字。

我的田在穆杨沟。

人走开，田不会走开，心就不会走开。

因为，我有一方田在大洞河，在穆杨沟。

大洞河等着我！穆杨沟等着我！春天等着我！

永 川 三 湖

重庆永川应该不止三湖,但我在永川只拜望过三湖。

永川得名于水。

清光绪《永川县志》记载:"附城三水合流,形如篆文'永'字,曰永川,因水得名也。"

长江从永川南边朱沱和松溉擦边而过,没有到过永川之前,我一直以为永川得名与伟大的长江流过有关,就像长江流过的所有城市一样,比如合川,比如江津,比如万州。

永川大地上所有的河流最终都流入长江,但永川的得名却与长江隔得很远。

翻开《永川县志》,我们读到了一首明正统年间永川教谕(学官)诸华的《三河汇碧》——

> 北注西倾南控濠,纵横缭绕胜挥毫。
>
> 流成永字三江秀,汇入碧川万顷涛。
>
> 风雨不将图籍浸,黉山应共锦云高。
>
> 仓王去后留遗迹,鸟篆千年起凤髦。

这首诗的"主角",是永川的三河:玉屏河、永川河、东门河,北、西、南是三条河汇合前的流向,三条河走到永川,形成一个篆书的"永"字,永川的"永"由自然造就,人杰地灵。

古人好逐水而居,永川人不在长江边筑城,却在三水合流之地筑城,我似乎理解了永川先辈们的想法。

永川人把我带到老城区的永沪桥上，只见玉屏河从北、永川河从西、东门河从南奔流而来，汇聚桥下，形成一片开阔的水域，放眼望去，的确形似篆书"永"字。事实上，在永沪桥上看到的"永"是小"永"，在天空中看到的"永"才是大"永"。山川阔远的永川没有多少大山，永川人心目中最美丽的是黄瓜山，你站在大地上看不出黄瓜山与黄瓜有多少关联，但是你在天空中俯瞰，就能看到古人取名黄瓜山，是多么妥帖和生动。

最美永川不在仰望，在俯瞰，这就是永川的山川阔远。

回到永川三湖的主题。

永川历史上并没有三湖，永川有三湖是最近十五年的事情，永川湖不是天赐之湖，是人工之湖。

三河汇流永川城，永川不缺水。随着城市的扩大，有一天永川人不得不伤心地意识到，三河已经不能滋润长大的永川城啦！

2009年6月，永川开始建设兴龙湖、神女湖、凤凰湖，开始实施"建三个湖，兴一座城"的城市战略，开启永川人"平地造湖"的新时代。

神女湖是我拜望的第一汪湖，因为它处在成渝高速公路永川匝道口北端，南瓜山脚下，是永川三湖的封面。

相比于我拜望过的各地大湖，永川湖并不宏大，甚至可以说在湖中算是袖珍类啦，神女湖也不例外。这汪占地1200亩、水体200亩、绿化800亩的湖确实不是很宏大，但是由这汪湖延伸开去的茶山公园、竹山公园、湖滨公园却是异常宏大，在寸土寸金的永川城，能够亮出这么一汪湖这么宏大的公园，这也是永川人"山川阔远"的大气。

湖周有路，鸟语花香，一步一景，转湖，看湖，听湖，仰望箕山，仰望神女，是永川人每天必需的幸福。融入转湖的人群，清清的湖，轻轻的风，青青的花草树木，心中像洗过一样，湖之上是箕山，箕山之中是美丽的茶山神女像，神女双目秋水，恰似凝视守望永川大地，朱唇微启，又仿若呢喃私语。

相传在很久很久以前，有一位善良的仙女与玉帝相约七年，下凡种茶。下凡后仙女定居于永川箕山，教乡民种茶栽竹，其所种之茶不仅能解毒疗疾，更能延年益寿。七年后，箕山变成了名副其实的茶山和竹山，茶竹遍野。而仙女却要遵守约定回到天宫，当地乡民为了纪念这位善良的神女，修建庙宇。

仙女在天上。

神女在永川。

神女湖依此而得名。

神女湖与茶文化有这样的关系，在神女湖的廊亭楼榭之处到处都有和茶文化相关的元素。水香，竹香，花香，茶香，感觉神女湖就是一壶永川秀芽，让你唇齿留香，让你心中永香，流连忘返是必然的心情。

兴龙湖位于新城区兴龙大道以东，是我拜望的永川第二湖，如果说神女湖的香让人流连忘返，兴龙湖的绿就让人心旷神怡，兴龙湖是三湖中最小的湖，却栽种着品种繁多的花草树木，是永川花草树木的大观园。风尚港上，黄葛树、银杏、樱花、楠木、香樟，迎风屹立。滨湖林荫大道上，蓝花楹、天竺桂、茶花、香樟，交相辉映。玲珑湾里，池杉、睡莲、杜鹃、八仙花、水杉，玲珑精致。公园以"龙文化""茶文化"为主题，彰扬着永川人龙的图腾，茶的悠远。

十五年前，这里是城乡接合部。

十年前，这里是城市社区。

现在，这里是城市的核心区。

沙田让水草取代，让睡莲取代。田埂让步道和临波廊道取代……这是永川的桑田沧海！

回望兴龙湖牌坊，读着两个主柱上的楹联："日照千波一湖瑞气腾龙飞，月辉万象两岸青山引凤仪。"主柱高 20.09 米，直径 2.009 米，记着兴龙湖的时代从 2009 年开启……

这是兴龙湖的气势，这是永川的气势！

有了兴龙湖，再有凤凰湖，有龙必有凤，龙凤呈祥，永川人造湖就有这样的完美。走进凤凰湖，映入眼帘的的确是凤凰展翅翱翔之势，南部如凤凰之头，水体部分如凤凰之腹，北部山坡如凤凰之尾，亲水平台如凤凰之冠，道路为凤凰之血脉，植物树阵栩栩如生，如凤凰之羽毛纹路。漫步凤凰湖公园，放眼远眺，层林尽染，凤凰于飞，各种色彩尽收眼底，诗与远方近在咫尺。从凤凰湖四周放眼望去，一座座工厂拔地而起，这里成为远近闻名的工业新区，让古老的永川这个恐龙之乡、茶叶之乡，走到今天的工业之乡，这就是奋发向上的永川人凤凰涅槃的伟大壮举。

永川三湖的滋润，让永川成为水乡，让永川缺水的历史一去不返。

永川兴盛于水。

回顾走过的三湖，回顾永川人盼水、亲水、造水的历程，我总感觉永川三湖犹如张开的三张嘴，"重要的事说三遍"——永川等水来！

2023 年，投入上千亿的渝西水资源配置工程建成，重庆人在长江、嘉陵江上兴建提水工程，让长江、嘉陵江的水往高处流，一路流到永川，用人的伟力再给永川增加一条河，渝西缺水、永川缺水的历史从此彻底告别。看着长江、嘉陵江水清清流过渝西，我总感觉这条人工之河是永川三湖喊来的！

水在城中，城在绿中，人在景中。

三水合流，三湖润城，渝西送水，永川的"永"在长大！

我们的朋友在山野

狐狸竹

村里人最初见到的狐狸应该是两只，金黄色的皮毛，颈下再现一片三角形纯白的皮毛，像着了一件白色的衬衣，很有些洋绅士的味道。它们生活在村前的山林中——那时应该叫森林，树高林密，林涧叮咚。

山林和我的村庄连着一道山梁，那两只绅士般的狐狸不时从森林中走下来，蹲在山梁那块大青石上，悠闲地望着我的村庄。后来人们到森林里砍了很多的树木来炼钢铁，就把森林砍成了山林，那两只狐狸下山的时候就更多了，依然蹲在大青石上，茫然地看我的村庄。再后来，有一个搞什么运动的工作队长到村里来，见到了大青石上那两只狐狸，对它们那金黄色的皮毛艳羡不已，动员了几个年轻人提枪带棒走进山林，让其中的一只狐狸那身漂亮的皮毛披在了工作队长身上。

工作队走了，剩下的那一只狐狸有一天在大青石上蹲了一会儿之后，继续走过山梁，走进村庄，对黄土屋前一只大红公鸡张开了大嘴……村庄开始丢失第一只鸡。这以后每隔一两天，村里人家的房前屋后就会出现一地带血的鸡毛。

村里开始出现少有的担忧，在那些穷困的岁月，谁家丢一只鸡意味着失去了一个小小的银行。村里人不敢再把鸡放出鸡窝。那只狐狸蹲在大青石上，仰头一叫，村里的鸡们鸭们就恐慌地惊叫。我们再看这只狐狸，感觉它颈下纯白的皮毛不再像绅士般的衬衣，而成了一张白色的餐巾，村里人就鸣锣，就放鞭炮，就紧紧地关上栅栏，让大青石上少了那团恐怖的金黄色的狐鸣，给了鸡们一个安全的白天。

但没过多久，村里的夜空出现了一种更为恐怖怪异的叫声，上年纪的老人说，那是那只狐狸嘴里含了死人的尸骨进村了，村里鸡窝里的鸡又开始一只一只地减少。

村里人终是被激怒了，大家发誓要打死那只狐狸。村长组织了几杆猎枪走进山林，搜寻了好些天也不见那片恐怖的金黄色，一到晚上，在一串怪异的狐鸣之后，依然会有一地带血的鸡毛……

还是村里的老猎人出了个好主意，叫人在那狐狸下山必经过的大青石附近挖上陷阱，又叫人在竹林中砍些新竹，削成尖尖的竹剑插在陷阱泥土中——村庄的山梁上就再没有了那些让鸡们不安的金黄色狐鸣，村庄的夜晚，那鬼哭一般的嚎叫消失了……

几年过去了，在村里人早已忘记那只狐狸那方陷阱时，那埋葬狐狸的陷阱里居然在我们不知不觉中长出了一丛茂盛的毛竹。春荒时节，村里人到大青石边砍些新竹回家编竹笼，想装上鸡鸭到乡场上换钱买粮，谁想那些鸡鸭一见到那竹笼就浑身羽毛惊耸，满地扑腾，死活不进竹笼……

村里人叫那片竹为狐狸竹，由于没有人再去砍竹回家，那里很快成为一片竹林，格外地青，格外地绿。

花面狸

村里只有一棵柿子树，就是那些上了年纪的老人，也说不清那柿子树什么时候长在村后的荒坡上。秋风吹起的时候，我总爱到那荒坡去，到那柿子树下，等着绿绿的柿子一天天变黄。我不敢上树去摘，树那么高，那么粗，上也上不去；也不敢扬起竹竿去打，那是村里的柿子树，癫子村长管得严。

1975年的秋天，我在荒坡上望柿子吹落，突然见到有一个猫脸、尖嘴、小狗大小的东西，它在一个澄亮的柿子前停下来，轻轻地嗅着，却不着急吃。

我从没有见到过这么漂亮可爱的动物，额头到鼻梁处有一条明显的血带，眼睛和耳朵下还有好看的白斑，毛茸茸的尾巴浮云般垂着。

我悄悄跑去找到癞子村长，说柿子树上发现了一个叫不出名的非常好看的动物。村长丢下锄头跟我跑去一看，癞子村长笑了，啥子好看的家伙？是花面狸！花面狸是什么？是白鼻心！白鼻心是什么？是果子狸……癞子村长说了一串的别名，我都不知道。癞子村长两眼发光，往手心里吐了一口唾沫，使劲搓着手，高兴地说，全村人要打牙祭啦！我说，吃柿子？癞子村长说，你不懂！

我那时根本没想到癞子村长会杀那么美丽可爱的花面狸。第二天，我再到柿子树下，想去看树上的花面狸还在吗，去看它在柿子前一嗅一回头的那种闲适的气质和那毛茸茸的可爱——等到天都黑了，也不见花面狸的身影，只好失望地回家。跟父亲说了花面狸的事，父亲说，花面狸一般要在晚上才出来吃树上的百果，白天它可很少现身，我们晚上去吧！

父亲领着我走上荒坡，还没有靠近柿子树，却见癞子村长朝我们打手势，要我们别出声，原来荒坡上有好些人都在看花面狸，看来大人们也挺喜欢花面狸那毛茸茸的美丽。

没等一会儿，就听见一阵窸窸窣窣的声音传来，一团毛茸茸的东西从远处跑过来，三下两下就爬上了柿子树。大家悄悄靠近柿子树，村长从胸前摸出一把手电筒，一股强光直射向柿子树，照在花面狸身上。花面狸一下怔住了，像生根一般伏在树上，一双眼睛死死地盯住手电筒，眼睛里闪露出迷惑和惊慌。突然，人群中传出一声枪响，花面狸应声落下，尾巴在空中划出一道美丽的弧线，在大人们的欢呼声中，沉闷地跌落在地上。

你们怎么杀了花面狸？它又没有惹我们！癞子村长摸着我的头说，花面狸的肉香惹了我们——山中好吃花面狸，水里好吃白鳝鱼啊！可怜的花面狸啊！是我害死了你啊！

我伏身去看那可怜的花面狸，见它圆睁着双眼盯着我们，灰褐色的颈毛微微竖起，猫脸般的头悲凉地垂下，发出呜呜的低沉的叫声，那双眼，那呜呜的哀鸣，叫我永远难忘，成为我心中永远的痛。

因为有村长参加，这只花面狸被剥开了皮，就属于全村人的啦。血淋淋的肉被分成很多小块，每一家分一小块，而那张皮让癞子村长拿了去，垫在了他的椅子上，说能补气去游风，好得很！

那年全国非典盛行，大家怪来怪去，不知怎么就怪罪到花面狸——就是专家喊的果子狸身上。我突然想起来我害死的那只美丽的花面狸，全村老少都吃了它的肉，那我的村庄不就完啦！春节回老家见到村里人个个都好好的，什么事都没有。我再上荒坡，那棵柿子树依然挺拔，村里人说现在它结的柿子一年比一年少。我问，还能见到花面狸吗？村里人说自从那次全村杀了花面狸，柿子树上就从没有见到过它的影子。癞子村长早已不再是村长，严重的风湿病让他成天瘫坐在那张铺了花面狸皮的椅子上。

我给了癞子村长一支烟，向他说了花面狸和正闹腾得厉害的非典事情，瘫坐多年的癞子村长惊得居然一下站了起来，旋即就瘫坐下去，双目惊恐不已。

告别癞子村长家，走不多远，就见一缕青烟在他家院中升起，空气中传来毛皮烧焦的味道……

白毛狼

在我没有见到那头顶有一圈雪白皮毛的狼之前，村里人管那匹狼叫独眼狼，或者秃尾巴狼。狼的外号不断被改口的过程，其实就是它不断被村里人消灭的过程。

那匹狼变成独眼狼的功劳应该记在猎人侯爷的火药枪上。有一次狼下山找吃的，躲在一块大青石后专注地盯着一只野兔，狼盯野兔的时候，侯爷也盯着它。火药枪一响，狼变成了独眼狼。

那匹狼变成秃尾巴狼的功劳归功于癞子村长。独眼狼钻进侯爷家的猪圈，听到猪的惊叫，在竹林中砍竹子的村长提着刀悄悄走近猪圈，见到圈门口那团毛茸茸的尾巴，扬起砍刀扔过去，狼就变成了秃尾巴狼。

我就不解，狼明明知道村庄有无数支火药枪无数根大棒等着它，为什么还要不断到村庄来？直到那个冬天我与那匹狼面对面相遇，我才明白。

那是 1976 年的冬天，春天嫁到我家来的嫂子，经过一个夏天和秋天，肚子一天天大了，再也无法跟着大人们一块上坡干活。家里买了十几只羊，交给嫂子和我每天赶到山林去放养。

有一天早上，我和嫂子揣了高粱饼子，赶着羊上山。山下的草早被村里的羊啃光了，我们只好到更高的山上放羊，结果，在半山坡上，在离我们有四五丈的地方，我们就看见那独眼狼蹲在那里，旁边还有一只小狼崽。

嫂子望着我，额头上分明有汗珠，她小声说："完了，咱们遇见狼啦！"

两个母亲就这样对峙着，为了她们身边和肚子里的孩子。在寻找一切反击的工具的时候，我终于看清了那不断受伤的狼，那是一匹头顶有一圈雪白皮毛的狼，要不是瞎了一只眼，我觉得那狼蛮好看的。我们再细看那独眼狼，发现它十分地瘦弱，被打瞎的右眼还在不断地滴泪，身边的小狼在那里瑟瑟发抖，不时发出痛苦的哀叫……

我们牵住头羊的绳子慢慢后退，独眼狼也慢慢往前挪，我们退一步，它们挪一步。嫂子悄悄对我说："咱们跑吧！"我们边跑边回头，发现狼也在跑，只不过没跑几步就摔倒，爬起来再跑，又摔倒……嫂子拉住我说："别跑了，看来这两只狼饿得快要死了。"

我们停下来，嫂子叫我从布包中掏出两个高粱饼子扔给狼，奇怪的是那独眼狼没有吞下高粱饼子，而是用大嘴把饼子拱到小狼崽面前，那小狼崽一见到饼子立即狼吞虎咽起来。嫂子取下我胸前的布包，把包里所有的饼子全扔给了狼。嫂子做完这一切后开始后悔，她悄悄对我说："糟了，狼吃饱了有了力气再追我们就完啦！"

幸运的是，那狼并没有追上来。

我这才理解独眼狼为什么会不断下山来，那是在完成一个作为母亲的伟大使命。刚看过电影《白毛女》，加上独眼狼头顶那圈雪白的皮毛，我开始叫它"白毛狼"，觉得它应该是在山里饿白了头的。

与白毛狼的遭遇让村庄的羊再也不敢到高山上去。当家里人数着农历计算嫂子当母亲的日子来临时，家里的羊全交给了我，我每天赶着羊到远离狼的山下河畔放牧。

有一天傍晚，我赶着羊回家，正要过河时，突然间不知从什么地方奔出一只狼，蹲在河边，我掏出包中仅剩的一个饼子扔给它，那狼看也不看一眼。

那狼突然一声长嚎，很快河边跑出四只狼来，蹲成一排，像赴宴一般看着我和羊群。突然它们中有一只狼站了起来，静静地注视着我，我发现那是白毛狼。

白毛狼冲着其他四只狼一番大叫，感觉像是在为我说情，叫着叫着白毛狼和其他四只狼厮打起来，我这才明白白毛狼在帮我。

出乎我意料的是，白毛狼竟然战胜了那四只狼，让那四只狼灰溜溜地逃走了。白毛狼用舌头舔完身上流血的伤口，远远地蹲在河边，目送着我过河回家。

白毛狼的友情，让我不再害怕，之后我再到山下放羊，总会远远地见着它，我也总会把身上带的吃的扔给它一些。

白毛狼和我的"深交"让村里人惊讶，村里放羊的人家每次进山总会跟着我，以求白毛狼的保护，我一下在村里有了地位。更为让村庄感动的是，有一次天突然下大雨，我们急着赶羊回家，回家一清点，发现我家丢了四只羊，让父母十分焦急。没想到雨一停，那四只走失的羊回家来了，我听到屋门外远远的狼嚎，我知道又是白毛狼帮了我。

我敢说要是没有后来的变故，我与白毛狼之间还会有很多感人的故事。可惜，我却杀了白毛狼。

随着山林一天天被开荒种地，村庄的山林一天天退去，山林中的动物们失去宽阔的家园，山林里的狼开始不断下山叼吃村里的羊，除了我家的羊圈外，全村家家的羊圈隔三岔五就会少羊，大家一致证实吃羊的狼中有白毛狼……

癫子村长带着全村人来到我家，大家乞求我再遇到白毛狼一定要帮村里除掉它。父母自然相信白毛狼的灵性和感恩，可不答应村里就不给我家分责任地。

在全村人的逼迫下，我再次上山，有一天就遇见了白毛狼，当我把带着毒药的腊肉饼抛给白毛狼时，白毛狼仰天长嚎像是给我的感激……

父母不再让我放羊，说怕狼报复。

老黄牛

1976年5月的一个下午，山上杜鹃花格外地红艳，癞子村长的脸比杜鹃花还要红艳。那一年村里油菜大丰收，夺得全乡第一名，乡里奖给村里一头大黄牛。癞子村长在乡场上喝了酒，唱着只有他自己才听得懂的歌，牵着大黄牛从村东走到村西，又从村西走到村东，唯恐全村人没有看到。大黄牛并不配合村长那份情不自禁，当村长又从村东到村西第五次展览时，大黄牛突然快步上前，用一只角与村长狠狠地对话，然后走上草坡，美美享受它的晚餐。

村长从地上爬起来，杜鹃花般的红艳变成了杜鹃叶般的黯绿。村长抓了一把土，扔向大黄牛的方向，然后大声叫唤着我父亲的名字，让我家去牵牛回家。村长安排我家养大黄牛有着非常充分的理由，说我父亲向村里申请了好几次要养牛，在村里养一头牛每天可记半个主劳动力的工分，我家孩子多，都在读书，挣工分的却不多——父亲说我家是申请过，可这牛连你村长都敢惹，我们可惹不起啊！村长说牛又不吃人，怕什么，就这么定啦！

我们提棒拿棍跟着父亲牵牛回家，那大黄牛瞧也不瞧我们的棍棒，父亲拾起牛绳，它就乖乖地跟着我们走回家。

大黄牛套在后门柳树上，这是母亲的主意，说柳条是抽牛的，让牛长记性。其实，我们知道，家里每逢买羊、买猪什么的回家，母亲都会把它们先套在柳树上，母亲说柳树是留树，留得住它们。

母亲在偏屋收拾出一间瓦屋来，这让父亲很惊讶，说牛圈用不着这么讲究，母亲说它在给家里挣工分。父亲搬来一盘废弃的石磨说系牛绳用，说这家伙还得磨磨性子。

四哥带着我们割了三背篓青草，到牛圈一看，大黄牛不见了，瓦屋前留下一道厚厚的泥槽。顺着泥槽找去，大黄牛居然拖着那盘石磨，慢慢悠悠地往水塘走去。村里人正遗憾大黄牛的表演谢幕过早，没想到大黄牛又披挂上场，大家都为大黄牛叫好，惊叹大黄牛的好气力，叹息说：老文家那几个孩子摊上了这个老辈子，这样的牛如何降得住？

喊来父亲，父亲提了根钢钎，追上大黄牛，把钢钎插进磨眼中，大黄牛挣了几次都没有成功，喷了几个响鼻，对着水塘鸣吼着自己的无可奈何。父亲解下牛绳，大声吼道：你也喝高了？

大黄牛饮饱水，大约折腾了一下午也累了，躺在塘坝上，美美地回味青草香。母亲不知什么时候来到水塘，拿了把很大的铁梳子，提了水，要我们给大黄牛梳理身上的皮毛。大黄牛一边美美地回嚼，一边舒服地闭上眼睛。我们给它梳毛，小心翼翼地碰它的角，它居然把牛唇触在我们脸上，伸出大舌头舔我们的汗脸。这下轮到村里人眼热了，说这大黄牛跟这几小子还真有缘分。牵牛回家时，母亲干脆把我抱在牛背上，让我骑着回家。说实话，我感觉不到骑牛的幸福，总担心它会把我摔下来。后来问母亲，母亲说她同样担心，可要降服一头牛就得这么做。

大黄牛在我家安生下来。

大黄牛系在石磨上，我们系在大黄牛上。上学的时候，我们得去牛屋给它加上青草；放学的时候，我们不敢再在路上疯玩，得赶紧回家割草，大黄牛还饿着哩！就连晚上做梦大多数时候都在割草，半夜忽然醒来，总觉得大黄牛饿啦，又要拖石磨出走……

有大黄牛在家，我们幼小的心灵中有了一份责任，有了一份牵挂。

长大后，父亲告诉我们，让大黄牛来家，绝不只是为挣那份工分，最重要的是从小告诉我们什么叫责任什么叫家。

那个年代，我们辛勤耕耘的土地几乎没有什么丰收，让我们面黄肌瘦。我们喂养的大黄牛却膘肥体壮，威风凛凛。黄亮亮的皮毛，洪钟般的牛鸣，有它在村道上，两边的牛啊猪啊羊啊驴啊纷纷让路，俨然村庄的大明星，在村庄的田野上获得了足够的眼球。别的牛一上午耕一小块田还吭哧吭哧直喘，我们家大黄牛只要你人累不垮，它就不会停息，一会儿一块田翻完，一会儿又一块田翻完，是村里的老庄稼们争抢的好帮手。村里人自然知道大黄牛的贡献，别的牛耕一天田地记一个强劳动力的工分；对我家的大黄牛，村里人一致要求记一个半强劳动力的工分。村里人羡慕死了，说文家又养了壮儿子。

作为村庄明星般的大黄牛自然成了村里人最热情的谈资。比如修水库拉小山一般的石碾，别的石碾上几头牛拉着还晃晃悠悠蚂蚁般印路，大黄牛一牛一碾，飞一般在大坝上穿行。比如榨油坊的磨盘，大黄牛从来是两个磨盘拴一块拉，让坐在上面的小孩们像坐火车一样兴奋。

大黄牛是我们家的主劳动力，能够给我们挣分口粮的工分。大黄牛牵到家中，母亲说得最多的一句话就是"给大黄牛多割些青草"。为着母亲的交办，为着对大黄牛的感恩，我们为了给大黄牛多割些青草，走遍了村庄的大小山林、溪涧沟壑，哪片坡有草，哪条沟有花，我们比谁都清楚。

大黄牛是村里的劳动模范，我们是村里人称赞的乖孩子。

最让我们难熬的是漫长的冬天，山枯了，草黄了，我们跑好几条沟也割不上一背草，我们那时最盼望的就是春天快点到来。要过年啦，家里再穷过年也得煮点好吃的，母亲最担心大黄牛过年吃什么。每一年大年三十，母亲在家准备年夜饭，我和四哥、小弟一大早就出门去给大黄牛准备过年草。记得有一年冬旱，我们把附近好几个村都走完了，也没有割上一背青草。等我们割完觉得够大黄牛吃两天的青草回家时，村庄年夜饭的鞭炮早已响过。我们把青草倒给大黄牛，点上鞭炮，在欢快的鞭炮声中，我们大家过年啦！

村庄包产到户那一年，我们几兄弟考上了远远的学校读书，村庄除了地名没分之外，其他都分完了。大黄牛在集体时的荣光随着村庄的分家消失了，因为它吃得多，每家每户那几小块田够不上大黄牛侍候。村里所有的公物、牛羊都分了下去，唯独大黄牛没有人敢要。有人说把大黄牛杀了分肉吃。村里的老庄稼们气愤地站起来，大黄牛为村里做了那么多苦力，你吃得下？你忍心吃？分家的会开到后半夜，癞子村长说大黄牛还是分给我们家养，说大黄牛跟我们家有感情。母亲说孩子们都读书去了，孩子他爸有病，我们再也养不了啦！癞子村长生气了，说大家不愿养就杀。母亲说那还是我们家养吧。

除了侍弄家中的责任田，母亲还得照料生病的父亲，还得喂养一天天渐老的大黄牛，那份辛劳让我们忧心忡忡。坐在教室听课，心却在那方遥远的天空下。半夜里常常被噩梦惊醒，总觉得牛屋中没有了青草，大黄牛撞破木门正偷吃庄稼。慌忙起来，大声叫喊着四哥和小弟，以至于成为宿舍一道永不褪色的笑谈。

不知是大黄牛真的老了，还是它英雄再无用武之地的失落，大黄牛倒下了，倒在我们就要放假回家那个春节的前夕。一天天变瘦的大黄牛眼中布满血色，长长鸣吼不止。母亲想尽一切办法到处找青草喂它，甚至有时割不上青草把菜园中青菜割了喂它，大黄牛还是不见好起来。请来兽医，兽医说大黄牛老了，没办法！

担心大黄牛出事，父亲搬了张小床住进了牛屋，说好好陪陪大黄牛走完最后的日子。半夜里，父亲给大黄牛喂水，自从大黄牛生病后，它总是不断地喝水。父亲突然发现大黄牛身上有光，学过几年医的父亲知道大黄牛患上了胆囊结石，而那结石就是贵如黄金的牛黄。父亲把大黄牛的情况告诉母亲，父母感动不已，大黄牛竟在它暮年之时用生命最后的辉煌扶持我们那风雨飘摇的家庭。

父亲找到癞子村长，村长说：那你们家发财了，你的病你孩子们读书有办法啦。父亲说：那可不行，这是村里的牛，那牛黄自然是大黄牛献给大家的。村长说：大黄牛分给你们家，就不再是村里的。

1986年除夕的晚上，我们全家人守着大黄牛，大黄牛不吃不喝，鸣吼了一晚上，第二天天刚亮，大黄牛合上了双眼。

请来屠户从大黄牛牛胆中果然取出一枚鸡蛋大的金黄的牛黄，然后请了二十个人把大黄牛抬到村口，埋在了那棵老柳树下。

父亲让村长把牛黄送到城里药店，卖了两万多元。村长把钱递给父亲，父亲收了三百元，说要给大黄牛立碑，剩下的还给村长，说给村里打口井。

说来也怪，大黄牛死后，春天刚到，那坟堆上就长满了郁郁葱葱的青草，就是到了冬天，那片青草也不见枯萎，只是村里从没有人去割过那片青草。

城 市 烟 火

    城市逐水而建，人们说城市是江河湖海润出来的。城市酒旗飘香，人们说城市是美酒醉出来的。用这种造句方式思考城市，那也可以汇集成一座关于城市的语言描述之城。当我们思想接地气些，我们的城市其实是柴火香出来的——

    那是屋檐下的柴火。

    那是舌尖上的柴火。

    那是一砖一瓦一灶一柴的味道。

    那是一座城市正宗的人间烟火。

    这是一段让今天的年轻人惊讶的描述，在他们的城市烟火天空，看到的是天然气灶、液化气灶、电饭煲、微波炉、电磁炉，没有泥土味，没有柴火香。我们见证了城市烟火史的沧桑巨变，中国几千年柴火煮饭的历史，我们刚刚告别，他们刚刚错过——

    二哥是我们兄弟中第一个进城工作的，这在七十年代末的山村是让山里人特别惊讶特别羡慕的大事。我们给二哥收拾行李，父亲却在柴房劈柴。出门的时候，父亲提来一捆柴，拿着两把刀，一把是砍柴的柴刀，一把是抹泥浆的泥刀。父亲早年在城里一家药铺当过学徒，负责一排煎药的土灶，给病人煎完药，就在土灶上熬粥。父亲为我们的惊讶而惊讶，扛着柴火上路，平静地对二哥说："以后得你自己生火煮饭啦！"

    二哥的宿舍在一幢三层楼房的二楼，一条长长的走廊，走廊两边也都是门，每扇门后就是一间或两间的宿舍，很像旅店的大通铺——这就是著名的筒子楼，这就是九十年代以前一代人的集体记忆。

房间里是一个被以"厘米"为单位分解的天地，"厘米"分解出所谓的"卧室""书房""客厅"，在狭窄的空间中，它们其实就是一个生活的符号。

房间里没有厨房的位置，家家户户把厨房安置在走廊上，一孔简单的土灶，一张伤痕累累的旧课桌，旧课桌上放着切菜板、锅碗瓢盆。

幸运的是二哥接替的是一位调进省城的大学生的宿舍，门前土灶、旧课桌都没有搬走。父亲带着我们到楼下挖了些泥土，浇上水，放些从家里带来的稻谷壳，搅拌成泥浆，用泥刀把二哥门前的土灶整修好。

刚修好的土灶不能生火，父亲从背来的柴火中分出一小捆，带着我们到城里的姑奶家认门。姑奶接过柴火，非常高兴，说还是我送去的柴火好烧。姑奶家有两眼灶，一眼烧柴，一眼烧煤。不是客人来，不逢重大节假日，姑奶家的煤炭灶是不会冒烟的。

看着姑奶家那两眼小小的土灶，想想老家那些土灶，柴火上有大锅、中锅、小锅和鼎罐，煤炭灶上有大锅和小锅，炒菜的，煮饭的，热水的，炖汤的，有灶有锅承担，让排烟道连在一起，就是一把乡村烟火的竖琴，弹奏出的就是乡村的炊烟，不像城里人家一眼灶一口锅。最为关键的是乡村家家都有柴屋，饥饿年代可能会断粮，但绝对不会断柴，就算煮一锅野菜，乡村也没有断炊的时候。城里不会断粮，但绝对有断柴的时候，去看城里的亲戚，他们总会叮嘱记得带一捆柴来！

我突然为我生在乡村骄傲起来！

二哥在城里上班，我在城里上学。乡间引火用干枯的松针，火柴一划，灶孔立刻红火起来。城里引火用报纸，划了好几根火柴，报纸也引不燃柴火，这是我和二哥特别着急的事情。煮饭的时段，一家炒蛋满楼香，一家炒辣椒满楼泪。乡村炊烟从山野中升起，城市炊烟从楼房中升起，这就是那个年代大地上烟火的共同记忆。

二哥为锅里的米、偶尔的肉星上班，我除了上学，还得操持灶里的柴，父亲不可能总往城里送柴。城市江边沙滩大水冲来的枝叶，街道树下风吹落的树叶，城市后边山上的树林，那是我和很多城里人关注的柴场。那个年代的城市最吃香的部门是糖酒公司、食品站、粮站，还有一家单位特别让人高看，那就是木器厂，那是城里最好的柴场，可惜直到用上蜂窝煤，我与木器厂也没有建立起友好关系。在乡间长大培养出的砍柴本领，让我在城里也有了一席之地，我是我们那楼道和姑奶家最受欢迎的人，我是他们的"柴子"……

我不知道其他城市告别柴火煮饭的年代，八十年代中期，我所在的城市江城万州出现了一种新型的煮饭燃料，这就是来去匆匆的蜂窝煤，它的学名叫型煤，我们一般都喊它煤球、煤饼、藕煤，是一种用煤末、碳化锯木屑、石灰、红（黄）泥、木炭粉作混合物基料，由一种就像断开的藕节一样的磨具加工而成的燃料。

蜂窝煤大规模走进千家万户是八十年代前后的事情，事实上早在两千多年前的汉代，就有了这种奇特的燃料，翻开两汉以后文人墨客的作品，我们总会看到"兽炭""香饼""香兽""金兽"之类的描写，那就是最早的蜂窝煤。北周庾信在《谢赵王赉丝布启》中有"覆鸟毛而不暖，燃兽炭而逾寒"。白居易在《青毡帐二十韵》中有"兽炭休亲近，狐裘可弃捐"。李煜《浣溪沙》中有"红日已高三丈透，金炉次第添香兽"……

文人墨客笔下有记，但是我们不明白，这么好的燃料为何直到两千多年后才走入寻常百姓家，让北京人第一个喊出"蜂窝煤"，让蜂窝煤走进特制的蜂窝煤炉子，让蜂窝煤上燃出的红通通的火光煮香我们的一日三餐。

筒子楼走廊上柴火灶一个个拆去。圆筒状的蜂窝煤炉，炉边圆圆的整齐的蜂窝煤，小火钳，破蒲扇，碎木块，成为每家煮饭的标配。蜂窝煤火力足，烟尘少，但是生火讲究技术，因为生火不易，所以保住蜂窝煤炉中的火成了我们关注的事情。上班时间偷偷溜走，跑回家看炉中火。半夜起来几次，关心的还是炉中火。对蜂窝煤炉火的关注不亚于对家中孩子的关注，就怕火种走失。

蜂窝煤炉的时代，不管你什么时候回家，炉中有火，炉上有热水，打开炉门，蒲扇一扇，想煮什么就煮什么，家中永远充满着温暖。

跟着蜂窝煤一同上场的还有煤油炉、电炉，可惜因为煤油供应困难，电力普遍不足，这两种城市烟火没有成为生活的主旋律，蜂窝煤的味是大家熟悉的味，煤油炉的味是大家羡慕的味，电炉的味是大家要责骂的味。哪家一烧电炉，全楼灯光一下暗淡，电视机马上出现雪花，更为可怕的是随之而来的电线跳闸。对于城市烟火史，电炉、煤油炉不是正史。

就在我要学会蜂窝煤生火、保火、调火全套技术的时候，城市很快出现了液化气罐、液化气灶，很快就有天然气管道通向各家各户，天然气灶摆上了旧课桌，筒子楼走廊一下空旷干净起来，很快筒子楼被拆迁，我们住进了新的高楼，一层楼共用一个厕所、一个洗衣房、一个取水房的尴尬时代远去了，一层楼走廊上各生各的火、各炒各的菜的"百家宴"时代远去了。

推开屋门，房间开始以"米"为单位分解出真正的书房、厨房、客厅、阳台、卫生间，厨房里没有了旧课桌，取而代之的是明亮的灶具、高大的冰箱、百宝箱一般的橱柜，蒲扇、火钳、炉门、风箱这些当年调节火大小的工具早派不上用场，开火、关火、大火、小火，全在灶上旋钮之中，我们掌握了自己的生活！

回眸这片土地上的人间烟火，柴火燃旺我们的生活用了五千多年，蜂窝煤红火我们的生活用了几年，在漫长的历史天空，今天的幸福生活来得那么迅速，恍然如梦，但是我们赶上了，我们见证了这个伟大的时刻和伟大的时代。我们在温饱和富庶之后，总会将昨天的事物追认为文化，以怀旧的方式去回味去确认。于是，城市出现了很多怀旧的柴火饭、柴火鸡、柴火牛肉、乡村厨房，那是柴火的味道，那是记忆的味道，那是乡愁的味道，那是岁月的味道。

告别住了二十年的商品房，在城市江边一处小洋楼中选中自己的房子，给生活一个新的高度。搬家那天，大哥一早从乡下赶到城里，背着一捆马桑树枝条。敲开门，大哥急匆匆地把马桑树枝条放进明亮的厨房，大声念道："马桑树柴！马上发财！"

树叶上露珠晶莹璀璨。

风雪爱丁堡

人在走，天在看，日子记着所有的事。

2019 年 2 月 4 日，星期一，农历大年除夕。这是日历上的背景。

大不列颠，爱丁堡，英语时光，异国他乡。这是人生中一段落魄的背景。

女儿摊开地图——爱丁堡？温莎城堡？格拉米斯城堡？利兹城堡？

城堡是英国很显著的符号，那一个又一个引人注意的箭头，指引着一座又一座城市，到大不列颠土地，不是为看城堡，但是你得跟着城堡走。

城堡是强大的象征，谁强大谁就高筑城堡，保卫自己强大的时空，占据和争夺是城堡永远的主题，下一个胜利的目标依然是远方那座别人的城堡。

走进史诗般壮丽的爱丁堡，走进别人的城堡，霉运却走进我们心的城堡——

这绝不是爱丁堡一个伤心之地的表达。

踏上大不列颠土地的第二天，霉运就在萌生！

伦敦大英博物馆窗口。我买了一本中国文物图片集，想记住我们有哪些传家宝在别人的土地上。掏出一张面额 100 的英镑递过去，老板看了，对我女儿说换张面额小的，他这里无法找补。女儿赶紧让我换小面额的，说把大面额的存卡上，英国到处都是刷卡。去银行柜员机上存英镑，女儿同学来电，要借 1500 英镑预缴房租，女儿用手机银行操作——

那一刻，厄运开始，只是我们不知道。

晨曦微露，走向伦敦希思罗机场，飞往爱丁堡。女儿说，我们买的是廉价航空，除了厕所，飞机上什么都不提供。女儿去候机厅买食物。刷卡，得到的回答竟是对不起，你的卡无法使用。心中很是纳闷，也很紧张，包里英镑现钞所剩无几，要用钱怎么办？

赶到预订的宾馆，敲醒服务员。女儿掏出护照、学生证、银行卡。我不懂英文，听不懂他们之间漫长的对话，但是我能想到一切都在解释我们的不幸和表达我们的诚信。又是一段漫长的对话，终于听到服务员口中说出我能听懂的"OK"，女儿说出我能听懂的"Thank you very much"，我们放心了，我们不会露宿风雪交加的爱丁堡街头。过后问女儿，宾馆最先坚持要收押金，最后同意缓交，是什么理由让宾馆改变决定？女儿说：我告诉他我们来自中国，宾馆服务员说他热爱中国，他相信中国人——

那一刻，我为自己有一个强大的祖国而骄傲！

搜尽身上所有的英镑硬币，不够买一个面包。那一刻，我想起了电影《上甘岭》，想起了初中时候读过的课文《草地晚餐》，想起了与吃有关的很多文章……那一刻，我想起了母亲。往年的这个日子，母亲早已摆出一桌香甜的饭菜。母亲，我们想家！我们想您！我们好饿！

有一种冷，叫母亲觉得我们好冷！

如果在一开始的时候，故乡是一个村庄的名字，后来读书，故乡就是一个乡镇的名字，再后来读更高的书参加工作，故乡就是县城的名字、省份的名字，今天，异国他乡，英语时光，故乡是一个国家的名字。

幸好宾馆有免费的早餐。女儿说，赶快吃，赶快走，不要让换班的服务员看见，又催我们交押金，否则我们出不了门。我们今天必须解决银行卡被锁的问题，或者找到有银联标志的柜员机去兑换英镑现钞，否则，我们就会失去最后的救命稻草，寸步难行！

女儿搜索出一家银行，在爱丁堡大学门口。

遗憾的是，不知什么原因，大学门口的银行居然关着大门，唰唰唰的声音不是点钞的声音，是风雪的声音。我们仔细搜寻着银行自动取款机和大门四周，希望能够找到一个咨询服务电话，寻求那根稻草。空白，依然是空白。女儿突然想起银行卡，她感觉上面应该有我们需要的电话号码。一看，果然有。电话过去，工作人员告诉我们，因为向同学转账1500英镑，银行对这笔大额转账表示怀疑，为了客户资金的安全，银行卡锁住了。解释，解释，确认信息，银行告诉我们，等待解锁。

雨下起来，夹杂着雪花，我们的心凉透啦！

如果冬天来了，春天还会远吗？

伟大的诗人雪莱啊，我们的春天远吗？

从爱丁堡大学往前走，经过古老的皇家英里街，爱丁堡城堡就在眼前。作为苏格兰精神象征的爱丁堡城堡，尽管海拔只有135米，但是它三面悬崖峭壁，一面斜坡，高高在上，一夫当关，万夫莫开，巍然耸立。

我们突然感觉城堡也悬在我们的头上……

翻开英国的历史，战争，复仇，凶杀，浪漫或者绝望的爱情，都以城堡作为背景，这些城堡给我的感觉总是夜晚的黑色，总是蝙蝠飞来飞去的幽深，总是女人尖叫的心痛，总是金属物撞击、血肉纷飞的呐喊……雨停了，雪隐了，艳阳高照，面对雄伟的爱丁堡城堡，我们的心依然灰暗——

城堡大门敞开着，我们的银行卡关闭着，千里迢迢奔赴城堡，我们除了远观，还是远观。

告别城堡，走在王子大街锃亮的石板路上，雪又飘起来，落在手上，冷在心里。我们没有心思去看古老的大街，我们的眼睛只有一个主题，奔着银行走，奔着银行柜员机走，见到一个银行柜员机，抽出两张卡，一张试探英国的银行卡是否解锁，一张是寻找有银联标志的柜员机，希望能够用祖国的银行卡兑换出英镑。

钱不是万能的，没有钱万万不能，我更相信这句俗语的后半句。

风雪中的爱丁堡，到处是泛黄的树叶，风雪之中格外金黄，一片片飘落在我们的头上，可惜它们不是金黄的金币，它们只是让我们穿越到了古老的苏格兰的中世纪，在一种古老时空里与世隔绝，让我们不知道该走向何处走向何方。

救命钱！血淋淋的三个字突然涌上心头。

一路走，一路失望。

我们几乎走遍整个爱丁堡。路灯亮了，房子里温暖的灯光，映出了城市漫天飞雪中模糊的轮廓。仰望圣吉尔斯大教堂顶上的皇冠，到过爱丁堡的人说，这个时候的大街，总能听到当年苏格兰国王出巡回家的马蹄声。这个时候的大街，我们听不到马蹄声，听到的是来自中国的一家三口人饥肠辘辘的心跳声和今晚枕梦何处的叹息声……

女儿说，我好想奶奶的那碗炸酱面！

现在我们在爱丁堡，口袋中的银行卡盛着人民币，微信中交流的也是人民币，英镑突然变成可怕的"英棒"，在这片远离北京时间的英语时光中，异国他乡，背井离乡，举目无亲，都像天空中飘飞的雪花，没有一个温暖的词语。

锲而不舍的刷卡刷卡，在爱丁堡火车站一方银行柜员机，我们终于找到有"银联"字样的机器，取出了 1000 英镑，击弹着厚厚的英镑，一家人抱成一团，欢呼雀跃。

英国有句著名谚语：纤弱的东西捆到一起就刚强。

感觉说的是我们。

仰望火车站上的塔钟，显示的时间比标准时间快了 5 分钟，不是时钟出了问题，是对人们提前赶车的提醒和告诫。给心中的时间拨快 5 分钟，迟到的雪中送炭，迟到的救命稻草，对于未来的幸福，我们一定不会再错过和迟到。

赶回城堡山，城堡大门早已关上。俯瞰古老的爱丁堡，雪花纷纷扬扬地落下。一直记得有句很不讨中国人喜欢的话：外国的月亮比中国圆。异国他乡，我一直举头望天空的月亮，事实上，在冬天的英国，我们一直没有见到天空中的月亮。在这宁静如诗的皇家英里街上，雪花飞舞，天空中依然见不到那轮或者比我们圆或者不及我们圆的月亮，倒是古老的街上很多餐馆门口都挂上了红灯笼，雪花飞舞中，红彤彤的，恍如故乡小城。

问刚结识的英国朋友，这些都是中国人开的餐馆吗？

英国朋友笑了，今天是你们中国人的除夕之夜啊，我们给你们拜年啦！

抬手看看手表，上面的指针指向 5 点——

遥远的祖国啊，春天到啦！

长　江　红

你从雪山走来，春潮是你的风采；

你向东海奔去，惊涛是你的气概；

你用甘甜的乳汁，哺育各族儿女；

你用健美的臂膀，挽起高山大海……

我们这样歌唱长江！

长江，那是唐古拉山各拉丹东雪山的滴答声，那是树叶下竹叶下花草下阳光下的滴答声，那是乡村屋檐下的滴答声，那是斗笠蓑衣下的滴答声，那是父老乡亲血管的滴答声，那是长江的滴答声，滴答在中国大地之上。

我们这样聆听长江！

长江，流过我们的家乡，我们用乡音呼喊门前的大江——沱沱河、通天河、金沙江、沱江、岷江、嘉陵江，这是长江的乳名！

宜宾。合江门。金沙江流到这里，喊来岷江，三江汇流，宜宾合江——长江，这是长江的大名！

"滚滚长江东逝水，浪花淘尽英雄……青山依旧在，几度夕阳红！"

从宜宾出发，沿着一条伟大的长江，追寻先烈们的足迹，追寻热泪盈眶的长江——

南溪红

金沙江从各拉丹东雪山走来，岷江从岷山南麓走来，一江清，一江浑，相约南溪，汇流长江，在江湾中握手，在江湾中回转，在江湾中思考走向远方的路。

一江春水向东流，万里长江第一湾……

奔着长江，逐水而居，依江而建，伴江而生，宜宾宜宾，南溪指南吗？开九座城门，曰萃金门，曰锦江门，曰服远门，曰迎恩门，曰凤翔门，曰皇都门，曰广福门，曰望瀛门，曰文明门，"五水抱龙城，九门迎青山"，总有一座门走向远方，谁是万里长江第一门？

跟着地名走远方，地名记着所有的事，江之湾，水之清，城之门，这一切似乎就在等待一个人——

这个人就是朱德。

朱德不是从家乡仪陇走到这里，朱德带着队伍从云南经叙永县雪山关入川，纳溪棉花坡一战屡建奇功，名震滇川，他以胜利者的步伐走进宜宾城。

江水东逝，战火纷飞，民生疾苦，为谁带兵？为谁打仗？伟人总有胜利时刻的冷静。

我们知道黑暗，因为我们知道有灯。

1917 年，在南溪，一个人走到朱德面前，一盏灯点亮在朱德心中。这个人就是中共早期革命家孙炳文，这盏灯叫马克思主义。孙炳文给朱德的思想安了一个家，他们共同组成学习小组，阅读《新青年》等进步书刊，思考伟大的五四运动，从泸州和南溪瞩望未来的中国，从俄国十月革命的成功探索中国革命的方向。

孙炳文还将自己的侄女陈玉珍介绍给朱德，让这个美丽善良的南溪进步女青年成为朱德的妻子，给朱德身心安了一个家。这个家的名字叫南溪官仓街42 号，这个地名永远刻印在南溪大地之上，这个地名永远刻印在中国历史之上。在这座深宅大院，在川江号子声中，朱德和陈玉珍一起读书，一起欣赏音乐，一起种花，一起抚养病故前妻留下的儿子。

南溪七年，给了戎马一生的朱德难能可贵的天伦之乐。

南溪七年，见证了朱德从一个旧式军人到探索救国救民之道、追求共产主义真理的革命志士的心路历程。

仰望天空很累，追寻真理很苦，瞩望长江很远。宜人宜宾，美丽南溪，豪宅大院，高官厚禄，贤良娇妻。从我们平凡人的眼光，朱德是可以安居乐业，但南溪土地注定不是培养平凡人的平凡地。苦闷、彷徨、学习、思索、追寻。1922 年 6 月，端午粽香飘起之时，朱德毅然摆脱军阀的羁绊，和孙炳文一道从南溪文明门出发，告别老母娇妻幼子，沿着长江，走向欧洲留学。1922 年 11 月，在德国柏林，经周恩来介绍，朱德和孙炳文一起加入中国共产党，开始一生戎马征程——

古老南溪，长江拐弯处，理想转折地——

"中山主义非无补，卡尔思潮集大成。
从此天涯寻正道，他年另换旧旗旌。"
"己饥己溺是吾忧，急济心怀几度秋。
铁柱幸胜家国任，铜驼慢着棘荆游。
千年朽索常虞坠，一息承肩总未休。
物色风尘谁作主，唯看砥柱正中流。"

走进南溪朱德旧居，朱德和妻子陈玉珍共同栽种的茶花依旧飘香，但是旧居的主人已是墙上的照片。

肃目。鞠躬。献花。

南溪边上是长江，长江远方是大海，大海远方是天空。

真理之路，革命之路，红色之路，生生不息……

一曼红

赵一曼离开家乡，离开父母，赵一曼给自己取名"赵一曼"，赵一曼原名"李坤泰"，这是赵一曼父母取的名字。"李坤泰"留在家乡，留在父母念叨中呼喊中等待中。告别家乡，父母喊得回"李坤泰"的名字，父母喊不回"李坤泰"的身影。当"赵一曼"这个名字让日寇闻风丧胆，当"赵一曼"这个名字感动中国，赵一曼知道，她父母不知道，她的家乡宜宾不知道。

赵一曼给自己取名"赵一曼"，她追逐那个"一"字：一生革命，一生念党，一贯到底。当日寇罪恶的子弹射进她的身体，在黑龙江珠河县小北门外，一个伟大的生命定格在三十一岁。

"中华儿女多奇志，不爱红装爱武装。"1962年2月，伟大领袖毛泽东给女民兵题照，毛泽东心中一定浮现过赵一曼的身影。

走向宜宾翠屏山麓，古老的翠屏书院变成今天的赵一曼纪念馆，赵一曼广场上矗立着赵一曼的汉白玉雕像，一身戎装的赵一曼以古老的翠屏山为背景，以蓝天白云为背景。"白山黑水除敌寇，笑看旌旗红似花。"这是赵一曼生前的诗句，戎装中的微笑，革命必胜的坚毅，定格在雕像上，成为我们敬仰的永恒——

"红枪白马"女政委，这是白山黑水的微笑。

老虎凳、辣椒水、电刑……赵一曼昏倒中醒来，醒来中昏倒。"我的目的、我的主义、我的信念，就是反满抗日！"这是罪恶的日寇得到的唯一回答，这是日本侵略者永远畏惧的共产党人的微笑。

"宁儿！母亲对于你没有能尽到教育的责任，实在是遗憾的事情……母亲和你在生前是永久没有再见的机会了！希望你……赶快成人，来安慰你地下的母亲！我最亲爱的孩子啊！母亲不用千言万语来教育你，就用实行来教育你……"这是赵一曼临刑前写给儿子陈掖贤的书信，这是一个伟大的母亲一个伟大的战士一个伟大的英雄留给儿子含泪的愧疚、革命必胜的微笑。

1950年，长春电影制片厂拍摄了电影《赵一曼》，让英雄的名字传遍大江南北，也传遍赵一曼的家乡宜宾。大家并不知道电影中的英雄赵一曼就是宜宾女儿李坤泰——家乡在找李坤泰，家人在找李坤泰，儿子在找李坤泰，直到最后悲壮地揭秘，感动神州大地的赵一曼就是老乡李坤泰，就是女儿李坤泰，就是母亲李坤泰——

> 誓志为人不为家，涉江渡海走天涯。
> 男儿岂是全都好，女子缘何分外差？
> 未惜头颅新故国，甘将热血沃中华。
> 白山黑水除敌寇，笑看旌旗红似花。

读赵一曼的《滨江述怀》，浩气长存，天地动容。

英雄远去，涛声永恒，旌旗飘扬，花开中国。

重温入党誓词，献上最红鲜花。长江之上，汽笛长鸣，江鸥翻飞，浪花滚滚，大江东去……

泸顺红

泸顺是大地之上的地名，泸指泸州，顺指顺庆（今天的南充），它们相距353千米。

泸顺是中共党史之上的地名，一场伟大的革命起义，在泸州点燃，在顺庆点燃，最后在全中国点燃。

1926年12月1日，泸州起义爆发。1926年12月3日，顺庆起义爆发。不同的时间，不同的地点，等待的却是同一面旗帜下发出的号令。杨闇公、朱德、刘伯承组成重庆地委军事革命委员会，创建共产党人领导的革命武装，打响巴蜀革命第一枪，最后因敌我力量悬殊，1927年5月16日，经过167天勇敢地战斗，为保存革命实力，起义部队撤离泸州，转赴江西，参与中国人民解放军建军之战——八一南昌起义。

星星之火，可以燎原。

肃立在泸州龙透关泸顺起义陈列馆前的广场上，仰望高高的龙透关，宣誓，敬礼，鞠躬，江风吹来，风和日丽。

水涨城高，城涨城高，我们今天的眼光已经看不出龙透关的险要，耳边不再响起枪炮声。公路，铁路，水路，天空中的飞机之路，时空中的网络之路，泸州早已经成为四通八达的交通枢纽之城。穿越时空，在长江水运主导交通的年代，泸州扼长江、沱江咽喉，据川、滇、黔、渝要冲，龙透关作为泸州城的门户，三面临水，是通向泸州城内唯一的陆路通道。

龙透关保卫战，泸州保卫战，这是泸顺起义的悲壮。

改造旧军队，党指挥枪，这是南昌起义的伟大预演。

诗人们说，八一南昌起义打响武装反抗国民党反动派的第一枪。如果诗人们来到泸州、顺庆，诗人们该有怎样恢宏的诗句？

曾德林将军说：北伐战争之继续，南昌起义的先声。

革命家邓自力说：泸州武装举义，唤起巴蜀儿女。

张爱萍将军说：革命烈火照亮神州。

这是一次预演，中国共产党人尝试单独掌握武装。

这是一座丰碑，英烈不朽激发革命豪情，浩气长存鼓舞中华奋进。

这是一粒种子，中国共产党开始有了自己领导的军队，在人民的沃土上发展壮大。有了这枚红色的种子，泸州成为一座红色的城市，让红色精神代代传承。

> 赤潮澎湃，晓霞飞涌，惊醒了五千余年的沉梦。远东古国，四万万同胞，同声歌颂神圣的劳动……从今后，福音遍天下，文明只待共产大同。看！光华万丈涌！

瞿秋白作词的《赤潮曲》在广场上响起，太阳出来，霞光万道，硝烟远去，枪炮声远去，高高的龙透关见证了战争，丰碑永存，今天守望的却是战争的童话，这是我们今天的幸福。

酒香飘起，醉美泸州，沐浴着盛世的阳光，酿造悠远的美酒，酿造悠远的幸福！

红岩红

一座城市有一座城市的记忆，一座城市有一座城市的精神。触摸重庆的记忆，镌刻心中的是那一抹红色。

青山绿水，红色永存！

山水重庆，英雄之城！

走进红色重庆，封面应该是罗广斌、杨益言所著的长篇小说《红岩》，这是一部永远鲜红在中国人民心中的红色之书。看过《红岩》，向往重庆这座红色之城，说到重庆这座城，就向往《红岩》这本红色之书。

《红岩》的封面是一幅版画，画中朝阳下红色的岩石上耸立着一棵挺拔的松树。

不远万里奔赴红色重庆，就为这方朝阳下鲜红的岩石，就为岩石上挺拔的巨松。

事实上，重庆红岩不是特指一方岩，是宏大的红岩之魂——

红岩魂在红岩村。

雾都重庆，难见阳光，我多次走进红岩村，追寻那红色的足迹，每次走进红岩村，迎接我的总是阳光灿烂。红岩广场旁边的树荫中传来的鸟鸣，和铺陈在地面的阳光糅合在一起，是那样恬淡，那样祥和。

这里是中共中央南方局暨八路军驻重庆办事处的旧址，成为中国共产党在国统区的指挥中心，成为抗日民族统一战线的中流砥柱，大后方的人民把红岩村称为"雾都明灯""国统区的小解放区"。

在红岩村，太阳照耀红岩村，红岩光芒照心中。

1941 年 1 月 17 日夜，周恩来满含悲愤，在这里挥毫写下揭露国民党顽固派制造的皖南事变的千古名句："千古奇冤，江南一叶，同室操戈，相煎何急?!"

在红岩村，1945 年 8 月至 10 月，国共两党重庆谈判，毛泽东主席在这里住了 40 天，坐镇红岩，运筹帷幄，决胜千里，指挥上党战役，部署向东北进军。

在红岩村，在一张方桌上，毛泽东主席重书了写于1936年的《沁园春·雪》，轰动重庆，"数风流人物，还看今朝！"这是共产党人革命必胜的信心！

红岩魂在虎头岩。

这是《新华日报》总馆的旧址，用一张报纸反击国民党顽固派的倒行逆施，用一张报纸开辟"第二条战线"，用斗争维护团结，发出共产党人昂扬的声音。

毛泽东盛赞虎头岩下英勇奋战的新华报人，称赞他们是"新华方面军"。

这是报人最高的荣耀！

红岩魂在曾家岩。

周公馆、桂园、特园，一片并不宽大的地方，左边是国民党军统特务头子戴笠的公馆，右边是国民党警察局派出所，大门外是特务开设的"茶馆""烟摊"。

狼窝中的战斗，重围里的胜利！

红岩魂在歌乐山。

"毒刑拷打那是太小的考验……竹签是竹做的，但共产党员的意志是钢铁！"歌乐山，渣滓洞，江姐狱中书信，给了无数中国人骨头中加钙，灵魂上淬火。

"今夜／我要与你永别了／满街狼犬／遍地荆棘／给你什么遗嘱呢／我的孩子／／今后／愿你用变秋天为春天的精神／把祖国的荒沙／耕种成美丽的园林！"歌乐山，渣滓洞，狱楼七室，共产党员蓝蒂裕留给儿子的遗诗，他们的儿子叫"耕荒"，希望让孩子以垦荒者的坚韧，去进行革命的开垦，把祖国建成美丽的园林。

在渣滓洞，在白公馆，空气是凝重的，喉头是哽咽的，眼眶是滚热的。歌乐山，在大地之上的群山中，它不足挂齿，在历史长河的浪花中，它是共和国的历史无法绕开的一座山。那一个个家喻户晓的伟大先烈，挺起的是歌乐山的苍翠，是人民英雄纪念碑的巍峨！

巍巍歌乐，嘉陵之上。绿树环绕，鸟鸣花香。无数革命先烈战斗在这黎明

前的黑暗，慷慨赴死，血洒歌乐，艰苦奋斗，无问西东，正像红岩广场那一级
一级石梯，崎岖陡峭，那正是通往红岩的必经之路。

走向歌乐山，走向一种力量；

走向歌乐山，走向一种震撼；

走向歌乐山，走向一种精神……

红岩上红梅开，

千里冰霜脚下踩，

三九严寒何所惧，

一片丹心向阳开。

红梅花儿开，

朵朵放光彩，

昂首怒放花万朵，

香飘云天外，

唤醒百花齐开放，

高歌欢庆新春来！

让我们的敬仰唱成一首歌，风声帮我们传达……

你从远古走来，巨浪荡涤着尘埃；

你向未来奔去，涛声回荡在云外；

你用纯洁的清流，灌溉花的国土；

你用磅礴的力量，推动新的时代……

站在歌乐山上，伫望万里长江，天空之下，大地之上，百舸争流千帆竞，
长风破浪正当时，大江东去，势不可挡！

青龙瀑布：一汪水的召唤

我一直觉得中国瀑布的封面是庐山瀑布，因为李白，因为那首家喻户晓的《望庐山瀑布》——

"日照香炉生紫烟，遥看瀑布挂前川。飞流直下三千尺，疑是银河落九天。"

庐山瀑布必然成为很多人拜访的第一挂瀑布。后来读了很多书，千里迢迢拜访大地上的瀑布，黄果树瀑布、壶口瀑布、诺日朗瀑布……20多年前我们突然知道我们的家乡万州居然也藏有一挂大瀑布——青龙瀑布。甘宁河谷藏了它，两岸竹海藏了它，当然我们眼睛也藏了它。到处拜访瀑布，瀑布就在身边，我和我们万州人着实羞愧和惊讶！

事实上，青龙瀑布飞流直下，已经有了2.5亿年的时光，天空知道，大地知道，我们现在才知道。我家乡盛开很多很多的鲜花，然而在乡亲们眼中却只看到一种花，那就是庄稼花，庄稼花之上是温饱，是生存。今天故乡土地上开始举办各种各样的梨花节、李花节、玫瑰花节，开始关注土地上所有的花事，因为我们进入到一个不愁吃不愁穿的盛世——

青龙瀑布就是以这样的心境进入我们的视野。温饱不再是我们唯一的光景，我们开始关注大地上所有的风景。

美丽的青龙河从高高的铁峰山奔流而下，大家呼喊家乡的地名，也给青龙河流过家乡的各段取名为青龙河、甘宁河、瀼渡河。从高高的铁峰山到奔流的长江，高度让古老的河流形成四级瀑布。上游青龙河有高洞滩瀑布，下游瀼渡河有仙女滩和鲸鱼口瀑布。如果说古老的青龙河在作一场关于瀑布的报告会，甘宁河段的青龙瀑布必然是中心发言人。

高峡平湖，水涨城高，万里长江给了万州最阔爽的江面，环湖皆城，平湖就成为万州人共同的一方大客厅。万州看水，这是走向万州最美的理由。奔着这个思路，青龙瀑布看水听水，自然成为万州大客厅之外的一方水阳台，于是万州人干脆把青龙瀑布改名为万州大瀑布，高峡平湖，天下万州，水给了万州人大气和底气。

"仰步三天胜迹，俯临千丈奇观。"这是青龙瀑布景区大门对联。平湖水是静的，是铺在大地上的瀑布，是小夜曲。大瀑布水是动的，是挂在山崖上的瀑布，是交响乐。奔着震天的水声走进山谷，拉开瀑布大幕有两种模式——

一种是静，踏着竹海中的青石板路，听着山谷雷霆万钧的水声，三国东吴第一猛将甘宁墓是必须拜的，甘宁后裔表演的"甘家迷功"是必须看的。走出竹海，走过陆安桥，陆安桥也是一座移民桥，它原来在苎溪河上，上涨的江水淹没了万州下半城，人们含泪把这座古桥上一块砖一块砖编号，原样复建在青龙瀑布前方。万里长江从一条江到一汪湖，江湖之变，大家把陆安桥迁到青龙瀑布，就为唤起对古老江城的回忆。站在千年陆安桥上，仰望亿年的大瀑布，这是时光对时光的仰望。

一种是动，坐上竹林过山车，穿林海，听水声，千转百回，风驰电掣，一路惊叫，山谷回荡，也算给即将拉开的瀑布大幕惊叹的剧情铺垫一下心理准备。

观众入场，瀑布上场。

甘宁河一路走来，我们看水，我们听水，那是竹叶下的滴答声，那是柳叶下的滴答声，那是乡村屋檐下的滴答声，那是斗笠蓑衣下的滴答声，那是父老乡亲血管的滴答声，他们赶集似的汇入甘宁河，走到这方高岩上，田园般诗情集体苏醒，汇流成一条腾云驾雾的银色巨龙，以勇往直前的精神，无坚不摧的气概，势如破竹的阵势，排山倒海的力量，浩浩荡荡，金戈铁马，雷霆万钧，锐不可当。高岩上飞流的，青龙潭中涌动的，喷珠溅玉，雪浪翻滚。阳光照射，处处彩虹。这情，这势，这美，这壮，除了不断吟诵李白的《望庐山瀑布》，我们想不到更壮美的诗句。

瀑布在地质学家那里名字很接地气，叫跌水，水在水中跌了一跤。甘宁河一路奔流，面对这道宽 151 米、高 64.5 米的陡岩，地质学家口中的跌水，在我们看来应该是跳水，走向高台，前赴后继，向前，向后，转体，屈体，抱膝，所以称这里是亚洲第一瀑，因为甘宁河在这宽广高深的跳台上上演着河流最美的集体跳水。

万州大瀑布理解我们的心情，我们在台下欢呼，我们也能走进幕后互动。大地在"疑是银河落九天"的瀑布后面安排了一方水帘洞，披上雨衣，或者举着雨伞，走进水帘洞，就算走进大瀑布的化妆间。洞内观瀑，茫茫水帘，水雾弥漫，遮天蔽日，流光彩幔，恍如仙境。

穿过水帘洞，就到了弥漫着无数神秘传说的青龙洞。老实说，在甘宁，就算没有这方大瀑布，单就是这几方洞、几片竹林、岩壁上的栈道，就足以让人神往。甘宁就这么奢侈，地灵必然人杰。这里是三国东吴名将甘宁的故乡，这里是大诗人何其芳的故乡。近万平方米的古老山洞，洞内是梵音阵阵的洞天佛地，洞外是声震如雷的天地水声，洞口是盘根错节的古树古藤。更为神秘的是洞外岩壁上有一面自然天成的"天工画壁"，仰望画壁，不同的人，不同的心境，会读到不同的画意，它们在岩壁上有过多么漫长的时光，风霜雨雪在上面有过多少次的修改，我们不知道，天地通过这幅画要告诉我们什么，我们不知道，俨然天地密码。这里有天光，这里有天意，这里也有天画。

大瀑布走进我们的视野也有近 30 年，无数次阅读这方天地之间高挂的水的大幕，作为一个地方小作家，我却没有给它写过一点文字，大瀑布就在身边，我们有的是时间去拜访，有的是时间去思想，有的是时间去记录，袁枚说过一句话"书非借不能读也"，自家的瀑布，自家的天地之书，我确实到了该给这方瀑布记录一些文字的时候。

甘宁舞刀弄剑，自然没有给家乡瀑布表达文字的情感。

李白是万州人永远敬仰的诗仙，因为他流连西岩"大醉西岩一局棋"，万州人改了这座山的名字叫"太白岩"。李白离开太白岩曾经两次到过大瀑布，遗憾的是李白先望见的是庐山瀑布，面对甘宁河谷这挂天地之间水的大幕，只好题下"壮观"二字，让石匠刻在崖壁。只是那个"壮"字右上角多了一点，大家起初都以为是李白酒喝多了的缘故，当我们望瀑布、拜古洞、听深潭，我们才明白这是李白独特的表达。汉字三点成水，李白在"壮"字上故意增加一点，那是对这方壮观的水的惊叹。

诗人老乡何其芳从小生活在甘宁，他也没有给家门口的瀑布留下一些文字，他看懂了"壮观"上多出的那个关于水的点……

诗仙李白、诗人何其芳面对大瀑布迟迟没有动笔，我等记录的瀑布只能算是给这方水世界的说明书，或者是邀请书——

一汪水在召唤，那里期待你飞扬的文字……

母亲一年的年

母亲一年的年，这不是文字游戏。

年是年岁，是量词。年是过年，是动词。

母亲一年时光格上的辛劳，就为让一家人过上好年。在那些没有实现"天天吃肉当过年"的漫长岁月，过年，就是村空上最耀眼的灯塔，那盏灯点亮母亲的一年！

猪是必须要养的，鸡是必须要喂的。农历二月二传统的春耕节、农事节一过，母亲张罗着到乡场上买回两头小猪，一头备着过年，一头备着为一家人添置过年的新衣。母亲把早就选好的最大的鸡蛋交给那只最大的母鸡，孵化出小鸡来。下蛋的鸡是乡村的银行，那是母亲一年的牵挂和指望。大红公鸡是必须要喂养的，没有公鸡的鸣唱，那是一个落寞的家；没有公鸡祭拜祖先，那是子孙的落寞。农人的日子就是看得见猪听得见鸡叫的日子，哪怕日子过得再苦，不怕，圈里还有猪哩，院里还有鸡哩。

向日葵是必须栽种的。母亲总会让房前屋后开满向日葵金黄色的花朵，母亲说那是过日子的标志，是做农人的本分。向日葵灿烂地开放，开放在壮朗的阳光下，开放在碧翠的青纱帐里，擎着火一样的精神和灵魂，朴素地生长，就像一代代旺旺的子孙。我们从窗口探出头去，望见雨中那一株株粗壮的向日葵，傲然挺立，闪烁着灼人的金黄色，那太阳一样的光华立刻让我们心情亮丽愉悦。

母亲种向日葵没有我们这么复杂的想法，母亲要的是葵花籽，有些地方叫瓜子，在我们重庆老家则叫"旺红儿"，旺红的日子，旺红的生活，旺红的希望。炒香了，捧给过年的孩子们，捧给拜年的亲戚，谁家过年连旺红儿也没有，那绝对是乡村最黯淡的过年。

芝麻是必须栽种的。芝麻开花节节高，母亲不会去想那么文艺的事情，乡村的每一样庄稼都有它的象征意义，母亲要让过年的汤圆里有芝麻的香，要让过年的院子里撒满芝麻秸，走在上面发出啪啪的响声——母亲说这叫踩碎（岁）。

至于大米、玉米、大豆、高粱这些更是必须栽种的，不仅仅为了过年，更是为了过日子。为了一家人能够吃饱，母亲就像纳布鞋一样，把分给家里的那些碎块的土地全部纳入汗水中。母亲信赖锄头，胜过信赖自己。玉米土豆高粱蔬菜在母亲的地里一个都不少，就连很多庄稼人忽略的田埂，母亲也会种上四季豆、高粱，让这些庄稼在春雨中集体苏醒，披蓑戴笠，等待秋天的收成。那一块块被锄头挖过的土地，就是母亲一生的疆土。

母亲备年最艰难的还是每个人的新衣新鞋。鞋可以熬更守夜地做，衣服还得花钱买布缝。这是母亲一年最大的揪心，这是母亲一年最大的悬念。母亲一年中最大的艰辛就为大家过年的衣服在操心。母亲喂鸡卖蛋、喂羊卖钱、捡山菌、挖何首乌，一点一点地盘算着每个人的新衣……

撇去乡村柴米油盐的辛劳，村里人的一年其实过得挺快，秋播刚完，一场雪下来，小麦就进入冬眠期，村里人在火塘上燃起树蔸火架上铁鼎罐，等候瑞雪兆丰年的兑现期时，一年就到头了。

如果很文艺地把母亲的一年比喻成舒缓的交响乐，11个月的音乐铺垫，11个月的旋律讲述，进入农历的腊月，母亲的一年走入最后的辉煌最后的交响——

不管以前农历上的日子多么寡淡，多么辛酸，腊月一到，母亲把每一个日子都精心安排，很有过年的仪式感。

腊八节喝腊八粥，母亲永远记着这个过年仪式。母亲总是很早起床，盛好糯米、芝麻、瓜子、花生、桃仁、绿豆、杏仁，摆在灶台上。我和很多人一样，以为腊八粥一定是八样东西混合熬成的粥，事实上腊八粥的八是日子的八，不是数字的八，什么喜庆，什么香甜，母亲都会摆在灶台，煮进锅中，那是母亲土地上收获的展览会，那是母亲回眸农历的展览会，让旺旺的火熬煮旺旺的香甜，熬煮一家人过年的期待。

腊月二十三，农历小年，过年最后的彩排。在温饱成为那些年代最大的期望的日子，小年并没有突出过年关于吃关于穿的物质层面的主题，小年更多的是表达乡村精神的主题。母亲领着全家把房前屋后、灶前灶后、屋顶窗棂彻底除尘，除去家屋的尘土，也除去心上的尘土。所有的阴郁，所有的尘垢，所有的失落，都扫除屋外，扫除心外，除尘更是除陈，就为辞旧迎新。有一项母亲认为最重大的事情就是熬糖，母亲不相信乡场上那些白糖、红糖，那些甜代表不了一家人心中的甜。母亲总在小年之前用谷芽、玉米熬好糖，是那种你站多高糖丝就有多高的谷芽糖。装进瓦罐，烙好高粱饼，炒香黄豆，摆放灶台，母亲开始祭灶仪式，让守望我们一年的灶王爷欣享，让灶王爷甜甜地"上天言好事、下界保平安"，传达我们对天地的感恩。

小年一过，大年的幕布徐徐拉开，作为过年最大的总导演、总制片，母亲进入一年最辛苦的巅峰时段。母亲到处找裁缝缝制一家人新年的衣服，张罗牛过年的牛草、猪过年的猪草，磨好过年的豆腐、汤圆，洗好过年的腊肉，赶制过年的红苕粉条、洋芋粉片，换好过年走亲戚的面条、糖果，忙完一天，刚躺下来，还得拿起鞋底赶制一家人的新鞋。

到了团年那天，院子里撒满了芝麻秸，我们走在上面踩碎（岁）。天还没大亮，村庄家家屋顶上冒出了炊烟，邻居们陆续来到我家写对联，不管生活多么的清苦和灰涩，乡下人都十分看重那大红的对联，给生活一抹红，给心中一抹红。

年三十的下午，我们净手净脸，举着一盏灯笼，端着装上供品的托盘，拿好纸烛，来到祖先们的坟前，烧纸，祭酒，焚香，呼唤祖宗们的名讳，述说我们一年的收成，请他们回家团年。

把祖先的牌位擦拭摆好，端了茶盘，盘中装有猪头猪尾，摆上鸡头鱼头、大米饭之类，到地坝院中拜天拜地，到堂屋中拜祖，到猪圈中拜猪大菩萨，到土灶前拜灶王爷。最后端了茶盘中的大米饭，到房前屋后的果树上砍一个刀口，按几颗米饭进去，以祈求来年瓜果丰收……我们不知道诸神和祖先们会不会下界，会不会听到我们的诉说我们的期望，但我们的心暖暖的。

今天，我们和我们的乡村都过上了好日子，在我们的团年饭上，摆满了山珍海味，倒满了好酒，可是桌子上没有了父亲母亲，父亲母亲走上了青山向阳的山坡，我们的好菜该夹给谁，我们的好酒该敬给谁，这才是我们永远的痛……

遥望高远的天空，我呼唤父母的名讳和祖先们的名讳——

过年啦！

童油匠改门记

穷不改门，富不迁坟。穷改门，富迁坟。乡村的话怎么说都有道理，但是路还得自己走对。

迷茫中的童油匠相信后一句话。

万梁古道边，孙家兰草村，早些年是遍山的油菜花，村里建了榨油坊，童油匠凭着一把好力气被安排在榨油坊挣工分，成为榨油坊掌门打油匠。童油匠不是桐油匠，童油匠姓童。童油匠的真名童大福，知道的不多，一说到童油匠，方圆几十里都知道。

童油匠的日子一直过得很难。儿子患白血病不治，儿媳妇说出去打工还账，一去不返。孙子成天呆呆地望着村口古道，等着父母回家，日子一久患上自闭症。痛失独子的老伴一病不起……

兰草，一个很诗意的村名，生活却没有多少诗意，童油匠看不到兰草的兰香，看到的是日子的艰难。

有一天，古道石板路上来了一个"高人"。童油匠请到家中，看看是不是家中哪里出了什么问题。"高人"围着家屋转了一圈，对童油匠说：穷改门，富迁坟，你家大门朝向有问题，必须改门改朝向，把正面向南改成朝向西南……

前路一片迷茫的童油匠自然全听进心里，"高人"一走，马上拆墙砌砖，按照"高人"的指点改了大门的朝向。然而，生活并未见起色，孙子和老伴的病情依旧。

2014 年，巴渝大地打响脱贫攻坚战，童油匠成为我在乡村结对帮扶的"亲戚"。

跟着童油匠一起踏看了他家的田地，仔细算了他家一年中所有的收入，我的心情异常沉重。这个风雨飘摇的家就像一片风雨中的树叶，渴望伸开的一双手，渴望温暖的一片地，给这个家庭茁壮的生机。我和村支书坐在童油匠家门前商量童家脱贫的门道——

广阔的山林养羊，遍地的兰草种花卖给城里，申请低保和大病救助——我们把商量出的脱贫门道告诉童油匠，听取他的意见。童油匠坐在门槛上，叹气说：我改了门的朝向都没有转运，命中注定要穷一辈子！

我们这才注意到童油匠家的大门，门与外墙的确不齐平，而是斜向西南，门边裸露的水泥明显看出改门的痕迹——我血脉之外的亲戚，你们过得了这个槛吗？

我和村支书一同帮助童油匠向镇上申请低保、大病救助和政府贴息贷款，联系城里的医院，把他老伴和孙子送到医院。

除夕前一天，我带上年货来到童油匠家，说是陪他过年，其实是看他家把我们吩咐购买种羊的事情落实没有。

迎接我们的正是我们期待的羊的铃铛声，童油匠用政府贴息贷款买了两只种羊和六只小羊，正忙着在屋后搭羊圈。看到我们，笑呵呵地说：我正准备给文老师打电话，想请你写一副春联，我们家已经有很多年没有挂过春联啦！

村支书悄悄对我说，他可是好多年没有看到童油匠脸上的笑容啦！

童油匠捧出红纸，村支书从村办公室取来笔墨。铺开红纸，我有很多喜庆的春联，写到纸上只有四句话："低保保家，医保治家，养羊富家，兰草香家。"

他们问，怎么没有下联？

我们一起来写下联吧！

2015年，我外派挂职，所有关于兰草村关于童油匠家的信息都来自和村支书和童油匠的电话，扶贫让我对一方土地一个家庭有了无尽的牵挂——童油匠老伴的病和孙子的自闭症根源都是心理上出现了问题，医院的心理疏导和药物治疗后，医院建议还是回家疗养效果好，让时间冲淡心里的悲伤。老伴回到家中已经能够下床做些轻微的家务，孙子能够喊出爷爷奶奶，脸上有了表情反应。童油匠家里的羊群渐渐扩大，种植的兰草让我的扶贫同事们推荐到城里，养羊和种花让童油匠一家挣上了上万元收入。

挂职结束回到家中，已是春节前夕。我牵挂童油匠家，马上赶到兰草村去看望。院中摆满一盆盆兰草，童油匠的老伴正细心地浇水剪叶。童油匠和孙子赶着羊群回来。羊脖上的铃铛声，羊群的咩咩声，让安静的乡村平添不少的生气。

我发现大门的朝向改了回来，村支书笑了，说是童油匠自己的主意。原来腐朽的榆树木门换上了金黄的松木门，大门与外墙齐平，正对着村口的古道。童油匠说村口的古道马上要修通柏油公路，村广场和村便民服务中心也将修在村口。

我们笑问童油匠：那位"高人"的话你不信啦？

童油匠脸一下红了，说："高人"的门道是空门道，国家的扶贫政策和你们的真心帮扶才是真门道！

童油匠铺开红纸，要我写春联，有意思的是这次童油匠只铺开了一张红纸。

你知道我不写下联？

文老师，下联还得我们自己写！

握紧毛笔，望着远路，我写下上联："羊羊羊阳阳阳洋洋洋。"

门前一片笑声！

2016 年，多雾的孙家古镇，美丽的古道驿站兰草，曾经有过古道上很长种茶历史的兰草村，再度让一家茶业公司看中，全村三千多亩土地都种上茶。曾经的荒坡、油菜田、水田种上一梯梯茶树。新种的茶树，破土长苗，青嫩嫩的，如钻破土皮的小嘴，对着天空和白云叽叽喳喳地叫。移种的茶树，春风依旧，细雨依旧，满山青葱碧绿，山野之中飘荡着一片清香。

古道，茶园，山林，兰草，兰草村成为重庆首批最美乡村，最美乡村的铜牌挂在村里，兰草未来的美景描画在童油匠和所有村民的心里——

没有了更多的荒坡草场，童油匠的羊群不敢再扩大，他卖掉一些羊，还了镇上的政府贴息贷款，只留下十来只羊，交给老伴和孙子，让老伴一边在山林放羊，一边照看患病的孙子。童油匠脱贫的决心和信心让流转村里土地的茶业老总看中，老总专门到童油匠家中请他，把他送到外地学习培训炒茶技术——童油匠开始改换人生又一次新的种田门道，当年在榨油坊的那些炒菜籽、蒸菜籽、抢撞杆的手上功夫，如今糅合在炒茶的手艺上，很快成为村里茶厂的炒茶师，每天穿上厂里特制的唐装，在厂里炒茶，领着到兰草村的游客采茶炒茶，一下成为村里的红人。

2018 年，年收入突破五万元的童油匠还清了家里多年欠下的债务，老伴养羊挣钱，自己炒茶挣工资，孙子的自闭症一天天好转。童油匠向村里申请摘掉贫困帽子。拿到脱贫光荣证，童油匠把它放大装裱，挂在大门口。

春节我去童油匠家拜年，看到大门口自豪的脱贫光荣证，正思考该写一副什么春联。童油匠指着脱贫光荣证开口啦，"文老师，今年我自己给家里写了一副好春联！"

2019 年，随着兰草村知名度的扩大，到兰草村的游客越来越多，村里的茶园全部投产，成为重庆著名的茶乡。童油匠一家的收入也第一次突破七万元。更让童油匠意想不到的是，自家的老屋被村里列为 D 级危房改造项目，按照兰草村统一的美丽乡村规划房屋样式建造新房。

2021 年春节前夕，童油匠家的新房在原址上建起来，建好新房后童油匠第一时间打电话给我，要我一定去看他家的新房，给新房写一副春联，给兰草乡村振兴写一副对联。

童油匠家的新房，青瓦白墙，以漫山茶园为背景，以蓝天白云为衬托，宁静如诗。我突然发现新房大门的朝向有了些变化。我问童油匠，新大门的朝向不会又是有"高人"指点吧？

童油匠笑得非常开心，说大门的朝向是他自己决定改变的。

我们站在大门口，童油匠指给我看，我发现镇里通向兰草的柏油公路已经修好，公路伸向村口，然后是一条条人行便道通向各家和茶山。村口修建了一个很大的广场，广场上矗立着一把巨大的茶壶，茶壶口叮叮咚咚地流淌着山里的泉水。广场正中是兰草村便民服务中心大楼，大楼上飘扬着鲜艳的五星红旗，童油匠家的大门正对着的就是那面鲜艳的五星红旗……

开满鲜花的村庄

村庄没有花事，村庄只有农事，那是很多年前的永共村。

永共村的村名是张海生告诉我们的，除了村上的老人，今天已经没有多少人喊这个村庄的名字，纷至沓来的游客，他们奔着盛山植物园来。

帅乡开州区，正安南河畔，坡上永共村。一坡的树，一坡的花，一坡的歌，一坡的香。

盛山植物园四季花开，园主张海生四季都忙，最忙的时节还是要过年的时候，冬天的开州，除了梅花、红火棘，植物园没有更多的花，更多的花开在心里，那是开在人们心中盼望过年的花。

2020年12月24日，农历冬月初十，开州第四届年猪文化旅游节成功举办，张海生把早早在贫困户家中选好的六条最肥大的猪，披红戴花，象征六畜兴旺。请上开州最有名的乡村鼓乐队，抬着披红戴花的年猪从开州城一路游行到盛山植物园，在远远近近赶来吃年猪饭的群众中，展示古老的年猪祭祀程序和乡村歌舞……

植物园每年要举办很多的文化旅游节、玫瑰文化旅游节、油纸伞民俗文化节、紫薇文化旅游节、桂花文化旅游节、年猪文化旅游节、新春民俗文化节，一个小小的村庄，举办这么多洋气的节日，吸引这么多游客，我们不禁要问：这还是刘伯承元帅故乡重庆市开州区南河畔的村庄吗？

张海生永远记得永共这个村庄的名字，尽管今天他的身份是盛山植物园的园主和党支部书记，他永远记住自己是在永共村长大的。他清楚地知道，要是倒回去几十年，自己把一坡地种上树木、种上花草，自己会被全村人骂败家子的，一个农民不在土地上种庄稼，不干农事，干花事，那还是农民？那还是本分？

乡村看重大地上的花事。很长很长的时光格上，乡村的花事是那些庄稼花，那是乡村的一日三餐，那是身上的温饱。在乡村的视野，大地上只有一种植物，它们的名字叫庄稼，它们的牵挂叫收成，庄稼之上是生活和生存。事实上，乡村大地上开满了比庄稼花更多的花，所有的花都在寻找自己花开的季节——你花开罢我登场，开满村庄所有的农历，所有的季节，所有的山野。

张海生的老家在永共村李家坝。说是坝，其实就是一片荒坡。从小在荒坡上长大，早些年，荒坡上还有零星的田和地，开州区作为重庆市最大的劳务输出区，村里外出打工越来越多，荒坡上田地开始荒芜，漫坡丝茅草，漫坡荆棘丛，成为村庄一块揪心的伤疤。张海生心疼那片坡，更心疼村里看着他长大的老人们。老人们没有心思和力气种地，成为村庄望天的人。

张海生18岁离开村庄，在外打拼多年，在开州城里开上了自己的电器公司，从小喜欢种花种树的他，最大的梦想就是把老屋周围的荒坡开垦出来，种上树，种上花，圆他多年的植物梦。

1998年，公司员工突然发现他们的总经理张海生一有空就赶回老家永共村，回到公司，满脸的疲惫，满身的泥点——

老总在干什么"私活"？

大家悄悄跟着张海生，原来他们的老总在老家的荒坡上种花种树。

种树"私活"持续了十年。到2008年，张海生自家责任地上种满了花木，老家那些花草树木，技术上他指导，平时的管护就交给村里老人，让老人们有了庄稼之外新的"活路"，让乡村的土地有了比庄稼更有收成的"庄稼"，成为远远近近爱好花木的人们打卡之地。

村里支书找到他，"海生啊，种树种花可以挣钱，你能够带着我们村里人一起干吗？"

支书的请求让张海生心里格外激动。张海生说，他等乡亲们这句话等了十年，他就怕乡亲们骂他不务正业，只有给群众看得见的收成才会给群众超越土地的新的"活路"。乡村振兴、乡村旅游的号角已经吹遍神州大地，城郊拥有独特的地理优势。南河畔这片叫李家坝的荒坡必须改版。得到村里的大力支持，张海生干脆把公司交给妹妹管理，把李家坝上的 200 亩土地流转过来，2014 年又流转了 400 亩土地，建设他谋划已久的乡村植物王国，带领群众去耕耘土地之上、庄稼花之外新的村庄花事。

让村庄开满鲜花，让乡亲们从"锄禾日当午，汗滴禾下土"的古诗中超越，在自己的田野上种鲜花，让城里的人们到村庄看鲜花。

张海生成为乡村土地的"叛逆者"！

让 600 亩荒废多年的山坡开满鲜花，这是一种超越庄稼的全新耕耘。开垦，修筑堡坎、道路，移土培肥，全村 100 多个留守的老人尽管有了家门口的工作，大家还是心存怀疑。他们扛着锄头，跟着张海生一起在荒坡上种上鲜花和各种珍奇植物，土地上不种庄稼，他们担心他们的"海生"会有秋天的收获吗？最心疼的是他的母亲，说，你好不容易跳出"农门"，现在又回来刨土地，你图个啥啊？

张海生给自己的植物园取名"盛山"，盛山是开州城边的名山，张海生把"盛山"的名字搬到自己的植物园，看中的是那个"盛"字。2010 年 3 月 2 日，张海生在植物园党建会议室宣誓成为中国共产党党员，2011 年 4 月上级批准植物园建立党支部，张海生当选为党支部书记，他说没有共产党的领导就没有今天的盛世，就没有他和乡亲们今天的幸福生活。

植物园接待中心、农耕园等建筑请了专门的设计和施工单位，植物园哪里种什么树，哪里种什么花，哪里建湖，哪里建潭，哪里建花径……都是张海生自己设计，他说他太熟悉这片山坡，老家的地还是自己做主。多年走南闯北的学习积累，今天派上了用场。

听说哪里有古树，赶过去；

听说哪里有名贵的花木，赶过去……

他到处布置"眼线"，在三峡大地吹响花草树木的集结号，让那些散落各地的花草树木走进他的植物园。他在汇集各地奇花异草的同时，见到曾经的铁犁、铁耙、锄头、镰刀、石磨、碾盘、蓑衣、斗笠等农具，还有那些年代刻骨铭心的自行车、收音机、缝纫机等，全部汇集植物园。建设农耕文化园，让今天的人们记住曾经走过的时代，走过的岁月。

有次张海生在金峰山看中一棵黄葛树，树太大，大卡车轮胎爆了两次，他组织人卸大树、修轮胎，满身的泥浆，满手的血泡，累得说不出话。连拖带推一个晚上，将黄葛树运到开州城里已经是早上上班的时候，他到曾经多次吃面的地方吃早餐，刚好碰到公司的员工也在那里，大家一看他们老总这个模样，都笑他比农民还农民。

他说，"我本来就是农民。"

在张海生的乡村花事图上，盛山植物园引进栽培近万种绿植花卉苗木品种，其中国内外珍稀品种达 300 余种。整座植物园根据李家坝天然的地形地貌，以中式古典园林风格为主，将中国传统建筑艺术中的亭台楼阁、雕梁画栋与湖泊、植被、流水、岩崖等巧妙融合，山水楼台，错落有致，迂回幽静。其中，最妙的就是处处紫薇树盘成的凉亭。紫薇树作为凉亭的柱子，顶端的枝枝蔓蔓就变成了天然的凉亭顶部，一张石桌两个石凳，人在其中，赏花、纳凉两不误。

"乡村旅游，不是让人来看看就算了，要想办法把人留得住，变着法儿让人还想来，这样乡村游才能'活'！"这是张海生的乡村花事生意经。

话经典，花鲜艳，人从哪里来呢？

搞活动，搭平台，做餐饮，展民俗，忆乡愁。

植物汇聚植物园，心更要汇聚植物园。

春天的时候，植物园举办玫瑰文化旅游节，成片的玫瑰花芬芳吐蕊，竞相绽放，一对对新婚夫妇园区内拍摄婚纱照，远远近近的游客踏青赏景。现在已经举办了四届，2021 年第五届玫瑰文化节规模将会更大更盛，目前仅预约拍摄婚纱的就有 19 对。

秋天举办油纸伞节，汇聚各地丰富多彩的油纸伞，在天空，在花丛，在草坪，在花道。伞骨为竹，竹报平安，节节高升。伞形为圆，美满团圆，花好月圆。撑一把伞，撑起我们共同的情感记忆，撑起乡村文化的经典符号。

第一场瑞雪下来，张海生把三峡种种民俗搬到了植物园空地上，作为冬月末腊月初举办年猪文化节的序曲。民俗文化节的日子，喜庆的锣鼓响彻南河两岸，慕名而来的游客重温那些渐行渐远的乡村民俗，大家吃植物园特有的桂花鸡、桂花兔，还有秘制的桂花酒、乡亲们自家地里种出的绿色蔬菜，勾起大家无尽的乡愁和美好的记忆。

张海生说 2021 年是中国共产党成立 100 周年的大喜日子，他和村庄的群众要在植物园举办更多的乡村节日，庆祝伟大的中国共产党百年诞辰。

植物园火啦，更火的还是村里的群众。

"别看我今年都快 60 了，但在这里做活路一个月能有 4000 多元的收入，这可是我们这些老农民最好的活路！"陈老汉一直跟着张海生在景区种花，已经算得上是位花卉养护专家，很多外地山庄高薪请他去种花，陈老汉说他得先把自家土地上的花种好。

像陈老汉这样的村里群众在景区固定工作的有几十位，这些当年村里出名的庄稼老把式，如今成为各地植物园抢手的花农、花匠。靠着景区挣到钱的村民不止他们，连那些外出打工的年轻人也开始回来加入种花的行列，说在家门口打工更踏实。

平时乡亲们管护植物园的花草树木，客人来啦，大家放下锄头，拿出当年乡村的老手艺，和游客一起打盛山豆腐，推盛山糍粑，蒸盛山阴米，酿盛山桂花酒，拉洋车，唱薅草歌、扭秧歌、打连响。

"远的不说，就说去年五一节吧，上万的游客汇聚植物园，我把植物园安排不了的很多游客介绍给景区周边的村民，挣得最好的一户三天就收入了 1 万多块，靠的就是自家的农家菜和卖山货。"

"一花独秀不是春，百花齐放春满园，我最大的心愿就是让大家一起通过乡村游这门活路过得更好！让鲜花开满整个村庄！"

每月月底，看着村里群众在植物园财务手上领取工资，张海生就想到当年生产队分口粮的情景，看着群众脸上舒心的笑容，所有的苦累、所有的艰辛都风一般飘散。

在植物园，大家不喊张海生"张总"，都喊他"海生"，那是小时候大家喊他的名字。

你对土地爱有多深，土地就对你爱有多厚。

曾经长满庄稼的乡村开满各种各样的花，种花，推豆腐，打糍粑，吃桂花鸡，喝桂花酒，农历上的农事变成今天的花事，乡村的季节变成了今天的花季，李花、杏花、牡丹花、玫瑰花、茶花、槐花、紫薇花、杜鹃花、荷花、蜡梅花，都像赶集似的，汇聚到盛山植物园，就算到了秋冬，满坡的红叶、梅花、红火棘，村庄永远鲜花盛开，让乡村的花事呼唤城里的人们，乡村有了比庄稼花更饱满的收成，乡村有了庄稼花之外更幸福的花事——

在植物园接待中心不远处有一栋破旧的老房子，张海生说那是他曾经的家，他一直保留着，他得永远记住自己从哪里来，要到哪里去。

"幸福的花儿心中开放，爱情的歌儿随风飘荡，我们的心儿飞向远方……"

花开盛山，盛山盛世。

七曜山下李子红

"人间四月芳菲尽，山寺桃花始盛开。"

山下最晚熟的李子已经退场谢幕，市场上几乎见不到李子的影子。九月初，在七曜山下重庆万州区普子乡土庙村看到一坡坡李子林，李子树上挂满脆红的李子，如一串串翠红的玛瑙一般挂在枝头，李子坡成为玛瑙坡。心中涌出这样的诗句，油然而上。

这是七曜山给我们的惊讶，这是大地给人们今年最后的李子！

这一坡坡李子树的主人叫朱廷胜，老家人还是习惯喊他"胜娃"。尽管朱廷胜今年都53岁啦，但在乡亲们心中，"胜娃"永远年轻。朱廷胜家的李子树本来前年就应该挂果，因为施肥出了问题，错过了一年，今年开始挂果，让三峡的李子香多延续了一两个月，给了三峡人意外的惊喜和等待，大家都等着七曜山上的高山李。九月还没有到，朱廷胜手机就响个不停，天南海北的朋友都等着他给大家奉上今年最后的一拨李子。

9月1日，中小学开学的日子，也是朱廷胜李子坡"开李"的日子。昨天，村里在家的乡亲们天一亮都来李子坡摘李子，结果没有到10点钟，堆在他家"李子屋"的几座"李子山"就被闻讯赶来的几个水果商老板抢完。一些慕名而来的游客车辆在他家"李子屋"前公路上排成了长队，眼巴巴地望着李子坡，乡亲们从李子坡背回李子，马上就让人围住，还真是"李"不相让。

朱廷胜一直在"李子屋"指挥乡亲们装箱上秤装车，我们穿着外套都觉得凉，朱廷胜却穿着短袖都汗流浃背。妻子打来电话，说李子树上的野蜂蜇了她的手，疼得厉害。他马上叫妻子回"李子屋"涂药，自己戴上面纱，取了镰刀，就往李子坡跑。李子坡还有几十个帮忙摘李子的群众，还有那些游客，七曜山的野蜂毒性大。

这才有了和朱廷胜对话的机会。

朱廷胜指着一坡又一坡李子树，他家共有李子树700多亩，生长在瓦槽溪两边的山坡上，一坡的绿，一坡的红，一坡的香，走上李子坡，每一株李子树上结满了李子，一颗挨着一颗，像硕大的红玛瑙，让你觉得这颗李子漂亮，那颗李子也漂亮，恨不得有足够大的手，足够大的背篓，好把这些红玛瑙带走。沟谷里家家户户吊脚楼上挂满了金黄的玉米棒子，院坝上晒着金黄的玉米，山顶是几百架高大的风车，山坡是脆红李和青脆李，这是七曜山最饱满的季节，这也是朱廷胜心中盼望了多年的梦想成真啦！

朱廷胜是土生土长的七曜山人，七曜山生长着七座挺拔的山峰，风景秀美，是三峡人心中的神山，也是三峡著名的穷山。"睡的苞谷壳，住的茅草窝，走的泥巴路，吃的三大坨（红苕、洋芋、苞谷）。"这是七曜山最辛酸的顺口溜，喊出大山的酸楚，喊出大山的无奈。朱廷胜是七曜山下土庙村三组人。土庙村是三峡最高的村庄之一，向上望不到顶的广阔的山林，留给村里每个人的土地不足一亩，而且多是山坡上乱石林中的巴掌地、鸡爪地，村里只有很少的几汪田。大家给土庙也喊了一个顺口溜："七曜山，雾沉沉，苞谷面面哽死人，做客跑到山脚下，米汤就要喝几盆。"

吃上一碗白米饭是土庙人最高的理想。

朱廷胜的父亲是土庙三生产队（现在叫三小组）队长，所以对老家的穷，朱廷胜比别人理解得更深更透。当一方水土养不活一方人的时候，背井离乡是大家所能想到的最好出路。朱廷胜19岁就离开土庙到上海打工，最开始帮着人家收废铜废铁，他的实诚、勤劳打动了老板，老板就放心地把上海几个区域收购废铜废铁的地盘交给他单独经营，没几年就把公司经营得风生水起。除了继续收购废铜废铁，他还开起自己的灯饰公司，成为一个有名的小老板，从村里带去好几个年轻人一起创业，成为土庙人口中称赞的"胜娃老板"。

1995年冬天，朱廷胜的父亲得了胃癌，看了好多医生都不见好转，弥留之际喊朱廷胜回老家来，用微弱的声音给朱廷胜交办后事，说你现在有出息啦，千万不要忘记土庙人，要记住自己是土庙长大的，要多带带他们，让大家都能吃上白米饭。

父亲走了，手一直指着木窗外的瓦槽溪，雪花飞舞，瓦槽溪满沟都是厚厚的雪。

那年，他父亲58岁。

朱廷胜记着父亲的话，又从村里带走几个年轻人，生意越做越大。亲戚们都劝朱廷胜到江苏去投资开公司，没有想到朱廷胜却做出了一个谁也没有想到的决定。

2007年冬天，朱廷胜把上海的所有项目转让出去。我问他当时到底有多少钱。朱廷胜说反正那笔钱足够在上海买十几套房子。钱和人都回到了老家，把村里700亩荒山流转过来，本来按照规定，土地流转费可以分期付齐，村里老人担心等不到那一天，他就一次性付了100万元流转费，好让老人们心里踏实。

朱廷胜心疼土庙那些广阔的荒山，荒山上的山茅草、荆棘丛深深地刺痛了他的心。朱廷胜说从来没有穷山，只有穷人，天地给我们一座山，不要辜负。作为一个农民的后代，大城市挣钱的机会固然很多，还是脚下的土地最踏实，他相信脚下的每一片土地。朱廷胜流转村里的荒山固然有父亲的嘱托，但作为一个成功的生意人，其实他心中早看出了那些荒山的价值，政府全力开发七曜山，山上建起了几百架风力发电的大风车，旁边是著名的龙缸风景区和岐山草场。人们温饱解决后，避暑纳凉成为新的追求。高高的七曜山正是一方避暑胜地。

朱廷胜流转土地之前，政府已将土庙300人纳入高山移民范围，准备整体外迁到平坝地区或城里。朱廷胜回来流转700亩荒山，一下点燃大家的希望。他们知道他们心中的那个"胜娃"要干大事，他们就像信任他父亲一样信任他们的"胜娃"，大家不再想移民的事，他们要跟着"胜娃"一起干大事。

要想富，先修路。朱廷胜拿出60万元修土庙到外面的公路，从百家梁连通湖北堰塘坪，从土庙村连通七曜山风景区。一条路，活络了大地的动脉。路一通，心就通啦，村里的"三大坨（红苕、洋芋、苞谷）"、七曜山上的野生中药、土蜂蜜一下就畅销起来。后来政府又投资把他修的土路全部油化，乡亲们心里一下亮堂起来。

朱廷胜说他牵挂那些荒山，但是他确实没有想好如何让荒山不荒，他试着在这些山坡上种过蔬菜，种过药材，尽管找回一些投资，却是那样的微薄，一直觉得不是自己期望的理想。

2019年，朱廷胜留下一部分土地继续种天麻、大黄、金银花等中药材，更多的土地开始种高山脆红李，让李子树在七曜山上落地生根。他在上海结识的种植专家告诉他，七曜山的李子会比山下的晚两三个月，"好李不怕晚"，后来者居上。乘着七曜山开发的东风，他又在自家的老屋上重新建起民宿，随着几年来的不断投入，原来的积蓄早没有了，这次他用的是银行的钱，他坚信自己的眼光。人们到七曜山看风车、看雪景、避暑，春天看遍山雪一般的李花开，秋天亲自到李子树上摘李子，放牧李子坡上的山羊，看山羊的微笑，听风车的转动，听清风的声音。

他初步给自己的民宿取名为"岭上风情"。

跟随朱廷胜走向他的李子坡，每一方山坡上都是远远近近来采摘李子的游客和村里的乡亲们。朱廷胜的李子不愁销路，当年在上海、江浙一带交往的老板们渴望能吃到金秋三峡的李子，山下已经两三月不见李子踪影的人们等着七曜山上的高山李。更高兴的是那些看着他长大的乡亲，他们不但没有高山移民，留在了祖辈居住的故土，而且每天都能在他们口中的"胜娃"这里打工挣钱，平时种植药材、牧草，喂养中华蜜蜂，给李子树修枝、除虫、施肥，李花盛开时节和夏季炎热时节，到"胜娃"的民宿服务，李子成熟的时节上坡摘李，在家门口天天挣钱，每天中午有免费午饭，城里人每天上班，他们每天上坡，祖祖辈辈面朝黄土背朝天，当年上坡还得看老天的脸色，尽管很苦却没有期望的收成，现在上坡却挣上了工资，迎来了比庄稼地上更幸福的收成。看着乡亲们每月从财务手里数着工资，看着漫山的李子，朱廷胜从来没有这么踏实过。

他说这是对故乡的"投桃报李"。

李子树上一串串紫红发亮的脆红李格外养眼，沉甸甸地挂满枝头。摘下一颗，果肉多汁，脆甜清香，这是七曜山天光雨露中自然孕育的果香。朱廷胜指着地上，说今年雨水多，风大，很多李子都落到了地上，原计划 60 万斤的产量估计实现不了。朱廷胜笑着说他也是七曜山的"朱坚强"。刚流转土地，不知道种什么，坐吃山空的日子持续很多年。后来种菜，因为风雪太大，高山蔬菜全部烂在地里。那边和经销商签订了合同，两头都要赔。2021 年，由于自己技术没有掌握到位，给李子树施错了肥，让李子树不能挂果，白白地让李子坡错过一年，颗粒无收。

朱廷胜戴上面纱割掉了野蜂窝，放进塑料袋中，他要给村里的老人们泡药酒。他抚摸着茂盛的李子树，非常坚决地告诉我，他坚信以后的收成。

"爸爸！赶快再安排些人手上坡摘李子，民宿那边来了十几车人要带李子走！"这是朱廷胜的儿子朱德宏，当兵回来后本来在法院干法警，看到父亲的农业公司越做越大，看到乡亲们都指望跟着他们的"胜娃"断穷根，毅然辞了工作回来给父亲帮忙，他尽管在上海出生，但他的血脉里吹拂着七曜山的风。

以李子树为背景，给朱廷胜父子照了一张照片，他们背后是李子坡，李子坡背后是七座高大的山峰，山峰上是几百架大风车，大风车之上是蔚蓝的天空……

古道长堰柴火香

茫茫的大巴山，古老的川鄂古道。在祖辈们语言讲述的河流之上，万州、罗田、长堰、利川、恩施，那是祖辈们刻骨铭心的地名。父亲健在的时候，一讲起那些古道，讲起古道上著名的驿站长堰，父亲一下回到那些远去的在路上的岁月，脚步生风。父亲说他余生最大的心愿就是再走古道，再到长堰，吃长堰柴火鸡、鼎罐饭。

我记着父亲的话。

2013 年，重庆市作协要求作家定点深入生活，古道上的罗田镇长堰村给了我唯一选择的理由，我的血脉里有长堰的柴火香。

镇里把我交给村里的罗支书，罗支书领着我到农户家入住，说乡亲们知道区里要来领导，都要请领导到家里住。走了好几家，这个说家里的床堆了玉米，那个说家里来了客人。罗支书很尴尬，笑着说："瞧我这记性，领导要入住的农户姓王，早年当过多年村支书，他记着村里很多的事情。"

一路无话。

罗支书带我到一幢青瓦屋前，一个小孩从屋里跑出来，指着堂屋说："罗爷爷，我爷爷说他马上要到场上走人户，上面的领导应该去镇政府住招待所。"

"罗支书，我就住你们家吧！"

"哎呀，要不得，领导是来村里查账的，住我家，怕群众说闲话。"

我对着围观的群众大声说："我父亲当年开药铺常年走过长堰，我是来听背二歌、吃鼎罐饭的！不是来查账！"

天上的父亲，我好像哪里做错啦？

罗支书很是惊讶："镇上不是说您是财政局领导，是来查账的吗？"我突然明白为什么乡亲们家中容不下我。

一路给罗支书讲述我的父亲和他挂念的古道，一会儿就来到川鄂古道上一处叫"天书"的地方。那是古道上一块巨大的石板，石板上刻着密密麻麻像字又不像字的符号，"天书"四周果然如罗支书说的围着很多的老人。公路畅通，道路上没有了他们的活计，这群老背二哥每天都会围在"天书"边，当年在路上没有时间读明白，现在就想读明白这些石板上的"天书"。

跪读"天书"，石板路旁边是长堰清清的溪水声，长堰有声，文字无声，是天地的密码？是古道的密码？是祖先们的密码？

> 抬山号子嘛哦哦吼嘿——哦哦吼嘿/震天地嘛哦哦吼嘿——哦哦吼嘿/不怕风儿嘛哦哦吼嘿——哦哦吼嘿/不怕雨儿嘛哦哦吼嘿……

老人们喊着抬山号子，踏着掀天撼地的旋律，伴着清清的溪水，记录着那些在路上的故事和歌声，我感到从没有过的力量……

太阳还有竹竿高的时候，大家记着我说过的柴火鸡、鼎罐饭，争着拉我到他们家里，一定要给我好好露一手，说长堰人最擅长的就是这些柴火上的味道。罗支书说："大家不要争啦，都上我们家！看看我这个背二哥的后人给你们丢脸没有？"

火塘上树根燃起来，火上挂上三个鼎罐，一个炖着猪脚肉，一个炖着长堰河里捞出的鱼，一个焖着洋芋饭。灶屋里柴火灶上大铁锅里焖炒着刚杀的公鸡，和着竹笋、魔芋、土豆等山里的山货……

肉香，鸡香，鱼香，饭香，酒香，柴火香，那是古道的味道，那是长堰的味道，那是柴火的味道，那是父亲的味道。

> 弯弯扁担一只梭，我是三峡背二哥。太阳送我上巫山，月亮陪我过巫河。打一杵来唱支歌，人家说我好快乐。

背二歌从院外传进来，老人们说，老王支书来啦。我们围着火塘，熬着鼎罐茶，唱着背二歌。我用手机记录着，发给远方的朋友，风声会把我的心思传达……

老人们唱累了，举着火把回家。老王支书背上我的行李："走，到我家去，我们接着唱！"

回到万州城里，高昂的创作激情、无尽的牵挂让我连续发表很多关于古道关于背二哥关于长堰柴火香的文章，加上我微信朋友圈的图片视频，长堰和长堰柴火上的鼎罐香、柴火鸡香声名远播，勾起了无数人对古道的怀念和向往。长堰是祖辈们路上的驿站，长堰也是我走向远方的驿站。趁着长堰再度亮相古道的时机，我和镇上一起引导长堰群众开办古道农家乐，把向往古道的朋友们引向长堰，俨然我就是长堰的网红，我就是长堰的长客。

也许是和一个村庄的缘分，也许是父辈们冥冥之中的嘱托。2015 年，巴渝大地脱贫攻坚战打响，我再去长堰，不是长堰长客，而是财政局驻长堰扶贫工作队员，成为真正的长堰人。

八月秋收时节，我们工作队入驻长堰。稻穗金黄，玉米飘香，稻田里村民支起拌桶竖起围席在打谷子。乡亲们见到我们，停下手中的活计，从稻田中跑出来，争着把我们往家里领，请喝打谷酒。

在这幅秋收图中，很多稻田中都是好些人在忙碌，唯独长堰河边一方扁担似稻田中只有一个中年妇女在默默地割稻。

走向那方"扁担"。

"怎么就你一个人？"我们问。刘嫂说："丈夫出去打工摔断了腿。女儿在外读书。婆婆去年过世。公公双目失明……"

我们帮着割稻子，听着她的倾诉。晨曦朦胧，泪眼朦胧。

罗支书来了，后面跟着好几个群众。群众说，每年最忙的时节，村里都会组织人来帮助刘嫂一家。

跟随罗支书来到刘嫂的公公面前，我们掏出 500 元钱——"小同志，我眼睛啥子都看不到，我的手就是眼，让我用手看看你们！"

我们推着刘嫂的丈夫，发现家中几乎没有一件值钱的家具。罗支书说，为给丈夫看病，家中能换钱的东西都卖光啦。堂屋上的大梁已经卸去，留下两个空落落的梁洞，梁洞下打了钉子，钉子上挂着半块腊猪头肉。我们的心一阵阵绞痛。

我们坐在土灶前，添柴，架火，刘嫂洗着腊猪头肉，我们说什么也不准她下锅。刘嫂说："老师们多心啦，咱们农村如今哪家腊肉不多，咱农村就出这个，不信你们去偏屋看，咱家还有好几块腊肉哩！"我们到偏屋一看，果然挂着好几块腊肉。刘嫂说村里给她家申请了大病救助和低保补助，村里指导她家在地里种上李子树，她家会好起来的。柴火香，猪肉香，鼎罐饭香，我们的心也如同灶膛里的柴火，旺旺的，红红的，暖暖的。

我们住在刘嫂家中，喝了几杯酒，等到我们醒来，推开窗一看，月亮早升起很高，乡村进入梦乡。突然听到楼下有人说话："刘嫂，我得把腊肉先背回去，明天我家请人打谷子。"探出头往下看，刘嫂正背着背篓送人出门，听见刘嫂说："王婶，你叫你兄弟媳妇明天一早给我多背几块腊肉来，要是让老师们看出来，又不会好好吃饭。"

人们总把故乡之外的故乡称为第二故乡，事实上，离开故乡后，我回到自己家乡的次数远比不上我到长堰的次数。生我之地是家乡，念我之地是故乡。

"睡的苞谷壳，住的茅草窝，走的泥巴路，吃的三大坨。"这段辛酸的顺口溜长堰水一般流淌在群众口中，我们知道那是历史上的长堰。

乡亲们领着我看古道，看长堰，看庄稼，我成了回家的长堰人。我知道，作为一个基层小文人，我的知识和财富不可能给长堰更多的改变，但是我们的身后有强大的国家，有惠民的政策，长堰最需要的就是我们一起给这方土地点亮一盏灯，找到一条路，领着他们走出风雨泥泞——

我和扶贫工作队住进村里，走遍全村的土地和农户，去问村庄的疼，去问村民的苦，去问脚下的路，去问明天的收成。

问村、问民、问地、问天、问苦。不问不知道，一问吓一跳——

全村耕地面积1077亩，摊到2188名长堰人手上人均不到半亩，而且多是补丁一般的坡地，向土地刨食已经是一项没有前景的思路，长堰土地必须改版，引导群众去耕耘粮食之外的新的庄稼模式。村里有一汪长堰水库，但是流过村庄的长堰河由于年久失修，一下大雨就水漫稻田，村里的地名上有"烂谷冲""池库""牛滚凼"，生是长堰河，苦也是长堰河。村里最多的就是当年的背二哥，交通的改变让他们没有了活计，不知路在何方。更为揪心的还有像刘嫂一样的 94 户贫困户……

我用笔记录古道和古道上的背二哥背二歌、金黄甲大院，让古道上的长堰跟着我的文章走向天南海北，掀起了人们回眸川鄂古道的热情。我和扶贫工作队一起组织长堰那些乡间的厨子，把他们引荐到江城万州的美食街，让古道上的柴火鸡、鼎罐饭成为美食街上最乡愁最卖座的柴火香。请回在广东做电商的从长堰走出的大学生向娟，在长堰开上万州第一家乡村电商店，让村里的竹笋、玉米须、泡菜、罗田大米跟着互联网走向山外。

我把长堰水之患报告有关部门，给长堰争取了一笔改造长堰河的资金，和扶贫工作队一起带领群众改造长堰河道，引导群众流转土地种植烤烟、栽种李子、养牛养羊，让群众有了超越传统庄稼的新的收获。

叶脉一般清清的长堰河，土地上的烟叶，长堰烟叶复烤厂，声名远播的长堰电商……我更热爱这些厚重的大地之上的作品。

青山绿水，古道悠悠，正当我们着手开发金黄甲大院和古道乡村旅游的时候，组织上一纸调令让我到三峡文创集团工作。

上车的时候，何支书给了我三张照片：古道，金黄甲大院，背二哥。

我明白支书的意思。

长堰，我再次成了逃兵！

汽车开出村口，我让司机停下来，悄悄回到村里，走向刘嫂的李子园，李子树上挂了很多木牌，那是扶贫帮扶团和镇上干部们认领的果树，我把自己的木牌挂上去——我在长堰有棵树。人走开，树不会走开，心就不会走开。

繁重的工作，我牵挂的长堰只能在长堰人的微信和朋友圈中，我成了长堰的旁观者。

有一种牵挂，叫辜负。

2020 年 5 月，我再次来到长堰村，因为我知道，随着长堰村最后 8 户贫困户脱贫，全村 94 户 307 个贫困人口全部"销号"。走进长堰脱贫的贫困户家中，家家把脱贫光荣证专门请人放大装裱，挂在大门口，这是心底的骄傲，更是历史的告别！

太阳出来啰嘞，喜洋洋啰啷啰，挑起扁担嘟嘟扯哐扯上山岗啰啷啰……

歌声响起来，在山岗，在河谷，在心中。

只要我们啰嘞，多勤快啰啷啰，不愁吃来嘟嘟扯哐扯不愁穿啰啷啰……

《太阳出来喜洋洋》，这首飞扬巴渝大地的民歌，喜洋洋的梦想唱响千百年，不愁吃不愁穿的梦想唱响千百年，今天，太阳出来喜洋洋、不愁吃来不愁穿的梦想终于实现！

那个地方叫长堰！

2023年3月，突然接到老王支书电话，请我去他家，他儿子回到老家开了农家乐，就取名"2023"。仰望"2023"，门口是一张放大的图片《难忘长堰的大事》，背景是古道和长堰，上面不是地名，是一串古道一般蜿蜒的文字地图：1949年12月10日解放；1972年响起第一声广播；1977年建成第一座水库；1985年亮起第一盏电灯；1996年考出第一个大学生；1998年修通第一条公路；2012年接入第一户自来水；2013年开办第一家农家乐；2015年启动脱贫攻坚；2020年全面脱贫成为最美乡村；2021年乡村振兴全面启动……

"2023"农家乐上的炊烟升起来，柴火香漫古道——

山野的味道

三峡咸菜肉

踏进冬月，山野处处风雪满载，水瘦山寒。可是人们心里乐融融的，因为春节正在不远处笼着袖子跺脚呢！每到这个时节，三峡乡间最为忙碌的大概要算杀猪匠啦。他们背着油腻腻的杀猪背篓，奔跑于乡间村落，山野处处便响起一种在我们人类看来的欢乐、吉祥的猪的叫声——我想，这应该是三峡冬天风情中最动人之处啦！

正是这种时节，如果你有机会来到三峡乡间，跟着杀猪匠走，跟着村庄某一缕炊烟走——三峡人好客，请吃"杀猪饭"更是热情。我知道，吃上一顿猪肉对当今盛世中的人们并非垂涎吃物，"天天吃肉当过年"已成为历史，可吃上一顿三峡咸菜肉，却会让你一辈子难忘。

杀猪匠在院坝看了半天，选好灶口方位，然后焚香祷告，口中念道："一退天煞归天，二退地煞归地，三退龙公归海岛，四退猪山八庙神，五退五方凶神恶煞各归方位。"

挖好灶，烧开水，主人抄起柴斧，敲松圈板，也悄悄安排了几个壮劳力守在院坝，以防杀猪匠一刀不准猪跑出家门。

杀猪匠在猪圈前点燃香烛，作揖，烧纸钱。口中默念："弟子起散钱一烩，交与本宅土地，前去通传。阴传阴教师，阳传阳教师，不传自教师，口传心授之。弟子迎请詹王大帝，张三将军，传度宗师，主人酬还。"又念："是天要杀你，地要杀你，不是我要杀你。"

　　一番仪式下来，猪被按上杀猪凳。主人怀里揣着红包，站在杀凳边，见杀猪匠尺把长的刀子捅进了猪的喉部，刀子将抽未抽之时，把红包往血盆里一放。杀猪匠把刀子抽出来，拈起红包，往口袋里一放。恰在此时，刀口里的血"唰"地狂喷而出，射进脚下的血盆里。杀猪匠一手扳着猪下巴，一手扶着血盆，并且不停地摇晃，以使盘里的盐充分溶解，不使猪血过早凝固。

　　猪的呼号立刻像风一样掠过村庄上空，最后缓缓地沉入浓稠的寂静，狗的吠声热起来，舔舐着猪垂死的血污。血一出来，主人立马点燃一串鞭炮，烧起几页纸钱，送猪儿的灵魂上天。

　　杀猪匠并不急着分割那一块一块的猪肉，这个时候最急迫的事情是帮助主人家张罗杀猪饭，女主人早在边上等着大菜上灶。

　　杀猪匠从木案板上割下冒着热气的"圆尾肉"，交主人洗净后，放进大锅里，不要煮得太久，煮到刚好竹筷能够插进肉皮的程度，煮到客人都围坐在桌子上的时候，马上捞起来在菜板上切成巴掌大的肉块。

　　清香的猪肉热气尚未散去的时候，从酸咸菜坛里（泡菜坛）摸出些腌好的酸萝卜、酸青菜梗或酸豇豆之类，切成细末或细条。把菜板上冒着热气的肉块倒进烧热的锅中，油水四溅之时，倒下切细的酸咸菜翻炒，不大一会儿，就可起锅，成为杀猪饭的压轴菜。

　　客人们不会对一顿杀猪饭的其他菜说三道四，但是对这碗咸菜肉绝对要评说，一家女主人是否能干，咸菜肉就是她必须展示的作业。

　　请别被那大块大块的肉吓倒，夹上一块试试，肥肥的肉吃起来既不闷油，又别有猪肉的香、酸菜的爽，来上十几块不碍事，就是肉夹完了，夹上一筷子酸咸菜拌着米饭吃，还可多吃上几碗大米饭哩。

　　三峡人招待客人做得出九盘十二碗，可不追求，几海碗酸咸菜肉足见豪情和亲情。这种肉做起来简单，不求佐料，不求配方，却求着人们终生难忘。三峡地区自古并不富裕，是巴蜀大地中的西伯利亚，可是三峡人却用自己的智慧和勤劳，用自己的简洁和朴素，构筑了那片土地的迷人风情和蓬勃生机。

　　想吃咸菜肉，请到三峡来。

火烧黄鳝

想起一句俗话——"鸡鸭面蛋，当不到我火烧的黄鳝。"可见在三峡乡间的食谱上，火烧黄鳝占据着多么重要的一个位置啊！

田间稻秧葱绿时，置身于稻行间，清水之下的黑泥上，便可见到一些小圆孔，把食指伸进，沿洞而穿行，不多时，就会触到一滑腻东西，那就是黄鳝。紧紧扣准它，提出洞来，一条黑黄黑黄的黄鳝到手了。

麦草还没全上到草垛上，提来两捆，烧起旺旺的火来。把黄鳝洗干净，然后丢进火中，让这离水的鱼类游弋于火中。不大一会儿，便可掏出来，在石板上使劲把灰磕去，然后尽可撕下清香的鳝肉来享用。不过，这种吃法多少有些野，最好是折根桑条串起来，提回家中。去头、清洗、剔骨，但你千万别向父母要求上锅烹煮，父母不会答应的，本来很少见油星的铁锅会让你挥霍掉珍贵的菜油。这种时候，母亲会到菜园中摘几片大南瓜叶，把剖好的鳝鱼肉放进叶中，舀上一瓢农家胡豆瓣，剁上几丝生姜，包好，放进土灶中，埋进火灰里。耐心等上二十分钟，掏出来，小心撕开。啊，慢慢品尝也好，大口吞咽也好，那股清香会让你一辈子也忘不掉！

这自然是二十年前的事啦！如果说那种吃法多少还算带点注释的幸福的话，那么，现在在江城大街再度见到挂着"火烧黄鳝"招牌的那些小摊时，我们只好刻骨铭心般地再次赞叹于民间那句俗语，总结得是多么深刻啊！

如今的火烧黄鳝，是用铁丝串着鳝鱼肉，火是木炭火，"叶"是铁方盒子，一盒子盛几截。作料就多啦，长溜一大排，每个作料罐中舀上一匙儿，然后把配制好的鳝鱼肉串在铁丝上烤着吃，或放在铁方盒中、放进烤炉里烤着吃。说些题外话，在万州不但火烧黄鳝好吃，连万州剖黄鳝的技艺也让中外游客惊叹不已，特别是万州纵三路的农贸市场，居然成为中外游客爱看的地方，除了地方风情外，更多吸引人们眼球的是那剖鳝鱼的技艺，铁钉把黄鳝订在木板上，尖刀准确地将黄鳝剖开，你还没注意，小刀已将鳝骨剔去……太绝啦！老年人来吃，中年人来吃，情侣们来吃，儿童们来吃，那浓郁的香气立刻打通了通往童年回忆的心灵之门，让你一生都消失不了对那种清香的欲望，让你永远生活在那句俗语的深刻回忆之中……

斑鸠叶豆腐

春末夏初，杜鹃花如火般灿烂。深入火焰之中，便会见着一些长满黄绿小叶的灌木，如同画师往红色幕布上洒下几块黄绿的水彩。斑鸠叶不大，粉嫩的、绿得发亮的树叶极像杏叶，散发着一种成熟的、诱人的芬芳。那种清香味很独特，很远都能闻到。摘一片叶儿在嘴里嚼嚼，又粉又嫩又糯，清香得使人发蒙。这种树丛，人们管它叫斑鸠树，树叶呢，当然就叫斑鸠叶了。

为什么叫斑鸠树，老辈人还给我们留下一段美妙的传说。说是远古"洪水淹天"的时候，洪水淹得太久，天上飞的、地上跑的动物几乎全部灭绝，连地上生长的植物都被浸泡死了。唯有生长在我们大巴山高山一带的灌木丛里，有一种生命力极强的小树依旧存活。洪水退后，它第一个迎着春风发了芽。偏偏有一对相依为命的美丽斑鸠，也躲过了洪水劫难。这些最先生根发芽的灌木丛，就成了这对斑鸠栖息的地方，绿色的树叶也就是它们唯一可吃的食物。这对斑鸠就在这种树上栖息，繁衍出许多子孙。

传说中只是说斑鸠吃了斑鸠叶活了下来，并没有说到斑鸠叶豆腐的事情，于是还得继续传说。传说有一位美丽的姑娘，勤劳又善良，姑娘所居住的村子闹饥荒，村民都上山挖野菜、找草根充饥。有一天，她在很远很远的山里挖野菜，中午时刻，又饿又渴，来到小溪边，捧起清凉的溪水，突然发现一只漂亮的梅花鹿在小溪对岸吃斑鸠树叶，她想，斑鸠叶小鹿能吃，我们人能吃吗？如果可以吃，那该多好啊！正想着，听到有人在叫她，一看，对岸不知何时坐了个白胡子老爷爷，老爷爷告诉她，用斑鸠树叶做成豆腐，人就可以吃了就可以度过饥荒。并告诉她制作豆腐的方法，姑娘将制作方法铭记在心，隔岸拜谢老爷爷，等她抬起头来一看，老爷爷不见了，原来是神仙在指点她。姑娘赶紧采了好多斑鸠叶，回到村里按照老爷爷说的方法果然做成了斑鸠豆腐，请好多人来尝，大家都觉得这豆腐清凉爽口，斑鸠叶豆腐就这样流传开来。

洪荒远古，斑鸠吃了斑鸠叶延续了生命，大家就叫斑鸠树为观音树、神仙树。大灾之年，人们吃了斑鸠叶豆腐度过饥荒，大家就叫斑鸠叶豆腐为观音豆腐、神仙豆腐。不管是树叶还是树叶做的豆腐，都是救命的，让我们一下对这种山林的斑鸠树无比崇敬起来。

传说归传说，其实，乡村对于每一样喂养他们的食物都有美丽的传说，这就是乡村对于喂养自己食物的敬仰和感恩。爱唱"姑姑滴水，姑姑滴水"的斑鸠绝不会吃这种叶，其树叶及树形也同爱吃谷物的斑鸠鸟有无联系，没有人去考证，可它偏是流传下来的芳名，就叫斑鸠树。有些地方，斑鸠叶还叫狐臭柴、斑鸠占、神仙豆腐菜（贵州）、臭树（贵州毕节）、水白腊（四川屏山）。

鸟儿的事情我们暂时不去管他，我们只知道每到春末夏初，母亲总会带着我们翻山越岭去采回斑鸠叶，给我们做斑鸠叶豆腐。

第一步：净。把摘回来的斑鸠叶用冷水洗净。

第二步：撩。烧一锅沸水，把洗净的斑鸠叶倒入其中，搅拌一两分钟后捞起。

第三步：滤。取一个铁盆或者铁桶，将筲箕放在盆口，把烫熟的斑鸠叶放在筲箕里面，双手用力揉搓，让斑鸠叶汁从筲箕孔隙漏到器皿里面，一直榨到仅剩叶脉为止。这个动作速度要快，以免漏下的斑鸠叶汁凝固。

第四步：点。把准备好的柏树烧成的灰用水搅拌均匀，多放点水，然后洒在筲箕里，让灰水也顺着筲箕的孔隙漏下，与斑鸠叶汁相溶。

第五步：凝。将装满斑鸠叶汁和灰水的器皿静置在凉爽的地方，切忌温度过高，阳光亦不能直射，放好后不要去移动或者摇晃器皿，静置 1 至 2 个小时左右即可食用。

第六步当然就是吃了。豆腐做好了，再用一些带麻辣的味水，有醋更好。凉拌好，端上餐桌，色如碧绿的翡翠，晶莹剔透，再点缀上几片红辣椒，"万绿丛中一点红"，多好的意境啊！

长大后离开故乡，走南闯北，居然还能够看到翠绿的豆腐端上来，我自然想到的是母亲的斑鸠叶豆腐，主人很是惊讶，说这是翡翠豆腐。走入后厨询问，才知道制作斑鸠叶豆腐或者翡翠豆腐的除了斑鸠叶还有黄荆叶，都一样的母亲做斑鸠叶豆腐那个方子那套程序，都一样的翡翠色，都一样的消暑清凉，甚至就连关于它的美丽的传说几乎都一样，都是上天赐给人间解表散热、化湿和中、杀虫止痒的神树，只不过关于黄荆叶的传说有了具体的地理位置，就在重庆的巫山，有了具体的神仙名字，即治水的大禹和王母娘娘的二十三女瑶姬。

走进美丽的巫山，到处可见开满黄色小花的黄荆叶，植株的大小和叶子的形状跟茶叶相似，在盛产黄荆叶的重庆巫山、湖北恩施等地还有一个不好听的名字"臭黄荆"。从绿色的黄荆叶中提取的浆汁做成的豆腐，不同于其他豆腐洁白无瑕，而是浑身碧绿通透，好似翡翠一般，又因为黄荆叶的臭，民间给这道美食取了个新名字，叫"臭叶子豆腐"。更多的还是因为那碧绿通透的翡翠形象，叫"翡翠豆腐"，又因它最早产于巫山，干脆叫"巫山翡翠豆腐"，做成凉粉就叫"巫山翡翠凉粉"。

吃过很多翡翠豆腐，发觉大都不是我们家乡大巴山的斑鸠叶豆腐，看来在华夏土地上生长斑鸠叶的地方并不多，而生长黄荆叶的地方相对多。民间有黄荆条子出好人的说法，说白了，对于这种千年锯不得板、万年架不得桥的永远长不大的黄荆树，它有个功效就是体罚孩子，怪孩子不听话，长不大。民间有贫家妇女用黄荆枝制作髻钗的传统。唐李山甫《贫女》中有诗云："平生不识绣衣裳，闲把荆钗亦自伤。"明时潘绂《老女吟》："无端忽听邻家语，笑整荆钗独闭门。"由此看来，体罚孩子也好，做荆钗也好，都是采摘黄荆叶做翡翠豆腐后的妙手偶得。由此更加佐证民间对这种美食的推崇。我疑心母亲当年给我们做的也许就是黄荆叶做成的斑鸠叶豆腐，因为记忆中母亲用黄荆条子抚摸过我们的成长。

感人的歌声留给人的记忆是长远的，奇妙的美食留给人的回味是无穷的。如今这些民间的美食进入城里，成为餐馆的小吃和夜啤酒市场上的美食，只是名字上有叫臭叶子凉粉的，有叫翡翠豆腐的，更多的还是叫斑鸠叶豆腐——还是那样的香，还是那样的绿，那种幸福的滋味让我们一下回到从前。

欣逢盛世，我们不再有饥饿这个曾经的全民记忆，在自家餐桌上，在饭店宴席上，我们有着滚滚而来的美食，面对丰富多彩的美食，我们常常有不知筷落何处的茫然，心中总想念着小时候母亲做出的那些美食，比如斑鸠叶豆腐，比如清明粑，比如槐花麦饭……那是母亲的味道，那是乡村的味道，那是饥饿的味道——在温饱的日子，在丰收的日子，享受一次饥饿，哪怕是饥饿的回忆，饥饿的美食，也是一种幸福……

苗乡连心鱼

在长江三峡中长大的我，一生中实在见过不少鱼，也吃过不少鱼，但让我终生难忘的却是在流入长江的支流神龙溪上的苗家山寨吃过的一种"连心鱼"。

师范毕业那年，我到神龙溪边一个苗族同学家中做客，我们坐了轮船，挤了汽车，还走了几十里山路，终于到了神龙溪的苗乡山寨。山寨中处处可见大大小小的鱼塘，那清汪汪的水，活像一个个绿气球似的。我们刚一到家，同学的父亲马上提了手网，从屋前塘里捉来大鱼，放进盛满清水的大木盆中，摘来花椒叶子，捣碎后放入盆中。活鱼开始吞食花椒叶汁，那麻辣之味让鱼在吞吐之间，将泥土和脏物从鱼腹中不断排出。如此这般换三次清水，放三次花椒叶汁，便使鱼的肠胃干净如洗。

同学的母亲，开始给塘火中添柴，并架上大铁锅，放入作料煮得滚开。同学的父亲一手持菜刀，一手从木盆中抓起活鱼，拇指压在鱼鳃下方，菜刀一闪，这么顺着拇指下方一划拉，拇指随之向那看不见的刀口一按，"啵"的一声脆响，鱼苦胆便从刀口处弹出。取下苦胆后，把还活蹦乱跳的鱼放进锅内，抓起木锅盖迅速盖上，那鱼便在开水中挣扎，一口一口吃下锅内的作料。

在同学父亲这手绝活面前，我这号称"渔夫"的长江人惊呆了，当时就想长江的鱼们要能在同学父亲这手绝活前丧胆丧生也算是一种多么奇绝的享受啦！谁知同学却说，苗乡个个都会这招，让我更加惭愧不已。

松根火在燃烧，铁锅中水在翻滚。不大一会儿，锅盖揭开了，一锅鲜嫩澄黄的鱼肉映入眼帘，诱人的清香袅袅溢出，扑鼻而来。

同学的母亲在铁锅上横着一块小木锅板，锅板上放一个小碗，碗内用姜米、花椒、蒜泥之类加工而成蘸水。大家就围着火塘团团而坐，每人面前一个酒碗，一个接菜碗，于是，简单而又充满情趣的鱼宴便开始了。

同学的父亲端起酒碗，给大家敬了酒之后，突然举筷将锅内最大的鱼翻动一下，划开鱼肚上的肉，夹出一挂心连着肝、肝连着肠的内脏，放到蘸水中打个滚之后就夹到了我的碗中……

说实话，开初我实在不敢吃，在我们三峡，这些"鱼下水"可真是全下江水中，没人愿吃的，但我知道这一定是主人的一片心意，吃下连心鱼后，彼此肝胆相照，心心相印。

说句实话，那"鱼下水"并不是十分好吃，但那浓浓的情意却是悠远的，刻骨铭心的。

红火棘

乡村的山野是红火棘的山野，一山的红，一梁的红，一坡的红，一村的红。

乡间不喊红火棘，在我们三峡，喊他红豆刺、火把树、红籽。在更远一些乡间，喊他救兵粮、救命粮。还有一些乡间，喊他花姑娘。我不喜欢最后一种喊法，总让我有些痛恨地联想，尽管乡亲们口中的花姑娘不是那个"花姑娘"。

红火棘是他的书名，是他的大名，就像我们这些乡村的孩子，乡村呼唤我们的只有小名。红火棘不离开乡村，同着我那些亲亲的乡亲们一样，守望在乡间山野，我们喊二毛儿、六妹儿、狗狗儿、秋瓜儿，我们喊红豆刺，火把树……

故乡河流上流淌的只有小名。

记着小名就记着故乡，记住小名就记住回家的路。

　　我们在山坡上、在小溪旁、在水田边建我们的家。红火棘的家在贫瘠的山梁上、悬崖边、溪沟旁，他们从不选择自己的家，风把火棘果吹到哪里，小鸟把火棘果衔到哪里，牛羊把火棘果带到哪里，他们就落籽成林，让顽强的根扎向山林，扎向薄土，扎向石头缝——

　　没有人指挥，没有人安排，村里的水稻田、玉米地、高粱地、菜地，我们几乎见不到红火棘的身影，红火棘知道那是长庄稼的地方，他们的家在山林，那才是他们伸向天空的地方。迎春花开了，桃花、李花、杏花开了，他们不争先，他们不恐后，山野处处花事之后，春夏之交，他们在叶杈里开出米粒一般洁白洁白的小花，一朵拥着一朵，一朵挤着一朵，一朵挨着一朵，洁白一道道山梁，香遍一条条沟谷。

　　春天的花太多，春天的绿太多，红火棘花开山林，海海漫漫，但是大家很少去关注他们，红火棘就新绿自己的叶，就烂漫自己的花，他们没有太多的心事！

　　最后一枚苹果摘下，最后一枚红桔摘下，最后一枚柿子摘下，树叶成了落叶，树枝成了空枝，秋冬萧瑟，万物凋零，红火棘收去花衣，长出绿豆般、豌豆般、灯笼般的小果子，沐浴阳光雨露、风霜雨雪，青绿变成桔黄，桔黄变成大红，大红变成深红，一串串，一枝枝，一簇簇，一片片，火焰般点亮乡村，让铅灰色的山野呈现出红通通的亮色，让萧瑟的寒冬放出灿烂的色彩。一场雪下来，红火棘在银装素裹的山野点亮一簇簇篝火，雪野之中一树红，一坡红，一梁红，一村红，照得冷冷的心里无尽的暖热。

　　红着他的红，火着他的火，棘着他的棘。

　　乡村的夜是黑的，流淌在大人们语言河流上的鬼故事也是黑的，落光了树叶的枝丫，堆在山坡的稻草垛、玉米秸垛，让黑色的风吹出黑色的影子，从乡村鬼怪故事的河流上吹过来，比寒风还要刺骨，还要刺心。我们走入山林，看到红火棘，握在手里，红通通的火棘果就是一束束红红的火把，他们在乡间的名字就是火把树，伸向天空，红在黑夜，亮在心中，就是天地之红，就是天地之光，何惧黑暗，何惧鬼怪……

　　这是小时候的感受，但是红火棘的光热却永远亮在心里，"黑夜给了我们黑色的眼睛，我却用它寻找光明。"读顾城的诗，我的黑夜总有红火棘的光热。

乡村的冬天是漫长的，草枯了，水枯了，风枯了，山野不是秋天的金黄，山野是冬天的枯黄，松是青的，柏是青的，他们在高处。红火棘是青的，他们在山林的低处，固守着春天的青，夏天的青，秋天的青。山林处处青草不再是青草，枯得让人心疼。红火棘丛中的草却是青的，是红火棘给了草的光热。冬天最揪心的事情是给牛羊割草，溪沟边上，崖洞下，有水有温暖的地方，青草都被我们割完，红火棘丛中的青草成了我们最后的希望。那时我们最大的希望就是能够把漫山青青的红红的红火棘照耀的青草带回家，减少我们对牛羊的亏欠。

红火棘的青是山林所剩不多的青，红火棘的果绝对是山林一年中最后的果，柿子树上挂着几枚柿子，那是村庄留给鸟儿们的，所有的果树在寒冷的冬天只剩下枯黄的树叶，很多连最后一片黄叶也没有挂住，伸向天空的只有树丫。

红火棘红玛瑙般的果实俏立寒枝，吐焰雪野，成为我们漫长冬季唯一的果实，酸涩中夹杂着甘甜，甘甜中渗出清香——

古代行军打仗，粮草绝尽，士兵们摘下红火棘充饥，竟然精力百倍，英勇杀敌，战无不胜——

所以，他们叫救兵粮、救军粮。

灾荒年月，乡亲们走上山林，摘下火棘果填补饥饿的肚子，把火棘果带回家，磨成糊糊，加入一些高粱面、玉米面或者干红苕面，那是乡间最美的美食，正是那些火棘果糊糊让乡亲们度过漫长的寒冬——

所以，他们叫救命粮。

我们感动于红火棘花开的平静，感恩于红火棘秋冬的暖心，我们几乎没有去关注过他们的挺拔。相对于苍松翠柏，红火棘不是挺拔的树，不是做栋梁的树。

寻找圆圆笔直的红火棘，打磨成锄把、镰刀把，耕耘家乡的田地，开挖城里的菜地、花园地。

寻找粗壮厚实的红火棘，打磨成扁担，担水、担粪、担粮、担砖、担瓦、担货。

那是红火棘一生最辉煌的重任！

最疼爱红火棘还是村里的老爷爷，他们走遍山林，找到入眼的红火棘，请到知心的木匠把红火棘雕刻成长长的烟杆，吧嗒岁月，吧嗒人生………

当我们不再为战争和饥饿刻骨铭心的时候，红火棘关于粮食的呼唤渐渐远去，他们静静地红、静静地火，红过秋天，红过冬天，红过春天，牛羊走过，鸟儿飞过，又是一坡火红，又是一梁火红，同着同样火红的乡村。当年，在乡村的视野，土地只能生产一种植物，叫作庄稼，因为在庄稼之上，是生存和生活。今天，在乡村的视野里，只要我们喜欢和热爱，土地可以生产出庄稼之外的植物，在庄稼之上，乡村不只是追求生存和生活，乡村开始追求诗和远方，追求更有境界的生存和生活。春天举办梨花节、桃花节、李花节，夏天举办荷花节，秋天举办丰收节，冬天举办红籽节、冰雪节，看漫山的火红，品酸涩的甘甜，串成项链挂在胸前，火棘果酿酒，火棘果泡酒，红火棘火红到人们的心里，火红到人们的脸上，把乡村的日子过成一个个节日——

一山的红，一梁的红，一坡的红，一村的红。

寻井启事

我一直在记录村庄的人，在记录村庄的井，笔下有数，心中才有数——

1986 年，我离开老家，老家白蜡湾 36 户人家，5 口清汪汪的水井。

1996 年，老家 33 户人家，4 口井。

2016 年，老家 15 户人家，3 口井……

上个月在城里农贸市场见到老家人，说咱们白蜡湾还剩下五户人家，那最后的大水井早已杂草丛生，残破不堪……

我心一阵阵发凉。

村庄老了的人躺在村后向阳的山坡上，用石头给自己刻了名片。村庄正在老的人守着村庄，看着屋檐下或柏木或松木的棺材，看着村庄那片向阳的山坡，心中暖暖的。村庄那些和我一样离开村庄的人，打开手机我们都能听到在哪个城市在哪片工地——唯独村庄那些井，谁能告诉我们她们去了哪儿。

作为村庄的文人，村里的长辈离去，都叫我写过祭文，在那些大青石旁边，在那些黄土堆边祭拜。我不想给村庄那些井写上这样的文字，尽管她们也是村庄的人。老人喝够了井水翘胡子走了，还会降生成面貌陌生的孩子又来喝井里的水。那些井呢？她们还有新的降生吗？我得赶快动笔给那些井写上寻井启事，呼唤她们回来，要是等到最后一户人家离开故乡，最后的大水井干涸消失，我不知道我们脑海中还有没有、还能不能说得出关于村庄的文字……

故乡不临河不临湖，滋养一辈辈村里人的就是那 5 口水井——大水井、凉水井、谢井、侯家沼气井、夏家压力井。

从村史的角度叙述，最早的应该是大水井。我们的祖先最先看见村庄这片竹林，然后看见竹林下一汪清泉。清除泥沙，围上青石，远远望去就像一汪眼睛，亮汪汪地看着天，看着地，看着村里人。

清泉叮咚，那是竹叶下的滴答声，那是柳叶下的滴答声，那是乡村屋檐下的滴答声，那是斗笠蓑衣下的滴答声，那是乡村的滴答声，汇成一汪井，不简单是水滴的汇集、清泉的汇集、云影的汇集，是村史的汇集，是心的汇集。我们喝着一口井的水，我们的血管中就流着同样的液体，村里人有一种类似的相貌，因为我们在同样的眼睛注视下长大——

远行的人回到乡村，最热切的事情就是奔到井边，捧上一捧水润到心里。村里人认出了你，一声回来啦，心就回来啦。坐在井沿边，乡亲们一个一个围了过来，大家讲远远近近旧旧新新的故事，衣锦还乡也好，落魄潦倒也罢，喝着同一口井水，血管里流动的是同样的井水叮咚声和村庄穿越千年的风声。

水井一天最热闹的时段是早上和傍晚。一只只水桶走到井边，女人花花草草的针线活花花草草的家长里短，男人吧嗒吧嗒的旱烟袋吧嗒吧嗒的龙门阵，孩子们蹦蹦跳跳的游戏蹦蹦跳跳的童谣，都赶戏般汇聚到井沿边柳荫下，水井成了村里最大的客厅。那汪井水盈盈上涨，让我们的情感变得柔软，让我们的心因水而如明镜。少了火爆，少了浮躁，少了疑惑，在井水的潋滟波光里，我们看自己的倒影，看自己的前世今生。我们看水，我们听水，我们听着来自乡村的滴答声。

水打满了，话也说满了，一只只水桶晃荡进一家家屋檐晃荡进水缸。母亲说，那些吃不饱饭的年代，米缸不满但家家水缸绝对是满满的，水缸满，家才满，日子才满。炊烟升起来，油香飘起来，村庄就像水井一般清汪汪的。很多的报纸最爱把自己的副刊版取名为"市井"，好让大家说话，报纸最懂人的心思，远远近近的村庄都是这样，因为那汪井。

井边没有人的时候，有心思的人也会不由自主地走到这里，坐在井沿边，把弯弯的心思映照到井水中，捧一把水洗洗脸，捧一把水润润心，心就明亮亮的清爽爽的，井亮着，心就亮着，路就亮着，就该回家啦！

有年夏天大旱，两三个月不下雨，井水一天天退下去，我们小孩子高兴得很，就想知道那井底该有什么秘密。大人们却愁得想哭，他们轮流派人守住大水井，不准人去舀那最后见底的井水，大人们说没有粮食吃大家可以去吃树叶，老家水脉断了，村庄就没有了……后来老天终于下雨，泉水又在井中咕咕冒出，大水井活了，村庄活了。

记得有一年我放学回家，在路上疯玩，天黑透了才回家。回家后不知什么原因全身发热，在家屋院坝上狂跑不停，不断地喊些鬼啊、妖啊之类胡话。全村人举着火把围在我家，敲锣打鼓放鞭炮驱邪，说我肯定在坟地碰到什么鬼怪着魔啦！父亲从外地给别人看病回来，让人把我强按住看了一会儿，然后取了竹竿，提了水桶就往大水井去。父亲用竹竿把水桶沉到井深处，取了一桶凉浸浸的井水回家朝我淋下，让我一下醒了过来……

父母牵着我来到大水井边，让我跪下，要我拜大水井，说大水井就是我拜的干娘。其实后来才知道，村里大人小孩拜大水井为干娘的太多啦！有时村里人吵架，老人们说吵什么，都是喝一口井水长大的。大人们问我拜干娘干什么，我说拜祭干娘喝水，让全村人谈笑很多年，多年以后我每次回家，村里人都说那水娃儿回来了。每年过年时候，家家端了猪头、米饭，拜敬完天地后陆续跪拜在大水井边，燃起香火，摆上供品，对大水井的敬畏其实就是对村庄的敬畏，对自己的敬畏！

凉水井其实应该是凉水泉，她在老鹰岩下湿漉漉的沙滩中悄悄淌了多少年，谁也说不清楚。

白蜡湾湾口是三间茅草房，茅草房中住着李哑巴和她捡来的女儿琼。李哑巴自然不能说话，可他叽哩呱啦的声音和那肩头永远扛着一把锄头的样子十分吓人，大家总担心那锄头会朝我们头上挖下来，一见哑巴来都躲得远远的。村里人出湾进湾都得从哑巴家门口过，这让大家十分不安和恼火，哑巴家作为村庄的封面，外乡人都叫我们哑巴村——村里人都想赶哑巴走，可谁也说不出口。

有一年冬天晚上，不知什么原因，哑巴家的三间茅草房着火了，老村长忙带着村里人在远离村庄的偏僻处选地给哑巴修房，李哑巴走一处拦一处，老村长自然不好开口给李哑巴说明，索性就不管了。谁知道李哑巴半夜里敲开老村长家门，把老村长带到老鹰岩下，挥起锄头在岩下那片湿漉漉的沙滩上挖，不一会儿一汪清亮亮的水就涨了起来——老村长这才明白，逢人就说哑巴心里亮着哩……

在全村人几乎忘记了村里还有个哑巴和他女儿琼时，就碰上了那年夏天大旱，大水井就要见底时，哑巴突然在大水井边叽哩呱啦叫开了。老村长才想起来哑巴家那眼泉水，大家跟着哑巴来到老鹰岩下。

老鹰岩下凉水井没有大水井那么大那么深，但是水特别清凉，还有一丝甜味。大家你一碗我一桶，不一会儿凉水井就见底了。哑巴从家里捧来很多水果，放在沙地上，然后挥起锄头向井中挖啊，挖啊，不一会儿井中又亮起了一汪水。大家吃着水果，喝着泉水，奇怪哑巴家哪来这么多水果，哑巴的女儿琼带着大家往她家中去，大家这才惊异地发现哑巴家屋前屋后栽满了果树，什么李树桃树梨树杏子树都有，就像一片小果林。

这下凉水井就热闹了，一到天热的时候，大人小孩都会提着水桶、盆盆罐罐去打凉水喝，哑巴女儿琼总会捧给我们各种香甜的果子，然后在井边摘片芭蕉叶放进桶里罐里，凉水就不会荡洒。我们再看哑巴，他依然扛着锄头在井边叽哩呱啦叫，可是我们却不再那么惧怕。听大人们说每年玉米收获时节和秋天落叶飘零时节，哑巴总会在村里每家门前悄悄放上一竹背篓和竹耙子，大人们说哑巴不会说话，可他心里亮着哩……

村里还有三口井——

下白蜡湾谢家老大当兵回来就和父母分家，建了新房。他在堂屋挖地窖时，没想到会挖出一股水来，于是砌了井沿石，说是感谢天地赠予他甘泉，很文雅地把井取名为"谢井"。有一次回老家到他家串门，我们在堂屋喝酒，醉得脸红语无伦次时，转身就在井中捧水抹把脸，又接着喝，大家就着咕咕直冒的泉水声下酒，别提多美！

侯家是全村住得最高的人家，从到大水井挑水吃的辛苦来看，他家绝对是最苦的。好在他家孩子多，在我们看来很困难的问题，在他家也并不显得难。1981年老家倡导发展沼气，他家挖了好几口大池子来冒沼气，结果沼气没见冒出，倒是几口沼气池装满雨水，成为他家的水井。村里人说要是再见他家来大水井挑水，那一定是老天又好久没下雨啦！

夏家是老家远近闻名的牛贩子，家里有钱，老头和儿子长期在外做生意，为了不让媳妇挑水累着，干脆请了打井队在大院里打了口压力井，一压铁手柄，水就哗哗冒出，着实让全村人眼红了好久……

2016年我回家再次央求母亲到城里住，之前我接过母亲几次，可母亲总说城里的自来水有股药味，没有大水井水好喝。母亲说："家能搬，你能够搬走井吗？"

马致远在《汉宫秋》中说："背井离乡，卧雪眠霜。"我知道马致远说的井是古人行政建制中的井，也许不是我记录和寻找的井，但是我知道井搬不了，井太沉，要背着井离乡是不可能的。走的时候母亲要我把水缸挑满，把水壶灌满，说她还要回来，我突然感觉马致远说的背井离乡其实应该就是背着眼前的井离开故乡。

我突然想起那汪凉水井和哑巴家那片果林，母亲眼泪一下出来。母亲说哑巴的女儿琼出嫁后，哑巴就不知得了什么病，没几天就去了。哑巴走后，那汪凉水井一天天干下去，到现在居然一下干涸。

来到老鹰岩下，屋还在，果林还在，狗无声，炊烟无影，那汪清凉的水井如今长满杂草，再没有了泉水叮咚。人走了，不再需要饮水去流动我们身体的血管，井就失落就干涸，这就是村庄那些井的小气和脆弱。

事实上，母亲这一次进城就没再回去。她每天总想见到老家来人，总想听到老家的事情。不知是离开故乡久了，还是我像母亲一样年龄大了，当年喝着大水井的水，心中想的唯一一件事情就是能够离开村庄去喝上城里的自来水，如今，曾经背井离乡的自豪全积聚成了无边的乡愁和酸楚——

2006年，夏家在镇上修了房子，那口让人眼红的压力水井手柄锈了，院坝长满了茅草。

那一年老支书走了。

2013年，谢家老大带着全家投奔曾经的战友开煤矿，一场暴雨淋跨了几间青瓦房，也不知废墟中那口谢井还在咕咕冒水吗？

那一年王家老二在外不学好当人贩子进了监狱。

张家的幺儿大学毕业分到城里，全家也就搬到了城里。

2015年，侯家最小的儿子在外打工成了家，把父母接到广东居住，那几口沼气池无人整修再也装不住雨水，据说里面现在住着一窝狐狸，村里人家少了，养不了多少鸡，那狐狸晚上饿得直叫。

那一年张老头的儿媳妇打工跟人跑了，张老头两口子气得喝了农药埋进了山林里，张老头的儿子不知去向……

村里人不断地离去，水井一口一口地干涸，我真不敢再叙述下去——明天，谁来守望老井谁来守望故乡啊？

遵照母亲的嘱托，我赶紧回趟老家。退耕还林后的村庄到处郁郁葱葱，竹林青山中破墙断瓦，村里见不到什么人，村庄空落落的，心中空落落的。

> 又到了一年最寒冷的时候/田野不见人，只有丘陵和山岗的墓地边/几个移动的影子……//一年又一年/看得见的亲人，背着水井里的月亮/去到遥远的他乡//一年又一年/看不见的亲人在土里，守着/地上的一片荒草和村庄……

这是一个和我一样一直记录着村庄人数的诗人的诗，只不过他数着村庄的人，我数着人也数着井。

我割干净大水井边的杂草，清捞了水上的浮萍，装满水壶，守望着大水井——

挑水的一路路走来，他们唱着歌，吹着口哨，说着笑话，打着招呼，清亮亮的水面响起此起彼伏的打水声音，清亮亮的水桶都会有一扇虚掩的门在等着他们回去……

"嘟嘟嘟……"司机打断了我的梦——

"天要黑了，我们回家吧！"

望着冷清清的大水井，捧着水壶，我们虚掩的家门在哪里？我们清亮亮的那些井在哪里？我们的家在哪里啊？！

金溪点"金"人

四通八达的公路五线谱一般流淌山坡沟谷。

远远的太极水库月亮般朗照金溪，满沟近百口亮汪汪的水塘水池星星般点亮金溪，几百条浪花飞溅的水渠从水库水塘水池牵出，流向田野，叶脉一般。

一片又一片森林云朵般随意飘飞在山沟处，森林之间开阔、坦荡的地方遍种大片大片的桑田桑地、果园、菜园和青瓦白墙的村落……

车声、水声、松涛声、桑叶声，村庄天空之下春蚕咀嚼桑叶的沙沙声，金溪被服厂缝纫机的沙沙声，村广播时时响起的歌声，共同组成今日金溪之声——

张志坚和他扶贫工作队队员们站在金溪最高的谭家坪山上，俯瞰美丽的金溪，眼中有泪——这才是名副其实的金溪，这才是我们和金溪老百姓向往的金溪！

1

金溪，一个很美的地名，地名中有山有水有富庶。

金溪有山，处处皆山。金溪也算有水，上天很大方地给84平方公里的金溪沟谷中流出一条叫"金溪"的水沟，老天下雨的日子，大家呼喊了上千年的"金溪"也能流上几天溪水。连晴的日子，溪水流着流着就消失了，名字叫"金溪"，其实连溪也称不上。呼喊了上千年的"金溪"，喊不住水，喊不住金，大家只好现实并且描绘逼真地把这方沟谷叫成"箢箕滩"——

祖祖辈辈把这方土地喊为"金溪",喊的就是一种希望,喊的就是一种梦想,喊的就是一种等待!

金溪,一个名不副实的地名!

金溪,等待一群给这方有穷山连恶水都缺的土地点"金"之人!

2

2017年9月5日,即将退休的重庆市卫生健康委员会副巡视员张志坚接受了一项新的工作:担任黔江区金溪镇扶贫工作队队长。

黔江区金溪镇,张志坚知道,这个地名将再次融入自己人生履历,就像2004年到2007年他援藏一样,就像1977年他插队山西平陆县三门乡一样。

金溪,会是自己最后的故乡?

曾经的手术刀,曾经的教鞭,曾经的鼠标,曾经的办公桌,曾经的文山会海,以一种新的装备配置在每一个扶贫工作队员身上——一顶草帽、一个背包、一双护膝、两双胶鞋、一个电瓶车,成为每个队员每天出门的"五宝"。知己知彼,百战不殆,祖宗对于战争的理解早就深深融入大家的血脉,去问村庄的疼,去问村民的苦,去问脚下的路,去问明天的收成。

问镇、问民、问地、问天、问苦。不问不知道,一问吓一跳——

黔江区金溪镇是重庆市18个深度贫困镇之一,全镇耕地面积2.8万亩,摊到15000多名金溪人手上人均不到2亩,而且多是补丁一般的坡地,向土地刨食已经是一项没有前景的思路,金溪土地必须改版,引导群众去耕耘粮食之外的新的庄稼模式。

全镇8个村居6个村是贫困村,建档立卡贫困户多达587户2157人,其中特困户89户89人,残疾人570人,低保户366户750人。全镇人均可支配收入比黔江全区低2652元,比全市低4381元,就像没有多少生气的金溪沟一样,真正穷到了沟谷。

3

心中有路，脚下有路。

"宁愿苦干，不愿苦熬"，这是很早传遍大江南北的黔江精神，但是，苦干必须知道怎么去干，苦干必须有力量去干，不能让黔江人苦干之后再苦熬，这成为张志坚和所有帮扶集团必须解决的难题——

精准扶贫，健康先行，这是卫健系统帮扶集团的优势，当好金溪健康扶贫的"听诊器"，问准了群众的"身"，就能问到群众的"心"。

扶贫工作队振臂一呼，应者云集，50多名全市疾控专家和工作人员，在扶贫工作队带领下，走村入户，冒着严寒对全镇15000多名居民健康状况逐一入户调查，准确掌握居民患病情况，成为重庆有史以来最大规模的健康状况流行病调查。

使人疲惫的不是远方的高山，而是鞋里的沙子。对于山区群众，鞋里的沙子很多，但最让人心疼的沙子正是病，因病返贫，因病丧志。问病是为治病，扶贫工作队在全面推进金溪脱贫攻坚各个项目的同时，从2017年11月开始，每月组织一至两家市级医院到金溪开展义诊和健康知识讲座、送医送药活动。三年下来开展健康讲座、送医送药和义诊近100场次，大病救治2000余人次，家庭医生签约1645户5652人，让所有因病的家庭有了对接的医生、对接的医院，让20多个重病的群众"一对一"对接好市级重点医院，让群众鞋里的沙子一颗颗清除，有了脱贫的信心，有了致富的决心。

市级医院医生医术再高，那只是金溪的"候鸟"，金溪必须要有身边的医生，有金溪的"留鸟"。多年的知青生活、援藏岁月、农业部门工作的经历，张志坚深深地理解群众心中所忧。他请扶贫集团成员单位领导喝茶，中心思想只有一个——众人为金溪拾柴。在卫生健康扶贫集团45家单位，有一句话让张志坚脸红——天不怕，地不怕，就怕张巡喊喝茶。喝茶的模式给扶贫集团筹集资金6000多万元，在帮助改善金溪道路、饮水等基础设施的同时，工作队"截留"一笔钱，迁建金溪卫生院，升级改造8个村居卫生室，抽调卫生健康系统医生组成流动医疗队，送镇村医生到市区两级医院进修学习，让每一个群众放心地感受到，医院就在身边，医生就在路上——

每月两次组织医生到金溪免费为群众看病，成为金溪每个月的盛事。每年组织扶贫队员的家属到金溪慰问，成为金溪扶贫工作每年的"心事"。

在金溪，除了张志坚是临近退休的人，其他队员都非常年轻，很多队员刚好赶上放开二孩的生育政策，家中都有刚出生不久的孩子，不是家属们拖后腿，是他们确实无法面对家中"主劳动力"远在乡下的"空房"。队员们每个月只能回家一次，每次回重庆接队员出发，看着队员们的妻子挥手的泪眼，听着孩子们一声声"我要爸爸抱，我要爸爸抱"的哭声，张志坚心痛不已。为了让后方的家属理解丈夫的扶贫行动，张志坚每年都郑重地组织所有家属奔赴金溪，让她们看看她们的丈夫在干什么，在疼什么——

长春村第一书记田杰——"草帽书记"，一顶草帽走遍山村，让群众"流转土地收租金，进社务工领薪金，入股合作分利金""三金齐收"，让群众破天荒地在家门口领到"工资"。

山坳村第一书记刘昶——"经济书记"，凭他侦察员的眼光打造"金溪护工""金溪被服"，让群众种植土地上全新的"庄稼"。

清水村第一书记李小兵——"健康书记"，建起全镇最好的村卫生室，问群众的身。打造清水"爱心超市"，通过群众的爱心奉献积分领取"爱心超市"的奖品，问群众的心。

平溪村第一书记金克军——"点子书记"，组织群众养龙虾养泥鳅，建设养老院，让群众收获了新的丰收。

桃坪村第一书记陈刚——"田坎书记""爸爸书记"，孩子上学，群众看病，种植受阻，他都铭记在心，在群众最需要的时刻从天而降。

金溪社区第一书记时杰——"产业书记"，帮助群众建成黔江最大的养牛场，用产业带动一方群众致富……

舍小家，为大家，这不是口号，这是每一个扶贫队员用自己的行动奉献的时代证明！

4

　　短命吹手天寿锣，逼得我心碎意乱莫奈何！我的爸呀我的妈，我
在你奶根脚长大⋯⋯明日就要离开你，不知他家是个啥，内心话向谁
表达⋯⋯

　　土家族的哭嫁婚俗，注定让土家妹子的大喜之日用哭声来告别。金溪的山
穷水尽，注定让土家媳妇婚后的日子用哭声来度过。

　　三年多的扶贫岁月，张志坚和他的队员们听过土家族的《哭嫁歌》，更多
的是听到土家族妇女们在金溪这片有穷山连恶水都缺的土地上的哭诉歌。

　　让土家族妇女过上一种不同于祖辈的生活，让哭嫁的哭声成为一种仪式而
不是命运的持续——

　　金溪护工，给金溪给黔江妇女们一条走向欢笑的路。

　　援藏三年让张志坚很清楚地知道，缺乏技能就是就业和脱贫最大的"拦
路虎"，扶贫帮困的根本措施莫过于帮助贫困户掌握脱贫技能。

　　医院护理人员短缺，社会需求在不断增加，从业人员收入较高，入行门槛
较低，即使文化不高也可以通过集中培训加入护工行列。

　　扶贫工作队把"金溪护工"的计划告诉群众，动员群众报名，群众并不
是他们预想的热情——"伺候人啊，不去！""医院天天有病人去世，晦气！"

　　找到第一个"吃螃蟹"的人！张志坚把这个任务交给山坳村第一书记来
自重庆医科大学附属第二医院的刘昶，张志坚说"你当过侦察连长"。

　　刘昶把目光投向金溪，很快知道山坳村有位叫田维仙的村民，在广东大型
医院当过5年护工，后来开了美容院。

　　电话打过去，田维仙听说要她回金溪，坚决拒绝，说自己手底下管着40
多个护工，还有自己的美容院，老父亲去世后，母亲也接到城里，亲戚也因为
她的关系，陆续走出大山，她不想再回金溪那方穷山沟。

张志坚鼓励和支持刘昶不断和田维仙交流金溪护工的发展前景，描绘政策、前景、收益，不断寻找田维仙在老家的亲戚，最后直接把工作做到田维仙母亲那里……

一个月后，田维仙回来了。

长春村王华胜第一个报名，她说扶贫工作队医好了她的女儿，她不能老靠国家靠扶贫工作队，她要自己给自己创造稳稳的幸福！

山坳村喻登惠走进了黔江民族医院住院楼精神科，医生说，"喻姐行动麻利，人又朴实，病人评价很高！"喻登惠说，"护理病人很辛苦，但收入有保障，村里好多姐妹都出来做护工，没有人再说三道四，扶贫工作真扶到我们心上！"

水田乡管秋云老公身患重病，两个儿女读书，家里一贫如洗。管秋云参加培训后马上被安排到重庆医科大学附二院江南分院做护工，她逢人就说："做梦没有想到我一个山里女人有这么高的收入！"

对于山区群众，看得见的幸福才是幸福。

工作队协调帮扶集团和黔江区政府，落实培训专家、培训经费和就业渠道，从山坳村起步，发展到金溪镇，再到黔江全区，越来越多的人参加培训，其中不少是亲姊妹、婆媳，甚至还有兄弟，大家领到从业资格证和健康证。目前金溪护工开展培训5批次293人，其中191人稳定就业，最高月收入8000元以上，平均收入4000元以上。

为了打造好"金溪护工"品牌，吸收更多的山区留守妇女加入这个行列，2018年3月，扶贫工作队成立黔江区山之坳康复护理有限责任公司，统一组织培训、考试、就业，实施"金溪护工"的品牌化运营，扩大"金溪护工"影响力。

走进黔江，在山之坳金溪护工办公室，那是扶贫工作队协调的原计生服务中心的老房子，老房子背靠山林，面朝金溪，初夏的金溪，山花烂漫，溪水潺潺，散发着阵阵芳香……

5

一切都按照金溪脱贫攻坚的决战计划分步推进——

扶贫工作队沿用召回田维仙的办法，多方暗访、试探、动员，召回了在湖北咸丰建了 11 家服装销售店的老板刘廷荣，让他领办金溪有史以来第一家农民自己建起的企业——重庆卫之情服饰有限公司，打造金溪扶贫第二张名片"金溪被服"，打出金溪扶贫第二套组合拳，让 200 多个金溪群众从田间走入车间，为卫生系统的医院生产被服，为学校生产校服。有重庆卫生健康帮扶集团 45 家单位做后盾，金溪被服一样有稳稳的幸福。

2021 年 5 月 19 日，我到金溪采访，在卫之情服饰有限公司车间见到张志坚，接任扶贫工作队队长陈垦说，张队长退休后依然每月都来金溪。我清楚地知道，这个时候的张志坚已不再是巡视员和扶贫工作队队长。3 月 30 日他到了退休年龄。

听着车间缝纫机的"沙沙"声，张志坚和陈垦说，这声音像村庄天空下那些春蚕咀嚼桑叶的声音。他们牵挂村庄，牵挂山上那些桑田桑地，那些猕猴桃园，那些水池水渠，那些雨后的蔬菜、山菌……

张志坚和队员们从寝室墙上取下草帽，走向村庄——

6

"修路为啥偏偏要调剂到我家的土地？"

"扶贫投了不少钱，为啥修路还要我们自己出劳力？"

"你们发动我们种菜养鸡捡菌，哪个会到我们这穷山沟来买啊？"

…………

走在金溪村落，哪家的屋门怎么开？哪家几口人？哪家养猪哪家养鸡哪家养蚕？哪片山林长羊肚菌哪条水渠流哪村……张志坚和他的扶贫工作队了如指掌，群众那些抱怨、诉求、愿望，永远在心中回想，解放鞋跑烂了，换！草帽戴烂了，换！唯独期望群众早日脱贫的志向，永远不换——

金溪，地变"大"了——

"九山半水半分田"的金溪，一年四季不光长出粮食，还收获城里人喜欢的无公害蔬果，"养"出活蹦乱跳的野生土鸡、土鸭、牛羊……

金溪的地变"脸"了——

同样的一方天，同样的一方地，不只是金灿灿的稻田，绿油油的青纱帐，更有金溪人祖辈没有见过的养蚕大棚、蘑菇棚、蔬菜大棚、山林的羊肚菌、放羊养牛的牧场，漫山的水塘、渠堰，漫山的果园、菜园……

金溪，今天的偏旁是青山绿水；

金溪，今天的部首是金山银山。

"金溪农场"在改天换地的金溪应运而生……

帮扶工作队引进吉之汇公司，开发"金溪农场""电商平台"，他们用筹集的资金为群众发放鸡苗10万羽，为群众购置猕猴桃、脆红李等果苗，打造"山水金溪"公共品牌，通过市场化手段运作，让群众生产的农产品不愁销路，绿色菜绿色果进食堂，爱心菜爱心果上餐桌，因为有帮扶集团45家单位的强大市场，有35756名员工的爱心后盾——

金溪，当年有名的"旱码头"，再次重现江湖，成为重庆有名的"金溪农场""金码头"。

生生之上，在金溪，土地永远是新的，土地依旧在那里，一代又一代人从这片土地上攫取不同的生活，滋养着一代又一代的人们，直到今天，这片土地终于长出了让金溪人惊异和感恩的生活——

走进金溪望岭村7组，我们被眼前巨大的钢结构棚架震撼，棚架里面是一大片白花花的蚕子，嫩绿的桑叶和现代化的养蚕设施。养蚕大户王少友操纵移动式蚕台，"蚕保姆"们站在自动给桑车上为蚕苗供给桑叶。

走进重庆市黔江区露菲农业股份合作社养蚕车间，足球场一般开阔的地上全是白花花的蚕子，宽敞明亮的车间满是春蚕咀嚼桑叶的沙沙声。合作社成立于2017年12月，现在种桑1000多亩，林下养鸡上万羽，参加合作社的农户

103 户，其中贫困户 11 户。

在金溪，像王少友、露菲合作社这样的养蚕大户 10 多户。

金溪清水 1 组田建是个残疾人，多年一直在新疆放羊。家乡脱贫攻坚的滚滚热潮，让他回到家乡，找到张志坚和清水村第一书记李小兵，寻求脱贫良方。工作队帮助他通过金溪镇的"蚕桑贷"无息贷款 25 万元，流转村里的土地，建设养蚕大棚，工作队发动队员捐款 9 万多元在田建的养蚕大棚和他的蚕桑地之间小溪上建起爱心桥。田建的蚕桑地已由最初的 40 亩发展到今天的 300 多亩，蚕桑地林中还散养着土鸡，这些鸡因为良好的品质被称为"月子土鸡"。如今的田建不但每年自己纯收入 10 多万元，而且常年解决村里 10 多个人在自己的桑园就业，每年解决村里人就业 4000 多个季节性用工，更为让田建没有想到的是，现在自己居然娶上媳妇。

放眼金溪，1.5 万亩蚕桑长势喜人，每年 1.5 万担蚕茧，综合收入 4000 万元，户均增收 2.2 万元……

"沙沙沙，沙沙沙……"这是风中桑叶声，这是蚕嚼桑叶声，我们听着，总感觉像是金溪"印钞机"的声音。

一茬一茬的庄稼，在土地上一轮一轮地翻开我们的生活。对于这片土地上的父母，让全家吃饱饭，让子女穿得光鲜，就是他们最大的理想。有了好的政策，有了正确的引领，这就找到了他们理想的梯子和对未来合适的心空。土地就像农人的百宝箱，找对了打开的钥匙，白花花的银子就撒满一地。

望岭村 2 组龚福锦对香猪养殖情有独钟，在龚福锦的黔江区班森养殖股份合作社，存栏香猪 420 多头，每年销售乳猪 200 余头、肥猪 200 余头、种猪 400 余头，新的 4000 平方米养殖场即将建成，未来将是今天收成的 3 倍。龚福锦与周围群众形成互惠合作关系，让养猪群众高枕无忧养猪，让种地群众种出的南瓜、玉米、红薯无忧销路。

金溪社区孙章文是个退伍军人，回来后一直在社区服务，家乡的山林让他看到养牛的前景，给群众跑腿不如带群众跑步，在扶贫工作队和镇上的支持下，大胆贷款投入 700 万元，建起金溪历史上最大的家庭养牛场，养牛 400 多头。金溪优质的草场，现代化的养牛技术，让金溪牛真正"牛起来"，名声大振，供不应求。为了解决更多的群众就业和继续扩大养牛规模，作为农业农村部表彰的致富带头人，孙章文开始建设自己的牛肉干加工厂……

我们的家乡在希望的田野上，炊烟在新建的住房上飘荡，小河在美丽的村庄旁流淌，一片冬麦一片高粱，十里荷塘十里果香……

金溪村的广播响起，是《在希望的田野上》。

太阳出来啰嘞，喜洋洋啰啷啰，挑起扁担啷啷扯哐扯上山岗啰啷啰……

歌声响起来，在山岗，在沟谷，在心中。

只要我们啰嘞，多勤快啰啷啰，不愁吃来啷啷扯哐扯不愁穿啰啷啰……

《太阳出来喜洋洋》，这首飞扬巴山渝水的巴渝民歌中，喜洋洋的梦想唱响千百年，不愁吃不愁穿的梦想唱响千百年。今天，太阳出来喜洋洋、不愁吃来不愁穿的梦想终于实现！

那个地方叫黔江！那个地方叫金溪！

太阳出来照西沱

在我们民歌飞扬的国度，最能传达中国人幸福、快乐心情的莫过于重庆音乐名片——民歌《太阳出来喜洋洋》啦！你听：

> 太阳出来啰嘞，喜洋洋啰啷啰，挑起扁担啷啷扯匡扯上山岗啰啷啰。手里拿把啰儿开山斧啰啷啰，不怕虎豹啷啷扯匡扯，和豺狼啰啷啰。走了一山啰嘞，又一山啰啷啰，这山去了啷啷扯匡扯，那山来啰啷啰，只要我们啰嘞多勤快啰啷啰，不愁吃来啷啷扯匡扯不愁穿啰啷啰……

这是多么悠扬、豁达、豪迈的旋律啊！在温暖的阳光沐浴下，我们上山砍柴，我们田间劳动，我们走向远方，我们幸福歌唱，这是多么幸福的生活啊！不管你在何处，不管你生活多么萎靡，处境多么艰难，一听到这首歌，在喜洋洋的阳光和歌声的感染下，你的心情也会为之一振而变得喜洋洋啦！

是谁最先传达出这温暖的歌声？张扬出生活的幸福？呼唤出劳动的快乐？谱写出中国人心底的欢乐？

我们来到歌声最先飞扬的地方，来到民歌《太阳出来喜洋洋》的源头——重庆市石柱土家族自治县。《太阳出来喜洋洋》正是国家级非物质文化遗产——石柱土家族"啰儿调"的代表作之一。漫步石柱县城，小宾河长廊的石碑篆刻告诉我们，《太阳出来喜洋洋》源自石柱县土家族人的原生态唱腔"啰儿调"，后经曲词作者改编而成。我知道这石碑是后来竖立的，是石柱人以凿石为史的方式表达他们自豪的宣言。

我们走进石柱古寨村落，走访村寨老人，跋山涉水，探询歌声的源头——在很远的岁月，这里只是一片蛮荒之地，也是一片世外桃源。村庄在翁翁郁郁的树林里挺直了炊烟，野花让蝴蝶翩翩起舞，旷野使众鸟深情歌唱，土地和农田充满了劳动的气息……

歌曲中反复出现的挑起担子、走了一山又一山，在石柱，这种背景图出现最多的还是在古镇西界沱。古代巴族逐盐而居，因为长江，因为古老的巴盐古道，西界沱，自然成了"巴盐销楚"的起点之一，自然成了背二哥生活与远方的必经之地。

在长江沿岸的所有古镇，古镇的摆布几乎都是和长江平行，顺江铺排，唯独在西界沱，盐商、船帮、店家等各路行商坐贾从江边的下盐店开始，沿着背二哥行走的山路建房开店。徽派建筑和土家族吊脚楼，不同的建筑风格融合在一起，形成西沱的"千柱落地"，形成长江上著名的"西沱天街"。这些古老的店铺，一级一级随山势向上延伸，最后到达独门嘴山顶。古镇和长江垂直铺排，就像挂在长江边的打杆一般，面对长江，面对远路，西界沱就是一个挑担子的格局。在公路铁路并不发达的漫长岁月，西界沱作为长江上最繁华的老码头，走过这片土地最多的还是背二哥，从远方来到远方去。

《太阳出来喜洋洋》的歌调是上扬的，在西界沱的古道也是上扬的，作为连接川鄂交通的水驿，从码头上走下来，走向万州或者忠州，那云梯街是必须攀登的。"巴盐古道通川鄂，云梯水埠连峡江。千船万帆朝龙眼，三教九流汇乡场。会馆寺院戏楼闹，店铺客栈老板忙。火龙入江夜喧闹，灯火云梯架天上……"

从下盐店走到独门嘴，从海拔145米的江边码头到海拔321米的山顶独门嘴，才算走完这1124级青石阶梯的坡坡街。独门嘴上有一棵古老的黄葛树，那是西界沱最先感受太阳出来的地方。高高的山顶，茂盛的黄葛树，长在万州、石柱、忠州三县交界之地，是背二哥脚板上带来的种子，还是天空飞鸟落下的种子？谁也无法说清楚。唯一能够清楚的是一树遮三县，从万州来，踏上石柱，前方是忠州。从石柱出发，前方是万州忠州，就这样一个很乡愁的神奇之地。很遗憾的是，今天一些划分行政区划的官员，大笔一挥，把这一片地方全划给了石柱，石柱地域宽了，古老的西界沱，从地域版图上失去了那个很乡愁的"界"字，成为今天的西沱，让那个一树遮三县的乡愁之地一下少了很多的味道。

不去想那行政区划桌面上的事情，在我们的心里，在大地上，这里依然是一树遮三县的地方，依然绿意盎然在那首明亮温暖的歌中，就像这首《太阳出来喜洋洋》，诞生在石柱，却不一定全是石柱的，它是这片土地的，是这个民族的，是这个世界的。

站在高高的独门嘴山顶，我们遐想远古的时空，遐想伴随第一个音符飘起的那抹阳光的喜悦……清晨，雄鸡唤来了晨曦，人们拿着他们唤作"开山"的斧头，开启蕴藏在大山深处的"柴富"或"财富"。他们挑着扁担，背着绳索，上山砍柴、摘果、挖一种叫蕨的食物，他们奔走，他们歇息，脚下沾满了雾雨溅湿的泥土，万丈豪情让他们不惧怕躲藏在山林里窥视猎物的豺狼虎豹。他们背上背架，"背上背的二架子，手里提着打挂子，脚上穿的偏耳子，腰里插的扇笆子，口里衔的烟锅子，肩上搭的汗帕子，歇气休息唱山歌子……"走向漫漫的川鄂茶盐古道。当东方的太阳从方斗山、七曜山升起，旷野之间弥漫着一股金黄色的温暖，弥漫着他们"嗬嗬嗬……"的感恩。看，太阳使土地更加干燥，使人们脚步更加矫健牢稳，增添了人们获取生活果实的信心！太阳带来无尽的温暖，使衣衫褴褛的人们能够抵御垭口吹来的风！太阳让田野的庄稼更早成熟，使山林的鲜果甜味更浓！太阳让每个人脸上都充满了笑容，补充着人们身上的力量和勇气！

多么温暖的太阳！于是，在砍完一捆柴火后，在摘得一篮山果后，在挖到一些食物后，在背起背架的时候，面对太阳，人们充满了万分的感恩，这种感恩从原始的音乐节奏中荡漾开来："太阳出来啰嘞，喜洋洋啰郎啰，挑起扁担郎郎扯哐扯上山岗啰郎啰……"感恩的歌声一代一代流传，一代一代积累，渐渐趋于完美。歌调虽然单一，但充满了泥土的质朴，这正是经典民歌的精髓所在。

歌声流传，歌声纷飞，穿过渐渐消失的岁月。在石柱人语言的河流上，歌舞之乡的石柱，有着深厚传统的音乐乡土，必然像在一眼深井里舀出来的一口甜泉，命定在这片乡土就要出现音乐的极品，让我们回望歌声——

1947年夏天，作为进步青年的辽宁人蓝河受国民党特务的迫害，在地下党的介绍下，从重庆来到石柱避难，在石柱中学做音乐教师。这位东北汉子在石柱这片热土上，深深地为这些原生态的"啰儿调"民歌感动。中华人民共和国成立后，蓝河先生参军，任二野某军音乐教员，当时恰好有一名姓秦的石柱籍解放军战士唱了一首《太阳出来喜洋洋》，一下子勾起了蓝河先生对石柱"啰儿调"的回忆，立即记下来，并作了整理加工，加上重庆梁平人金鼓先生的作词，经歌唱家传唱后，迅速成为知名的川东民歌，最终走出了石柱，走出了渝东南，走出了巴山渝水，最终蜚声大江南北。

现在，无论是黄昏，还是黎明，无论是在悠然乡村，还是在繁华都市，人们随时都能听到《太阳出来喜洋洋》。用耳朵触摸这些源自岁月、起自祖先的歌声，我们便想起一片热土、一个地方。那个地方叫石柱！那个地方有关于太阳关于喜洋洋的系列幸福的造句。

从那些飞扬在旷野的歌声中，我们听到了快乐、豪迈、自信、感恩、勇敢，感受着土家人民最朴素的热情，知足常乐的意识体现，积极向上的乐观精神。太阳出来喜洋洋，正如歌词所表达的意境，勤劳智慧的土家族人，在和睦温暖的阳光下，砍柴，种地，不畏艰险，不惧虎豹，建设和谐家园的幸福生活。土家人劳动的自豪感，让我们由衷地羡慕，我们现代人追求的不就是阳光和煦、和睦相处、充分享受大自然的和谐馈赠吗？

中国人高峡出平湖的共同梦想让100万三峡人告别家园，让20万重庆人告别故土，外迁他乡。带不走承载祖辈梦想的船帆、号子、黄葛树，可他们能带走这首喜洋洋的歌和喜洋洋的心情，在远离故土的他乡，他们常常聚在一块儿，深情地唱颂家乡这首喜洋洋的歌，让家乡的太阳和歌声的喜悦照亮他们再造家园的漫漫长路。

有太阳朗照，有歌声引路，故乡，并不遥远。

站在独门嘴山顶上，脚下是古老的向上的西沱古镇，那是西沱刻意保留下来的乡愁。向上的云梯街上，是一家家向上的老店，曾经主要销售的"锅巴盐"不再是今天的主题，销售着西沱独具特色的柴火锅巴洋芋饭、米米茶、油炸米豆腐、油钱粑……也销售着咖啡、啤酒。云梯街上不断走着背着高高背架子的背二哥，那已经是古镇最后的背二哥啦，他们今天不为远方客商背，不为繁重的贸易背，而是为传承一种文化而背，给远远近近的游客展示那段在路上的岁月，高峡平湖，风平浪静，长江货运到了最辉煌的时候，江上巨轮川流不息。西沱码头停泊着很多游轮，他们不再是为了当年的赶路，就是奔着古镇西沱而来。

游轮上循环播放着《太阳出来喜洋洋》，向上的云梯街上唱着古老的背二歌。

歌声是悠远的，喜洋洋的旋律是永恒的，但在过去那些饥饿的年代和铅灰色的日子里，我们这个国度那喜洋洋的歌声并没有太多飞扬，歌声能在今天到处飞扬，那是心底的喜悦和欢乐，那是盛世今天的歌唱，从这个角度看，《太阳出来喜洋洋》应该是我们今天盛世的背景音乐。

"太阳出来啰嘞，喜洋洋啰唥啰"——我们为盛世歌唱，我们为幸福歌唱。

朝前走，阳光正好。

欠娘一声妈

在中国，一个人一生中最先学会的第一句话是"妈妈"，我学会的第一句话是——"奶子"。

发音的简洁，呼喊的明快，传统的习惯，亘古的血脉，"妈妈"绝对是最美的呼喊，可是，我呼喊的就是那个有些拗口甚至有些羞涩的词语——"奶子"。大哥这么喊，教会二哥这么喊，教会三哥这么喊，教会四哥这么喊，教会我自然也这么喊。

我们喊"妈妈"的人，是我们隔房的伯娘。母亲说，大哥生下来不好养，总是生病，乡村的老人说要抱养给伯娘，要喊伯娘"妈妈"。

于是，我们的"妈妈"在隔壁，我们的"奶子"在口中。

/

母亲一生有三个最大的心愿。

母亲第一个心愿就是儿女成群。事实上，这个心愿是残忍的，也是母亲一生唯一没有实现的心愿。

说到母亲的这个心愿，还得说到爷爷。

如果不看见我爷爷穿着草鞋一身土一身泥在生产队挣工分，单看他如雪的长须和手下那笔漂亮的毛笔字，你一定觉得这老头是一个学者至少是曾经的私塾先生。

母亲 13 岁嫁给父亲的时候，爷爷已经给他还没有影儿的孙子取好名字：

"明发万代猛勇刚强"。看不出什么中心意思和价值取向，就响亮。大家笑爷爷，"你能养活眼前的几张嘴就不错了，还八个？"

爷爷不笑，说就八个，八个足矣。

母亲真生了八个。

也许是名字阳气太重，也许是父母命中注定无女，我前面的姐姐3岁时候生病夭折，让本来就很瘦弱的母亲一下瘦了30多斤。等到母亲从悲痛中缓过来，母亲决定还要生个女儿。可惜，我的到来让母亲再次失望，母亲喊我的小名叫"六妹"，算是给自己一个安慰和对下一个孩子的希望。

如果用当年那个关于计划生育的话来评述父母的愚昧是很残忍的。在八十年代以前的农村，像母亲一样生育出五六个孩子实在是很普遍也是很让人羡慕的事。农村的孩子就像山中的茅草，贱贱地生、贱贱地长，养大成人并非一件太困难的事。难的是要让每个孩子都有出息，过上一种不同于父辈的全新的幸福生活。我们的父母选择了后者，也就注定了他们一生的辛劳。

母亲看不清儿子们的未来，可是又很想知道儿子们的未来。我们小的时候，母亲总是乡场上算命先生的常客，母亲总是以爱的名义去打探儿子们命运的风声，提前去儿子们人生未来的现场踩点、布置，以母亲固有的坚信去期盼和祈祷。母亲希望在儿子们命运的路口或者转角处能够知道些天地给予儿子们的信息，能够提前为儿子们做些什么，等着总比碰着踏实。尽管在那些老迈的、残疾的甚至来路不明的算命先生那里，母亲得到的总是打结的话语，总是漏洞百出、模棱两可的暗示，抓到手里的签文总是粗劣的、硌手的、坚硬的疙瘩，就像母亲鞋里的沙子。

有了最小的弟弟之后，母亲坚持还要生个女儿，我们就有了最小的妹妹，母亲有了一年最好的收成，母亲没有给儿子们做过满月酒，妹妹的到来，让母亲有了做满月酒的激情。

贺妹妹满月那天，我那凶狠的二舅送来一升新米，对浑身无力的母亲吼道："只知道生，你养得活不？"结果饭也不吃，骂骂咧咧地走了。

为了一大家人的口粮，母亲生完妹妹刚满月就开始下地挣工分，背妹妹的任务落在我的身上，结果悲剧继续发生。不知道是妹妹生病还是因为我的贪玩忘记喊人看背上的妹妹，我把妹妹背到地里给母亲喂奶之后，就跟着小伙伴在地边玩耍，等到母亲觉得又该给妹妹喂奶的时候，要我取下来，妹妹已经没有呼吸……

等母亲从昏迷中苏醒过来，第一句话就是，"赶快去把六妹找回来，我丢了一个娃儿，不能再丢一个娃儿啊！"

本来很漂亮端庄的母亲一下就老了10多岁，更为揪心的是过度的悲痛让母亲从此患上脑壳痛的毛病，哪怕是炎热的夏天，母亲总得包着厚厚的毛巾。

2

母亲第二个心愿是给六个儿子每个修上两间房子、一间猪圈。

我们出生在一个叫白蜡湾的偏远农村。村子里有山，山不高，更算不上秀。村子里没有河，连一条能够长流的溪也没有。村子里还是有水，那是水田里的水，水井里的水，是天空落下的水。要是十天半月不下雨，大家就像庄稼一样枯萎，就得到外村挑水——这样的地方就算再荒唐的风水先生也不会光顾，人也许杰但地却不灵，这样的地方养活人都很困难还能谈得上出什么才。因此，我朴素的故土并没有给我及我的弟兄我的乡人以任何走向成功的暗示。

父母自然清楚自己孩子的走向，他们最大的心愿就是给每个儿子修上两间房、一间猪圈。在农人的天空，有家有猪的日子才是最踏实的日子。要是放在今天，这个心愿实在是太平常太简单的满足，但是在八十年代以前的乡村，要完成如此浩大的工程，那绝对是无法想象的艰难。

最早的八间大瓦房如何建起来，我不在场，我在爷爷取好的名字中。

中华人民共和国成立前，爷爷在城里做过药房掌柜，父亲做过药房伙计，在我们那个最初穷得连个地主也没有的村庄，爷爷和父亲曾经的身份自然被村里人作为批斗的对象，让全家人抬不起头。母亲受不了村里人的批斗，坚决要父亲搬家。为了躲避那些批斗和冷眼，我们的家从黄泥凼搬到马槽，从马槽搬到现在的白蜡湾，寄居在上白蜡湾一个地主家的两间牛棚里。村里有了真正的地主，开始顾不上我们家那含混的成分，母亲说"我们不搬了好吗?"

家就在一个小土包和一道山梁之间的空地上建起来，没有地名，爷爷取了一个叫新龙岭的地名，望子成龙的心思从地名开始。随着四哥和我们后面弟妹出生，母亲说八间房子以后不够孩子们分家的，全家开始了浩大的造屋工程，哪里有片石山，记下来，屋基要用。哪里有棵树，记下来，屋梁要用。哪里有黏土，记下来，夯土墙要用。哪家造屋要帮忙，赶过去，我们家造屋需要人家帮忙……

1983年，最小的弟弟小学毕业的时候，全家18间房子完成了，每个儿子两间房子、一间猪圈。

3

母亲第三个心愿是给每个儿子娶上媳妇。

在那个年代的中国乡村，生孩子不难，造屋难，给孩子娶媳妇更难。

老婆，孩子，热炕头，这是中国老百姓最大的幸福。父亲母亲想不到更高更远的幸福，给每个孩子房子，给每个孩子娶上媳妇，就是他们所能想到的最大的成就。

在儿子们媳妇问题上，母亲是很有套路的。

没有女儿，母亲以想女儿的名义，在周围的村庄，在亲戚朋友家中，哪家有长得稍微漂亮的女孩，母亲总是想方设法去认作干女儿，这个追求和努力无可厚非，合情合理。事实上从后来母亲努力的细节和方向看，这些干女儿不仅仅是满足母亲对女儿的渴求，母亲是在为儿子们储备未来的媳妇。历史和现实告诉我们，在乡村，一个多子的家庭是很难全部娶上媳妇的。母亲有一手很漂亮的针线活，她给干女儿扎鞋垫、做布鞋、买新衣。母亲有很棒的饭菜手艺，她能够把最普通的粮食做出很多的花样，这也是各级干部在村里的派饭总安排在我们家最大的理由。母亲做好吃的、买好看的，就是为了把那些干女儿请到家中来，万一哪个干女儿看中我们哪个弟兄，母亲就了了最大的心愿。

不知是那些干女儿来我家次数太多，太了解我们家的情况，还是那些干女儿看中的是做她们"奶子"（干女儿自然和我们一样喊母亲）的女儿，不看中做"奶子"的儿媳妇，母亲千方百计认领的 10 多个干女儿没有一个最终成为我的嫂嫂。我们后来开母亲的玩笑："奶子，你的算盘打错了！"母亲就笑，"看你们一个二个那么懒，我才不把女儿嫁给你们。"

干女儿无法留在身边，母亲把眼光和心思放在她侄女身上，我们至今无法知道，母亲是用怎样的表述把二舅家的二女谭千碧的心思说动，让这个平坝上的表姐远嫁到我们的山上，不是嫁给我们哪个哥哥，而是嫁给我们村里的谢春，谢春的家和我家隔着一湾水田。在这个问题上，我们无比佩服母亲的前瞻性，母亲知道远在天南海北的儿子们无法时时刻刻陪伴着她，在儿子们没有在身边的日子，很多的时候陪伴母亲的就是她身边的这个侄女。母亲像疼自己的女儿一样疼她、爱她，也像骂自己的女儿一样骂她，且离不开她，母亲最终还是有了自己的女儿女婿……

对于一个 10 口之家的大家庭，每天母亲推开堂屋大门的目光，母亲拾掇土灶上油盐糖醋的沉重，绝不亚于一个工厂厂长对高大烟囱的凝目。今天，我们总在使用累、苦、烦这些词语描述我们的职场、打工场、生意场，为此还引进一个很莫名其妙的词语：压力山大。

谁也没有去想过做母亲是否算是一种职场，如果是，这个职业是谁给予的？

谁也没有去想过做母亲是否算是一个打工场，如果是，谁给予过母亲的打工费？谁算得清母亲的打工费？

谁也不敢说做母亲算是一个生意场，如果是，谁能够计算母亲一生的盈亏？谁能计算儿女该给予母亲的酬金？

母亲总是全村最早起床煮饭洗衣的人，饭煮好后端给卧倒在床的爷爷奶奶，然后叫醒我们吃饭上学，她空着肚子扛起锄头走向家中那 9 亩地 9 亩田，默默地站在父亲旁边挖地——我 11 岁那年，父亲累倒了，成天咳血不止。母亲上坡劳动时，父亲只能拄着拐杖站在屋前伫望责任田中孤单的母亲。深夜，母亲做布鞋缝补衣服时，父亲就生了一堆火，默默地陪着苦命的母亲……

看着这一切，我们谁还能安心读书，都打算退学。母亲知道后，毅然举起猪草刀铡断食指，我们知道母亲心中苦啊！大哥为了不让母亲伤心，装着上学的样子，却悄悄跑到电站工地劳动，挣钱为父亲治病，直到有天父亲咳血昏迷，到处急着要找钱送医院，哥哥垂着头把50元钱送到母亲手中——母亲才知道哥哥退学一年多了……

我不知道现在远离父母的孩子们阅读墙上日历时是怎样一种心情。那些揪心的日子里，我和我的兄弟们最怕见到的就是教室墙上的日历和学校门卫室的黑色电话机。一见到它们，我们就遥想起母亲在那一个又一个阿拉伯数字命名的日子里，用枯瘦的双手去耕耘那大片贫瘠的责任田地，用土地上菲薄的收成，一次次走进药店给父亲和爷爷抓药，一次次走进邮政所给天南海北读书的儿子寄钱，用她生命的阳光照耀着家中每一个人，用她弱小的身躯把小山村那辆叫"文家"的破车拉过那些寒冷的冬季。

1986年4月1日，门卫老头喊我接电话，爷爷走啦。

1986年5月2日，门卫老头喊我接电话，父亲走啦。

爷爷坟头长明灯还没有熄灭，父亲睁着双眼同着一副黄灿灿的棺材走向青山。人世间的家庭还有比这更为凄惨的吗？母亲上坡劳动时，家屋前没有了那深情的注目，母亲在煤油灯下劳作时，木床上没有了那声声揪人心弦却又亲切踏实的咳嗽！

我没有去问过我前面三个哥哥，他们的媳妇是如何娶进门的，在那个家穷父病多子的家庭，母亲风风光光地给三个哥哥把媳妇娶进门。

在没有亲眼见到我结婚成家前，最能打动母亲的莫过于乡村的唢呐和鼓点，在那些悠长铿锵的乡村喜乐中，母亲会马上停住手中的活计，走出家门目送村庄一个又一个姑娘远嫁。等到我十天半个月一回家，母亲第一句话就是："你看，那个能犁田耙地的二丫嫁人啦！""你看，村代销店的冬梅也嫁啦！"……

把传宗接代和穿衣吃饭一同视为人生最高追求的母亲，一生中就在那片黄葛树、老鹰岩、盘龙河界定的她心目中最大最宽的世界中，为在外面读书工作的儿子守望着村里那些姑娘，守望儿子最美好最实用的爱情。

记得我初中毕业那一年，繁重的功课让我骨瘦如柴，脸上过早地挂上一副眼镜。回到家中，母亲看着我这副模样，以一种庄稼般的心思担忧我未来的日子，就想村东头打石匠刘老三的女儿刘二丫做儿媳妇，说二丫人高马大，田头地里的活都在行。说以后建房子砌猪圈之类，二丫的父亲也能帮上大忙。那些日子里，母亲三天两头借故到二丫家中，有时送去一块鞋子布，有时送去半升花生米。同学二丫问我，我跟二丫说："我妈要你做我家媳妇哩！"

我十分理解母亲这朴素的实用主义爱情观。在我那并不生动水灵的村庄，生活的炊烟绝不是绣花针所能描绘的，要的是抡起大锄的高度，要的是牵牛配种担粪浇地的风度。在母亲的眼中，村里的姑娘们不是花瓶中插着的鲜花，不是手绢上荷包上描绣的鸟啊花啊，她们是锄把上的汗渍，锅台上的饭香，家屋前的唤归，布兜里的奶气……

母亲正要请媒婆去撮合这桩实用爱情时，我却被中师录取啦！通知书是二丫赶场时带回来的，她把通知书交给母亲，母亲不知道中师是什么，就问二丫中师是什么学校，二丫也不知道中师是什么，她说好像就是中专，乡场上就有一个考上中专的，母亲说中专是不是学砖工的学校，二丫连说是的是的。

晚上回家，母亲责怪我，"我昏天黑地干活供你读书，你咋考这么个学砖工的学校，那么远去学砖工，不如跟二丫爹学。"我只好耐心给母亲说清楚是怎么回事，在母亲满脸通红的羞愧和喜不自禁的"死二丫"骂声中，我人生第一桩由母亲构想的实用爱情结束了。母亲说学了中师以后就是教师，好歹也是吃国家粮食的，要是娶个农村媳妇，忙了学校又要忙着回家种庄稼，哪个累得过来……

母亲开始构想我新的实用爱情啦！母亲这回看中的是只有一排货架卖些煤油盐巴之类的村代销店店员冬梅。冬梅的闪光点就是吃国家供应粮的，以后不用担心家里的农活，而且我家点灯老是煤油不够用写字老是纸不够用的问题也能解决，真是太美满的婚姻啦！

中师毕业后，我分配到离家不远的丁阳中学教书，在那个前不挨村后不挨店的山区中学，母亲最担忧的还是我的媳妇问题，关键是村代销店的冬梅已经出嫁，在母亲的视野里，她没有了未来儿媳妇的影子。母亲知道儿子今生是不能牵着她守望的那些姑娘走向红毯那端啦！每次回家就再三叮嘱我找媳妇要找一个勤快的、会煮饭的、没有病的、家庭状况好的……总之不能是花瓶（脸蛋漂亮却无用）药瓶（病殃殃的风都吹得倒）破瓶（行为不端正誓爱天下所有男人），将她一生追求的实用爱情主义光辉照耀在儿子身心之中。

后来，四哥在城里结婚，喊母亲去，母亲坚决不去，说这个媳妇不是她张罗娶进门的，她没有脸去，没有脸给去世的父亲交代。托人送了两双精心扎的鞋垫，中间夹着300元钱，说是给四哥结婚的贺礼。四哥哭啦！

后来，我在城里结婚，请母亲来，母亲就当没有听到，说就是身边工作的儿子结婚，她也什么事情都没有做成。我带着媳妇回家，母亲还是捧上两双她扎的精美的鞋垫，中间夹着500元钱。我说："奶子，都过了这么多年，工资涨了几次，你才给500元？"母亲扬起手，"你们都拿着工资，还来取笑我这个穷老娘，该打！"我和媳妇把手伸出去，母亲一人一下，高兴得手舞足蹈，那一刻，我们才真正看到母亲心中的幸福。

最小的弟弟在重庆举行婚礼后，我们就要小弟回老家再举行一次婚礼。母亲最小的儿子结婚可是母亲一直牵挂的人生最后一件大事啊！

遵照母亲的要求，弟弟的第二次婚礼是在父亲坟前举行的。冬日纷纷扬扬的雪花，父亲的坟茔，洁白的婚纱，欢乐的鼓乐，构筑了婚礼的悲壮和圣洁。

一拜天地，高远的雪空，茫茫的青山，我们为有这样伟大的父母骄傲。

二拜高堂，黄土中的父亲该瞑目了，苦难的母亲该放心了。

夫妻对拜，记着我们的父母，是他们温暖的阳光照亮我们走过寒冬。

为了工作，我们还得离开母亲，在那些离开母亲的日子，我们总是捧着母亲那一针针绣出的鞋垫，走上阳台，看秋阳在西方的天空一点一点地下沉、黯淡。母亲啊，那些日子，我们最怕您站在大门口望我们的小城，望山梁上那颗秋阳，我们怕看落日、残荷、秋叶……

4

不要让孩子输在起跑线上，这是我们今天所有做父母的动力和责任。我们的父母自然并不知道今天的这句时髦语言。

那个年代的农村，改变山里人的人生之路莫过于读书和当兵。在1978年中国改革开放之前，家里那比较含混的成分让我们几乎没有当兵的机会，读书就成了我们唯一的独木桥。

我们每个弟兄长到7岁时，父母交给我们的不是粪筐、不是牛绳、不是木犁，交给我们的总是崭新的衣服和母亲缝制的新书包。

别人家的孩子当兵走了、招工走了、当村干部了，母亲没有抱怨，没有叹息，母亲说乡村的路很多，是路总得有人走，早走晚走都得走。

母亲用一种中国女人坚守的力量激励着我们，母亲总爱说两句话"人人有口食，不论早和迟""铁树也有开花的时候"。我们知道我们的今天是这个伟大的踏实的国家给了我们的一切，是这个美好的时代给我们带来了机遇和希望，但是母亲的坚守母亲的坚信母亲的坚强给了我们向天空无尽伸展自己的力量。

记得住我们从哪里来，就记得住我们到哪里去。

我们今天最爱用关键词来表达我们很多无法说尽的话题，在母亲的身上，就有三个关键词，也许这就是母亲把孩子养大养得出息的母爱宝典——

5

干净。

母亲的干净就是干净。在那个年代的乡村，钱罐里可以没有钱，米缸里可以没有米，但是我们的家是干净的，房屋干净、床铺干净，连牛棚猪圈也是很干净的。我们身上的衣服是干净的，尽管我们没有更多的新衣服，总是小的穿大的衣服，母亲总是整改得非常得体。没有肥皂，母亲用桐壳灰皂荚果把全家10口人的衣服洗得干干净净，补丁补得巴适平整，老少出门穿戴再旧也是干净得体。我们读书无钱买书包，母亲将爷爷旧时包装书的布拆下缝补成书包，让我们能挎着书包上学，自豪得很。我们上高中大学时，毯子、被面、箱子等生活用品一样不差地完备，怕我们无钱买菜下饭，她用猪肉或猪油炒咸菜，怕时间长了不够吃，用菜油酥胡豆瓣或猪油炒盐巴供下饭吃。因为母亲的能干，那个年代，县上区上和乡村干部、生产队的工匠总是安排到我们家里接待，于是我们家里的饭桌总是摆着两桌，一桌是客人的，一桌是家人的，没有哪个孩子会在客人的饭桌前晃荡。后来我也在机关工作，碰上当年在我家派饭的干部，他们总说，"怪不得你们弟兄都有今天的出息，你们有一个很有教养的好母亲。"

母亲的干净也是心的干净。家里来过那么多的干部，母亲从没有向哪个干部述说家里的要求，母亲总说不要为难人家当干部的。村里来了叫花子，总会到我们家来，母亲说尽管我们也不富足，好在我们有个家，人家连家也没有。

我们家旁边有个榨油坊，安排到那里的总是一些生产队的单身汉，母亲总担心人家没有饭吃，经常请到家里来和我们一起吃饭。在那个吃不饱饭的年代，母亲的善举自然被人误解，大家总觉得母亲有什么企图，有一年就被隔壁白蜡第四生产队想象丰富的队长诬陷为偷桐子，队长安排一拨拨人到家中来翻箱倒柜搜查，母亲什么也不说，笑脸相迎地给搜查的社员煮饭，让他们在家中去搜查。深夜或凌晨，还得背着我最小的弟弟往返于家中和白蜡第四生产队去看望关着的父亲，过往阴森的大松林时，心寒胆战，母亲就和背上不懂事的弟弟说话壮胆。

怀疑我家偷桐子的人最终没有在家中找出一颗桐子。

后来那个队长生病了，母亲去看他，他握着母亲的手说，"我当时就看不惯你家的日子，看我现在不是遭报应了吗?"母亲说都过去了，那个时候大家的日子都不好过。

6

节日。

母亲记不住阳历，母亲心中只有农历。记住农历就记住了儿孙们的生日，儿孙们的生日也是母亲最关注的节日。我们至今不解的是，大字不识一个的母亲是怎么记住那些日子的，全家儿孙满堂几十口人，哪个哪天生日，母亲记得非常清楚。在身边的，她会煮一碗长寿面，煎一个鸡蛋，庆贺生日。在远方的，她会给每个儿子打电话告诉谁谁生日，要大家记住给谁谁贺生。

过年是母亲最看重的日子。母亲说，家在哪里，年就在哪里；父母在哪里，年就在哪里。母亲说，过好每一年，就能够过好人的一辈子。

母亲一年时光格上的辛劳，就为让一家人过上好年。在那些没有实现"天天吃肉当过年"的漫长岁月，过年，就是村空上最耀眼的灯塔，那盏灯点亮母亲的一年！

猪是必须养的，鸡是必须喂的。农历二月二传统的春耕节、农事节一过，母亲张罗着到乡场上买回两头小猪，一头备着过年，一头备着为一家人添置过年的新衣。母亲把早就选好的最大的鸡蛋交给那只最大的母鸡，孵化出小鸡来。下蛋的鸡是乡村的银行，那是母亲一年的牵挂和指望。大红公鸡是必须喂养的，没有公鸡的鸣唱，那是一个家的落寞；没有公鸡祭拜祖先，那是子孙的落寞。农人的日子就是看得见猪听得见鸡叫的日子，哪怕日子过得再苦，不怕，圈里还有猪哩，院里还有鸡哩。

向日葵是必须栽种的。母亲总会让房前屋后开满向日葵金黄色的花朵，母亲说那是过日子的标志，是做农人的本分。向日葵灿烂地开放，开放在壮朗的阳光下，开放在碧翠的青纱帐里，擎着火一样的精神和灵魂，朴素地生长，就像一代代旺旺的子孙。我们从窗口探出头去，望见雨中那一株株粗壮的向日葵，傲然挺立，闪烁着灼人的金黄色，那太阳一样的光华立刻让我们心情亮丽愉悦。

母亲种向日葵没有我们这么复杂的想法，母亲要的是葵花籽，有些地方叫瓜子，在我们重庆老家则叫"旺红儿"。旺红的日子，旺红的生活，旺红的希望。炒香了，捧给过年的孩子们，捧给拜年的亲戚，谁家过年连旺红儿也没有，那绝对是乡村最黯淡的过年。

芝麻是必须栽种的。芝麻开花节节高，母亲没有必要想那么文艺的事情，乡村的每一样庄稼都有它的象征意义和吉祥暗示，母亲要让过年的汤圆里有芝麻的香，要让过年的院子里撒满芝麻秸，走在上面发出啪啪的响声——母亲说这叫踩碎（岁）。

至于大米、玉米、大豆、高粱这些更是必须栽种的，不仅仅为了过年，更是为了过日子。为了一家人能够吃饱，母亲就像纳布鞋一样，把分给家里的那些碎块的土地全部纳入汗水中。母亲信赖锄头，胜过信赖自己。玉米、土豆、高粱、蔬菜在母亲的地里一个都不少，就连很多庄稼人忽略的田埂，母亲也会种上四季豆、高粱，让这些庄稼在春雨中集体苏醒，披蓑戴笠，等待秋天的收成。那一块块被锄头挖过的土地，就是母亲一生的疆土。

母亲备年最艰难的还是每个人的新衣新鞋。鞋可以熬更守夜地做，衣服还得花钱买布缝。这是母亲一年最大的揪心最大的悬念。母亲几乎一年中就为了大家的过年衣服在操心。母亲喂鸡卖蛋、喂羊卖钱、捡山菌、挖何首乌，一点一点地算计着每个人的新衣……

撇去乡村柴米油盐的辛劳，村里人的一年其实过得挺快，秋播刚完，一场雪下来，小麦就进入冬眠期，村里人在火塘上燃起树蔸火架上铁鼎罐，等候瑞雪兆丰年的兑现期时，一年就到头了。

如果很文艺地把母亲的一年比喻成舒缓的交响乐，11 个月的音乐铺垫，11 个月的旋律讲述，进入农历的腊月，母亲的一年走入最后的辉煌最后的交响——

不管以前农历上的日子多么落寞，多么黯淡，腊月一到，母亲把每一个日子都安排得很有过年的仪式感。

腊八节喝腊八粥，母亲永远记着这个过年仪式。母亲总是很早起床，盛好糯米、芝麻、瓜子、花生、桃仁、绿豆、杏仁，摆在灶台上。我和很多人一样，以为腊八粥一定是八样东西混合熬成的粥，事实上腊八粥的八是日子的八，不是数字的八，什么喜庆，什么香甜，母亲都会摆在灶台上，煮进锅中，那是母亲土地上收获的展览会，那是母亲回眸农历的展览会，让旺旺的火熬煮旺旺的香甜，熬煮一家人过年的期待。

腊月二十三，农历小年，过年最后的彩排。在温饱成为那个年代最大的期望的日子，小年并没有突出过年关于吃关于穿的物质层面的主题，小年更多的是表达乡村精神的主题。母亲领着全家把房前屋后、灶前灶后、屋顶窗棂彻底除尘，除去家屋的尘土，也除去心上的尘土，所有的阴郁，所有的尘垢，所有的失落，都扫除屋外，扫除心外，除尘更是除陈，就为辞旧迎新。有一项母亲认为最重大的事情就是熬糖，母亲不相信乡场上那些白糖、红糖，那些甜代表不了一家人心中的甜。母亲总在小年之前用谷芽、玉米熬好糖，是那种你站多高糖丝就有多高的谷芽糖。装进瓦罐，烙好高粱饼，炒香黄豆，摆放灶台，母亲开始祭灶仪式，让守望我们一年的灶王爷欣享，让灶王爷甜甜地"上天言好事、下界保平安"，传达我们对天地的感恩。

小年一过，大年的幕布徐徐拉开，作为过年最大的总导演、总制片，母亲进入一年最辛苦的巅峰时段。母亲到处找裁缝缝制一家人新年的衣服，张罗牛过年的牛草、猪过年的猪草，磨好过年的豆腐、汤圆粉，洗好过年的腊肉，赶制过年的红苕粉条、洋芋粉片，换好过年走亲戚的面条、糖果。忙完一天，当大家都躺下了，母亲还得拿起鞋底赶制一家人的新鞋。

年三十的下午，我们净手净脸，举着一盏灯笼，端着装上供品的托盘，拿好纸烛，来到祖先们的坟前，烧纸，祭酒，焚香，呼唤祖宗们的名讳，述说我们一年的收成，请他们回家团年。

我没有问过现在那些坐在堂皇的教室中求学的学生们，在他们哇哇朗读课文的空隙，会不会抬头看看窗外的天空，去关注天空下故乡那方田野里庄稼的收成，我只记得每逢下雨刮风天旱时，同学们都会焦急地感叹自己乡村的稻田和玉米地。每逢读到课文中描写吃东西的文字时，心总会不由自主地跳出课文，让一些与吃有关的想象充斥于脑中，哪怕读到记录长征生活艰苦的文章《草地晚餐》中那并不好吃的野菜炖牛骨头、《金色的鱼钩》中老班长为病员钓起的那几尾小鱼那一碗热气腾腾的鱼汤⋯⋯

春天第一场小雨下来后，没有谁邀约，我们会马上扑向湿漉漉的山林，去看牛粪上长出的"叫花子碗"（一种很小很小的类似小碗的菌）中有几粒"黑米"，大人们说叫花子碗"黑米"越多，那年的收成准好——不知大人们的话有没有些许科学道理，反正那些年"叫花子碗"中始终没有见到五粒以上的"黑米"，都只是孤零零的一两粒黑米，让我们年年盼望年年失望，年年去接受大自然赐予我们的"饿其体肤"的考验……

我永远记着1984年全家团年的年味。从成长的收获中，那一年是我们家最丰收的年景，我家六弟兄中，老大成家当了爹，老二招聘为乡里干部，老三参军去了部队，老四考上大学，我考上了中师，弟弟上了高中。

到了团年那天，院子里撒满了芝麻秸，我们走在上面踩碎（岁）。天还没大亮，村庄家家屋顶上冒出了炊烟，邻居们陆续来到我家写对联，不管生活多么的清苦和灰涩，乡下人都十分看重那大红的对联，给生活一抹红，给心中一抹红。

父亲已经病倒在床，为了孩子们读书考学，家里早已经空空如同那同样空空的粮仓。写对联的事情就交给我这个所谓的秀才。给邻居们写好对联，母亲说"你也给咱家写一副吧！"

望着屋梁上曾经挂满腊肉的地方空空，望着屋里曾经摆满家具的地方空空，我们的心也空空，可是院子里红红的对联红红的笑声，给了我们无尽的希望和火红，我写道："老大当爹老二当官老三当兵生正逢时六六顺，老四大学老五中师老六高中金榜题名全来到。"全家又是一阵笑声，忙着煮年饭的母亲灶屋里剁菜的声音也那么惊心动魄，母亲说这叫"剁小人""剁霉运"，把寡廉鲜耻的宵小之徒把一切的不顺心不如意剁在刀下。

母亲大声喊："吃团年饭啦！"那声音喊得我们口水直流，但是大家没有一个上桌，得先拜祭。父亲叫大哥把祖先的神主牌位擦拭摆好，端了茶盘，那年家中没有办法杀猪，盘中装有从邻居家借来的猪头猪尾，再摆上鸡头鱼头、大米饭之类，到地坝院中拜天，到堂屋中拜祖，到猪圈中拜猪大菩萨，到土灶前拜灶王爷。最后端了茶盘中的大米饭，到房前屋后的果树上砍一个刀口，按几颗米饭进去，以祈求来年瓜果丰收……我们不知道诸神和祖先们会不会下界，会不会听到我们的诉说我们的期望，但我们的心暖暖的。

这般热热闹闹的拜祭之后，开始吃团年饭了，注目那些菜，我们惊呆了：有通红通红的肘子，有墨绿的鲤鱼，还有香喷喷的鸡……母亲不是神话中能呼菜叫酒的龙女吧？

母亲不说什么，只是要我夹一块肘子来尝尝，并且小声在耳边叮嘱："别出声！"我夹了一块"肘子"往嘴里一塞，呀，是冬瓜做的。我明白啦，更加夸大其词地说："啊，好肥好香啊！"大家一路夹下去，原来下面的鱼是葫芦瓜做的，鸡是南瓜做的……

母亲说："我明年一定要做些真正的大鱼大肉来给你们吃！"

大家没有说话，幸福而满足地吃着……

今天，我们和我们的乡村都过上了好日子，在我们的团年饭上，摆满了山珍海味，倒满了好酒，可是桌子上没有了父亲母亲，父亲母亲走上了青山向阳的山坡，我们的好菜该夹给谁，我们的好酒该敬给谁，这才是我们永远的痛……

遥望高远的天空，我呼唤父母的名讳和祖先们的名讳——

过年啦！

在除夕钟声敲响的时候能够脆生生地敲响家门，和父母一起守望我们的年那绝对是人生最大的幸福……

不能继续再说清明、端午、中秋这些节日。

7

骨气。

我们一直在思考母亲一生苦难的编年史，母亲从 13 岁嫁到文家，在 1986年之前的日子，尽管父亲已经生病多年，但是父亲还在，母亲辛苦的拉家带口后面还有父亲推着。1986 年父亲去世之后，母亲的后面就没有人在推着，哪怕有人陪她说说话。于是从 1986 年到 2010 年的 24 年，应该是母亲苦难中最踏实的日子。

那个时候，我前面的几个哥哥都分家并成家立业，大家商量要母亲想到哪家就到哪家去。母亲坚决不同意，说自己的幺儿还在读书，自己的任务还没有完成，孤独地守在老家，操持着家中的责任田，供着弟弟读书考学。哥哥们给母亲钱粮，说弟弟的事情大家来完成，母亲说什么也不同意，说大家的日子还不好过。

有一年春末，我请假回家看母亲。刚好碰上读高中的弟弟来信要钱交学费。其实我知道我们的哥哥们已经给弟弟准备好了所有的费用，可是要强的母亲总是不收，要我们多少拿出来多少拿回去，说她的儿子得要自己送大学毕业。母亲急得六神无主，家中实在找不出钱来，也找不出换钱的东西卖。没有办法，母亲就请人把她出嫁时的雕花木床抬到乡场上卖。那个时候的乡村实在太穷，那么精致的雕花木床，愣是没人问。母亲抚摸着木床，嘶哑着招呼过往的行人，依然没人理睬……望着母亲那着急的样子，望着母亲那想哭又不能哭的样子，那时，我多想让母亲痛痛快快地在她的儿子面前大哭一场啊……

有亲戚看着母亲的孤单和艰难，要母亲改嫁，母亲说，"我一下给别人送六个儿子，便宜人家啦。"其实现在想起来，我们做儿子的是非常残忍的，母亲最后的日子总是一个人面对镜子说话，哪怕那个时候我们只要有一个站出来支持母亲，也许就没有母亲的孤单和落寞。

1992 年，弟弟高中毕业那年，很早母亲就喂了一头猪一只羊。弟弟大学录取通知书到的那天，母亲请了全村人吃饭，送客人走的时候，母亲给这个50 元，那个 100 元，说这是弟弟读书时候借的，接到钱的人先是一愣，然后就脸红地说，"哎，这个你也记着。"

我们问母亲，"真借了那么多钱？"

母亲说，"乡村的礼数，你们不懂。"

我们对母亲说，"这下你该跟我们进城去带孙子了吧？"母亲居然没有推迟，高兴地说，"好，进城带孙子啦！"

母亲只是要求大家过年必须回到老家。其实我们最理解母亲回老家过年，她心中挂念她的老屋，挂念老屋背后父亲的坟茔，挂念她那遥远的村庄，挂念她那些魂牵梦绕的乡里乡亲，母亲总说我们的日子好过了，我们还欠着他们的钱啊！更为重要的是一辈子要强的母亲，她挂念着她每年该向村里上交的农税款，说她一辈子没有欠过村里的钱，不能让村里人戳脊梁骨，不能因为随儿子进城就欠国家的税。母亲说我们每个月都要去交党费，那是我们做党员的本分，她上交税，那是她做农民的本分，没有国家的好政策，没有这千年不遇的国运，就她这样一个农村老娘，就是再拼命，也不能够让孩子读上大学读上中师当上干部。

我们突然感觉母亲读了很多的书。

母亲每年坚持回老家上交农税款，母亲哪里知道，国家很早就取消了农税，但是我们做儿子的不敢取消，因为，我们记着母亲的话，我们欠着乡亲们的钱欠着国家的钱。

我家的孩子读初中离开家后，母亲就去了弟弟家带孩子，母亲带着孙子，感觉自己在家中的重要，那应该是母亲最开心的日子。

我至今无法理解，母亲为什么会在自己的儿子们面前要强。弟弟的孩子上学了，尽管大家争着把母亲接到自己家里，但母亲觉得自己一下没有了意义，突然一下失去往日的风采。

儿多母苦，不仅仅是指我们年幼的时候，事实上儿多母苦更多的是在母亲年老的时候，我们更多的是给母亲钱，仿佛只有这样来表达我们的感恩，我们却总是忽略母亲的心思，母亲最后的日子总是在不断地数钱，其实我们知道不识字的母亲是无法数清楚她手中那厚厚的钱，其实后来才知道母亲数钱其实是在数她的儿子，这个是哪个给的，那个是哪个给的。

母亲总是委曲求全地无奈听从于儿子们的安排，舍去自己艰辛营造的家，游走于儿子们的家，不能自主地想留而不留，想走又走不了，借张扯李地婉转表露，又得不到理会而违心求全受之。

现在想起来，母亲不管是在哪个儿子家中，进门的第一句话就是：带了你们这么多儿子，就是不让我回老家，把我盘过去盘过来（四川土话，就是搬的意思），反正给你们说清楚，我必须回老家去死。这些话让我们很不舒服，慢慢一想，才知道，母亲离不开她的老家，离不开我们的父亲，在儿子家，她只是客人；在老家，她才是主人，她不想漂泊。

2010 年到 2017 年，没有了养育儿子的责任，没有了给儿子们娶媳妇的压力，没有了照看孙子的寄托，母亲最后的 8 年，陪伴母亲的只有孤单。

8

2017 年 5 月 2 日，同着 31 年前父亲去世一天的日子，不求同年同月同日生，只求同年同月同日死，母亲不会再记得这个日子。母亲记着她的农历，在母亲的农历中那天是四月初七，这个是我们将永远记住的日子。

我受邀去彭水参加一个全国知名作家看彭水的采风活动，也许就是母子连心，早上走的时候，心中总是不踏实。其实之前接到通知的时候就担心这次采风活动能否成行，那个时候母亲已经生病。可是，写作多年，第一次以知名作家的身份被邀请，又不想放弃见那些知名作家的机会。早上给母亲电话告别，母亲说去吧，回来的时候不要慌，有哥哥们在的。我就很奇怪，还没有出发就说回来的事情。

到达武隆转车的时候，二哥电话说，母亲送医院了。

到达彭水的时候，二哥电话说，母亲正在往家中赶。

晚上举办作家见面会的时候，二哥电话说，母亲走了……

母亲最后落脚的家是二哥家。二哥后来告诉我们，在母亲走的三天前，母亲神清气爽地坐在沙发上对二哥说："贤发，我要回老家，将就死在屋里，用上你找的木料割的棺材，埋在你爷爷看的那个地方。"因为同样的话母亲说过太多，二哥没有当回事，还埋怨母亲现在念起有什么作用，真哪天您走了，我们知道该怎么做会怎么做的。母亲很不高兴地说："天大由天，在各你们哪个做了（方言，意即随便你们怎么做）。"

母亲一生都顺从她的儿子们，从不给哪个添麻烦，居然最后的走也会是那么干脆和坚强。最后送终的大哥、二哥、她的侄女千碧和我妻子说，母亲在医院已经人事不省，就剩最后一口气，从医院回我的老家要两个小时车程，我们那坚强的母亲居然坚持到回到老家，回到她亲自建起的堂屋，刚把母亲放下，母亲就永远安详地闭上了眼睛。

惊慌失措地赶回家中，我这才明白母亲跟我说的最后一句话。

母亲躺在棺材中，棺材前是不灭的烛火和燃香。

相片挂在镜框中，那是母亲很早以前记录下的笑容，最后一次看我们，最后一次看这个世界，以不在场的方式。

挽联写在白纸上——"大岩口黄泥凼白蜡湾一生三地三冬暖，孝公婆侍夫君育六子万苦千辛六月寒。"一向才思还算敏捷的我，就这两句话，我想了整整一路。

村里的人抬着棺材，我们抱着母亲的镜框，走过杏树下，走过水井旁，走过石板路，有人唤她奶，有人唤她祖，有人唤她娘，有人唤她姑，有人唤她婶，我们兄弟都是40多岁的人，我们无法再唤奶子，我们也无法唤妈，唯有唢呐以呜咽的声音，呼唤着与生命的根脉有关的哀思。

> 我最忘情的哭声有两次，一次在我生命的开始，一次在你生命的告终，第一次我不会记得是听你说的，第二次你不会晓得我说也没用，但两次哭声的中间啊！有无穷无尽的笑声，一遍一遍又一遍，回荡了整整三十年……

心中有诗，不能成句，涌上心头唯有余光中的诗歌。

我们现在唯一能做的就是，把生活不能给予母亲的幸福、快乐和优裕，用古老烛香燃纸的方式寄往母亲的天堂，尽管那是一个没有收件地址的邮寄，那是一个从任何人口中也无法打听的地址。我们烧成箱成箱的纸钱，烧竹篾和纸张折合的房子、家电、家具、轿车，妆奁师傅本来要制作银行卡和储蓄卡，被我们劝住，母亲不喜欢那些虚拟的东西，她要看到眼、拿在手上才踏实，就像看到最小的弟弟考上大学的录取通知书，就像接到最小的弟弟结婚的电话。

没有收件的地址，却有准确的落款，有儿子，有孙子，有曾孙子，注定这是一封要退回的信件吗？送给母亲，不如说是对我们在世人们的救赎仪式——

点燃纸钱，点燃土纸包好的钱包，跪拜，磕头，烟雾升腾，让这些物品尽量燃烧，让天堂的投递员顺着那缭绕的青烟一件不少地送给母亲，冷灰泛白，心境泛白，苍天泛白，大家静静地怀着关于母亲的念想，从不同的入口、不同的角度、不同的时段、不同的场景，心里总会安稳许多。

最小的曾孙还小，见着棺材稳稳当当地搁放在土坑里，他问，"我们把祖祖种在地里，是不是会长出更多的祖祖？"我很喜欢这种诗意的悲痛。

道士打开棺材盖，大家再看一眼吧，母亲躺在棺材里，棺材放在黄土里，我们跪在风声里——

"妈妈！妈妈！妈妈！"

大雨倾盆而下。

天地之间清漂人

/

在字典上，江湖分开来看：江，古专指长江；湖，陆地上聚集的大片水域。江湖合在一起，却成了虚指，说的是人生命运漂泊浮沉之处。

人行天地间，何处不江湖？

金庸的小说《笑傲江湖》，是说这个江湖；杜牧有诗说"落魄江湖载酒行，楚腰纤细掌中轻"；黄庭坚有诗说"桃李春风一杯酒，江湖夜雨十年灯"；杜甫有诗说"鸿雁几时到，江湖秋水多"……也是这个江湖。

只不过，一个笑傲，几个落魄和愁苦。

我们说的江湖，是三峡江湖，此江湖非彼江湖。

在我们生活的这片远东大陆上，长江是最雄浑的河流，三峡是长江上最激荡的河段。所以，我们要述说的三峡江湖不是文化上的江湖概念，文化上的"江湖"与河流湖泊并没有多大的关联，文化上的"江湖"是一个隐形的社会，是相对于主流社会的边缘社会空间。我要说的三峡江湖应该说是三峡"江——湖"，江指长江，湖指今天的高峡平湖，我想表达三峡从江到湖的江——湖之变。

华夏名山大川、江河湖海何其多也，如今最让人揪心最让人关注的莫过于长江三峡。为什么？因为那条江河万古流的大江，在一个叫三斗坪的地方，被一道世界上最高的大坝拦腰截断，那里蓄积着世界上最大的一汪水而成为茫茫的平湖。

2

2020年春节，红红的春联挂起来，红红的灯笼升起来，红红的心情亮起来，这是中国人翻阅了几千年的过年封面，在这个日子，在这个春天，一齐打开，等待天空中那唤醒冬天的春雷——

春雷没有响起，霹雳惊天动地——一个一直不敢大声说出口的关于武汉新型病毒的坊间传言，开始以白纸黑字在各大媒体官方消息发布，那是一个十分拗口的黑色词组——新型冠状病毒感染的肺炎疫情。

我无法全景式地记录全国各地的天气，那天，我所在的江城万州下了场小雨，浓雾弥漫平湖两岸，久久不能散去，就像我们心中的迷雾。武汉成为全世界关注的痛点，没过一两天，这个痛点迅速蔓延到全国各地——武汉告急！黄冈告急！孝感告急！广东告急！浙江告急！

这段几十年前中华民族最揪心最熟悉的语句，如今再度喊起。万众一心，众志成城，中华民族再度走入一场没有硝烟的人民战"疫"！

门楣上的春联红，屋檐下的灯笼红，喜庆的中国红，如今红在一张雄鸡版图的疫情图上，通过电视，通过报纸，通过微信，红在每一个中国人心中，成为这个春天最牵挂最伤心的红色！

一条条宽阔的乡村村道上没有了走亲访友的人群，一座座繁华闹市没有了川流不息的车辆和人群，一条条公路铁路没有了人头攒动的昔日春运，大半个中国仿佛突然屏住呼吸，除了安静还是安静。

他们都去哪儿啦？

我们都知道答案！

隔离家中，我有了太多的时间注目我们的城市，我们的长江，疫情防控的通告让长江上没有昔日的百舸争流，我突然发现依然还有船在穿行，仔细一看，上面有"万州水域环卫"的标识，那些船除了后面的编号，都有一个共同的名字：江洁。

说实话，守望着长江，看到波光清清、江鸥翻飞的江面，我清楚地知道这一切是因为有这么一群三峡清江人三峡清漂人，他们在水中，我在岸上。所有他们的故事，几乎都是来自报纸和电视，来自生活中那一段段关于江关于湖关于峡的闲谈话题。我渴望走进他们，一直思考着该为这群人写些什么说些什么——这一思考就是十七年。

静静的春天，静静的城市，让我再次想到眼前这条江，江上这群人，一种从没有过的创作冲动，激发我走出书房，拨通万州清漂队刘古军的电话……

刘古军回话，"那你得起早床，平时我们六点出船，现在是疫情防控时期，我们必须五点出船。"

"你们在哪里？"

"早上我们在清漂码头转运垃圾。白天，我们在江上。"

清漂码头？万州是长江上著名的大港，码头众多，我记忆储存中没有一方叫清漂码头的定位。问朋友，大家说不知道。我们注目清清的江，吹拂清清的风，却总是忘记江上这样一群为大江清江的人。

定位发过来，走向我们总在忽略总在漠视的清漂码头。清漂码头居然就在著名的万州长江二桥下面，无数次走过大桥，却从没有去关注桥下这群人这些船，我为我的追问脸红。

站在清漂码头上，仰望天空，星星点点，环绕城市的西山、南山、北山、太白岩、天生城上独具匠心的灯饰，依山而上的城市街灯、长江大桥、长江二桥、长江三桥、万州大桥、石宝大桥、驸马大桥上的桥灯，江面上的航标灯，一方方码头上停泊的船灯，倒映江中，湖映江城，城在湖中，唯一想起的是诗人郭沫若的诗句："远远的街灯明了，好像闪烁着无数的明星，天上的明星现了，好像闪烁着无数的街灯……"

朝九晚五风轻云淡的生活，我已经很多年没有去关注那一个个远去的清晨，感谢这群清漂人，是他们引领我等候一个清晨。天空之下，大江之边，一湖灯，一湖城，一湖风，一群人，我感受着重新涌起的蓬勃朝气、黎明的喜悦。

检查口罩，测量体温，喷洒消毒水……

严峻的疫情弥漫天空和心空，你们还在坚持长江清漂？

　　刘古军和他的清漂工们告诉我，疫情警报在中国大地上拉响，长江上所有的船只都抛锚停在港口，刘古军和他的清漂队一天也没有停过。他们说：我们就是给长江扫江的人。大街上的环卫工，会因为风霜雨雪在家休息吗？他们是大街的环卫工，我们是大江的环卫工，给城市一条干净的街，给长江一汪清清的水，这是我们的职业。1月30日，农历正月初六，政府考虑安全和疫情传播等多种因素，通知我们停止清漂。开始几天，大家还坐得住，等待疫情过去，春暖花开。一看到江面上漂浮的垃圾，一想到那些江上一直停泊的船只如今装满了污水，疫情期间，大家的心中早已经杂草丛生，再看到同样垃圾满江的长江，那不更添堵吗？我们格外着急，我们多次请战出船。2月19日，上级同意了我们的请战。走上清漂码头，走上清漂船，我们的心才踏实。这不是我们有多高尚，这是我们的责任！江清，心就清，怕什么病毒啊？

　　我不敢问刘古军和他的清漂队他们心中的清晨。

3

　　我不是长江边长大的，我出生在一条叫浦里河的长江支流。1983年夏天，跟着浦里河，河走向远方，我也走向远方，翻山越岭，来到长江边，来到长江边这座叫万州的城市。

　　走下码头，江水很低，城市很高，那座叫西山钟楼的万州地标，必须尽力仰视。江上船很多，没有我曾经想象中的那么高大，装满桐油、猪鬃、煤炭和榨菜瓦坛。大江上飘荡着柴油味、桐油味、煤炭味和榨菜味。正是长江洪水季节，水上漂满了木棒、秸秆、稻草、水葫芦，还有一些上游洪水冲下来的死猪、死牛、死羊，汽笛声声，闷闷的，江水一般浑浊。

　　走上街道，扑面而来的是柏油路的柏油味，软软的路面，一脚踩下去，一个窝窝，鞋上立刻镶上一圈黑边……

　　街上有很多扫大街的人，这是我在乡村无法想到的景象。街道还算干净，街道之下的江水浑黄，漂满垃圾。

城市有扫江的人吗？那也应该是城市的街道。

4

历史的长河，这是我们最走心的表达。在古老的长江边，关于历史，关于长河，我们无法全景式地记录，对于这条江的历史，我们只能片段式地记录——

1992年4月3日傍晚7点零5分，中央电视台播音员以充满激情的语调向世界报道："全国人大七届五次会议通过了三峡工程议案！"

全世界的目光一起投向古老的长江。

1997年11月6日，这是一个大日子，长江三峡工程大江截流。长江，从一条江到一汪湖，水涨船高，水涨村高，水涨城高，江湖之变。

2003年7月24日，这是一个普通渔民普通小日子，雨后初晴，青山如黛，川江渔王刘传云带着儿子刘古军，扛着渔网走向自家渔船。船到江中，一座座由断枝残叶、玉米秸秆、垃圾泡沫和水面上漂浮的动物尸体堆积而成的垃圾山浮在江面之上，好不容易找到一片水面，撒网下去，拉上渔网，一网垃圾。再次撒网，依然是一网垃圾。

渔王刘传云心在流血：这还是我们的长江吗？

刘传云川江渔王的称号不是自封的，祖祖辈辈川江之上跑船打鱼，练就一身跑船打鱼好身手。1957年夏天，刘传云在长江上打到一条160公斤的大鱼，那个年代没有称重的大秤，渔民们欢天喜地抬着鱼，用曹冲称象的办法称出了重量，一时轰动川江。大鱼最后被放生，用金子在鱼翅膀上挂上一个牌牌。我们谁也无法知道大鱼今天是否还活在长江中，但是放生这条大鱼的故事至今记录在川东最大寺庙双桂堂，同时记录着渔王对一条江一条鱼的善举。1981年四川省总工会授予刘传云"川江渔王"的称号，显然这个称号绝不仅仅是因为一条大鱼。然而，今天的川江，除了网到的垃圾，一无所获。

"众水汇涪万，瞿塘争一门。"那是诗人对万州的诗语，在诗之外，众水汇来的也有脏水和垃圾，一江春水向东流，流的不全是春水。

在人还不能完全主导世界的时候，人定胜天是让人们活下去最为励志的号召，我们近乎疯狂地捕鱼，我们近乎放肆地把脏水流向长江，把垃圾投入长江，各人自扫门前雪，哪管他人瓦上霜，因为要活下去，因为要方便生活，就连门前雪也可以不闻不顾，关江，关鱼，关岸，关水什么事啊？

当我们今天成为世界绝对主导力量以后，我们还这样对待江，对待水，对待鱼，对待鸟，一个关于文明与野蛮的审视应当成为也必须成为我们慎思的问题。

是长江对不起他的子孙？还是子孙对不起他们的长江？

望着大江，望着渔船，望着渔网。渔王刘传云对自己两个儿子和徒弟们说，"我们来给长江清漂！"大家被老人的决定惊呆啦——这么长的江，这么多的垃圾，就我们这几个人这几条小船能够有多大的力量？不再走船，不再打鱼，我们这些长江的子孙不会吃垃圾长大吧！看准的航路，渔王从不会退步。渔王相信一点，一网一网地捞，一片一片地清，总有江清的时候，清江上打鱼，清江上行船，那才是我们的长江！

刘传云把自家的鑫洋船作为生活船和指挥船、垃圾中转船，自己的徒子徒孙们驾上自家的 14 艘小渔船，划上江面，网兜捞，铁钩拉，上午 40 多吨，下午 40 多吨，所有船的油钱，所有清漂工的生活，都由刘传云和儿子们自己掏钱来支付，大家都没有说工钱，谁也不好意思开口说工钱。

2003 年 7 月 24 日，三峡应该记住这个日子，长江应该记住这个日子，中国应该记住这个日子，一个由刘传云老人和他的儿子们、徒子徒孙们组织的长江清漂队成立啦，这应该是中国第一支江上清漂队，至少是长江上第一支民间清漂队。

我不敢描述万州以下的江面，在万州的江面之上，垃圾山消失了，垃圾带上船了，不尽长江滚滚来的不再是无边的落木和杂草。江清啦，刘古军一家多年行船打鱼积累的积蓄也清啦，还欠上亲戚朋友和银行 70 多万元。当银行再不敢给这个民间清漂队借贷更多钱的时候，船上无油，锅里无米，清漂船如同江上漂来的落叶，不知漂向何处，不知枕梦何方？

《愚公移山》故事的结尾，是愚公和子孙们移山的举动感动天神，天神出力帮助搬走了大山——那只是寓言。江水不竭，漂浮物不竭，刘古军和他的清漂队出现在各大报刊的头条位置，出现在各级政府部门的案头，牵动了全国人民的心，牵动了国家领导人的心——三峡工程，国家工程，三峡清漂，国家行动。

国务院三峡建设委员会出台了三峡水库漂浮物清理工作的通知，我无法转引那个关于一个国家关注一汪水的文件内容，其中有两点足以展示国家的决心，三峡清漂从长江流域这个根到三峡库区这个本全面治理，三峡清漂要从三峡电站每一度电的收入中拿出一个比例专门用于清漂，不能让清漂人流汗又流泪——

有了文件，有了钱，刘古军和他的清漂队从渔民变为国家环卫工人，从打鱼人成为环卫人，从"水上游击队"变为"平湖八路军"，政府每年都要购置好几艘半自动化、全自动化清漂船，清漂队当年那些家当都光荣下岗啦。媒体把"三峡清漂王"的称号给了刘古军，国家把"母亲河奖""全国清漂工作先进个人"的荣誉也给了刘古军，三峡清漂一下成为长江流域关注的又一个国家工程！

万州有了长江清漂队，云阳、奉节、巫山、秭归……库区所有区县相继成立清漂队。这不是一个国家对一群人的关注，对一条江的关注，这是一个国家对绿水的关注，对青山的关注，对人民的关注，这是盛世中国的国家关注。

江水不竭，漂浮物不竭，清漂可仰仗的，唯有人的力量。

清漂队成立后，刘传云说自己老了，在江上的航路不长了，儿子年轻，清漂队队长的重任给了儿子刘古军。粗心的儿子只想到岁月的沉重，没有去想父亲的心事，当父亲倒在清漂船上，送到医院，医院给出肺癌的诊断和人生两个月的倒计时。刘传云坚决让儿子送他回到清漂船上，他知道自己的病，他知道家中的钱都在清漂船上都在银行的催账单上。刘古军说什么也不同意，准备卖掉家中房子给父亲治病。父亲说，"你要让我早死就留我在医院。"

刘传云回到长江上，回到清漂船，2005年1月24日，在清漂船上走完人生的川江，比医生给出的人生倒计时多出整整两年……

那天，江水格外干净。

5

"你们每天都这样吗？"

"习惯啦！当年没有今天这么好的清漂设备，垃圾和污水从船上运到车上全靠肩扛手提，手累，脚累，眼累，心累，如今一条条履带把垃圾转运车上，一条条管道把污水抽到转运车上，轻松多了，我们赶上好年代啦！"

"看着这一车车垃圾和污水运走，你们是不是特别有成就感？"

"成就感？当有一天我们驾着清漂船巡游江面，水面上干干净净，垃圾舱是空的，我们悠闲地仰望着我们的城市，轻松地漫步我们的江面……那才是我们最大的成就感！"

回答我的是清漂队队员刘波，6年前他在青岛上大学，看着异乡的大海、沙滩和海鸥，想着家乡的大江和平湖，不顾家人反对，毅然回到家乡，考进清漂队，成为江上第一个收垃圾的大学生。

刘波说，"多年来的清漂生活，在咱们清漂队，上至队长，下到用网兜捞垃圾的渔民，我们大脑中都装有一部清漂日志：哪里是洄水沱，哪里有暗礁，哪里水深，哪里水浅，哪个季节吹什么风，哪个时候浪怎么流——随便拍一张两岸的风景，我们都能知道那是哪片江面，因为那些江面我们都去过。"

太阳出来啦！初秋的阳光洒在阔爽的江面上，金灿灿的，我的心也如这金波一样，通体明亮。

穿上黄背心，走向特地给我安排的最大一艘清漂船江洁003号。刘古军告诉我，今天值班的有十艘船，从我们清漂码头出发，负责主江面；租用了近百艘小渔船，负责岸边附近大船无法到达的地方。

船上的助手刘松接着刘古军的话，"在咱们三峡，现在人们不再往长江扔垃圾，垃圾用船清，沿江有几十家污水处理厂，江面餐馆的污水，我们每天派船去收集，这么算下来，长江上的清漂人该是多少啊！"

船离开码头，逆水而上，我突然想到这个春天那个最热泪盈眶的词语：逆行！这些朴实的长江清漂人，他们不也是这个春天的逆行者吗？

茫茫的平湖江波之上，只有他们的清漂船和岸边清漂的小渔船，他们感到从没有过的落寞。过去他们清漂，过往的船只会鸣笛向他们致意，今天的江面，静静的，同着岸上静静的街道。刘古军鸣响汽笛，为自己，为大江，为城市。

一条条漂浮垃圾以"1"形、"S"形、"U"形和我无法描绘的形状呈现在江面。那么大的船，在五十多岁的清漂王刘古军手下，就如一把灵巧的铁扫帚，船过之处，江面清爽，垃圾顺着履带乖乖进入垃圾舱。碰到一些粗的木棒、大的树蔸，助手刘松用铁钩调整履带向上爬的方向，让它们顺从地进入垃圾舱。

垃圾舱里垃圾越来越多，春天的阳光并不都是春暖花开，阳光照着一望无际的江面，垃圾舱中的味道逐渐升腾起来，那是闷闷的、腐烂的气味，扑入口中鼻中，心里堵得难受。

刘古军看到我的表情，说，"这个季节是最好的季节。要是夏天，一盆水泼在甲板上，眨眼间就蒸发掉。一个鸡蛋放在甲板上，不一会儿就晒熟啦！至于船上那个味，今天算好的日子，要是捞到漂浮的动物尸体，我保证你这个作家将永远不敢上船永远不敢想船。"

趁着这片水域清漂完毕，搜寻下一片水域的时候，我拿起手机给我们三个来个自拍，突然发现本来就已经黑红的我，在他们中间居然也白面书生一回，尽管大家都戴着白色的口罩，依然遮不住黑中透着红、红中透着黑的脸，我突然发现"饱经风霜"一词用在他们身上很是单薄。我们描写高原人爱用高原红，对这群长江边的清漂人、老船工，我想到的是长江红。

今天却是满眼长江蓝！

春雨初歇，蓝天白云在天上，碧水清波在江面，江南江北依山而建的高楼大厦，环拥着江水，运动场一般守望着这一汪碧水。尽管因为疫情，今天的平湖格外安静，但是这汪碧水永远是城市大客厅，迎候着南来北往的巨轮和客人。

白龙滩不算滩，提起桡子使劲扳，

千万不要打晃眼，努力闯过这一关。

扳倒起，使劲扳，要把龙角来扳弯，

一声号子我一身汗，一声号子我一身胆。

龙虎滩不算滩，我们力量大如天，

要将猛虎牙扳掉，要把龙角来扳弯……

　　川江号子从驾驶舱传出来，唱得我热血沸腾。刘古军说，每当他们完成一片水域的"漂情"，走向下一片水域，他们总会吼几段川江号子，一天不唱就心痒，就觉得浑身无劲，何况十多天隔离家中，吼上一嗓，让他们一下忘记了疫情的阴霾。

　　我从他们的号子中听出的是欢乐，听不到惊天动地惊心动魄，风平了，浪静了，人少了，川江号子少了昔日的悲壮和苍凉，少了昔日翻江倒海的生命激荡，我听出的就是一种发自内心的欢乐和幸福，就是一种心底的歌唱。

　　把他们的川江号子发在朋友圈中，但愿川江号子的力量能够荡去我们心中的阴霾，没有闯不过去的滩……

　　船到苎溪河入江口，前几天刚下大雨，这里出现了一大片垃圾。刘古军和刘松让我回到驾驶舱后面的休息舱里，说他们今天有一场恶仗。

　　注目大片垃圾袋、稻草、玉米秸秆、树叶铺满江面，其中我依稀见到还有一些很大的树根和动物的尸体……"这么大一片垃圾，光靠你一只船能够完成吗？不叫援兵？"

　　刘古军和刘松回答我，"放在过去，这么重的任务，起码要上百人几十条小船来完成，今天你就看我们的吧，我们脚下这个铁扫帚厉害着哩！"一个紧握舵盘，一个操作铁扫帚，左冲右突，就像当年我教书擦黑板一样，不到两个小时，这片水域就水清如初，近30米长的垃圾舱也装满啦！

　　刘古军抬手看表，已经下午一点半，说我们赶不上回清漂码头吃中饭啦，我们得赶快吃完方便面，然后赶回码头中转垃圾，清漂队指挥室刚来电话，下午还有好几片清漂水域。

刚才和大家一块儿忙，帮着拿铁钩拉树蔸和死猪死羊尸体，辛苦和忙碌让我忘记了一切，现在说到吃饭，闻着垃圾舱飘出的腐臭味，想着那些被水浸泡得近乎皮球样的动物尸体，我再也无法努力克制，除了呕吐还是呕吐。

我生活在大山里，关于江，关于湖，关于水，关于船，我一直给它们设想了好多层次的幸福生活——比如支一柄钓鱼竿，让长江鱼循线而来；比如船行江面，鱼儿会顺着网兜顺着履带，羞涩地躲进那些秸秆树叶之中走上船；比如面对高峡平湖，甜甜地唱着"洪湖水呀，浪呀嘛浪打浪哟……"

把这些幸福传递给清漂人，他们哈哈大笑，说，"你们作家真会想。"

我突然想起刚才在休息舱里看到斧头、镰刀、篾刀这些农具，江波之上要这些农具干什么？

刘古军笑了，说这可是他们的宝贝，如今城里根本买不上这些，他可是跑到乡村才买到的。原来清漂船经常要开到垃圾中间，树枝、竹竿、编织袋很多，螺旋桨经常让这些编织袋缠到，船被迫熄火。这个时候就必须通知另外的船施救，把熄火的船拖到岸边，人下水割掉螺旋桨上的垃圾，这些田野上的农具就派上大用场啦。

船近清漂码头，我看见码头不远处停泊着好几艘船，其中一艘是"鑫洋号"，刘古军说，这些就是当年他们清漂队的主力船，如今先他提前光荣下岗啦！

看着那些残破得有些心痛的小船，回想起他们走过的清漂岁月，回想起这些船、这群人掀起的长江清漂国家行动，我觉得这些船应该走进不远处的三峡移民纪念馆，三峡的昨天，三峡的今天，三峡的明天，都不应该忘记这些船、这些人！

6

中转完垃圾，刘古军征求我的意见，问我继续上他们的船，还是在码头休息。我看到有几艘小渔船回到清漂码头中转垃圾，我提出到小渔船上去。

刘古军和刘松启动马达，奔向下一片清漂水域，我突然想起我还有一个重要的问题，一辈子川江行船，离开了这条江，他们将会干什么？

船走远了，一路浪花……

跳上渔民熊人见的小渔船，走进船舱，一床一桌一灶一桶一罐，整洁有序。

我看桌上的饭菜、床上的被子、舱壁的空调，显然这不仅仅是夫妻二人午休的场所，难道他们生活在船上？

询问挟裹着好奇表达出来，妻子秦渔明笑起来，渔民不住在船上，还叫渔民？他们上百艘小渔船都是"夫妻船"，哪家不是住在船上？她说他们在岸上有房子，房子在黄柏街上，一年住在街上的时间总的加起来不到三十天。

床、桌、灶、桶，对于一个水上的家，我明白它们的要义，对那个床脚的罐，我确实想不出它的实用主义。

秦渔明笑了，"你过去闻闻。"

"酒!?"

"驾船可以喝酒?!"

妻子秦渔明开心地笑起来，"离开了酒，还叫川江桡胡子?!"

"桡胡子?"

秦渔明告诉我，桡胡子是川江船工的统称，古时川江人挖空树干做成独木舟，后来变成大大小小的柏木帆船，靠划"桡"来行船。胡子是川江对男人的别称，划船的男人当然就是桡胡子。

我听老川江人讲过，酒是桡胡子的命，每个桡胡子家里、船上都放有一个泡着药酒的大瓦罐，从来没有干过。桡胡子什么都可以不要，唯独这个瓦罐不能不要。历史的川江上曾经有两句很悲壮的话：桡胡子是死了还没有埋的人，挖煤的是埋了还没有死的人。桡胡子回到家中，老婆（川江上叫佑客）总会想方设法弄几个下酒菜，几杯酒下肚，红彤彤的脸上泛起水一般的光泽，关于埋关于死的沉重，变成如雷的鼾声……

当桡胡子随着船随着江永远走了，佑客抱起那只大瓦罐，扔进长江，默默地养大儿女。儿子大了，送到江上当桡胡子。女儿大了，嫁给桡胡子……

　　船到万达广场，这是夫妻二人下午的清漂水域。秦渔明告诉我，机械化船效率高，小渔船灵活，江心水面归大船，码头船只旁、岸边浅水处、小河道水面，就是他们小渔船的天下。

　　我忍不住和他们聊起关于新冠疫情的话题，他们没有我想象的沉重，说大家在家中隔离，他们在船上隔离，船就是他们的家，一边隔离，一边为长江清漂，什么都不耽误，鱼儿离不开水，他们渔民离开长江还叫渔民？

　　我想起了清漂队休息室墙面上有一幅字——"江清岸洁"。我突然想明白了"江"和"岸"并列的原因。但是有一点是桡胡子们没有想到的，过去他们撒网江水之下，今天他们手握网兜，关注的是江面之上。

　　我要求走出船舱，秦渔明抓起船舱上的安全绳系在我身上，她自己走进船舱找了一根尼龙绳把自己捆上，拿起网兜开始舀着岸边的垃圾。

　　上午好几艘清漂船扫过江面，下午江面的漂浮物明显减少，妻子秦渔明没忙一会儿，一大片水域上零零星星的垃圾都舀完了。妻子叫丈夫靠岸，说岸边公路下方有些垃圾，要上岸去捡回船上。

　　熊人见关了马达，握紧酒葫芦，美美地来上几口。

　　我问熊人见，"你们清漂一天给你们多少钱？"

　　"稍微大一点的渔船120元，小一点的100元。"

　　"这么一点，怎么养家糊口？"

　　"我们清漂同时也打鱼，打到的鱼也能挣上钱，不过现在长江打到鱼的时候太少了，每年禁渔期只有靠清漂这点钱。"

　　"2020年后长江要禁渔10年之久，你们怎么办？"

　　"船到桥头自然直。"

　　熊人见又抿了几口酒，我看出的不是红光满面，而是显然的茫然。长江禁渔令颁布之后，江上的渔民都在政府引导下上岸，走上与祖辈完全不一样的新的生活，那些渔船集中在岸边一方土坡上，渔民们开玩笑说那是长江边的"船坟"。

　　"你们的船为什么没有被集中？你们为什么不去换一个挣钱的工作？"

　　熊人见抚摸着船舷说，"我们夫妻二人读书不多，祖祖辈辈生活在江边，打鱼清漂是我们的本行，离开了这条江，我们真不知道还能干什么，再说这份工作总得有人干。"熊人见说，在长江上打捞漂浮物，今天叫清漂，当年叫"捞浮财"，捞到的枯枝败叶当柴烧，捞到木材什么的可以用来建房屋。当年"捞浮财"是为他自己，今天清漂是为长江为城市为国家，看着一江清水，心里就格外快乐。

热爱长江，热爱工作，那是我们这些文人片面的抒情和描述的浅薄，这世上，没有一份十全十美的工作。这世上，也从来没有一份工作是用来享受和永远风平浪静一帆风顺的。这世上，所有的工作都经不起推敲和都构不上诗意，都藏着委屈，只有内心的祥和满足，只有心中不漂满垃圾和尘埃，就像清漂人踏波而过的江面，才有人生的江清岸洁。

我很想问关于川江"水打棒"（川江水面漂浮的人的尸体）的事情，那也是早年川江"捞浮财"人们最惊恐的话题。看着夫妇二人舒心的微笑，我突然发现这不是这个时候这个盛世去回想的话题——

江水上涨，湖与路平，船比路高，那著名的西山钟楼就在手边。

熊人见启动马达，赶回清漂码头中转垃圾。船行江中，大江两岸街灯亮起，城映湖中，湖照江城，一湖水，一湖灯。

熊人见取下酒葫芦，仰头又是几口，然后会心地交给妻子——

> 喜洋洋闹洋洋，江城有个孙二娘，
>
> 膝下无儿单有女，端端是个好姑娘，
>
> 少爷公子他不爱，心中只有拉船郎……

听着桡胡子丈夫的川江号子，秦渔明打开船舱里所有的灯光，小小的船舱通体明亮，就像她满脸美滋滋的笑容。对于依山而上的灯光，这方船，这方舱，绝对是城市最低处的灯光，但是它温暖、明亮、幸福。生活就是一条上下波动的五线谱，有些高，有些低，这是自然的旋律，这是生活的交响。

妻子秦渔明从船舱中取了一件衣服，走向船尾，披在丈夫身上，"少喝点酒！"

我突然发现，我们这些所谓的文人，总用文人的潜意识为生活中的人们赋予一些象征的意味，其实这种赋予是无效的，街道需要人清扫，车好走，人好走；大江需要人清扫，船好走，水好走。这才是现实的真切，这才是生活的现场。

　　无论风从哪个方向吹，
　　浪总会朝我扑来……

诗人哨兵的诗句说得很实在，不仅仅关于风，关于江，关于浪——
想起一个问题，打断秦渔明的笑容，"你为什么看上这么个桡胡子？"
秦渔明笑了，"我爹也是桡胡子！"
码头近啦——

成都，人生最后的驿站

成都，人生最后的驿站。

把这句话发给女儿。女儿说，语气很苍凉，表达很现实，行动很走心，思维很有前瞻性！

女儿在成都，我们在万州。

在我们这一代，父母在哪里，家就在哪里。在我们下一代，女儿在哪里，家就在哪里。父母有很多的儿子，我们只有一个女儿。

我们祖辈是四川人，成都之于四川人，就像拉萨之于西藏人，都是心中的圣城。

如果说布达拉宫是西藏人必去的圣地，成都红星路二段85号，成都红星路二段70号，一处是《四川文学》编辑部，一处是《四川日报》编辑部，则是我们基层作家最向往的圣地。

在我对省城成都的向往之中，在我还来不及奔赴那方天府之国的蓉城，还来不及走进红星路二段那两方圣地，"高峡出平湖"的三峡工程，让我们一下从四川人变成重庆人。人生档案的籍贯填写从"四川万县"到"重庆万州"，未来还会不会有新的填法，我们只有"日暮乡关何处是"的崔颢般的乡愁啦！自己是哪里人这么一个简单的问题，在人生各个阶段填写表格时如此支支吾吾，因为我们无法回答：我们究竟是四川人还是重庆人？

女儿在回答。

2012年6月。女儿高中毕业，凭着她出色的外语成绩，我一直认为她选择的大学会是"上外"或者"北外"，结果她选择的是西南财大。

2012年9月10日，我送女儿到西南财大上学。作为一个老四川人，我给自己设想了很多走向成都的理由和画面，最后却以给女儿当"书童"的方式走进向往的成都，作为父亲，多少有些人生的失落和手足无措。

西南财大新校区在成都温江。办完所有的入学手续，女儿摊开一张成都地图，峨眉山？青城山？都江堰？杜甫草堂？

女儿最懂父亲。

不去！大学四年，万州至成都必然成为家庭最红的热线，我们有的是时间去拜山拜水拜草堂。我们在学校附近一处叫"国色天香乐园"的地方要了咖啡。地是成都的地，水是成都的水，天是成都的天，景色却是世界各地名城名镇的微缩景观复制，感觉成都故意对我拉着幕布。世界在眼中，成都在心中。不着急，有女儿在成都读书，我们会有大把大把的时间，大堆大堆的理由去阅读明天的成都。

四年一晃过去，女儿不邀请，我们不主动，关键是女儿不喜欢我们以监督的方式去探望她的学习。2016 年 9 月，女儿考取了英国布里斯托大学。待我们赶到成都双流机场，天已经黑了。就在我们走进机场的时候，女儿乘坐的飞机已经投入茫茫的夜空，飞往遥远的大不列颠，飞往遥远的英语天空。

成都，擦肩而过，仰望天空，只有泪水。

成都，今夜请将我遗忘。请问作家慕容雪村，我们能够遗忘成都吗？成都，这会是我们最后的夜空？

2018 年元旦，在成都工作的四哥的女儿结婚，我们的女儿刚好从英国硕士毕业回国。在侄女婚礼宴席上，我们问女儿回国工作的打算，我们渴望她口中的城市是重庆或者万州，这是我们暗示很久很久的地名。女儿严肃地站起来，严肃地表达："重庆还是万州？这是个问题！"我们知道女儿还在莎士比亚的戏剧天空，但是这两个选择都不是我们的问题。女儿最后指着她的姐姐我的侄女她的四伯我的四哥，拖长口气——"成都！"

望着开怀大笑的女儿，开怀大笑的四哥，开怀大笑的侄女，我不明白这是"榜样的力量"还是"秘密的串联"？

成都，女儿就这样给我们指定了人生最后的驿站！

女儿摊开地图，说在她到单位报到之前，她有大把大把的时间陪我们走遍成都，吃遍成都。峨眉山？都江堰？杜甫草堂？青城山？担担面？夫妻肺片？抄手？

我问——可以去红星路二段吗？

女儿的表情从懵懂到顿悟——你想去拜访《四川文学》和《四川日报》编辑部？

女儿就是懂她的父亲。

女儿走向报亭，买来《四川文学》和《四川日报》——父亲大人，当年发表你作品的编辑也许已经退休也许已经随儿女去了其他的城市，再等十年，不，十年零四个月，一个退休的曾经四川作家曾经重庆作家走进《四川文学》《四川日报》，那是多么沧海桑田的历史会见啊！

女儿不愧是学会计的。

遥想漫长的退休岁月，遥想漫长的守望女儿未来的岁月，我们清楚地知道，我们将有大把大把的时间去翻阅人生最后的故乡成都，去守望人生最后的文学理想，今天的这些文学编辑会是我们以后茶馆的茶友川剧剧场的票友——女儿已经把我们领到去青城山的路上！

不知是女儿刻意地安排，还是我一个文人多余的联想，道生一，一生二，二生三，三生万物，是我们几十年的修行才换得今天在道教圣地的跪拜？是我们几十年的修行才换得天府之国最后的安居？

问道青城山，钟声悠悠，烛香悠悠——

高铁一小时，动车两小时，自驾三小时，绿皮火车十二小时，这是重庆到成都的时空距离，万州排不进今天的双城记。"成渝万"三城的历史表述，早已消逝在语言的河流之上，万州走不进两座伟大城市之间的对话。

高铁三个半小时，动车八小时，自驾七小时，微信眨眼间，电话嘀嗒中，这是万州到成都的时空距离。我们只是重庆城外之城。

看天气预报，我会关注头顶的万州和远远的成都，那是我今天的家乡和未来的家园。

万州到成都，就是一幅电视画面撤换到另一幅电视画面的距离，就是主持人一句话撤换到另一句话的距离。

吃重庆火锅、万州烤鱼、万州格格、万州炸酱面，我会想念成都担担面、夫妻肺片、抄手、串串、麻辣兔头、钵钵鸡，那是今天的万州之味和未来的成都之味。成都老牌美食刊物《四川烹饪》约我写万州美食的系列文章，我写《火烧黄鳝》《槐花麦饭》《斑鸠叶豆腐》等二十多种三峡美食，我写《万州烤鱼》《万州格格》《万州面》"万州美食三绝"。与其说对三峡对万州美食的记录，不如说是对故乡美食的心灵备忘录。我同故乡的报刊相约，八年之后给我一些版面，我预约成都美食在老家的记录。记住我们的胃，记住我们的味，就能记住我们从哪里来，我们到哪里去。

万州到成都，就是一只碗一杯酒一双筷的距离。

填写几十年的籍贯和出生年月，在出生年月上加上六十年就是我自己的退休年龄，那是人生履职的岁月，八年零六个月，我已经到了思考和谋划退休的年龄，这是一个即将退休终将随女"远嫁"成都的父亲人生履职的时光距离，成都在等着我——

看峨眉日出，那一天，我会从日出看到日落；

拜杜甫草堂，那一天，我会数清为秋风所破歌的每一根茅草每一句杜诗；

拜水都江堰，那一天，我会记录好每一朵浪花岁月的微笑……

味 上 万 州

向往一座城市，从城市之味开始。

一座城市有一座城市的味道，不分大小，不讲排名。

古老的江城万州很喜欢这种波澜不惊的语境。

众水会涪万，瞿塘争一门。诗圣杜甫给万州写了一首很大气的诗，长江汇众水聚会万州，给江城万州一方浩渺的江面，万州有了海纳百川的包容，万数之州，天下万州，万州就是天下万州中之一州，绝无州临天下之狂。在历史语言的河流之上，人们曾用"成渝万"（成都、重庆、万州）并称巴蜀三城，万州没有张扬。今天人们用"双城记"（成都、重庆）描绘西部两座大城，万州从三城并称中淡出，万州没有失落。

关于成都、重庆的城市名号，那是我后来的地名星空。在一个乡村孩子心中，万州（那时叫万县市）才是心目中最大最向往的城市，走进万州，那是我们仰望天空的力量。

1983 年夏天，我初中毕业，获得到万州参加中专考试的机会。父亲细心地给我准备行李，一再叮嘱我别忘了到城里面摊上吃一碗炸酱面，到西山茶楼去听一段竹琴。父亲早年在万州（那时叫万县市）城里一家药铺当过伙计，父亲最大的心愿就是能够再走进城里，吃一碗炸酱面，听一段竹琴。

山那边遥远的江城万州，我想象不出那些高楼那些街道，我心中的城市就是父亲口中那碗面、那段竹琴声。

步行几十里山路，等到一辆开往万州的客车，翻越几十座高山，客车把我送进较场坝车站，那是当年万州唯一的车站。走下汽车，扑面而来的不是炸酱面的香味，而是柏油路的柏油味——软软的路面，一脚下去一个窝窝，鞋上立刻镶上一圈黑边……

找到要考试的学校，走出学校大门，门口有一家面摊，"来考试？来一碗炸酱面吧！吃饱啦，睡一觉，好好考！"老板端出一碗面，上面铺满了黄亮亮的炸酱。没有太多的客人，老板操着竹琴在悠悠地弹唱，那香味跟着悠远的竹琴声飘进我的心里。

考完最后一科，来到校门口的面摊，老板端出一碗炸酱面，又用铜瓢给我碗里加了半瓢炸酱，"以后别忘了到我这里吃炸酱面！"

我不敢回答老板，我不敢回答自己，对于这座城市，我有以后吗？

老板指了我西山茶楼的位置，我记着父亲的话。疾风骤雨的竹琴声闹台后，表演者上台啦——

　　巴渝所辖百多县，热闹不过成渝万，万县要算小重庆，四十八景摆当心……

钟声悠悠，竹琴悠悠，江水悠悠，如同面前的江水，我不知道流向何处——

城里有几所中专学校，我考取的是位于乡下的师范学校，毕业后回到的还是乡下的中学教书，这是我预料中的结局，我辜负了那半瓢炸酱。对于山那边的江城万州，除了遥望还是遥望。几年过去，半边之街的江城如同当年考试的那些教科书早已经发黄，心中最急切的是那碗炸酱面味道的召唤，那方校门还在吗？那方面摊还在吗？对一碗面的向往，给了我遥望城市的力量。

1992年4月3日傍晚7点零5分，中央电视台播音员以充满激情的语调向世界报道："全国人大七届五次会议通过了三峡工程议案！"

全世界目光一起投向古老长江。

非常巧合的是，第二天，一纸调令召唤我从一名乡村中学教师成为一名报社记者。这次，父亲没有叫我走山路，要我走水路，从学校边的天缘河，走向浦里河，从浦里河走向小江，从小江走向长江，走向万州码头。

一条河走向远方的河生，就是我的人生，我突然明白父亲的心思。

走下码头，江水很低，城市很高，那座叫西山钟楼的万州城市地标，必须尽力仰视。奔流的长江高峡平湖之前，江城万州下有夔门、巫峡，上有巴阳峡，万州是长江上一方枕梦驿站，轮船逆流而上还是顺流而下，总要在万州抛锚停靠，第二天再冲险滩激流。搏浪闯滩的江轮散发出浓烈的柴油味，汇集川东各地桐油、榨菜、猪鬃、生漆、煤炭、药材之味，扑鼻而来，启开江城万州味的封面。

从码头望上去，城市上半部是林立的高楼，繁华的街市，下半部是低矮的楼房，破败的街市，就像一个人上身穿着时髦的西装，下身却是补丁处处的破裤——这会是我就要投入的城市？

高峡出平湖，古老的长江从一条江到一汪湖，江湖之变，水涨村高，水涨城高。三峡百万移民，万州独占四分之一，城市175米水位线下到处是红油漆刷写的大大的句号，句号中是红红的"拆"字。

我们报社的公房画上了红色的句号，句号中是鲜红的"拆"。面对那些还是荒草成片的移民安置区，租房不知该租何处。那个年代还没有买房的概念，再说就算有，我一个乡村教师有能力买吗？把城市想象成森林，给了我乡村般的温馨，万家灯火，却没有一处灯火一扇窗口属于我，万州把我装进鲜红的户口本黄硕的粮油本中。我在办公室竹椅上聆听过春夜的秘密，在大街屋檐下掀开过夏日的晨曦，在小酒店昏暗的灯下煮热过秋日私语，在朋友家的温馨中弹奏过严冬尴尬的宿曲……那些日子里，我多么像一丝轻风、一根枯草、一只孤雀，我多么渴望有一间属于自己的房子，在里面蒙着被子呼呼睡上一天。

作为一名新闻记者，我走进那些"拆"的句号中，我的笔、我的镜头、我的眼睛，记录着那些拆迁的楼房、街道、码头、店铺、古巷、古桥、古树、古井，三峡清库的人流和机械抹去那些砖、那些瓦、那些牌匾、那些青石板路。古树搬走，古井搬不动，单位搬走，人往高处，地名搬不动……

上涨的江水淹没江边的古城，让这座城市的名字从万县市到万州移民开发区、万县区直到今天的万州区。我们各种人生表格籍贯一栏从"四川省万县地区""四川省万县市"到"四川省万州移民开发区""重庆市万县区"直到今天"重庆市万州区"。对于这座1800多年历史的古老江城，我们没有更多惊讶，漫长的历史岁月给了这座城市曰羊渠，曰南浦，曰鱼泉，曰安乡，曰万州，曰万县，直到今天曰万州的城名，这是万州的历史滋味，这是丰富多彩的味上万州的源头。

城还是那座城，城市的名字却在不断地变化，感觉就像我家的老屋，有人在不断更换我家的门楣，给了我无尽的伤感。关键是我供职的报纸因为城市名字的变化，从一张记录三峡流域的日报变成记录这座城市的都市报，给了我无尽的失落。我的伤感和失落向南方我同学供职的报社表达，同学很快回信，到南方来，我们等着你。

办理完调动手续，我来到江边，江边人很多，大家指着波光粼粼的湖面，说水波之下哪里是他们的老街，哪里是他们的古井。一个老人操着竹琴，对着江水弹唱《万县八景》。走到老人身边，我突然发现老人居然就是当年多给我半瓢炸酱的老人。老人并没有认出我，他说当年考试的学生很多，学校已经搬迁，他老了，孩子们都有工作了，不准他再摆面摊，他有时间来操演竹琴，用万州古老的竹琴给子孙们讲述古老的万州。我的眼里突然有泪，录下竹琴声发给同学，郑重地说——

我不敢当逃兵！

水在哪里，路在哪里。城在哪里，人在哪里。人在哪里，情在哪里。

万县长江大桥一桥飞架长江，城市扩展到五桥；

万州大桥、万安大桥长虹卧波，城市扩展到周家坝；

万州长江二桥、万州长江三桥、驸马长江大桥、新田长江大桥落虹长江之上，城市扩展到江南新区、申明坝工业园区、塘坊高铁片区、高峰经济开发区……

就像一位泼墨的画家在大地上的杰作，地名记着所有的事。

那汪水盈盈上涨，让我们的情感变得柔软，因水而心如明镜。在湖的激滟波光里，水之下，是万州古村古城的魂魄，是万州人岁月的重量。我们看自己的倒影，看城市的前世今生。我们看水，我们听水，我们听到来自乡村的滴答声，那是三峡的滴答声，汇成这样一汪浩渺大湖，不简单是水滴的汇集、浪花的汇集、鸥影的汇集，是水的汇集，是大美的汇集，是人心的汇集，更是中华民族伟大复兴力量的汇集。

环湖皆城，湖外还有城。

当年的车站、码头、高高陡陡的石梯沉入江底，宽阔平静的湖波给了万州最阔爽的湖面，成为万州一方波光粼粼的宏大客厅。因为三峡水库，因为高峡平湖，我给人们讲述桥都、湖城、江城、移民城，我每年的城市讲述还得因为平湖水位分两个层次述说，这是万州不同于其他城市的最大标志。每年五月，平湖三角梅怒放，平湖花开中国红的时候，三峡水库开始放水到 145 米汛期水位，水天一色的城市突然开朗起来，大船桅杆下降到滨江路之下，岸边消落带上红色中山杉茂盛的水中森林成为岸边绿色森林。一到九月，三峡水库开始蓄水到 175 米水位，中山杉绿色森林再次沉入江波，从绿色变为红色。大船升起来，桅杆高起来，下船就是滨江路，滨江路上是新城，船比路高，城与江更近。宽阔的湖面，平静的江波，淡去了码头独有的柴油味，闻味变成了感味、听味，曾经高高在上的西山钟楼就在江畔，钟声响起，客船的夜半钟声不再悬空，仿佛就在指尖、脚畔。

天空之下，大江之边，一湖灯，一湖船，一湖城，一湖风……

大家奔着三峡来，奔着万州来，奔着平湖来，就为这汪水，就为这汪湖，就为这方告别故土、再造家园的三峡移民——

江湖万州，这里的热闹叫"轻舟已过万重山"，这里的爱情叫"我望槐花几时开"，这里的豁达叫"唯见长江天际流"，这里的欢歌叫"太阳出来喜洋洋"，这里的奉献叫"告别故土再造家园"，这里的力量叫"不尽长江滚滚来"……

感谢三峡移民，给了我们凤凰涅槃的新城，给了我江边的新房和人生成就的高度。面朝大江，漫步新城，我突然发觉这座城市的城生如同我的人生，有过岁月的考验，有过岁月的落寞，有过岁月的阵痛，有过岁月的沉思，才有了今天的脱颖而出。作为城市发展的见证者，我讲述万州的历史之味、移民之味、平湖之味，结果这种滋味并不让人理解和共鸣，他们不为我那些记录城市的照片和文字感动，却为我同事拍摄的几千张城市那些拆除的窗子照片感动，每一扇窗子有每一扇窗子的故事。为我邀请的万州那些古老的美食感动，我突然明白人们对一座城市味道的向往和留恋往往直接到那些很有地方特色的美食，这才是大家认同的。一个人的胃对食物的记忆是刻骨铭心的，它是我们最诚实的器官，永远不会因为岁月的漫漫风尘淡去，蒙上眼睛，把你空投某座城市，那熟悉和感动的味道立刻唤醒你所有的记忆，比如北京烤鸭、天津狗不理包子、昆明过桥米线、重庆火锅……

2019 年世界大河歌会，以平湖为背景唱响世界。南方回来的同学带着中外记者要我请他们吃夜宵，我问是吃高档的还是低档的。大家说当然是低档的。我说那我们回酒店。大家说那就高档的——

我把他们带到江边的面馆，给每人喊了一碗炸酱面。面是普通的面条，面条上覆盖着融一方水土一方江城美味集成的炸酱，也融合了万州"万川毕汇、万商云集"的包容气势，这碗面就叫炸酱面。随着各地客商纷至沓来，各种口味呼唤的云集，从最初的五花肉炸成的炸酱到舀上红烧的牛肉就是牛肉面，舀上红烧的肥肠就是肥肠面，还有酸菜面、腰花面、鸡杂面、杂烩面、鳝鱼面、海鲜面，长江从家门前流过，炸酱面的万州味也一路流到今天。

一番呼呼啦啦的声音之后，汉语英语日语的呼唤几乎同时响起："再来一碗！""我们还要高档的！"

走进小巷中的万州格格店，大家一见"格格"招牌，这是清朝公主"格格"开的店？老板端上"格格"，大家才知道万州格格是用较宽的竹皮盘卷而成圆形蒸格，俗称蒸笼，小碗大小，有竹把手，便于端取，就是一种古老的蒸菜，有羊肉格格、肥肠格格、排骨格格，很多品种。一方大炉、一口大锅，里面全是一格一格热气腾腾的格格，就像这座城市的时光格，一格一格地端上来，一格一格地呈现在城市时光河流之上。现在大家比赛着面前矗立的格格的高度，格格的麻辣让他们忘记了时光，忘记了胃的抗议，我说还有万州烤鱼，万州可是"中国烤鱼之乡"！他们终于愤怒，说要投诉我，投诉我不该安排他们吃在大酒店。

我一直羡慕那些远离故乡的人们，他们能够超越故土，过上一种不同于祖辈父辈的生活，行过万里之路再回眸故乡之书，我是无法拥有那种蓦然回首的格局，我是故乡永远的守望者。

讨好地给同学和他们的记者团带上包装精美的万州炸酱面，他们抱怨说，面可以带走，这汪湖带不走，这湖灯带不走。我们漫步滨江路，等待他们蓦然回首的感怀，结果同学却说："老同学，我太羡慕你，在这样温馨的江城，捧上这样一碗美味的炸酱面，数点时光的格格，生活在故乡的味道之中，人生还有比这更踏实的幸福吗？"

江风吹来，传来远处高楼上悠远的竹琴声，湖映江城，城在湖中……

问　山

山里孩子生下来，大人们会抱着我们面朝大山拜祭。

拜山，是我们山里孩子一生中第一件大事。

"山神爷！我们和孩子给你磕头啦！请收下你的孩子！"

拜山，喊山，孩子，这是天地给我们的一座山。

我们的大山巍然挺立在大地之上，地图上的名字叫铁峰山，也有叫歇凤山，这两种表达与四川方言的发音有关，大家喊过去喊过来，谁也不敢确定祖辈们最先给山喊的名字。地图上的事情我们不去考究。在乡亲们语言河流之上，我们山这边喊蛤蟆石山，山那边喊凤凰山。

蛤蟆石山，你是祖先们最早喊出的名字吗？

我们喊蛤蟆石山，山顶有一方巨石，看上去就像蹲在山顶望天的蛤蟆。山那边喊凤凰山，在他们仰望中，那方巨石像凤凰展翅。一座山，一方石，你心中像什么，它就是什么。有一点必须补充，山那边的乡村有国道公路、铁路和长江经过，通往所有的城市，它最近的城市叫万州。我们山这边仰望着大山，遥远地想着山那边的繁华，"癞蛤蟆想吃天鹅肉"躺在成语里，我们躺在蛤蟆石山里，我们喊蛤蟆石山，我们的心思是复杂的。

我们的祖先从遥远的地方迁徙过来，我们的蛤蟆石山从哪里来？它也是从遥远的地方走过来的吗？显然这是一个很笨的问题。安居才能乐业，没有山，我们到哪里安居？

蛤蟆石山，是天地给我们的！

村里有多少人，多少庄稼，多少牲口，多少水井，多少石磨，多少晒场，村里人清楚得很，我们是村庄的主人。

蛤蟆石山中有多少树，多少鸟，多少小溪，多少山洞，多少动物，我们说不清楚，山最清楚，但是山不说。

走进村庄，人是村庄的主人。

走进蛤蟆石，谁是大山的主人？

问树。我们蛤蟆石山有多少根树，无法回答。就算问有多少种树，也无法回答。山中最多的树是松树和柏树，那是村庄特别上心的树。笔直的松树是屋顶的房梁、檩条、椽子，是家屋的床、桌、凳。长得有些弯曲的松树会让木匠看中，挂上一块大石头，让它弯成木犁的弓形。柏树是老人们打造"千年屋"（棺材）的树，在亲人们燃点的烛香中躺进散发柏香的"千年屋"，从家屋抬上村里向阳的山坡，这是村庄一个人的一生。

乡村的人，把墓碑和棺材看得十分重要，可以吃简单的饭菜，可以住简陋的房屋，但拼命也要准备好这两样东西——于是养树，在家屋前后养一株柏树。于是认树，在山林中认定一棵属于自己的柏树。人在村庄长自己，树在山林长自己。那株树长在山林里，最后回到山林里。

村里的木匠，一辈子砍树，砍过多少根树，自己不知道，最后留给自己的只有一棵树，那一棵树最后回到的地方一定是山林。

山林中还有很多很多的树，没有植物学家的指引，我们叫不出它们的名字，我们只能喊它们树。树不是自己种下的，是风种下的，是鸟种下的，是人种下的，后来有了飞机，是飞机把树种撒下的。

所以，树不敢说自己是大山的主人。

在时光的河流逆流而上，我们村庄也长满树，只是后来我们把树砍掉，种上了人，种上了庄稼，种上了牲畜，种上了人间烟火。

所以，我们不敢说我们是大山的主人。

山林中一年四季都是绿的，绿色在山林中就成为我们忽略的颜色。红色才是山林的颜色。映山红开了，那是山林的夏天。枫叶红了，红火棘红了，那是山林的秋天。没有大树挺拔的地方，一山的红，一梁的红，一坡的红，一村的红。有大树挺拔的地方，走进山林，那些挺拔的大树像是走在红毯之上。究竟大树是明星，还是映山红、红火棘是明星？

我们不知道谁在大山之中走秀？

致敬每一棵树，它们让我们进入时光的河流，帮我们回溯，帮我们还原，帮我们修正。

我们心中总长着一棵树。

山林深处总有一些被风吹倒的树，慢慢枯死的树，松毛虫、天牛虫一口一口咬死的树，像村里老人一样安详老去寿终正寝的树。在树倒下的地方，那片山林一下显得亮堂起来，像是给山林开了一扇树窗。早些年，村里人进山最大的愿望就是希望碰见一棵倒下的树或者死去的树，心安理得地扛回家，劈成一块一块的柴火，堆在屋檐下。

旺盛生长的树，没有村里的同意，没有请村上德高望重的人给树写下砍树的树帖，谁也不会对大树起歹心。要在山林砍一棵树，我们会提前七天给树贴上树帖，让树上的神仙提前搬家到另外的大树上。

村庄偷树的人，是大家不齿的不肖子孙。

那个年代里的山林特别地干净，枯死的树有人惦记，山林中的杂树有人惦记，就连地上的松毛、落叶都给进山砍柴的人用竹耙刮得非常干净，山林不是秋风扫落叶，是人在扫落叶。

惦记得最多的还是那些挺拔的树，山林里稍微长得粗壮笔直的树，都有无数双眼睛盯着，大家知道偷树会得罪山神树神，甚至有被民兵请到公社学习班的可能。大家依然会铤而走险，那些树是瓦屋上的大梁、椽檩，是家里的柴米油盐。在山里能够变成现钱的除了粮食、牲畜和鸡鸭鹅蛋，就是山林里的树，这也是大家能够想到的唯一能变现钱的东西。于是这些树总在一些月黑风高的夜晚倒下，走进家里最隐蔽的地方。人们用柴灰在刚砍下的树的年轮上不断地抹，造成是很早就砍下的迹象，应付村里民兵的检查。那些年代说山林有树，几乎是说给小树听的，大树在山林很难长到我们所希望的栋梁之材。

现在我们回到山林中，总能见到枯死的树，风吹倒的树，有的干枯地站着，有的平静地躺着，长满青苔，长满木耳，长满山菌，没有人去张罗它们，村里已经用上液化气和电，很少有人家用柴火煮饭。村里的房子都是混凝土的小洋楼，很少用大树去支撑。

谁还会走进山林深处？

今天的山林里更多的是挺拔的大树，到处都是。当年我们在山林见到一棵大树会特别惊讶，就像村里突然考出一个大学生。现在这种惊讶让我们唯一能表达的只有"啊"字，连这个"啊"也会被堵在喉咙。就像我们在山谷河水中见到鱼一样，当年在河滩中见到一条鱼就特别兴奋，现在的河水里游动着无数的鱼，自由自在，永远不会担心有人把手或者网伸向它们。山林中的大树就有河水中鱼儿游动的气势，一群群，一排排，一坡坡，在山林里游动，在蓝天下游动。

谁冷落了山林？

树窗打开，树的种子让风吹进来，让鸟粪排出来，几年后那扇树窗又会被补上。树窗是山林之门，是物种之门，是生命之门。除了人为地砍伐，山林永远不会出现人一样的秃顶。

这是山林的生生不息。

有大树的山才是大山。

问鸟。龙归大海，鸟归林，人归村庄。山林是鸟的村庄。鸟总会栖息在树枝上，山林中很多树又是鸟种下的，鸟和树不会去争论谁是山林的主人。

仰望每一只鸟，鸟的身上总有天空的色彩，太阳的色彩，树木的色彩，河流的色彩，白雪的色彩，大地的色彩。鸟的身上穿着它们，鸟的心中装着它们，就像我们人一样，我们都是天地之间巨幅画中的小品。

山林中一年四季都留下来的鸟，比如麻雀，麻雀给我们的感觉总是很饿的样子，就像当年的我们，整天都在慌慌张张地到处找吃的。

比如乌鸦，那身黑色的装束总给我们沉重，感觉那些年代乌鸦很多，总在天空飞着。一群乌鸦哀叫着飞过，村庄某个地方会传来几声鞭炮，接着是一串撕心裂肺的哭声。没有过几天，乌鸦又飞过，鞭炮又响起，哭声又来啦。喜鹊叫喜，乌鸦叫丧，感觉远去的那些年代村庄死人的时候真多。

山林中鸟儿飞得高，看得远，它们无时无刻不在关注着村庄每一个人的生和死。在村庄，迎来一个人的生不是什么大事，送别一个人的走绝对是村庄的大事。所以在村庄，一个人死了，绝对不会说谁谁谁死了，都会说谁谁谁走了。村庄一个人要走啦，乌鸦会叫，狗会咬，更为准确预报的是一种叫抬山雀的鸟。声音像是从地底下穿出来一样，浑厚、悠远，像人们抬石头、抬棺材时喊的抬山号子，直直地走到人心里。这是比乌鸦叫更为准确更为悲恐的鸟鸣。这种鸟鸣是母亲告诉我的，母亲听见抬山雀叫过，会悲伤地告诉我们，村里又有一个老人看不到明天的太阳啦。后来我问了很多鸟类学家，他们都不知道这种鸟。

母亲走的那天，我在外地出差，没有听到乌鸦叫，也没有听到抬山雀叫。

抬山雀是一种什么样的奇鸟？

母亲走了，我问谁去？

如今回到村庄，村子里尽管没有了多少人，麻雀、燕子、喜鹊却特别地多，鸟们不在乎村里是否有人关注，有土地就会有鸟，有树就会有鸟，有天空就会有鸟，大地之上，鸟只取一枝歇脚。

鸟是天空中的鸟，我们是大地上的鸟。

不知是心情的原因，还是乌鸦飞过的那一刻我没有赶上，今天的村庄乌鸦真的很难见到。

村里的人绝对不是乌鸦一声声叫走的。

山林中鸟类学家所描绘的留鸟并不是很多，山林中更多的是候鸟。

每一个季节，季节的每一个阶段都特别青睐某种鸟类，它们踏着季节的节拍走进山林。迎春花、桃花、李花、蒲公英告诉我们去见燕子。杜鹃花开，斑鸠树叶绿会告诉我们去见斑鸠。背上背着天空色彩，胸脯贴着大地颜色的知更鸟，像是春天来的，又感觉是和大雁、天鹅、青桩、野鸭等一起在夏天来的，唯一肯定的是不会是冬天来的，白雪中飞翔的天蓝地绿那是很醒目的。

回到今天的山林，回到今天的村庄，春夏季节是山林中鸟儿最多的季节，是村庄人最少的季节，村庄的年轻人成了"候鸟"。山林中的冬天是安静的，鸟儿们大多飞走啦，村庄的冬天却是最热闹的，外出打工的"候鸟"陆续回到了村庄。

鸟在树枝上栖息，鸟在树枝上筑巢，小时候鸟在父母的繁殖领域内，长大后，要么自行飞走，要么被父母驱赶走，自行安家，就像村庄多子家庭分家一样。树木分杈，人多分家。北雁南飞，燕子春来秋去，一生都在繁殖地和非繁殖地之间奔波往返。

我们其实也是大地上的候鸟。

仰望一只鸟，仰望它们的自由飞翔，更多的时候我们是在对鸟儿们捕虫本领致敬。鸟儿的眼神细致入微，目标精准到位。看好哪只虫便是哪只虫，意动则身至，一举将猎物抓住，立马又返回到栖息的地方。想做一只鸟，不只想自由自在地飞，也想有鸟捕虫的本领，能够站在地上，对高枝上的山果、悬崖上的鲜花、荆棘丛里的绿草，意动则身至。

仰望一群鸟，仰望它们的欢乐，鸟的欢乐就是它们的飞翔它们的歌声。鸟永远一副欢笑的面容。山林中的树，山林中的草，山林中的花，山林中的溪，山林中的一切，都是欢笑的面容，它们没有我们村庄这么多的心思和忧思。

画眉的歌声婉转悠扬，

黄鹂的歌声悱恻缠绵，

百灵的歌声清脆悦耳。

我们在很多的音乐网站总能听到不同歌手的歌，每一座山林都是一个宏大的音乐网站，我们能听到不同鸟儿的歌声、松涛的浪声、小溪的叮咚声、山花的花开声。网站的音乐是录制的，你今天去听，明天去听，它们都在那里。山林的音乐是现场直播，你上一秒钟听到的和下一秒钟听到的绝对不同。山林的音乐之声没有重复，只有下一秒，没有上一秒。

对山林中的鸟，我们特别崇拜的是鹰。鹰在天空中总是自由自在，无忧无虑的。它有时优哉游哉地翱翔于天空，几乎没有振动过它的翅膀，这是天空中最独特的。它有时壮观地扇动着翅膀，不断盘旋，冲向高空；有时兴致突发，双翅半闭，如一张弯弓，从天空直劈而下，似乎让自己在大地上摔个粉身碎骨，就在撞向大地的时候，突然张开双翅弹回天空。这是表演给鸟看？给人看？给山看？给天空看？

谁也摸不透鹰的心思。

林子大了，什么鸟都有。

在山林中，这是真实的表达。

在村庄，这是抱怨的表达，人毕竟不是鸟。

天地给我们一座山，花草树木的生长，鸟儿的飞翔，是牛羊的厨房和健身房。牛上班的地方在田间地头，在碾坊。老家山路崎岖狭窄，牛拉车的本领派不上用场，只好练就拉犁、拉石碾的本领。猪啊，羊啊，鸡啊，鸭啊，鹅啊，是山林中最轻松的，它们几乎不用上班，只知道在山林和山村中生和长，生和长是它们的本领。

天地给我们一座山，那是我们的粮仓，那是我们的菜园，那是我们的花园，那是我们的果园。哪怕日子过得多么惶恐，抬头望见山，心中格外踏实。

不怕！我们还有一座山！

山林给了我们灯火香、柴火香，村里人几乎每天都会走进山林割松香、砍柴、割草、挖野菜。最开始，我们在山林边上就能在大松树上割到很多松香，带回家点松油灯，就能砍到很多的柴，割到很多的草，几乎不用怎么费力，遍地是大松树和各种各样的灌木杂树，杂树之下就有很多鲜嫩的牛羊吃的草。进山的人多啦，割松香、砍柴得走到山林深处。守着大山，砍柴居然成了很困难的事情。

山林一直给了我们唇齿香，这是大山给我们最美好的记忆，这是山林的味道，这是山林的恩惠。

山林里好吃的、能吃的很多，如蕨、笋、菌之类，如溪中的小鱼，如四季的野果，一直是村庄柴火香中的美味。说山林四季如桌，一点也不夸张，在山林中是不会饿死人的，山林处处都是饭桌。

特别是春天，那是山林最豪华的季节。

初春的小雨如酥，大地像发酵的馒头。其他植物还是小心翼翼地冒点尖、冒点芽打探春天的消息，野小蒜已经从土里冒出头来，亭亭玉立，发出特殊的清香。野小蒜在四川话中也喊"野撬蒜""野薤头",更多地方喊"野胡葱",估计是"小"和"撬"在四川方言发音上也有了混搭。事实上春天挖野撬蒜最正确的动作还真是在土里撬,用竹片、用木片小心地把野小蒜从土里撬出来,唯恐伤了野小蒜的头。野小蒜的清香是菜地里的家蒜、家葱、家薤头无法替代的,家花哪有野花香,家菜哪有野菜香,这不是偏见,这是味上的真理。炒鸡蛋、炒羊肉、炒腊肉,味道妙不可言,就算找不到食材相伴,野小蒜独立上场,或清炒,或凉拌,一定会多吃好几碗米饭,特别地开味、开胃。

三月八,吃椿芽。从漫长的冬天走过来,地上看着野小蒜,树上望着香椿芽,这是春天最重要的两件事。春雨过后,椿芽抽芽,红如玛瑙,绿似翡翠,幽香四溢。"嚼之竟日香齿牙",椿芽是桌上的珍蔬,凉拌椿芽最简单,鸡蛋炒椿芽是最基本的吃法,腊肉炒春芽现在是我们的家常便饭,过去几十年还是有些奢侈,椿芽处处有,腊肉却是当年的稀罕之物。春来几日鲜,谷雨一过,椿芽没有先前的娇羞和红润,再过几日,叶舒展开来,没有了香气,也嚼不动啦!大人们会把椿芽腌起来,放上盐,封在坛里,让椿芽的清香延伸到夏天。

树上还能够饱我们口福的还有刺桐树上的嫩芽、斑鸠叶、槐花、野栀子花、桃花、岩豆。刺桐嫩芽、野栀子花清炒。斑鸠叶做斑鸠叶豆腐。槐花和在面粉中蒸槐花麦饭。桃花和糯米、红枣炖煮。岩豆结在悬岩上,只要你有足够的胆量和攀登的力量,岩豆像向日葵一样炒来吃或者和猪肉炖来吃,那是大山珍奇的美味,吃过岩豆的人一定不多,那是很值得炫耀的事情。

只要你不想带走整片山林,山林总会给你听的、看的、吃的、喝的,山林无所不能,山林无所不有。

山林中更多的是随摘随采随吃的花果味。

"刺泡"是山林中随处可采到的山野美味。说"刺泡",城里长大的人会非常陌生,说它像小草莓一样,大家就有了形态上的感觉。山林中"刺泡"种类很多,有长在地上的"蛇泡儿",学名蛇莓,很像小号的草莓,特别红特别艳。大人们说是蛇的心爱之物,让我们采摘的时候特别胆怯,那是胆大的村里人敢吃的美味。我至今没有吃过"蛇泡儿",大人们的话在心中总有分量。有长在灌木刺上的"刺泡儿",有绿色的、有白色的刺藤,但是结出的"刺泡儿"都一样的鲜红，可惜我不能准确地用植物学的名称一一叫出来。村里根据农时喊它们"插秧泡""薅秧泡""玉米泡"，它们准时鲜红在农时里，感觉就像鲁迅笔下的"覆盆子"。色彩鲜红、多汁，甜中夹一丝儿酸味。侍弄好秧苗、玉米苗，走向田边地角，走向山林之中，每一个季节里上场的"刺泡儿"等在那里。用桐子叶、芭蕉叶包上，这是山林赐予季节的厚礼，这是山林赐予劳动的奖励。

杜鹃花酸中带甜，大把大把地大口大口地吃，我们的脸上是杜鹃红。

雨后的山林，松针上会结出晶莹的松糖，太阳出来，晶莹的松糖凝成乳白色的针尖大小的松糖，小心地摘下来，嘴里甜津津的，那是松针酿出的松蜜。

六月六，地果熟。七月半，地果烂。绿色的长藤匍匐在地上，小心地扒开泥土，一窝鲜红扁圆的果实静静地躺在大地之下。

春夏之际的野樱桃、野山桃、小李子树、野山梨、野葡萄、野猕猴桃、野杏，山林处处都可以摘到。就算到了秋冬，山野枯黄，白雪皑皑，山林中有柿子树挂满红灯笼一样的柿子，给秋冬点亮。有漫山的红火棘，一山红，一梁红，一坡红，所以它们也叫火把树，也叫救兵粮，成为漫长冬季唯一的果实。酸涩中夹杂着甘甜，甘甜中渗出清香。我们摘下火棘果带回家，磨成糊糊，加入一些高粱面、玉米面或干红苕面，那是乡间的美食，那些火棘果糊糊让我们度过漫长的寒冬——

所以，红火棘还有一个名字叫"救命粮"，这是长在树上的粮食。

城里人今天特别向往到村庄踏青，更多的是奔着山野的味道来的。

我们仰望一座山，山代表着高度，山代表着仰望，山代表着思想，山代表着品格，山代表着精神。每一个人心中都有一座山，我们心中的山就是蛤蟆石山。蛤蟆石山的高度不是问题，蛤蟆石山在众多的山林中的名号不是问题，比山高的是树，比树高的是人，比人高的是鸟，比鸟高的是天空。我们村庄的人生啦死啦，外出打工，外出考学，跟着儿女进城，村庄的人越来越少，蛤蟆石山还在那里。

我们置于山中，山也置于我们心中。

山林中本没有路。树不会走路，鸟在天空走路，花让蜜蜂走路，风不需要路。山林里的路是动物走出来的，是人走出来的，是溪水走出来的。除了我们这些总向往着远方的人，山林不会想更多的地方，水走弯道，山走起伏，山林想着花草树木，山林想着人和动物，山林想着天空和云朵。

山林没有了树，没有了动物，山就是死山。

这是大山的胸怀！

这是大山的高度！

我们仰望一座山，我们知道羊羔跪乳、乌鸦反哺，这两件天地之间最感恩的细节都发生在山林，天地给我们一座山林，我们给了山林什么？

问山，我们才知道我们从哪里来，到哪里去。

我们在山林中挖出很多很深的洞，洞里运出很多的煤，也有很多人没有运出来，葬身煤窑中。山林中有很多的煤窑，煤窑每隔一段时间会传出死人的消息，但谁也没有去关闭那些煤窑，那是山里人的银行，那是山里人的柴米油盐。山林中出现很多很多的挖煤洞，像人深陷进去的眼眶，没有一点神采。村庄里总有跳水塘、跳水井、跳河的人，那是村庄一时想不开的人们最后的选择，事实上村庄真往这些地方跳的人不多。村庄没有跳山的说法，山林煤窑中死去的人确实很多，那不是人去跳山，是山要埋人。

我们在山林中发现一块土地，土地上有特别适合烧陶瓷的酒黄泥和蒙脱石、高岭土，于是砍了周围的大树，建上房子，垒起陶窑，烧制陶缸、陶盆、陶碗、陶罐，那是山里唯一一家当年的国有工厂。他们和村庄的人同样玩着泥巴，但是他们是国家工人，是吃供应粮的，是与我们农民身份一拍两散的工人。

送郎啊送到豇豆林，手摸豇豆诉苦情，要学豇豆成双对，莫学茄子打单身。送郎啊送到海椒林，手摸海椒诉苦情，要学海椒红到老，莫学花椒起黑心……

苍凉忧伤的《送郎调》，从远古传来，穿过逶迤起伏的山坡，穿过沟沟峁峁的黄土。在我们川东一带的乡村，我们描述乡村，总描述着两种人，一是山上人，一是坝下人。坝下人是大家羡慕的人。说山上人，潜台词其实就一个字："穷"。无法改变的是，我们就是山上人。"山坡石坷垃，红苕洋芋苞谷粑。""睡的苞谷壳，住的茅草窝，走的泥巴路，吃的三大坨。"这是川东一带最辛酸的顺口溜，喊出乡村的酸楚，喊出乡村的无奈。顺口溜的出处就在我们蛤蟆石山。

当一方水土养不活一方人的时候，背井离乡是我们所能想到的最好的出路。山林中候鸟每年飞走，总会飞回来，我们一旦走出大山，就再也不想回头……

回到今天的故乡，《送郎调》依然是大家爱唱的调子，只是我再也听不出歌声里的悲伤。

> 短命吹手天寿锣，逼得我心碎意乱莫奈何！我的爸呀我的妈，我在你奶根脚长大，费尽二老苦心血。千般恩情我没报，万滴甘露未酬答。明日就要离开你，不知他家是个啥，内心话向谁表达……

我们山里姑娘远嫁他乡，《哭嫁歌》是必需的仪式，这是一个土家姑娘的绝唱，这是一个土家母亲的开篇。今天，在我们故乡听《哭嫁歌》，已经成为一场文艺的盛筵。在漫长的历史长河中，我们故乡的《哭嫁歌》在表达哭媒人、哭梳头、哭爹娘、哭姊妹、哭上轿的"中国式咏叹调"哭歌中，有辛酸的哭诉，有离别的交代，有未来岁月无知无底的泪雾，但是在哭声中我们听出的是向往，是憧憬，是幸福，苦到极致的大山，还有比家乡更穷的地方吗？告别大山，那是哭中的喜悦，那是哭中的欢笑，那是崭新生活的开篇！

《哭嫁歌》还在故乡唱诉，我们在昨天故事的唱诉中，唱颂的是今天的幸福。

一样的调子，不同的心情。

山那边的变化从上个世纪八十年代开始，考兵的走出大山，考学的走出大山，一群人陆续走出大山，世界对于乡村一下变大，我们站在村庄、站在山顶眺望远方的故乡人开始心跳加速，我们从心眼儿觉得上苍不会无缘无故打发一个人来到世上，背井离乡，逃离大山，才是做一个有用之人的开始。

当年我们仰望山顶，仰望山的那一边，那边有城市，那边有手上不会沾泥巴的城里人。翻过蛤蟆石山的人是大家羡慕的成功人士，我们信赖那座山，就像信赖我们的村庄我们的庄稼，但我们无时无刻不在向往着走出大山，翻过大山，去过上一种不同于祖辈们的生活。那种迫切的向往如同一条条小溪汇聚到山下的天缘河里，我们知道天缘河的前方是关龙河，关龙河的前方是浦里河，浦里河的前方是长江，长江边上有我们向往的城市万州。

我们望得更近的就是窑罐厂，每月拿上工资，每月吃上国家供应的粮油，成为我们最近的理想教材。山里那些刚参加工作的年轻人，他们经常走入大山，走进窑罐厂，这里有很多接父母班参加工作的年轻人，这里是山里爱情的"战备粮库"，粮库供应"供应粮"，这里供应"吃供应粮的人"……

仰望一座山，更为让我们心里隐隐作痛的是我们盲目地开荒种田。村庄的土地长不出更多的粮食，我们把眼光投向山林。砍掉一片一片的树，烧掉一片一片的山，企望让山林腾出一片长庄稼的土地。大火燃起来，野兔、狐狸、野猪、野鸡、松鼠、果子狸，漫山逃窜，从开荒的山林跑进蛤蟆石山深处，完全不顾沿路的人、沿路的村庄，只有一个目标，朝着有树的山林逃命，朝着没有人的山林逃命……

那是村庄最酸楚的回忆。

我们欠山林一个跪拜。

没有人在我们身边点上烧荒的火苗，对山那边的向往给了我们仰望大山仰望天空的力量。我和村庄的人们沿着山林中的古道走向山的那一边。我们的祖先从山林到村落，我们从村落到城市，史诗般迁徙就像一首如歌的行板。当年的村落最原始，曾经最热闹，如今却最落寞，一个村落面前仿佛有无数个时光的煤窑洞，一不小心便会被吞没。

我们在村庄的时候，我们做着城市的梦。我们到了城市，我们的梦中总是村庄总是山林。

山林和村庄是我们身上永远无法抹去的胎记。

每当我们迷茫无助、彷徨苦闷的时候，我们总会回到我们的村庄，我们的山林。

长久地去凝视一棵树、一株草、一朵花，长久地去凝视一条溪、一方滩、一方石，同是大地之子，我们为何走不进它们的心灵，读不懂它们的密码，不能像我们和父母兄弟亲戚朋友一样地交流。我们想成为一株树，把根深入大地之中聆听；流成一条小溪，把清泉流入大地的血管；变成一只小鸟，在天空中歌唱，在大地上漫步。我们就能走进山林中所有的生灵，听懂山林的嘱咐。

村庄里的人少啦，村庄里来的城里人却多啦！村庄和山林又开始热闹起来。

我一直对城里人有种固有的仰望，尽管我今天也从乡村走到了城里，但是我骨子里依然当我是村里的人。

走向那些在我们山林里的城里人，没有想到的是，他们中很多都是和我一样走向城里的乡村人，他们走南闯北，做着生意，开着工厂，最后他们还是回到了自己的乡村或者别人的乡村。城里的土地给不了他们预期的收获，只有回到乡村，站在大地之上，实诚的土地总能给他们预期的收获。

他们从我们乡村承包了一坡一坡的山林和土地，在当年那些刀耕火种的山林上重新栽上李树、槐树、猕猴桃树、茶树，成为果林、茶林、花林。它们和高处的山林融为一体，比高处的山林更绿，因为这些果林有人关照有人牵挂，它们是凤凰涅槃后的山林。

当年的窑罐厂和煤厂彻底关门，他们在留下的工厂遗址上，让乡愁作为最重要的元素，因势利导改造为以烧窑、挖煤为主题的民宿。沐浴着月光，枕梦松涛，在一家叫"矿咖"的咖啡屋泡上一杯咖啡，让我们在回眸中思考。

村庄回归到了山村，山成为大地的主题。山里人走向山外不再翻越蛤蟆石山的千年古道，古道成为城里人走向山林的打卡之道。

三十年河东，三十年河西，沧海桑田，桑田沧海。

当温饱不再成为乡亲们望天的忧伤，我们那些留在村里的乡亲们，和远远近近走进我们乡村成为我们新的乡亲们，开始关心那些山林、那些草场、那些野花。古老的山林、古老的村庄，激发大家建设蛤蟆石旅游度假区的灵感，给了他们做大乡村旅游大文章最美最富集的素材，流转村民田地、山林，建设古道房车露营基地，建设古道记民宿酒店和松林帐篷酒店，开启诗意旅居方式，成为三峡最高端的酒店。乡亲们在家门口的酒店当服务员，在自家山林养牛养羊，在自家土地种植无公害蔬菜，在度假区给远远近近的游客燃起篝火，表演摆手舞、《哭嫁歌》、《送郎调》、《土家酒歌》……

从灯火里的村庄到灯光里的村庄，从柴火里的村庄到液化气电气里的村庄，从古道上的村庄到高速路高铁路经过的村庄，从"太阳出来喜洋洋"到"不愁吃来不愁穿"……祖辈们走过几千年，我们刚好赶上。

"春种一粒粟，秋收万颗子。"

"运锄耕劚侵星起，陇亩丰盈满家喜。"

今天的村庄永远都没有诗人的后两句。

家在景区中，这是乡亲们做梦也没有想到的幸福！

选中一方帐篷住下，夜幕降临，风是那样轻爽，星星是那样近，天当房，地当床，枕梦天地之间。锣鼓响起来，篝火燃起来，歌唱起来。《送郎调》《哭嫁歌》《六口茶》在草场上响起，古老的歌谣，一样的曲调，不同的背景，不同的心境。

把自己的心思唱成一首歌，风声会帮我们传达。

清风的问候，松涛的抚摸，最甜的睡眠，让我们错过了山林的鸟鸣。正在我们遗憾中，突然传来羊的咩咩声。走出帐篷，松树、柏树、针叶林、阔叶林，如今都是秋天的七彩色，就像天地之间一方巨大的调色盘，七彩山林之上是白云，山中是白云，山顶白云在飘，山中白云在走。走向羊群，走向山中的白云，走向七彩山林，山林中牛羊多啦，鲜花多啦，鸟鸣多啦。注目那些悠闲吃着草的牛羊，它们吃草的时候，总是吃几口，就会将头抬起，目光注视远方，羊的脸是微笑的面容，牛的脸是安详的面容，还有树叶的微笑，青草的微笑，山花的微笑，仿佛在我们看不见的某个地方，有一群值得它们感激的人，值得它们信赖的人，是他们将一场草的盛筵，赐予了牛羊，赐予了蛤蟆石。

这个画面让我们特别感动！

头顶蓝天，脚下缓坡，山中帐篷，山脚村落，河畔歌声，这种日子是暖洋洋的，这种时光是慢悠悠的。

挥动羊鞭，在山林放羊，给心灵一次美丽的转场——

从山林走向村庄，在村庄漫步，除了田里的秧苗，山坡上几乎见不到我曾经熟悉的那些庄稼。镇领导告诉我，全镇有李子树3万亩，猕猴桃1万亩，槐花树5千亩，说我没有赶上三月李花盛开的时节，到处是海海漫漫的李花，整个蛤蟆石山区一片花的海洋。

我错过了李花盛开的季节，我赶上了槐花盛开的季节。故乡小河众多，河边到处是槐树林。"槐林五月漾琼花，郁郁芬芳醉万家。春水碧波飘落处，浮香一路到天涯。"在我们老家，槐花比其他地方开得早，清明过后不久，处处槐花竞开，恰似下了场瑞雪，小河小溪边的槐树下垂着一嘟噜一嘟噜粉弄弄的花絮，浅淡的新叶中点缀着繁花，微风过处，洋溢着槐花的清香。

不解的是，当初小河两岸有槐树林，如今到处都有槐树林，就为了城里人来看花？

在乡村的时光格上，乡村的花事其实就是庄稼花的花事，几乎没有去望过去想过那些庄稼花之外的乡村花事。在乡村的视野，大地上只有一种植物，它们的名字叫庄稼。风吹庄稼花，一吹就是一季节，又一吹就是一年，再一吹，就是一辈子，庄稼之上是生活和生存。

种李、种桃、种茶、种荷，这可以理解，种这么多槐花？为吃槐花麦饭？为看槐花？为那首"我望槐花几时开"的情歌？

村支书告诉我，当初村里退耕还林，那些山坡上的陡坡薄地无法栽种果树，再说那时村里也没有钱买果树苗。槐花树很容易栽插，结果是有心栽花花不开，无心插槐槐成林。

村支书指着让我看槐花树林中的蜂箱，说咱们马槽村的槐花蜂蜜那可是抢手货，网上下手迟了就只有等来年。村里的茶叶、蜂蜜、土鸡蛋、李子、柿子等统一注册了"山后马槽"的商标。

我打开手机，输入"山后马槽"，没有想到那些曾经土得掉渣的大地上的收成，现在有了自己共同的商标，成为远方人们向往的地方和商品，我曾经贫穷、落后的老家一下成为网红之地。

"好个马槽沟，三年两不收，不是全靠几棵柿子树，眼睛就饿落眍。"这是童年的儿歌，唱的是邻村的马槽，对于我们白蜡村，连柿子树也没有，连这样的儿歌也没有。

因为村里留下来的人不多啦，我们白蜡村和邻近的马槽村合并成为新的马槽村，我们回眸共同的儿歌，我们歌唱幸福的生活。事实上，蛤蟆石山下很多的村庄都开始了合并，成为长大的新的村庄。村支书带着我们走进今天合并后的马槽村便民服务中心，建在我们两个村相连的山梁上，宽敞的四合院，漂亮的青瓦白墙小楼，小楼顶上飘扬着鲜艳的五星红旗，在蓝天白云之下格外鲜艳——

这是村庄的封面！

三辆婴儿车推进服务中心大院，婴儿脸上的笑容犹如山坡上那一嘟噜一嘟噜的槐花。我们当年在背篓中长大，今天，我们乡村的子孙在婴儿车上长大，我突然感到，我们的村庄很年轻。

我们过去长久地关注着我们村庄的变化，一直抱怨它们的不变，今天是村庄一直在关注我们的变化，说如果我们在城里过得不幸福，就回到村里来，这里有山林有土地。

村庄沧海桑田的巨变给了我新的心思，突然想到一个非常现实的问题——

当年寒窗苦读考学，背井离乡外出打工，为的是同祖辈农民的身份彻底一拍两散。如今走出大山的路径特别简单，回归大山的路径几乎没有。成为一个山里人，山中有幢屋，屋后有块地，地边是山林，要回到曾经农民的身份，从现行政策上还真是一条永远回不去的路。

真的把这个心思告诉村支书，他笑着说，"你现在不就是在村里吗？"

站在老屋门口，仰望大山，我们深深地知道，未来，无论是高楼大厦，还是茅草屋，让家园在时光中永远矗立的，一定不是建筑材料。

问天地给我们的大山，你告诉我们，那将会是什么？

村 庄 词 典

村庄词典中没有名词，村庄词典里都是动词。

狗

狗，在词汇学上归为名词，它在乡村是动词，是乡村最先听到和最后听到的动词。

从远方回来，踏上黄葛垭口，乡村就在眼前。不需要主题地大喊一声，清脆的狗声立刻回应，那是我家的花花，花花的脸有着文人般的清瘦和冷峻，花花的叫声就有文人般的脆响和透彻。随着那团花白的影子飞向我站立的垭口，村庄所有的狗都叫了起来，迎宾曲一般。

辛弃疾说："明月别枝惊鹊，清风半夜鸣蝉。稻花香里说丰年，听取蛙声一片。"辛弃疾忽略了乡村的狗，他只是记录了秋天的乡村，只是记住了蝉声和蛙声，其实乡村一年四季最永恒的声音绝对是狗声。

乡村人家可以不养猪不养鸡不养羊，但一定得喂一条狗。儿不嫌母丑，狗不嫌家贫。狗就有这般的品格。

父母在生完第六个儿子后被迫赶到乡下。母亲说养一只狗吧。父亲说养六个儿子都养不活。母亲说狗能长大儿子就能长大。花花是在最小的弟弟满岁那天抱进我们家的。母亲想有个女儿，给狗取名花花，事实上花花也是只儿狗。饭桌上有九碗饭，有一碗是花花的。

母亲走到哪里，我们跟到哪里，花花也跟到哪里。有时母亲要走很远的亲戚家，花花绝对跟着走到很远的亲戚家，谁喊也喊不回去，直到把母亲送进亲戚家的小院，花花才远远地回去。母亲走亲戚总会带着几个饭团，不是给我们，是给花花，因为花花要回很远的家。我曾经多次从母亲手中抢过第九碗饭去喂给花花，希望花花能够送我上学，花花总跟着母亲走。

　　辛弃疾是乡村人还是乡村客，我不知道，我只知道村里人如果像辛弃疾一样半夜走进乡村，你不必说丰年，脚步与乡村土地那般耳语一下，乡村的狗声会立刻从一家家房院中响起，将远远近近的乡村连成一片。狗熟悉乡村每一个人的声音，狗迎候着乡村每一个归人。

　　乡村有人生病就要离去，乡村有老人就要老去，不用邀约，不用组织，那个悲伤的晚上乡村所有的狗都不会停止自己的叫声。凡是狗们彻夜不停地叫，母亲就会叹息地说，村庄又有人见不到明天的太阳啦。狗们对天叫，对地叫，对着那个名字叫，就算什么时候你扔过它们石头，就算曾经骂过它们"狗东西""狗日的""瞎眼狗"这些乡村最恶毒的形容词，它们也会叫，它们知道这个晚上之后，乡村会少一个人，乡村会多一堆土，这是它们的悼词，这是乡村人听到的最后的动词。

　　狗忠实地守护着家门守护着乡村，它们就是家屋的门卫乡村的门卫，它们就是城里人习惯上最爱称呼的老张老李老王，只是没有人喊它们老狗，它们已经是狗啦，还能喊什么？有一件乡村语言上的事情我至今没有明白，在乡村骂词中，最恶毒的词都与狗有关，比如"狗日的""狗东西""狗腿子""狗眼看人低""狗仗人势""猪狗不如"……都不是什么好词。事实上，狗咬狗叫几乎都是语言表达出的"动词"，并没有太多真正下口的行为所表达出的"动词"之意。生人来啦，它叫；熟人来啦，它叫；家里人回来啦，它叫。这就是它们的表达。只不过生人来啦，它们声嘶力竭、激情高昂地叫，提醒主人辨别；熟人来啦，它们狗调平缓心平气和地叫，提醒主人迎候。等到主人声音和表情出来，它们立刻拖长一声"汪——汪——"，马上走开，蹲在一边，继续它们的守卫——如此善解人意，如此忠厚老实，狗为何成为乡村骂词中最恶毒的元素？狗没有计较，乡村没有多想……

　　我们一个个长大，一个个离开乡村。花花也在长大，花花没有离开乡村，只有花花陪伴着母亲。父亲很早就离开了我们，村里人劝母亲改嫁。母亲说："我走了，孩子们怎么办？"后来我们离开了母亲，我们要接走母亲。母亲说："我走了，花花怎么办？"我们和花花都是母亲的孩子。好几次我们把母亲劝进汽车，汽车开动了，花花追着汽车，追着母亲。母亲离不开村庄。

母亲实在老啦，母亲无力再喂养花花。我们叫人把花花关进堂屋，堂屋里留下很多的食物，大门边挖了一个小洞。嘱托了很多的乡亲后，我们悄悄接走了母亲……

我们不敢问我们的乡村，我们花花的后来……

井

乡村里的人家再穷也有自己的"珠宝罐"。在箱子里，在墙的夹层里，在猪圈里，在自己认为最隐蔽的地方。说是珠宝罐，其实就是装钱的罐子，不是严格意义上的珠宝罐，村庄没有那么奢侈的玩意儿。但是村里确实有珠宝罐，井就是村里的珠宝罐，是大家共有的珠宝罐。井里装着井水，井里装着星星、月亮和太阳，晶莹璀璨，波光粼粼。

清泉叮咚，那是竹叶下的滴答声，那是柳叶下的滴答声，那是乡村屋檐下的滴答声，那是斗笠蓑衣下的滴答声，那是乡村的滴答声，汇成一汪井。不单是水滴的汇集、清泉的汇集、云影的汇集，还是村史的汇集，是心的汇集——所以，你还会认为井是名词吗？井绝对是动词，井是乡村最清亮、最热闹的动词。

我们最害怕井成为名词，井成了名词，村庄就成了名词。

井是有背景的动词。要么是青青的山林，要么是清清的溪水。没有背景就没有井。没有听说树上有井，房上有井，石头上有井。

我们村的井的背景是一片竹林，竹林下有几棵大柳树。我们的祖先最先看见这片竹林，然后看见竹林下一汪清泉。清除泥沙，围上青石，远远望去就像眼睛。井认识村庄里的每一只水桶，井认识村里的每一个人，亮汪汪地看着天，看着地，看着村里人。

井灌溉着村里的人，井灌溉了爷爷，井灌溉了孙子。多少人喝够了井水翘胡子走了，降生成面貌陌生的孩子又来喝井里的水。我们饮水，井水进入我们的血管，井就在我们身体里上下流动。血少了，再从井里饮回来。村里人有相似的相貌，其实这就是井的表情。

远行的人回到村里，最热切的事情就是奔到井边，捧上一捧水润到心里。村里人认出了你，一声"回来了"，心就回来啦。坐在井沿边，乡亲们一个一个围了过来，大家讲远远近近、旧旧新新的故事，衣锦还乡也好，落魄潦倒也罢，喝着同一汪井水，血管里流动的都是同样的叮咚声。

村里更多的人一辈子就守着这口井，日子漠漠的，山坡漠漠的，村庄漠漠的，他们的天空就是看得见井的天空，不管永远有多远，不管生活是多么苦、多么累、多么穷、多么无援无助，他们总在默默地念叨："不怕，村里还有一口井哩！"看得见井，就看得见实在的生活，就会有使不完的力气和灭不掉的精气神，把亘古的寂寥和慢慢流淌的日子过得甜甜美美、有滋有味。

水井一天最热闹的时段是早上和傍晚。一只只水桶走到井边，女人花花草草的针线活儿、花花草草的家长里短，男人吧嗒吧嗒的旱烟袋、吧嗒吧嗒的龙门阵，孩子们蹦蹦跳跳的游戏、蹦蹦跳跳的童谣，都赶戏般汇聚到井沿边、柳荫下，水井边成了村里最大的客厅。井水清清的，让我们的情感变得柔软，让我们的心因水而如明镜。少了火爆、少了浮躁、少了疑惑，在井水的潋滟波光里，我们看自己的倒影，看自己的前世今生。我们看水，我们听水，我们听来自乡村的滴答声。

水打满了，话也说满了，一只只水桶晃荡进一家家屋檐，晃荡进水缸。母亲说："那些吃不饱饭的年代，米缸不满但家家水缸绝对是满满的。水缸满，家才满，日子才满。"炊烟升起来，油香飘起来，村庄就像水井一般清汪汪的。

井边没有人的时候，有心思的人也会不由自主地走到这里，坐在井沿边，把弯弯的心思映照到井水中，捧一把水洗洗脸，捧一把水润润心，心就明亮亮的、清爽爽的。井只有水，水涤尘去污。井水与米相逢化作米汤，井水煎药可除病。井亮着，心就亮着，路就亮着，就该回家啦！

村里人一天天老去，村里人一个个离开，已经没有多少人去那口古井挑水，井水满满的，柳叶、竹叶、青苔、杂草也满满的——

水井成了名词，水井成了一滴泪……

路

鲁迅说："其实地上本没有路，走的人多了，也便成了路。"

路是走出来的，所以，路，词汇学上归为名词，路在乡村却是动词。路是乡村最长和最短的动词。

柳青说："人生的道路虽然漫长，但紧要处常常只有几步，特别是当人年轻的时候。"

路是要走对的，所以，路就是动词。

路是乡村最好走又最不好走的动词。

作家的话很深刻，乡村的路很朴实——

有炊烟升起的地方，那里牵着一条路，回响着母亲的呼唤。

有田地庄稼的地方，那里牵着一条路，铭记着大地的恩情。

有柴草茂盛的地方，那里牵着一条路，升腾着炊烟的天空。

有祖先躺着的地方，那里牵着一条路，流淌着血脉的浪花。

路，就像爷爷的手臂，青筋毕露在乡村土地上。就像村庄的丝瓜藤、南瓜藤，在乡村弯来拐去，枝节横生……

乡村的路不需要多么开阔，不需要多么平坦，人能过去，牛羊就能过去，种子就能过去，生活就能过去。

乡村有非常热闹的路。比如那连接村外的石板路，那通往水井的青石路，那走进磨坊、豆腐坊、舀纸坊的黄土路。人在上面走，牛在上面走，猪在上面走，狗在上面走，有时狐狸啊、蛇啊、野兔啊、雪花啊、雨滴啊、彩虹啊也在上面走。

　　乡村也有非常寂寞甚至绝望的路。一家人在走，一个人在走。土地荒了，牛棚弃了，粪坑不用了，果树枯了，路也就废了。路成了野路，只有风在走、雨在走、阳光在走、收脚印的魂在走。夫妻吵架了，婆媳吵架了，心井干枯了，也会有人走向悬崖、走向河滩、走向农药、走向屋梁。悬崖边无路、河滩中无路、农药中无路、屋梁上无路，这就叫走投无路。

　　人的脚走累了，顺便坐在路边，把脚放松，把汗揩去，路在等着你的双脚。

　　人的心走累了，把心躺在床上，想想走过的路、想想以后的路，想通了就从床上爬起来，出了家门就是大路，大路通向远方。乡村最悲伤的就是心想不通路、眼看不到路，让路走到尽头。乡村生长着很多叫爬山虎的植物，不知道爬山虎有没有心在想路，有没有眼在看路，只知道爬山虎听从阳光和意志的召唤，想走哪里就走哪里。即使是不见寸土的悬崖，即使是干渴如火的岩墙，爬山虎依然走得春风浩荡、绿意盎然，所以想不通路的时候就应该去问问爬山虎。乡村里爬山虎很多，所以乡村的路四通八达。

　　老人的年轮走累了，眼睛看不到路，双脚走不动路，魂从脚底升起，找回走过的脚印，一步步地收回来，交给眼泪、交给子孙、交给唢呐、交给木杠，走向向阳的山坡，那里阳光充足，那里望得见村庄和子孙，那里就会牵出一条新路，泪汪汪，雨纷纷。

　　牛走累了，屙一泡尿，叹一口气，在自己踩出的一汪脚蹄水印中照照镜子，继续走它的路，青草在等着，水田在等着，牛车在等着。

　　狗走累了，扬起后脚，对着一棵树，对着一方石，对着一片地，这条路曾经走过，这条路走得回家。

　　河走累了，让心思在河滩里荡几个漩，看看前面的路该怎么走。村庄只有河路通向大海，因为河水最懂得怎样避开高山和峻岭，最懂得如何低调地走路。

　　野花走累了，小草走累了，干脆停下来，站在路边，用一双眼睛看看路、看看天、看看太阳。等到夜晚来临，一颗颗星星掉进野花里，掉在草尖上，亮成清晨的露珠。

人在走，天在看。乡村老人说："人要离开人世的时候，会一步步地去收回自己的脚印。"夜深人静的时候，总会听到房门在响、狗在叫、树叶在说话，不要去惊动它们，那是你的亲人、你的朋友、你的乡亲在收回自己的脚印……

记住路是动词。走好、走踏实、走光彩人生的每一步脚印，因为，那些脚印是要自己去收回来的……

河

河，在词汇学上归为名词。河从那片竹林流进村庄，从舀纸坊旁边流出村庄。河很长很长，河流过乡村就那么一段，所以河在我们乡村就是一段动词。河在村庄以外叫"浦里河"，流过我们村庄叫"盘龙河"，是虎你得先趴着，是龙你得先盘着，也是一个很动词的名字。省略"沧浪之水清兮，可以濯吾缨；沧浪之水浊兮，可以濯吾足"的濯洗主题和"老夫聊发少年狂"的偶尔暴涨的河水脾气，想想乡村和人生，河是乡村最哲理最人生的动词。

河流过村庄的竹林，是河滋润了竹林，还是竹林"茂盛"了河？河不说，竹林也不说。我们在竹林中砍下修长的翠竹，编织成竹席。母亲在竹席上生下我们——

河从竹林流进村庄，我们从竹席"流进"村庄。

河流过竹林，流过一道石崖，河给了自己一个高度，就像村里那高大、健壮的牛，村里人把水车系在河的背上，河就拉着石磨，把稻谷剥成大米，把玉米、小麦、高粱磨成金黄的、雪白的、红红的粉，大米熬粥、玉米煮糊、小麦蒸馍、高粱烙饼。河转动石磨，石磨转动农历，农历转动我们长大。

河没有因为竹席的温暖，没有因为麦馍的清香回头，河和我们人一样，一直向前。老人们说河在走，其实是说我们人在走。老人们并不知道"人"是动词还是名词，老人们知道一撇一捺组成的"人"字就像人迈开的双脚，只有迈开脚步向前，人才能是人。迈不开那一撇一捺，人就成了一棵树。树只知道树上的天空，树不知道村外的河和村外的天空。所以，河不能回着头走路，人也不能回着头走路。河没有回头路，人也没有回头路。

河往前走，我们也往前走。村里人腾出河边老祠堂给我们做学校。"好好学习，天天向上"的标语在，祖先们的牌位也在，我们读着油墨香的书本，我们读着纸烛香的祖先故事，我们记住我们从哪里来，我们知道我们往哪里去。

河一直向前，河绕过几方水田、几方屋檐，河流过几方水潭，就在离开村庄的时候，并不宽阔的河床一下让两座亲近的山收紧，成为一道峡谷，峡谷之外又是新的村庄，河继续流淌着。

不知是村里人刻意的布置还是随意的突发奇想，在河进入峡谷的峡口，村里人建起了舀纸坊。

舀纸坊是城里人陌生的名词，舀纸坊却是乡村最常见到的，也算是乡村工厂的动词。舀纸坊是干什么的？舀纸坊生产竹纸。竹纸做什么用？很少一部分卖给乡里甘蔗糖厂包装红糖和卖给鞭炮厂做鞭炮，绝大部分卖给了乡亲们烧给死去的人们。用乡亲们的话说，舀纸坊是给死去的人们开的银行。那些修长的翠竹编竹席，那些并不修长并不茂盛的翠竹就用来舀纸。

我们伴着竹席生，我们数着竹纸死。

河从竹林到舀纸坊，这是河在我们村庄的一生。

河在河床中流淌、河在农历中流淌、河在我们生命中流淌，河流过我们的一生、河记录着我们的一生、河讲述着我们的一生、河见证着我们的一生。从竹林到舀纸坊，竹席给了我们生命，磨坊给了我们生命的成长，祠堂给了我们成长的茂盛，舀纸坊给了我们茂盛人生的谢幕。没有多少曲曲弯弯、没有多少波澜壮阔，平平淡淡、实实在在、清澈透亮、简单清白。

在村庄的人，河从身边流淌。离开村庄的人，河在心中流淌。因为——

河是动词。

坟

坟不是自己长出来的，坟是用泪水和黄土堆出来的。

坟不会自己走路，坟里的名字却能飞越千山万水，飞越悠悠岁月，走进我们的怀念……

所以，坟是动词。

坟是一个人留给村庄最后的动词。

坟是一个人一生中唯一空缺的状态下唯一不能自己动手构建的动词。没听说哪个人亲自给自己起座坟，没听说哪个人自豪或者抱怨自己的坟是豪华或寒碜，没听说哪个人呼朋引伴到自己的坟前喝酒喝茶——

人是动物中唯一知道自己必死的高等动物，我们记得住自己从哪里来到世界，可我们谁也不知道自己从哪里离开世界，我们谁也不知道谁也看不见自己最后躺下的坟在哪里。如果天空的一颗星星代表着地上的一个人，只有到了生命的尽头，才会知道滑脱的那一颗星星就是自己。

好像帝王，好像今天有些狂野的有钱人，会在生前给自己筑坟，竭尽所能把富贵复制到坟中，祈求永远的富贵，可惜这种复制很快被人删除，有小说《盗墓笔记》为证、有小说《鬼吹灯》为证、有小说《老九门》为证、有电影《东陵大盗》为证，尽管这是艺术的创作，但艺术绝对来源于生活。

古人造坟字，坟字从土从文，就是用土为人写下的最后的文字，入土为安，盖棺定论，不要想那么久远的事情——

曹丕说："人有七尺之行，死唯一棺之土。唯立德扬名，可以不朽。"

民间更为直白的话："纵有房屋千万，那不过是你暂时的居所，那个小小的盒子才是你永远的家……"

关于死亡，关于告别，我们大都十分坦然，因为我们深知那句很有哲理的话：人不可能把钱带进坟墓。

这是上句。

偏偏少数人不这么坦然，他们疯狂地敛财，贪欲似火，结果"百病从寒起，万祸因贪生"。一根绳子让风筝失去了天空、牛儿失去了草原、骏马失去了驰骋——贪婪就是这根绳子。因为贪婪，因为欲望，这些人自然应了那句很朴素、很哲理的话：钱可以把人带进坟墓。

这是下句。

我们看不见自己的坟墓，我们看得见自己的路。磨难也好，幸福也罢，那都是人生的小小演练，无论死神何时降临，我们都要微笑相迎、谨慎相迎。

仲春与暮春之交，冬至后的第一百零八天就是中国的传统节日——清明节。在法定的节日中，唯独清明节没有欢乐的背景。杜牧给了清明的基调："清明时节雨纷纷，路上行人欲断魂。"我们欢庆生的欢乐，我们也得思考死的严肃。燃香烛，摆鲜花，记住我们的先人，后人才会记住我们。

> 佳节清明桃李笑，野田荒冢只生愁。（黄庭坚）
> 风光烟火清明日，歌哭悲欢城市间。（白居易）
> 风雨梨花寒食过，几家坟上子孙来？（高启）

我最喜欢的还是苏轼诗："梨花淡白柳深青，柳絮飞时花满城。惆怅东栏一株雪，人生看得几清明。"

燃香，跪拜，缅怀祖先，想想人生，清吾心，明吾目。

逝者已去，生者坚强。

人生看得几清明。

城市的心思

在城门想心思

一个人有一个人的心思，一棵树有一棵树的心思，一朵云有一朵云的心思，一条路有一条路的心思，一方村庄有一方村庄的心思，一方城市有一方城市的心思。

在乡村，我们有心思的时候，总会坐在家门口，望望小路，望望天空，让直戳戳的心思在小路上转几个弯弯，在天空下转几个弯弯，然后回来。

在城市，我们有心思的时候，我们该去哪里？高楼中的家门不是想心思的地方，楼梯，门镜，街道，总是挡着我们的心思，我们该给自己找一道怎样的门想我们的心思？

城门？

城市的城门在哪里？这是一个很考古的问题。

很多年很多年以前，我们的诗人们进城，城门并不是诗人们必须叩开的地方——

"前不见古人，后不见来者。念天地之悠悠，独怆然而涕下。"这是陈子昂的《登幽州台歌》，这是陈子昂走进北京的心思。多少人走进大都市，"独怆然而涕下"，这是大家集体的心思。

"谁家玉笛暗飞声，散入春风满洛城。此夜曲中闻折柳，何人不起故园情。"洛阳的笛声给了李白春夜的心思和油然而生的思乡之情。

"长安回望绣成堆，山顶千门次第开。一骑红尘妃子笑，无人知是荔枝来。"西安让杜牧想得太远。

"君问归期未有期，巴山夜雨涨秋池。何当共剪西窗烛，却话巴山夜雨时。"一场雨，一条江，山城重庆让李商隐的心思湿漉漉的。

"月落乌啼霜满天，江枫渔火对愁眠。姑苏城外寒山寺，夜半钟声到客船。"夜泊扬州枫桥，张继的心思是抵达？是愁眠？夜半钟声响起，注定了张继的不眠之夜……

走入一座城市，如果非要给城市找一方门的地方，车站是城门，码头是城门，机场是城门，网络上的城市门户网站是城门，那是我们最先抵达或者驻足的地方。有了私家车，有了驴友族，哪里停车，哪里停步，哪里就是城之门。民间有"走到哪里黑，就到哪里歇"的随遇而安和远方攻略，走累了，停下来，歇下来，找一家馆子，端上城市的小吃，来杯城市的美酒，味上之城，梦中之城，这就是城市的大门。

城市还有两道门也是让心思流淌的地方——

一是电影院的大屏幕；二是电视机和电脑上的小屏幕，那里讲述着铺天盖地的故事，传达着铺天盖地的心思，有我们身边的城市，有远方的城市，有远方的村庄，在屏幕上我们看别人的戏别人的心思，走出屏幕，我们看自己的戏自己的心思，也许有观众，也许一个观众也没有。

事实上，我们的祖先没有诗人们的浪漫，他们总是从遥远的乡村中规中矩地走进城门，那里有城市的旗帜，那里有守卫的士兵，那里有打量的目光，那里是城市的封面。

城门失火，殃及池鱼，祖先们叩开的城门消失与火没有太多的联系，城市的门是被长大的城市自己淹没的。

在乡下建一个家，家门是挖空心思要选定的地方，是最早竖起的地方，那叫立门户，家门的方向是家人的方向。

谁能说出谁是城市最早的城里人？也许是一家人立了一道门建起一座房子，也许是几家人约定好立了几道门建起几方院子。后来，大家觉得这个地方住着还真不错，又来了很多人建了很多房子，城市就这样慢慢长大。关于城市最恰当的比喻是城市森林，一片森林的生长过程就是一方城市的生长过程。所以立一座城市的门不是最早的事情，是后来的事情，它不是哪一家的门，它是很多很多家共同的城市之门。我们能找到最早的城门，我们谁也无法预测最后的城门，于是城市们长到今天，干脆都没有了真正意义上的城门。

坐在城门想心思，城市的心思没有那么讲究。

住在一座城市久了，像一棵树，根扎进了城市，我们必然会想城市的来世今生。我们的城门在哪里，我们的城门朝哪里开放，这是一个城里人应该要想的心思。找到祖先们叩开过的城市大门遗址，抚摸那些时光格上斑驳的城墙、厚厚的青苔，听徐徐的风声，想一些城市的大心思，总有一缕风从远古吹来，里面有祖先们叩击门环的声音，心里格外温暖，格外踏实。

给心中开一扇门，想想我们的城市。

城市的心思如城市之路，七弯八拐，峰回路转，此起彼伏，一眼望不到头，一心想不到头，"海到天边天作岸，山登绝顶我为峰"，条条大路通天下，前提是你知道你到哪里去。

城市的心思如同城市的门，城市到处有门，每扇门背后都有想不到的惊奇和期待，每扇门背后也有想不到的迷茫和陷阱，打开自己的心门，总有一扇门为你打开，总有一扇门等着你回家。

城市的心思如同剥洋葱，一片一片地剥，一片一片地剥，剥到最后，总会有一片让你流泪。

城市的心思如同广场上漫步，喧闹中的孤独，激情中的落寞，熟悉中的陌生。

　　不要问我从哪里来/我的故乡在远方/为什么流浪/流浪远方/流浪/为了天空飞翔的小鸟/为了山间轻流的小溪/为了宽阔的草原/流浪远方……

把我们的心思唱成一首歌，风声会帮我们传达。

我们走在大路上

鲁迅说："其实地上本没有路，走的人多了，也便成了路。"

鲁迅说的路是山野的路。

城里的路不是走出来的，是想出来的，是修出来的。有给人走的路，有给汽车走的路，有给火车走的路，有给船走的路，有给飞机走的路，有给网络走的路。现在，也开始有了走向月亮、走向火星、走向宇宙的路。

乡村的路不需要多么开阔，不需要多么平坦，人能过去，牛羊就能过去，种子就能过去，生活就能过去。

乡村的路总有尽头，一方山林，一方草场，一方庄稼地，一方水井，一方炊烟。

城里的路很多，很宽，很长，四通八达，延伸远方。到达你想去的任何地方。从哪里来，到哪里去，这是城里走路必然的心思，走对城里的路，思考城里的路，错过一个岔道，你会绕道很远才会走上正途。

关于乡村的路，最切肤的比喻就是乡村的路像我们的手背，青筋毕露在乡村土地；路在我们掌控之中，这不是大话。像村庄的丝瓜藤、南瓜藤，在乡村弯来绕去；路在我们竹篮中，一篮无余，这是实话。

我们从没有把城市的路比喻成我们的手背，因为这个比喻太过夸张，谁也不敢说城市的路尽在我们掌控之中。飞机飞过我们城市的夜空，四通八达的光带是公路，船灯闪烁是水路，哪条路连接哪条路，哪条路通往哪条路，居高临下，一目了然，灯光点点，其中有一盏灯就属于我们的家，我们看得见城里的路，我们找不到城里的家，就像我们找不到天空中那颗属于我们的星星。落地城市，望得见眼前的路，望不到更远的路，车轮是我们的脚，尽头是我们的家。站在阳台上，置身城市星空，望得见天上的星空，我们却望不见星空下那错综复杂的路。

城市的路都取着很走心的名字，用树木用花草用河流用历史用人名，于是有了黄葛树路兰花路滨江路秋瑾路红岩路等等，更多的是用别人城市的名字命名自己城市的路，于是很多的城市有了北京路上海路天津路重庆路等等，这是城市对城市的仰望，这是城市对城市的呼唤。文字的路，数字的门牌，找对一个地方，必须路名正确门牌正确，就像我们到银行取款输入密码一样——找到城市的路，走对城市的路，这是我们一生的心思。

过去走路，问热心的人。现在走路，问无处不在的卫星，有卫星有导航在给我们引路，我们也许找不到我们自己属于哪颗星星，但是天上绝对有星星在看着你，给你指路，给你亮着一盏灯，只要找准我们要去的地方，卫星会带着你走向任何一个终极目标。

卫星也是天上的星星，卫星最懂我们的心思，卫星最疼迷路的人。

这是脚下的路。

城市最难走的是生活之路，那是一条没有导航指引的路。城市最共同的感受是累。累，不是脚走路。累，是心走路。

大学是教走路的地方，父母是教走路的人，职业介绍所是教走路的地方，按照这个思路想开去，城市所有地方其实都在教你走路，给你引路——饭馆给你力量，美容美发中心给你自信，邮政电信给你眼界，银行给你底气，商场给你温暖，医院给你新生……

所以，城市的路也好走，关键是你要走踏实，不踩空，不偏航，不迷失，不畏惧。我们抱怨城市的闹，抱怨城市的累，抱怨城市的烦，想想我们遥远的乡村，有多少人仰望着城市的星空，是那种把头仰望到酸到疼的仰望。

把城市的路想象成流淌的江河，我们就有了奔流的浪花、流淌的车辆、流淌的人流、流淌的风景、流淌的时光，我们就是江河中洄游的大马哈鱼，在城市河流之上洄游，这是沉淀在血脉与基因中无法选择的选择。

不要说大江大河，许多小溪都能在"万山不许"的情况下曲折奔流，江河小溪能够流向远方，是因为它们不会好高骛远，不会想入非非，紧贴着大地，低调地流淌，不在高山面前低头，不在山谷之中徘徊，奔着一个目标，水到哪里，哪里就是水的路。

明天就是明天，不去想明天距离夜晚的近，夜晚有星星和月亮，星星和月亮的心思就是明天的心思。

明天最早醒来的是城市扫路的人，他们挥动扫帚，把路上那些落叶、杂草、垃圾，甚至也有阳光照耀下闪着七彩光的碎玻璃，一一从脚下清除，让我们走得轻松、走得踏实、走得干净。

我们在心中应该放这么一把扫帚。

洗把脸，让梦随流水冲走，对着镜子给自己一个微笑，家门口的路通向城市任何一个地方……

到广场上晒心思

土地没有包产到户之前，生产队的队牌、生产队的公章、生产队的队长，都是让人仰望的。最令人仰望的还是生产队的晒场，每个生产队都有晒场，大一些的生产队还有好几处晒场。白天晒粮食，晚上守粮仓，偶尔晚上也晒一两场电影和穿梭在看电影人群中的乡村爱情。晒场是乡下人仰望的地方，那里有充足的阳光，那里有粮食，那里有电影，那里有农历的盼头。

土地包产到户，除了生产队的地名和那枚公章，其他都论斤论块论个分到了每一家中，晒场不好分，晒场不好论斤论块论个，谁家也不会有那么多要晒的粮食，晒场留给了野草野花和偶尔光顾的鸟儿。再后来，乡村种的粮食少了，种粮食的人更少了，他们都去了城里。

乡下人走进城里，如同星星撒在天空，不去指望手机、微信之类的帮助，要在城里见到村里的乡亲，那还真是困难，那也是一望无际的庄稼地——有个地方最有希望见到村里的乡亲，那就是城市广场，那是城市人共同的大客厅，蓦然回首，那人却在灯火阑珊中——

广场就是城里的晒场！

乡村晒场晒粮食，城市广场就为了晒人，晒人的思想，晒人的脚步，晒人的感情，广场就是个喘气的地方，拿来用肺，用眼睛，用心思休息的地方。

到广场上去，周边有一切你需要的商铺，事实上我们走向广场没有目的，就是为着散步，就是为着无聊，就是为着打发时间，让无聊让烦躁到人群中去解放。一个人独处，稍微一点声音就让我们心烦，在广场，铺天盖地的声音海浪般扑来，但是我们却感觉格外安静，广场就是释放烦躁的地方。

很多年以前，广场晒口号，晒标语，晒传单，晒手机卡，晒电话卡，晒相面先生算命先生的云山雾罩，晒一些让人东张西望小心翼翼想看又不敢看的印了美女照片和地址的小卡片。当然更多的是晒城市爱情，很长很长的时光格上，城市没有盛放爱情的场所，不像今天，遍地酒吧、歌厅、咖啡厅，城里处处都装得下爱情。广场是我们能够想到的装城市爱情的地方，相约广场，成双成对，拥抱在一起，你们说你们的情话，我们说我们的情话，谁也不避讳，天下的情话都一个调子。

广场也是乞丐爱去的地方，他们在那里晒太阳，广场上那么多双手，他们伸出他们的手，总会有收获。

现在，广场晒舞蹈，广场舞成了今天广场最大的主题，一个音箱一面旗帜一群大妈。城市任何地方都是井然有序地遵循严格的规则与队列，广场是城市巨大平坦的公共大海，人们乌泱泱的一片随意地涌入，带着他们麻木或无所谓的表情，摩肩接踵也好，不修边幅也好，广场就是摆放心思的地方，广场从没有去想过别人的心思和评点别人的心思。

广场舞，一曲唱罢又一曲登场，乌泱泱的人群进来又散去，广场从不属于宁静和孤独，休息、思考、爱情、麻木、无所谓，都伴随着嘈杂，在广场找不到伊甸园和沉思的角落，广场上的心思犹如鱼在大海中的心思，树在风雨中的心思，那是一种境界，一种定力。

城市总是逐河而居，依山傍水是城市风水最基本的原则，山体是大地的骨架，水是万物的源泉，有城必有河，有河才筑城。海边城市建在海湾，江边城市建在江湾，那是避风的地方，那是温暖的地方。一条河流在阳光下反光，映照出城市的血脉和图腾。一条大河拐弯处形成江湾，河水失却了速度，失却了澎湃而下的力量，被容纳，也成为容纳本身。对于一条大河来说，回水的地方水面开阔，雍容大度，曾经的慌张、惊恐、急促、喧哗都藏于缓慢旋转的水面之下。大海是水的停顿，江湾是河的停顿，高山是土石的停顿，森林是树的停顿，草原是草的停顿，人潮汹涌，红尘滚滚，用这种思路想城市，城市就是断肠人在天涯心灵的停顿。一方水的召唤，一方土的召唤，一方人的召唤，手挽手，屋挨屋，心挨心——

广场就是人流的回水湾，广场就是滚滚红尘中的人流在大地上的停顿。

城市的天空让楼房、街道割成一片一片的，城市的心思都格外狭窄。月亮升起的时候，人间就静啦，月亮在天空凝视着一切，静静地，温柔地。广场的天空是阔大的，夜深了，广场舞散去，人流散去，偌大的天地，就你一个人走着，那是城市少有的安静，大家都知道这个秘密，可没有多少城市人去享受这方饱满天空下的宁静，那是留给诗人的，留给作家的，留给有心思的人们的。

有时，天上没有月亮。

乡村老人进城了，走进广场，不断叹息这么好一块平地可以种多少庄稼多少蔬菜，晒多少粮食啊！

老人们的心思其实是我们很多人的心思，我们血脉中的乡村心思永远在流淌，我们很喜欢用乡村的风物比喻我们城市的一切，用这种心思看城市，城市其实就是一汪田，准确地说就是一方大池，有个词语就叫城池，于是这方城池里长房子、长车子、长店铺，就像乡村田野上长庄稼、长树木、长花草，乡村的庄稼在农历的季节总有人收割，城里的庄稼谁来收割？

"茄子""茄子""茄子"——

走进广场，当一群人站在一起，对着一方相机的镜头，广场上就长满了"茄子"，呼喊着"茄子"，留住我们的笑容，茄子是蔬菜中能使人发笑的最好的菜，广场上经常长满"茄子"，不管是白色的茄子还是紫色的茄子，长势都很好，这些茄子还会长进微信群，长进朋友圈，有时也会长到报纸上。

茄子一直在笑。

广场上再也见不到乞丐。

我是城市一棵树

城市森林，这是关于城市最妥帖最老套的比喻。这个比喻中有迷茫、有失落、有希望，其实更多的还是一种怀念。城里人很多，但是很多很多的人都来自乡下，来自真正的山野来自真正的森林，就算你一直在城市长大，逆流上数几辈，你的血脉中流淌的还是山野绿色的风声。

把城市比喻成城市森林，我们知道我们从哪里来。

森林必然有树。城市有树，但树不是城市的主题。我们喊城市森林，是因为我们把长在城市土地上的东西都看成树，商场、学校、医院、写字楼、钟楼、灯塔、电线杆，所有向天空伸展的事物都是城市的树，以树的心思，融入城市森林，就像龙归大海、鸟归林一样。也许你一部分年轮在乡村，或者在别的城市长成，也许你所有的年轮都在这座城市一圈一圈地长成。现在，站在这座城市土地上，我们就是森林中的一棵树。

走进城市森林，以树的心思想城市的心思，我们就不会孤单，我们生命中永远有绿的生长绿的茂盛。

不信，我们去问树。

在城市站成一棵树，我们可能看不到更高远的天空，甚至永远没有机会去亲吻一朵云，去问候一行大雁，去欢呼一片星空，但是我们什么样的人都见过，什么样的事都经过。

在城市站成一棵树，除非特别大的风暴，不然树永远不会倒下；除非脚下的土地不需要长树，要长城市的房子，要长城市的公路，不然刀斧锯永远不会动树的心思；除非殃及池鱼的火，不然绝没有火要树的命。城市的树吹不到山泉一样的风，喝不到山泉一样的水，但是城市的树格外让人关注，格外让人心疼。乡村是长庄稼长树木的地方，城市是长房子长工资的地方，突然长出一棵树，那是城市的高度，那是养眼的绿。树长在自己的时间里，该绿的时候绿，该黄的时候黄。城里的树没有栋梁一类的辉煌，就没有栋梁一类的准备和担忧，活到足够让自己坦荡的年轮。

在城市站成一棵树，城市所有的秘密都在眼中，都一直看着、站着、听着、想着，树叶沙沙响，那是风在说话，树从来不说三道四，咬紧每一片叶，抓紧每一根枝条，不透露城市一星儿秘密。树会把树绿托梦给作家诗人，树会把树声托梦给歌唱家、音乐家。绿色的梦、绿色的音符、绿色的故事，讲述着城市的故事、城市的心声，那些故事那些心声是作家诗人音乐家歌唱家想出来、唱出来的，不能怪树。

城市一天天长大，环绕着最早的城池，一环一环地向四周扩展。

树一天天长大，一个年轮一个年轮地记录着岁月的沧桑。

这样想开去，城市其实也是一棵树。一圈圈散开的，是城市的年轮，蔓延到城市大树根须最深的地方，就是那些饱经沧桑的老院子。梁思成说，在中国人的内心世界里，都安放着一个老院落，这样精神才有一处着落，老房子是城市的胎记。

城市最古老的树和最先的城市，谁最先站在大地之上？

这是一个无法回答的问题。

古树的生命力，那盘根错节的根系，正是城市的厚重，也是城市的心性。一座拥有很多大树的村庄，是有文脉传统的村庄；一座拥有很多大树的城市，是有静气有历史的城市。树让内心沉静，听着雨点啪嗒啪嗒打在树叶上，觉得时光的脚步，在城市被无限延缓……

过去我们向往高楼，当"楼上楼下，电灯电话"的理想实现多年，看得见树，听得到雨落在树叶上的声音，那是城市最好的房子。

很长的时光中，城市只顾任性地建房子，建街道，没有过多地去关注树的形象和树的心思。房子按照设计图长，树按照年轮长。当城市意识到城市也是大地上的森林，当我们意识到我们是长在城市的树，城市突然之间长满了大树。我们知道，那些大树大多来自乡村，城市不会一夜之间长这么多大树，那些大树在乡村记着它们更多的年轮，它们是乡村的高度和地标，是乡村的风水和精神。它们也许比我们先到城市，它们也许在我们之后，来到城市，在高楼林立的城市森林，它们不再是地标，它们已经没有在乡村的高度，我们都以向上的姿势，在城市生长，融入城市的心思——

想想那些走向城市的大树，想想那些走向城市的乡亲，想想我们远远的乡村，看见那些大树，我们眼眶总热热的。

早些年，城市只长房子，不长树，城市的天空很难见到一只鸟儿。今天，城市的树越来越多，城市的鸟儿越来越多，我们同顶一片蓝天，同站一片大地，同饮一江清水，鸟儿们也成了城市的市民。见了我们如同见到亲人，不慌不忙地慢悠悠走着，不慌不忙地在天空飞着，有时还会飞到我们的肩头，我们的怀里，我们的手上，欢快地叫个不停，一点不担心遭遇什么不测和伤害，有树的城市，有鸟的天空，自然交给自然，美丽恢复美丽，和谐共生和谐。

在城市长成一棵树，踏实！

一棵树该长在什么地方

人有人的一生，树有树的一生。

我们和树站在大地之上，向着天空伸展。十年树木，百年树人，我们都是大地上长高的树，我们都是大地上长高的人。

在我们村庄，我叫得出所有树的名字，松树、柏树、杉树、桐子树、柿子树、槐花树、黄葛树、杏树、李树、桃树、桑树、檀木树、香椿树、榆钱树、棕树……我能够在村庄众多的树中准确无误地把它们指认出来，我能够清楚地知道它们长在哪片山林，哪条沟谷，哪方山坡，哪家房前屋后。我叫得出所有人的名字，张太爷、全太奶、王大爷、冉老师、李老伯、癫子村长、神婶、侯根银、李毛儿、天爪子叔叔、八娃儿、丘瓜儿、冬梅、五妹儿、鼻屎龙……我能够闭上眼睛指出他们家在哪里，他们家门口哪里藏着大门的钥匙，他们家水缸在哪里，他们家李子树上的喜鹊窝，他们家杏子是酸杏还是甜杏。

每个村庄都生活着我们的亲人和生长着我们仰望的树，没有树的村庄是无法想象的落寞。谁也不会说我们村庄连一棵树也没有，那种话说不出口，大地上的村庄，我们永远不会说出那么悲惨的活，有人的地方一定有树，当然有树的地方不一定有人。

鸟在树上做窝，我们在树下做窝。

我们的村庄是先有树还是先有人？这是一个我们永远无法抵达的问题答案。

"问我祖先在何处，山西洪洞大槐树。祖先故居叫什么，大槐树下老鹳窝。"这是大半个中国都流行的儿歌，大槐树是最乡愁的树，很多村庄都有自己的大槐树。我们白蜡村的大槐树在堰塘湾堰塘边，那里还不叫堰塘湾还没有堰塘的时候，大槐树就在那里。爷爷说他的爷爷教他唱"大槐树下老鹳窝"的时候，那四棵古老的大槐树就站在那里。我们喊他们大槐树，就像我们喊大爷大伯大妈一样。没有特别重大的需要老祖宗看着决断的事情，村里老祠堂很少有人去，大槐树是大家都要去坐的地方。大人们重复着天南海北的故事，小孩子们重复着千篇一律的游戏。村里远行的人回来啦，望见大槐树，脚下生风，奔向大槐树，风吹树叶，沙沙作响，那是槐叶的笑容，村庄所有的树叶露出的都是笑容，像在说："回家啦！"就像村庄扛着锄头犁头走向田间地头，亲人们一样地问候。

说是四棵大槐树，其实它们根连着根，枝连着枝，心领神会：你的枝叶伸过来了，我的枝叶挡着啦，马上向天空高处让开，让阳光尽情地照着你。大风来啦！大家争着挡在风雨前面。雪压树枝，大家争着伸开枝叶，托住雪花。

我还住在村庄的时候，普查古树的人从来没有来过，谁也不知道大槐树有多大，给了我们深远的时间意象，是谁栽种了它们？我们有多少辈祖先仰望过？那是一个永远无法抵达的回眸。四棵大槐树并排站着，就像过年的时候，我们的爷爷、奶奶、父亲、母亲四人并排站着，接受我们子孙跪拜。

重大的节日，家里重大的红白事，大槐树是村庄必须敬香的地方，特别是过年的时候，大槐树是大家必须朝拜的地方，一拨一拨村里人家端着祭盘，捧着烛香，跪拜在大槐树下——

这是村庄的根。

二月二，土地会，乡村的年算过完啦。迎春花开，桃花初开，胡豆花开，村庄没有了过年祭天祭地祭祖的凝重，蜷缩了一个冬天，大槐树下的人群又开始欢腾啦！

> 高高山上一树槐，
> 手把栏杆望郎来。
> 娘问女儿"你望啥子？"
> 我望槐花几时开。

我们的大槐树没有长在山上，我们望不见远方，我们不望什么人来，我们就望槐花几时开。

> 槐林五月漾琼花，
> 郁郁芬芳醉万家。
> 春水碧波飘落处，
> 浮香一路到天涯。

桃花开过，李花开过，我们村庄等不到五月，槐花就早早盛开。大槐树挂着一嘟噜一嘟噜粉嫩嫩的花絮，浅浅的新叶中点缀着槐花，微风吹过，整个村庄洋溢着槐花的清香，那是淡淡的素雅的清香，大槐树上像下了场瑞雪。我们聚集在大槐树下，都会换上一种愉悦的心情，情不自禁地张开嘴巴，大口呼吸着清新的槐香。

大人们谈着他们永远谈不完的村庄话题，我们手握着长长木杆，杆顶端拴着铁钩，将槐树枝钩下，采摘槐花。母亲早在家中准备好了新磨的面粉，洗干净我们摘下的槐花，放少许食盐，在阳光下晾去水分，拌上适当的面粉，再撒下星星点点碧绿的槐树嫩叶，一青二白，放在蒸笼中慢蒸，这是我们永远忘不了的槐花麦饭。

《槐花几时开》是我们四川盆地最爱唱的民歌，在我们村庄，我望槐花几时开，不望乡村爱情，不望情郎情妹，我们望我们的槐花，望我们的槐花麦饭，那是村庄的味道，那是大地的味道，那是母亲的味道。

真正生活在乡村的人都知道，乡村的爱情不是情歌唱来的，是媒人牵线引来的。在我们村庄，媒人促成了一对男女，最后的仪式一定会在大槐树下，双方拿着自己的生辰庚帖，走到大槐树下互相交换，就像城里互戴订婚戒指一般。

大槐树做证。

我的表姐和表姐夫在大槐树下互换生辰八字，商定结婚的良辰吉日。谢春是我们村榨油坊榨油匠的儿子，表姐嫁到谢春家里，谢春就成了我们表姐夫。

表姐嫁过来没几天，和表姐夫拌嘴，一时想不开，选了一雨夜，拿上一段棕绳，走到大槐树下，系上棕绳。就在她要把头套进绳圈中时，大槐树树梢的雨滴落下来，打在她脸上，清凉清凉的，感觉就像舅母的眼泪。表姐悄悄收了棕绳，走回家。

家里的灯都亮着。

2015 年 5 月槐花盛开的时节，我回老家接母亲进城，突然发现村庄所有的荒坡都开满了槐花，惊讶地问村支书。村支书告诉我们，村庄推行退耕还林，村里拿不出那么多钱买树苗子，就用大槐树的种子和大槐树的枝条，在山坡上栽满槐树，有心栽花花不开，无心插槐槐成林。村里完成了退耕还林任务，漫坡槐花让城里人流连忘返，让村庄养起蜜蜂，我们白蜡村成为网红的槐香村。

走到大槐树下，树上挂着四块"古树"红色牌子，有编号、科属、树龄、类别、保护等级、简介等信息。我们这才知道在专家眼中，大槐树有了 800 岁。我一一拜祭村庄的大柏树、棕树、黄葛树，它们都挂上了古树牌，每棵树都有自己的编号，他们都是祖先的树。跪拜，拍照，突然发现这些树的编号前六位数字和我们村所有人身份证号码前六位数字一样。

树是我们的亲人，不容置疑。

大柏树是村庄长得最粗壮最高大的树，大柏树在老祠堂大门前，老祠堂是说大事的地方，是教育子孙的地方，大家就不经常去也不敢去，怕自己做错的某件事让老祖宗翻出来。

大柏树伸出两根巨大的枝丫，就像一把巨大的弹弓射向天空，也像一把巨大的绿伞遮着老祠堂。更多的时候，感觉大柏树就像一个沧桑的老人，笔直地站在天地之间，向着天空伸出两只巨大的手臂，想着天地之间的大事，想着子孙后代的大事，想着村庄的大事。不知是天怕大柏树想透了一切，还是怕大柏树弹弓一样的姿势伤害了天，在一个下午，突然放出一道雷电劈去了大柏树半边枝丫，巨大的手臂掉在地上，砸得整个村庄都在抖动。那个年代特别缺少柴火，村里却没有一个人去劈开搬进家中。那么粗壮的枝干，是打"千年屋

（棺材）"的最好木材，因为被雷击过，谁也不敢动打"千年屋"的心思。村里老人喊来村里人，大家连拖带扛，把柏树丫拖到老祠堂后面屋檐下。搬走柏树丫的途中，大家才发现枝干上有一个巨大的树洞，树洞中有一条雷击过后面目全非的大蛇，让村庄从此生出一串故事。

大柏树巨大的手臂伸向天空，天问一般，让我们心中格外生疼，苍老的树皮开始剥落，光滑的木质裸露在外，就像爷爷青筋毕露的手臂，总担心他会和爷爷一样老去。

大柏树没有我们这些子孙的忧患，它老着它的老，绿着它的绿，香着它的香，郁郁葱葱，四季常青，每年会落下雪一般厚的柏树籽，我们请到山坡上撒下，山坡上第二年就生出一片又一片柏树苗。我回老家祭祖，那些柏树苗早长成了笔直的柏树，漫坡都是，村庄也就多了好几处柏树林，那是大柏树的子孙。

老祠堂在岁月风雨中垮掉，村里让祖宗们的宅基地复了垦，最初大家抢着去那里种菜，倒下的黄土墙肥力足得很。后来村里人越来越少，自家房前屋后菜地都抛荒不少，老祠堂里没有祖先牌位，长满山茅草，看着格外酸楚。没有高大的老祠堂挡着，屋檐后躺着的柏树枝露出来，柏树叶化为泥土，柏树枝保存特别完好，成为一棵躺在大地上的大树。

听说普查古树的干部来到村里，他们毕恭毕敬地给大柏树挂上红色的古树牌，编号前六位数字自然同着我们身份证号码前六位数字，从古树牌上我们问到了大柏树的年龄是1500岁。

普查古树的干部给老祠堂后面柏树枝丫也挂上红色古树牌，只是没有编号。

我们村庄柿子树没有赶上挂古树牌那一天，但我们知道，那也是村庄千年古树。

四五个人都围不过来的褐色树干上，托举着一团我们必须睁大眼睛才能看完的灯笼一般树冠。春天，柿子树上长出卵形嫩叶，感觉就像剪纸剪出的绿灯笼。秋天，剪纸一般的柿子树叶落尽，满树小小的红灯笼一般的柿子，组合成一方巨大的灯笼，把天空照得红通通的。树干下是露出地面的庞大根系，众手一般捧着高大的柿子树，就像今天城里从乡村请来古树一样，为了不让古树被风吹倒，园林工人会支起一周松木支撑着大树。

支撑柿子树的不是松木，是它自己粗壮的根。

柿子树高耸在山梁上，左边是马槽村，右边是我们白蜡村，山梁下是著名的万达古道，从万州到达州必须走过这条古道，走过这道山梁，走过柿子树下的垭口，那道山梁有一个很不雅的地名：饿母狗梁，不知这个"饿"与头上香甜的柿子有没有联系。

走到饿母狗梁，坐在柿子树下歇息，在时间的风声中，在千年深远的时间意象中，遐想头顶上柿子树谁种下的，我们多少祖先仰望过。村庄不是名词中的村庄，人不是名词中的人，柿叶是名词中的柿叶吗？柿子是名词中的柿子吗？香甜是名词中的香甜吗？柿子树上的柿叶是今天，柿子是今天，我们看着它们绿，看着它们红，感觉柿子树刚刚栽下。逢上柿子通红的秋天，等着熟透的柿子掉下来。没有高大的楼梯，树上的柿子是摘不到的，捡一块石头是可以打掉柿子的，可村庄的人、过路的人，谁也不会那么做。等一阵风来，摇落柿子，总给了仰望的人和过路的人等待的理由。刚摘下的柿子没有经过时间的酝酿很涩，就像树下的时间，很涩。摘柿子的时候，村里搬来好几挂楼梯，把柿子分到每一家中，用坛子装好，过一段时间，坛里的柿子就彻底熟透香甜。

柿子树顶端总会留着一些柿子，那是留给天空中鸟儿的。

千年的时光风雨让柿子树上出现了树洞，那里成了一窝啄木鸟的家，这方树洞不是啄木鸟自己啄出的，是时间的风雨啄出的。宁静的早晨，村庄响起啄木鸟敲击柿子树干的声音，悠长，洪亮，打破早晨的沉寂，给村庄敲打着一种乡音的节奏。在乡间要听到啄木鸟的敲击声，一般会在宁静的山林之中。我们村庄总能听见啄木鸟的敲击声，是饿母狗梁给了啄木鸟声音的高度，是柿子树的年轮给了啄木鸟声音的混响。特别是在冬季，天地之间弥漫着冬天凄厉与肃杀，啄木鸟的鼓声响起，给人春天的感觉，给人春天的鼓点。

1972 年秋天，村庄里很多人突然见到柿子树上有一个猫脸、尖嘴、小狗大小的动物，它在一个红亮的柿子前停下来，轻轻地嗅着，却不急着吃。村里老人去看了，说这是花面狸，也叫白鼻心、果子狸。柿子树上有了神物，远远近近的人们纷纷跑来看，燃起烛香，到柿子树下敬奉。事情传到乡里，乡里责令我们村癞子村长赶紧刹住这股迷信之风。一个晚上，村里响起一声枪响，第二天柿子树上再也见不到那毛茸茸的花面狸。因为有癞子村长眼睛盯着，柿子树下的香火不敢再点燃。

非常奇怪的是，到了第二年秋天，柿子树上没有结出一颗柿子，村里老人说柿子树在警告我们。那一年冬天特别冷，山林里的松树是做家具房梁的树，没有人敢去砍树烧火取暖，癞子村长下令把柿子树砍了，理由就是不结柿子啦。

村里老人们对癞子村长说不能杀树，那是村庄的风水树。癞子村长很生气，保留风水树，让全村人在寒风中冻死，好躺到望乡坡上去。老人们见村长发怒了，谁也不敢说话。

柿子树轰然倒下，只有这一棵树倒下，村里人没有提前给柿子树写树帖，是村长要杀柿子树。

饿母狗梁上一下空了，我们村庄的天空突然空了一块，给人一种茫然无依的感觉，仿佛一直庇护着我们村庄的灯笼骤然消失。

在我的家乡西南第一禅林"双桂堂"，破山祖师圆寂前，给自己写了两个字"偶留"，后世将两个字阴刻在双桂堂破山塔上。天地之间，我们谁都是偶留而已，不问来处，不问去处，处处偶留处处留。

柿子已逝，生者坚强。

一对啄木鸟在柿子树倒下的天空中盘旋，倒下的树洞里面细软的木屑上，有一窝即将孵化的啄木鸟蛋。

我们村庄欠柿子树一方树帖。

村庄里还有两棵让我们特别牵挂的大树。

一棵是黄葛树。

黄葛树最初长在水井湾大水井边，茂盛的树冠刚好给大水井撑起一方树屋。前人栽树，我们后人不但乘凉而且可以喝水，这绝对是最乡愁的画面。黄葛树是村里人每天必须去仰望的地方，为看树，为挑水，不管日子多么灰涩，大家心里一点不慌——不怕，黄葛树下还有一汪井！黄葛树盖着井，井映着黄葛树，映着我们村里人，我们都是喝黄葛树下井水长大的！

后来村里来了一位风水先生，对我们村通向城市古道上的筲箕梁作出风水方面的研判，说筲箕本身就装不住水，水为财，不管白蜡人多么努力，看着的收成最后都会漏空。给筲箕梁上栽一棵大树，给村里栽下一根定海神针。特别强调这棵树必须生命力特别旺盛，必须四季常青，必须盘根错节——唯一的选择就是黄葛树。

重庆黄葛树特别多，我们村就大水井边那一棵。

癞子村长是"破四旧"的急先锋，谁也没有想到这次居然让风水先生说动。人挪活，树挪死，这是村庄最朴素的哲学，何况还是水井边的大树。最后的决定还是在老祠堂里定下的，那正是惊雷击断大柏树不久的时光格上，未来的惶恐成为大家共同的忧思。

黄葛树被割去四周的枝丫，只留下主干和断枝，雕塑一般。大家小心翼翼地尽可能多挖些根系，几十个人费尽千辛万苦把黄葛树搬到筲箕梁。

"叶如羽盖岂堪论，百步清阴锁绿云。"这是唐代诗人刘兼笔下的黄葛树。黄葛树的生生不息的确让我们敬仰，上午黄葛树的新叶还是一个嫩芽小点，下午就已老辣矫健，那成长的风声就像水井里的流水声。我们经常在水井边仰望黄葛树，不为别的，就想看到生长的速度。

筲箕梁很高，那是白蜡村走向山外走向远远城市的古道山梁。第二年春天一到，远远望去，黄葛树断枝上长出新枝，新枝上长出新叶，等到秋天，山梁褪去春夏的绿色，变得和大地一样黄，山梁垭口上的黄葛树却如一团绿云飘在空中，格外引人注目，格外养眼。

有黄葛树站在筲箕梁，那道垭口不再叫筲箕垭口，叫黄葛垭口。

搬走了黄葛树，村里人在树根洞上种下一株杨柳树，清泉叮咚，杨柳依依，就没有人对搬走黄葛树说些什么。

谁也没有想到我们村唯一的黄葛树还会搬家。

一棵是大棕树。

村庄棕树很多。望乡坡上一片棕树林，大棕树在棕树林一树冲天，傲然挺立，像一面高高的旗帜，像村里的华表，棕树林所有的棕树都是它的子孙。

望乡坡是埋祖先的地方，从家屋抬上望乡坡，这是村里老人们的一生。望乡坡上望得见故乡，望得见血脉相连的亲人，望得见炊烟和陡峭崎岖的山路，听得到犬吠，阳光最先照到望乡坡上，坡上暖和极啦！

棕树林挨着祖先，写成"宗林""忠林""终林"，都能触动我们心中最柔软的地方。祖先躺在棕树边，那是我们小孩不敢经常去的地方。每年腊月一到，家家杀了年猪，大人们会带着我们到棕树林去，摆上猪头，点上烛香，向祖先报告一年的收成。然后走到旁边棕树林，取了棕树叶回家挂腊肉，取了棕树皮回家搓棕绳，扎棕垫，扎棕鞋，编蓑衣。大棕树上棕树叶和棕树皮谁也不敢取，除了对大棕树的敬畏，关键是那么高大，那么粗壮，我们也取不着。

据说普查古树的干部到我们白蜡村，大槐树、大柏树、黄葛树，他们没有太多的惊讶，这些树到处很多，对望乡坡上大棕树惊叹不已，除了挂上古树红色铁牌，另外还挂了一块红色的铁牌——

上面写着：棕树王。

这是我们的骄傲！

在村庄的岁月，除了上学，这几棵树我们经常去拜祭和仰望。离开村庄，到城里工作，每次回到老家，总会去看望这些大树，就像去拜望村里那些老人，那些亲人，它们也是我们的亲人，我们的长辈。

村里还有很多的树。

田埂上栽着桑树，桑叶养蚕。

地角边栽着桐子树，桐子树榨桐油，桐油卖到供销社。

房前屋后栽着李树、桃树、杏树、梨树、石榴树，那是村里人对季节最美的期待，它们会等候在自己的季节等候着给我们奉上香甜的果子。

村里老人会给地相面，也会给天相面，哪片地该种什么庄稼，哪片云彩会下雨，他们都提前知道，村庄从来没有去想过哪片地哪片坡该种什么树。村里除了果树、桑树、桐子树，村里其他树都不是我们人刻意种下的，是风种的，是鸟种的，风把种子吹到哪里，鸟把种子衔到哪里，哪里就会长出一棵树。村庄没有给树安排土地，村里长树的地比长庄稼的地宽大得多，所以我们村庄也叫山村，山是村庄的主题，庄稼是人们加上去的主题，这个主题一讲就是上千年。庄稼不再成为村庄的主题是最近二三十年的事情，这种事情刚好让我们赶上，这是我们的幸还是不幸，谁也无法预测，就像我们当初谁也不会预测村庄的人会多数走进城里，村庄的树也会走到城里，村庄的农具也会有一天走进城里，走进农耕园博物馆。

村里最多的还是松树。密密麻麻地长满山林，就像村上开大会晒场上站满人的气势。在我的记忆中，山林中松树很多，难以见到很大的松树，稍微粗壮的，稍微笔直的，没站上几天，就会只留下一方树洞，树洞中补栽着小松树。物以稀为贵，在我们村庄，还是物以多为贵，在大人们眼中，漫山的松树林，那是房梁，那是家具，那是柴米油盐。我们祭拜村庄那些古树，那是我们精神之上的树。我们等待成材的松树，那才是我们物质之上的树。

村庄自然害怕那些松树被人惦记。那个年代，我们都顺着古人的造词之势，给村庄那些树造了一个词——大树碗成，一棵松树只要长到饭碗那般粗的时候，它就算成材，就会被人惦记。村里老人在老祠堂对着全村人发了毒誓，谁偷山林松树，断子绝孙，家破人亡。不知大家是敬畏老人们的话，还是真正心疼那些松树，那些年代，大家尽管都很贫穷，但村里从没有发生过一起偷树的事情。

后来，责任制在村庄推行，村里把山林一块一块分给每家每户。没有了村里统一管理，大家担心偷树的事情会发生。有人出了主意，山林中看上去将成材的松树，割开一片树皮，用红油漆统一编上号。大家像照看孩子一样照看着山林那一串红色的号码，那是家中的孩子，它们长在山林。后来的情况是，很快松树长大，新长出的树皮盖住编号。村庄只看到松树的今天，没有看到松树的明天。

1983年我考上师范学校，父母将我的户口从白蜡村二队起出，由农业户口转为非农业户口，我同农民的身份一拍两散。家里的田地按我的份额划出去，唯一没有划出去的是那些有编号的松树，当然还有那些井、那些路、那些草、那些花，村里走出一个大学生、一个当兵的，特别自豪，就像收获了一季喜出望外的庄稼，村里人说那些松树留给猛子，给他打家具，猛子是我们村嫁出去的孩子。

属于我人均的那份田地没有了，属于我的村庄永远存在。

村里松树成材后，要伐些修房盖屋打家具，要卖给收木材的人，哪一棵松树该伐，哪一棵松村该留下，每一家的当家人都心中有数。

村里要伐树，那是一件很庄重的大事，一定会提前七天请到村里德高望重的老人给要伐的松树下树帖。

树帖帖子竖排，标题的字比正文的字要大些："敬拜树神树仙帖。"

正文的字稍微小一些：兹定于某年某月某日伐树，敬请各位树神树仙移位他树仙居。不敬之处，请众神仙海涵。敬请人×××，×年×月×日。

我爷爷是村庄写树帖的人，爷爷走了，我爸爸接着写，后来我们全家搬到城里，不知道村庄谁在给树写树帖，村庄还会写树帖吗？

树帖用精心熬出的糨糊刷在树上，用手压得实在，不让风吹走。

在村庄的山林，树长大了，神仙会在上面安家，也给村庄看树。下了树帖，神仙会提前搬到别的树上。伐了树，村里人会在树洞上补栽上几棵小松树，不让山林空白。

人养活树，树养活人。

作为一个村庄的记录者，我多年的创作都在极力记录着我的村庄，好让后来的人们记住。

五年前，我专门回到村庄，突然发现我的村庄记忆突然模糊了——

> 又到了一年最寒冷的时候/田野不见人，只有丘陵和山岗的墓地边/几个移动的影子……//一年又一年/看得见的亲人，背着井里的月亮/去到遥远的他乡//一年又一年/看不见的亲人在土里，守着/地上的一片荒草和村庄……

这是一个和我一样一直记录着村庄人数的诗人的诗，只不过他数着村庄的人，我数着村庄的人，也数着村庄的树。

仿佛突然之间，村庄里没有了多少人。

村庄的真实面目应该是草垛、猪圈、庭院和晒场，门口有石碾、古井、农具和牛羊，三五个小孩在地上摸爬滚打，这才是村庄的生气。

到处都是小树的时候，村庄人很多，大家都盯着那些树，修屋，卖钱，打家具，打棺材。

到处都是大树的时候，村庄的人一个个离开。

山林中的松树越来越密，松树越来越大，山林之外村庄的房子很多，很洋气，很少几家人留在村里养蜂、养羊，开办农家乐接待那些看槐花看红火棘看雪花的城里人，很多家门前院坝上都长满了野草，野草长到了门槛。我们知道春节到来，那些房子的主人会回来，那些野草会被除去，房屋上会升起炊烟。村里留下的人除了养蜂养羊，特地种了很多冬天爱长的萝卜、青菜、白菜、胡萝卜、蒜苗、芫荽、豌豆苗，他们知道村里人过年会回来，这些菜等着他们。

当我们这些想着村庄牵挂野草长到门槛的人老了，赶不回村庄了，还会有人除去门槛前的野草吗？

村里长树的地方叫山林，现在已经成了森林。村里长人的地方叫村庄，我担心过不了多久会只剩下村名。

更为让我悲伤的是，村里的大槐树、黄葛树、大棕树和很多人家房前屋后的李树、桃树、杏树突然不见啦！

留下的一个树坑像是句号，两个树坑像是冒号，一排树坑像是省略号。仿佛要说什么，但什么也说不出来。偌大的树洞坑，像一只深陷进岁月的眼睛，失神而空洞，周围的野草一下蔓了过来。把村里的树洞坑想开去，想远些，村里更多的树洞坑连在一起，就成了感叹号，问号。

谁搬走了我们村庄的树？

村里老人们告诉我们，村里来了很多看树的人，说这些古树很漂亮，让城里看中啦。老人们最初很高兴，说城里看中我们村的树，就像看中我们村那些走到城里的人。后来来的人多了，还带了吊车和挖掘机，老人们看出不对，质问他们。那些人说，搬走这些古树是奉了上级领导的指示，大树进城，去建设园林城市，还说下一步要给村里修很多很多的路，这些大树占了公路的线路。

我知道这一定是那些树贩子的胡乱所为，他们同当年到村里贩卖妇女儿童的人贩子一样可恶。

人挪活，树挪死，在祖辈们语言的河流之上，给了人走向远方的暗示，给了树扎根树下大地的明示。给树说，其实是给人说，树没有脚，树不会走，树要走，其实是人要它走。

村庄里的树从没有想过挪窝。它们一出生只有一次挪动，那就是自己的树干离开树根，从没有看见哪棵树从山林里走向田间走向房前。树有根，树没有脚，树看得很高，树看不到很远，树没有想过远方的事情。

"草木会发芽，孩子会长大，岁月的列车不为谁停下……"这是电视剧《人世间》主题曲，电视机上演的《人世间》，电视机外是我们的人世间，岁月的列车一往无前……

村庄的进步是什么？是不是所有土生土长的村里人走进城市，住上楼房，用上网络，甚至如果喜欢可以喝上咖啡，喝上红葡萄酒？是不是大地上的人们进了城，大地上的树也跟着进城？村庄的人们络绎不绝进城就最近二三十年的事情，我们祖辈在乡村几千年都没有赶上，这是村庄的奇迹，这是大地上的奇迹，但不至于人走树也走村庄也要走。

我曾经在乡村见到一群树贩子，我问他们：大树进城难道不会把乡村的大树挖空吗？他们笑着说：不是有一人得道、鸡犬升天的说法吗？你们有出息了，不是争着把父母兄弟接进城里吗？我们是在帮你们把树也接进城里。

我一时找不到回答的话。

进城，是我们追求的得道吗？

"草木会发芽，孩子会长大，岁月的列车不为谁停下……"他们哼着歌，开动吊车启运大树。

一棵树应该长在哪里？

一棵树应该活成什么样子？

问树，其实是问我们自己。

让村庄的树走向城市，它们给我们村庄的树下过树帖吗？

大柏树没有搬走，树贩子们要动大柏树的时候，村里老人们全部走到大柏树下，指着不远处那躺着的大柏树枝干，说要搬就把它也搬走。就怕天空打雷，树贩子们一溜烟跑啦！

村庄松树没有一棵搬走，城里几乎见不到松树。

我得找到我那些村庄走失的树，我知道我请不了它们再回村庄，我得知道我们一同从村庄出来，它们在哪里，就像知道我们村那些走出村庄的亲人们他们在哪里。

城里最近几年突然长出很多大树，我们清楚知道它们更多的年轮是在乡村长出来的，它们大多数都是村庄走失的树。

我心中装着每一棵大树的底片，我手机里存着它们的样子，闭上眼睛，心中那些底片迎风展开，树叶在心中"沙沙"响起，仿佛在召唤我："来啊，我在这里！"搬树的人会修去它们很多枝丫，但它们的树根和树干永远修锯不了。在城里找到这些大树比在城里找到我那些乡亲更容易。尽管我们喊城市森林，森林中长得最多的是我们人，不是那些树——

我找到的第一棵树是大槐树。

四棵大槐树并排站着，那绝对是最诱人的风景和地标。

走访江城有树的地方，我在长江边滨江路广场看见了它们，除了四棵大槐树，还有一大片大大小小的槐树林。因为槐树，那片广场取名滨江槐林广场。以长江为背景，以城市为背景，槐树伸向天空的高枝已经被锯掉，槐树没有村庄堰塘边那么高大，但是树冠比村庄堰塘边更为宽大。因为长出了很多新枝，新枝比在村庄时候低多了，给了人们摘槐花的便利，将槐花盘成槐花冠戴在头上，串成槐花项链挂在胸前，抖音上点赞如潮。

槐花树下自然少不了恋爱中的情侣，城里没有高高的山，现在有了高高的四树槐，不用望郎来，一个电话，一个微信，立刻赶来。不知是谁哼唱出"高高山上一树槐，手把栏杆望郎来……"大家立刻应和起来，城市爱情生活在一首古老的歌中，生活在一片芬芳的槐花林中，美妙绝伦。

可惜，城里没有人做得出槐花麦饭。

槐树上的古树牌换成了新的铜牌，红底蓝字，铜牌上的编号还是我手机上的编号，树龄还是 800 岁，还是它们在村庄时候的年龄，树牌上有一串小字：原产地白蜡湾，和我填写在各种人生表格上的籍贯一样。

关于树，我知道有一个树的节日——植树节，全国各地都在植树。树从哪里来？城市永远不会有生产树的工厂。我们清楚地知道，那些树来自乡村。把树种到城里，把树种到乡村，成为一个节日的主题。我突然对乡村的树走进城市有了默默的认同和许可，想得宽泛些，我们也是搬进城市的树。

我找到的第二棵树是黄葛树。

城市里黄葛树特别多，这让我花了很长时间。

它搬到了市民广场入口处，市民广场上有好几棵黄葛树，那是专家设计图上的构思。村庄里哪里长什么树，要看风的意思，看鸟的意思，树的种子是风种下的，是鸟种下的。看市民广场的黄葛树总有一种人为的别扭，很不顺眼。

黄葛树上没有挂上古树牌，在黄葛树茂盛的城市，我们村庄的黄葛树还排不上位置，我知道它的位置应该在黄葛垭口。树贩子们搬走了黄葛树，黄葛垭口一下空白，就像人没有了门牙，风飕飕的。

在黄葛树下我见到我们村里的几个人。他们在城里的工厂、学校、医院和机关工作，默默地站在那里。他们说他们经常到这里来，他们都是从黄葛树垭口走出来的。

"黄葛树，黄葛垭，黄葛树下是我的家……"几个小孩在黄葛树下唱着歌做着游戏，我们也是唱着这首歌做着这个游戏长大的。

我们的眼泪再也忍不住。

河是大地上长大的树，路是大地上长大的树。这是一个大家都共鸣的比喻。大槐树脚下是一条小溪，小溪流进天缘河，天缘河流进浦里河，浦里河流进长江，长江流到江城万州。黄葛垭下的古道通向蛤蟆山，蛤蟆山古道连接三正镇，三正镇的大路通向江城万州。

河是最先走到城里的树，路是最先走到城里的大树，我们的树也是从故乡走到城市。

我们都是大地上长着的树！

仰望着黄葛树，我很想知道，我在乡村做梦，总梦见城市；我到了城市，总梦见乡村。

黄葛树啊！你会梦见哪里？

叶落归根，我们的根在哪里？

我一直没找到村里那棵大棕树，问了很多人，说最先在江城天城区政府大楼门前广场上看见过它。大棕树没有枝丫，是村庄走出的树中唯一没有让斧锯动过心思的树。高大挺拔的大棕树，撑起一方绿伞，站立广场，格外让人注目。后来因为体制变化，天城区政府撤销，我们填写了多年的籍贯表格一栏将填写上新的籍贯，大家觉得棕树成了终树，大棕树就被再次搬家。

走遍大街小巷，走遍广场和公园，走遍工厂学校医院，寻找大棕树的踪迹，不知所终。

大棕树，你在哪里，你活得好吗？

这是我的痛。

土 生 土 长

　　村里最高的山叫尖峰寺，这不是山最早的名字。祖辈们把土地神供在山顶，山开始叫尖峰寺。山上哪一年供上土地神，哪一年开始从一座山到一座寺，所有人的回答都一样——很久很久以前。

　　大地上的庙很多，山神庙、关公庙、妈祖庙、观音庙、张飞庙、河神庙、龙王庙……这些庙在大地上都有自己特定的领地和辖区。如果说土地庙是土地神的衙门，土地神从来不挑剔自己办公的地方，哪里有民众居住，他就在哪里安营扎寨，哪里民众需要他，他就在哪里长久地住下来。一方水土必有一方土地庙，这是大地上最常见到的神，这是民众身边的神，供奉土地神的地方就叫土地庙。远远近近的村庄，土地庙大都建在村口或者大路边，那是大家随时能够看到随时能够想到随时能够祈求到的神。我们村的土地庙供奉在山顶，那里离天更近，大约这是我们村庄在山顶修建土地庙的最大理由。站在村庄土地上，任何一个地方都可以仰望到山顶，生活中有什么过不去的坎，抬头一望，土地神就在山上。土地庙没有击鼓升堂的大鼓，也没有举报箱电话之类的东西，生活中确实有特别过不去的坎，还得当面给土地神倾诉，还得攀登很陡很陡的山路。其实很多时候，慢慢攀登上山的路，慢慢想生活中的不顺心，还没有走到土地庙，心里就敞亮啦！

　　这是土地神的意思？

　　早些年父母领着我上尖峰寺，后来我把父母引上尖峰寺下的山坡，那里看得见村庄，我们在村庄也看得见那里。从家门出发，抬上尖峰寺下的山坡，这是祖先们的一生。那里躺着村庄的先辈，那里阳光最先照到，那里是我们祖辈们的村庄，那里离土地神很近，那里离天很近。

平行时空，乡村不知道这个概念。我们的村庄和祖辈们的村庄，这是乡村的平行时空吗？

给父母上了烛香，往山顶走去，我有很多年没有去跪拜土地神。乡亲们从山的四面八方都可以上山，土地神只有一个，上山的路却有很多条，条条道路通往土地庙，故乡的路是明确的，是通畅的，人能过去，种子就能够过去，牛羊就能过去，日子就能过去，所有的道路都可以抵达。

今天的村庄，很多人不断走向乡场或城市，留在村庄的人越来越少，走上尖峰寺跪拜土地庙的人一天一天减少。路少有人走，草就走，荆棘就走，路就隐去了路。也许我在不断走到其他人上山的路，也许我一直走着草和荆棘的路，在山上转悠半天，居然没有走到山顶，在神的面前也会迷路，想到了领路的父母，泪又来啦！

山路上迷茫半天，突然醒悟，土地庙在山上，走向上的山路总能到山顶。向上，向上，山高无顶我为峰。

土地庙没有了早些年的红火。两块巨大的石头为壁，一块巨大的石头为顶，土地神就在"磊"字当中，永远一副慈祥的面容。"磊"字罩着土地神，土地神罩着我们。坚强刚毅，正大洒脱，光明磊落，不隐藏，不闪躲。

大地上所有土地庙都在这样的"磊"字当中。

我们在土地上种庄稼，我们用黄土筑墙筑灶，我们用黄土垒塑土地神，我们用黄土埋葬祖先，人间烟火熏染黄土，是神的下凡，还是黄土地上长出的神。泥土不会说话，泥土上长出的庄稼会说话，泥土上长出的人会说话，泥土上长出的神会说话，万物都从泥土里长出来，这是泥土的荣耀。

土生土长，生生之土。

在乡村，人与神随时随地都在交流，都在面对，大地上的神无处不在。灶间有灶神爷，猪圈有猪神爷，水井有龙王爷，脚下是土地爷，头上是天老爷，天是最大的神。每个村庄都有自己的土地庙土地神，也叫土地爷，感觉我们尖峰寺上的土地庙和乡村所有土地庙一样，只是大地上一路土地神其中的一方驿站，在乡间大地上走，每隔一段地域，就会有不同的土地神在值守，不知是一个土地神管理一段时空一段地域，还是在不断提醒人们对土地的敬畏对神的敬畏。

在天地神灵面前，人们没有更多的诉求，只求风调雨顺，六畜兴旺，身体健康，富贵吉祥。读书人步步高升，生意人一本万利，种田人年年丰收，这是艰难时世最现实的祈愿，是人对自然山水对原始生命的热爱和歌颂。

土地庙门前有一副对联："有庙无僧风扫地，香多烛少月点灯。"对联刻在石头上，我们读着对联，岁月读着对联，字已经有些模糊。我很奇怪我们祖先最早建土地庙的时候，为什么会选这样的对联。土地上没有了更多的故乡人，土地庙真到了风扫地、月点灯的时段。

沧海桑田，桑田沧海，山乡的巨变，祖辈们压根没有想到过。

我跪拜过很多土地庙，每到一个新的地方工作，我总会去跪拜那里的土地爷，向这方土地报到，这是一个农民儿子的本分。在乡村学校教书的岁月，我在好几所山村中学教过书，跪拜过的那些土地庙门前的对联我至今还记得——

"土能生万物，地可发千祥。"

"公公十分公道，婆婆一片婆心。"

"庙小神通大，天高日月长。"

…………

后来我到各个地方去采风，专门注意过各个地方土地庙门上的对联，几乎都是这些。天下的土地庙都是相通的，因为土地是相通的。

"少小离家老大回，乡音无改鬓毛衰。儿童相见不相识，笑问客从何处来。"

我不是贺知章，尽管我少小离家，但是我每年都要回到故乡。父母在的时候，父母在哪里，家在哪里，年就在哪里。父母走了，我每年都会带着孩子回到故乡，我得让孩子知道我们的祖先在哪里。祖先在哪里，清明就在哪里。

我们未来在哪里？作为未来的祖先，我们到底会在哪里？

天晓得，不多想。

在我们村庄我已经很难见到儿童的微笑，当然就没有人问我从哪里来。儿时的村庄，已经成为村庄的过去式，儿时的村庄，还会成为村庄的将来式吗？

有香烟递上来，"猛子，回来啦！"

有蜂蜜端上来，"猛子，刚割的槐花蜜！"

村里还有十几个老人固守着村庄，不是他们的儿女不成才不孝敬，而是他们不愿意离开故土，对故土有着青石一般坚硬的执着。房子没有人住，房子会废弃；土地没有人照料，土地会废弃。人活在世上，没有了自己的房子自己的土地，不就成了风成了尘土，怎么安生？

村里没有了更多土生土长的人，我的村庄白蜡村和邻近的马槽村合并，成为新的长大的马槽村。村里当年分配到一家一户的土地也合并起来，让一个叫"土地流转"的词语统一交给几家农业开发公司，栽种槐花树、李子树、猕猴桃树、玫瑰花、茶树，以及大片大片地种着洋芋。当年的玉米地、高粱地、洋芋地和稻田，用20世纪的机械和21世纪新的机械平整、扩大，连通灌水的管道和运送的车道。乡村的人和乡村的耕牛，变成了乡村的机械。这些不吃草不吃粮的动物和人，在村外赶来的人们的操纵下，犁田、耙地、浇水、施肥、撒种。那些地我还能喊它们"庄稼地"吗？庄稼不再是土地上唯一的主题。我说村里没有更多的人，其实是说村里没有我认识的更多的人。过去是一方水土养一方人，今天是一方人养一方水土。一个村里土生土长的人，土话在今天的村庄已经无法交流，到我们村打工的是天南海北的人，到我们村乡村游的也是天南海北的人。能够说着我们都能听懂的村里土话，就我和留在村庄的那十几个老人。

在村里土地上挣着工资，不知是叫"打农"还是叫"打工"？我该称呼他们农民还是工人？

乡村土地史无前例地大改版，守候乡村土地的人们身份也在大改版。

乡村的天空是很平静的，但是乡村和我们每一个人一样，没有现成的剧本，所有的故事看似波澜不惊，但也不是种瓜得瓜种豆得豆那样毫无悬念，土地永远充满悬念，土地上每一个人永远充满悬念，在乡村历史的天空，庄稼不是主角，人才是主角。

守望在村里的老人都是当年的老庄稼老式，他们在村庄有着德高望重的地位，什么时候犁地？什么时候施肥？什么时候播种？他们有着一锄定音的权威，村里所有的土地都在等待他们落锄的指示。把自家的田地流转给城里来的投资老板，他们不敢公开和村里对抗，但是对家里的几块田、几块菜园地，对尖峰寺下那片祖宗躺着的向阳山坡，他们没有任何商量的余地。村里的田地不种庄稼，种花，种树，种茶，这还是庄稼人的本分？这不是把土地糟蹋了吗？

面对今天村庄的土地，是老人们该反省，还是我们该反省？

今天的村庄，一辈子守望着故乡的人并不多，当这些老人在岁月的召唤下，一个一个躺进尖峰寺下向阳的山坡，还会有什么人来守望故乡，故乡还会有老去的人吗？

乡村看重大地上的花事，在很长很长的时光格上，大地上的花事其实是庄稼花的花事，大地上的花事很多，乡村的眼光只是深情地投向那些庄稼花，几乎没有去望过那些庄稼花之外的花事……

花开两朵，各表一枝。在乡村关于花事的心思上，很长很长的岁月，其实是花开两朵，只表一枝——

那就是庄稼们开放的花！

在乡村多年的舞台上，最先登场的是油菜花，它们是庄稼花中的名门望族，开得最恣意，最热烈，或成块成片，汇聚成气势宏大的黄金方阵，海海漫漫，绵延不绝。除了伟大、壮观这些灿烂的大词，面对那片金黄，我们唯一能表达的只有"啊"字，连这个"啊"也会被浩大的金黄堵在喉咙。或一方田一块地，插叙在麦田之中，为麦浪翻滚镶上一道道春天的金边。

紧随油菜花的是胡豆花和豌豆花，这是庄稼花中的孪生姊妹，没有油菜花出场的宏大气势，开得温婉雅致，楚楚动人，粉白，浅红，淡紫，算是庄稼花中的小资，每一朵花看上去都像对着镜子有过精心的描画。

小麦和水稻是庄稼中的主角，尽管它们不是一个时段出场，但是它们的花事很是相同，静静地开，静静地谢，你不凑近每一株禾苗，你是看不见麦花和稻花的，连乡村同样微小的蜂啊、蝶啊，都懒得去亲近这些琐碎的花。只有乡村的农人，在小麦和水稻扬花的时节，心神不宁地望着天空田野，担忧突然的风雨吹落渺小的麦花稻花，吹落农历中谋划了一年的收成。诗人说："稻花香里说丰年。"真正能够看懂它们花开的，只有乡村的农人，他们才能听懂庄稼花开的声音。

庄稼花中的主角还有玉米花,玉米花跟着小麦花开的脚后跟,它开在玉米树的顶端,与乡村的各种花走样太远,或者说是不像花的花,所以,乡村把玉米开花叫"出天花""出顶花"。

走进乡村视野的还有雪白的芝麻花、紫红的豆花、金黄的南瓜花、淡黄的西红柿花、映日别样红的荷花、朵朵向阳开的向日葵花。芝麻包过年的汤圆,大豆做豆腐,南瓜莲藕也当粮。向日葵尽管只是饭前饭后的闲嗑,但是它迎着太阳开放,满满的金黄,满满的喜庆,满满的光芒。

事实上,乡村大地上还开满了比庄稼花更多的花,所有的花都在寻找自己花开的季节——桃花、李花、杏花、桐子花、槐花、杜鹃花、兰花、鸡冠花、蒲公英花、水仙花、百合花、牡丹花、菊花、蜡梅花、红火棘……你花开罢我登场,开满村庄所有的农历,所有的季节,所有的山野。这些花静静地开,静静地谢,没有人去张罗它们的长势,没有人去关注它们的收成。当然这些花中还是有几样花会偶尔走进乡村的嘴边——桃花、李花、杏花,开启了乡村春天的农事,更为关键的是桃子、李子、杏子,那也是庄稼之外生活的甘甜。桐子花开放的时候,是乡村最寒冷的时段,乡村把这一时段的春天叫"吹桐子花",但是没有一个人骂天气,骂春风,骂桐子花,桐子花是否就是乡村的庄稼,我不知道。

在中国最具有共同乡愁的树是大槐树。其实在我们老家川东一带,最具有乡愁的树是桐子树。除了山林中的松树柏树,桐子树是村庄土地上最多的树。桐子花开之后,长出的桐子特别漂亮,经常给我们水果的幻想,那是村里摆在山坡上的银行。家里的屋,屋下的家具、农具,桌上的灯,都有桐油的光泽和味道。乡村桐油灯火的岁月是十分漫长的。秋天桐子收获的时节,村里会派出特别可靠的人守候那些由绿变黑的桐子,村里没有一棵桐子树是私人的,偷桐子是那个年代经常发生的事情。

所以,乡村看花,那是很实用主义的,那是乡村的一日三餐,那是身上的温饱。在乡村的视野,大地上只有一种植物,它们的名字叫庄稼。

走在今天故乡的土地上,庄稼花一花独秀的时代已经过去,过去特别让人揪心的桐子树已经被冷落。很感谢那些走进我们村庄的农业开发公司老总，他们刻意在村庄留下几十棵桐子树，并且把废弃已久的榨油坊恢复起来，以唤起我们渐行渐远的乡愁。秋天桐子收获的时节，村里老人们总会去捡些桐子回来，在榨油坊榨出桐油来，涂抹在村里人行便道上的木走廊上，那是桐油的味道，那是乡村的味道，那是乡愁的味道。

村庄随时随地进入眼帘的是海海漫漫的各种鲜花。山坡上李花、茶花，水田里荷花，河谷中槐花，山林是映山红和红火棘，曾经长满庄稼的乡村开满了各种各样的花，种花，酿蜜，摘果，农历上的农事变成今天的花事，乡村的季节变成了今天的花节，三月李花节，五月槐花节、杜鹃节，六月荷花节，冬天冰雪节，让乡村的花事呼唤城里的人们，乡村有了比庄稼花更饱满的收成，乡村有了庄稼花之外更幸福的花事——

"幸福的花儿心中开放，爱情的歌儿随风飘荡，我们的心儿飞向远方……"

花开乡村，乡村如歌。

开满鲜花的村庄，这不是诗人的诗句，这是今天乡村土地上的幸福时光。

我们是对土地的叛逆还是对土地的改版？

中国神话中说："女娲抟黄土作人。"

《圣经》上说："上帝用地上的泥土造人，将生气吹进他的鼻孔里，他就成了有灵的人，名叫亚当。"

上帝对亚当说："你本是泥土，仍要归于泥土。"

…………

土地是人类的生命之源，土地是大地之母。

土地裂开一条缝，向天空呼唤雨水，向人们呼唤种子，滋生万物。

女人裂开自己，向太阳索要光辉，成为母亲。

把土地比喻成母亲，没有比这更走心的比喻，土地和母亲，都是人类生生不息的母体。

乡村没有文人墨客这样抒情的文字，他们相信只要站立在土地上，心就格外踏实。这片土地想种啥就种啥，土地从来不会辜负任何一粒种子。

城里人出门叫上班，乡里人出门叫上坡。城里土地上长房子长工资，乡村土地上长庄稼长收成。

"春种一粒粟，秋收万颗子。"

"运锄耕劚侵星起，陇亩丰盈满家喜。"

今天的村庄永远都没有诗人的后两句。

乡村的土地是有数字的，种下的是种子，不是数字，那一串数字收录在村里的账簿中。祖辈耕种那些田地的时候，从没有去想过土地上的数字，乡亲们不是贪婪的人，但在种田种地的时候总会嫌田地太小，总会把庄稼种满每一块田地，甚至田边地角，就像我们写作业的时候总会把字写在方格横格之外，土地收获的数字还得看你耕耘时辛苦的付出，还得看天地之间的风调雨顺。

把土地想象成作业作文时的稿笺纸，这是很畅通的。种玉米，种高粱，种小麦，种大豆，种水稻，写的是分行诗，每一句诗的字数要看土地的宽度。种红苕，种洋芋，写的是散文，满地格格，一格一格种上红苕苗、洋芋块。所以在土地上看庄稼的画面，最美的不是洋芋地、红苕地，土地塞得满满的，没有一点想象的空间。

等到我生活在城市，在楼顶，在阳台，耕耘我真正的方寸之地，种上葱、蒜、香菜，接受土地给我的通知，我才觉得乡村的地太多，多得近乎奢侈，尽管那些地不像我走过的平原乡村，那么平坦，那么一望无际，但那才是土地的坦荡。乡村那些山、那些坡、那些沟、那些河，被因地制宜地摆放，像鞋底，像头巾，像斗笠，像扁担，像月亮，成为乡亲们放在大地上的抽屉。乡亲们随时拉开抽屉看看自己的宝地。在一些清晨或者傍晚，乡亲们总能从抽屉里取回各种鲜灵灵的蔬菜果实，更多的是一季一季的粮食。

土地，就是乡亲们永远信赖的百宝箱，那种信赖甚至超过自己的亲人。

于是，乡亲们总是埋怨村里土地不够种，庄稼不够吃，又不敢在生产队长和村长的眼皮底下去开垦村边的山林，大家悄悄走进大山深处，在不为人知的地方开出一片地来，种上玉米、洋芋、红苕，弥补生产队分配口粮的不足。大家都在不为人知的地方开垦土地，进山的人多啦，成为大家心照不宣的秘密。

大山深处有了村庄。

生产队长和村长是否在深山老林中开垦有自己的私地，到现在还是村庄的秘密。

后来土地包产到户，大家突然感觉到有种不完的地，突然就有了丰衣足食的收获。土地包产到户那一年，村里挖得最多的是地窖，装红苕，装洋芋；打得最多的家具是粮仓，突然获得的丰收让乡亲们手足无措。

山林深处那些地回归到山林。

种好脚下的土地，首先得种好心中那一片地，丰衣足食的梦想，从心开始。

土地经常给我们发出各种各样的通知：野花盛开是春天到来的通知，地上烟雨是播种的通知，杂草扎眼是锄草的通知，庄稼金黄是收获的通知。

雪落大地是土地休息的通知：远远近近外出打工的人们，在外工作的人们，在外远行的人们，回到村庄土地上，瑞雪盖住土地，土地上没有更多来自庄稼的信息，未来种什么，怎么种，在哪里种，是这个雪天该静静思考的事情。

我们的祖辈们像牛马一样在土地上站出"面朝黄土背朝天"的俗语，只有面朝黄土背朝天才是农民的样子。乡村土地的表情是愁苦的，我们祖辈们的表情也是愁苦的，愁苦的是几千年来乡村中国的共同表情。

面朝黄土背朝天，这是我们祖辈在土地上最典型最经典也是无法选择的姿态。背对青天，面朝黄土，在天地之间，佝偻着腰，没有闲工夫去仰望天空或者星空。大地上的劳累，让他们也没有仰望的心情和体力。天空在祖辈们眼中，不是欣赏美的层次，是明天晴天或者雨天的关注；不是他们关注晴雨，是庄稼依赖着天空的晴雨。旱时渴盼天上雨云聚集，涝时渴盼天上乌云散去。

乡亲们对天更多的是畏，更多更多的还是敬。我们看够了天的脸色，辛苦不是最苦的，有好的土地，有辛勤的耕耘，但不一定有好的收成，还得看老天的脸色。一年的辛苦白费，那才是疼到骨头的苦。面对收成不好的年景，恨得咬牙切齿却又无可奈何，小声地骂"狗日的天"，骂完赶紧捂上嘴，怕"天"听见，对头上的"天"，谁也不敢得罪。

对天地的敬畏，在乡村就累积成了乡村的《论语》，规范着我们对天地的敬畏——

> 早不朝东，晚不朝西。（乡村屙屎哲学）
>
> 留得方寸土，让与子孙耕。
>
> 田要冬耕，儿要亲生。
>
> 早饭早，田地勿生草；夜饭早，省油省灯草。
>
> 家有千两银，勿及山上一片林。
>
> 千株桑万株桐，一生一世吃不穷。
>
> 穷人莫信富人哄，桐子花开才下种。
>
> 人误地一时，地误人一年。
>
> 男人勤快看田头，女人勤快看灶头。
>
> 夏至勿种田，祖宗哭黄泉……

老家的田地现在不归老支书或者老村长或者老队长安排，在老家的田地上指手画脚振臂一呼是现在的"老总"。我那些留在村里的老人用近乎祈求的商量从"老总"手里留下自家很少的田地，在他们心中，他们只相信亲手种出的粮食才是最香的，最踏实的，也是最能预期的，继续固守面朝黄土背朝天的姿势。他们的后人，或者从其他村庄走来打工的人们，骑着摩托车，开着轿车，唱着歌儿到村里几家农业产业园上班，手中的锄头、犁头几乎让农业机械代替，乡间土地上有了更多的名字，它们不是农具，而是农机，祖祖辈辈面朝黄土背朝天的农民，过上了一种前所未有的体面的乡村生活。

这一刻，我们刚好赶上。

我们那些真正老了的父老乡亲，他们执着于披着蓑衣，戴着斗笠，扛着锄头，走向村庄的土地，守望"青箬笠，绿蓑衣，斜风细雨不须归"的种田之乐。事实上，牵一头牛，扛一挂犁，在水田中来回巡游自己田地的时代已经过去，村里见不到一头耕田的牛。农业产业园的"老总"安排年轻人，骑着耕耘机整理自家的水田，他们欣然领受。逢年过节从村里领取集体经济分红的"红包"，他们欣然领受。更多的乡村时光，他们在产业园采茶、剪枝，收割槐花、李花蜂蜜，然后从产业园财务手中欣然领取"红彤彤"的"庄稼收成"。

更多的时候，老人们总是聚集在村里堰塘边大槐树林下。老人们一直在研究村里一件大事——那就是村里那张藏宝图，说是祖祖辈辈传下来的。

旗帜岭是村里第二座山，和尖峰寺对望着。尖峰寺有土地神守着，那是天然的村庄寨堡。祖辈们在旗帜岭修筑了寨堡，筑起烽火台，那是村庄在山顶的寨堡。

《周易·坎》中说："王公设险，以守其国。险之时用大矣哉。"

中国人从没有去觊觎人家土地的想法，但对自己的家园却是寸土必争。高山为寨，平地为堡。村前设卡，村后建寨。走遍中国所有村落，你都能见到寨堡、碉楼或者它们的遗迹。

所以，我们村有寨堡有藏兵洞一点不奇怪。只是我至今不明白的是，那些有过土匪强盗进村、有过战火硝烟的村庄，自然不会多想那些寨堡、兵洞的作用。在我的家乡白蜡村，甚至周围更远更远的村庄，几乎没有匪啊盗啊战争之类惊恐的记录。并不富裕的家乡白蜡村，自家的小谷仓从来没有装满过，自然不会想到送到寨堡去保护的层次——

村庄寨堡守卫的是什么？

旗帜岭同着山下天缘河边的老金洞，是全村人最神往和最牵挂的地方，旗帜岭和老金洞藏宝的话题，永远流淌在乡村语言的河流之上，就像那条出村的天缘河，河水常清，流向远方——

旗帜岭上有一口井，井边有一方田。飘在天空之上的旗帜岭，居然有井，井水居然从来没有干涸过，水田也从来没有干涸过，井水从何而来，因何而亮，那是村庄至今没有答案的神秘话题。村里喊那口井叫天井，喊那方田叫天田。天井是村庄最甜的井水，天田是村庄最好的水田，天田长出的水稻是村里最好吃的大米。不管是大集体时候还是后来土地包产到户，天田一直交给村里最会种田的田广福老汉。每到秋天稻香时节，全村人会聚在一起，品尝天田大米的清香，品尝乡村秋天的收获。如今田老汉已经故去，天田就没有人去经管，村里的大米都好吃，但是大家再也吃不到村里最好的大米。

　　物华必有天宝，这是一代又一代乡村人的共识。谁也说不清楚是哪一代村里人传下来的信息，天井中有一颗硕大的夜明珠，所以天井不干，夜晚的旗帜岭总有夜明珠的光芒。天田中有一对金鸭儿，老金洞水潭中的金钟一敲响，金鸭儿就会在天田中伴着钟声游弋。村里的老人们没有看见夜明珠，因为井水太深，但是大家都振振有词地说亲眼见过天田中游弋的金鸭儿，金灿灿的，比秋天金灿灿的稻穗还要金黄。很多次想上山去看游弋的金鸭儿，都被父母堵了回来，父母的理由也是村庄的理由，不满十八岁是看不到金鸭儿的……如今我早过了十八岁，但是父母远远地走向了尖峰寺下向阳的山坡，没有了父母阻拦，也没有了上岭的激情和勇气。

　　老金洞在天缘河一方河滩边上，是一方巨大的天然溶洞，村里人修了大门、寨墙，宽阔、幽深的溶洞藏上万的兵丁也绰绰有余，那是村庄河边的寨堡。

　　洞中尽头有一方石壁，壁上有一孔，极像锁孔。大人们说，这锁就是村里藏宝图的总锁，洞中还有洞，打开锁孔，就会打开洞中所有宝物，并且洞中有一条走向旗帜岭天井和天田的路，那里有金鸭儿和夜明珠在等待。早些年，哪家办酒席，要借桌子板凳锅碗瓢盆之类，只要在洞口点上烛香，说出要借的清单，要借的东西就会摆在河滩上，酒席办完后如数归还就行。后来一户贪心的人家办完酒席，却不去归还，老金洞再也借不出任何东西。

　　老金洞边是一方很大的河滩，滩中有一汪很深的潭，潭中有一口巨大的金钟。大人们说，很多年前，那金钟从川东最负盛名的双桂堂寺庙中飞来，本来想挂在老金洞口，结果没有挂住，落进深潭。只要你往深潭中投石，就会听到洪亮的钟声。投石撞钟，这是我们童年最爱做的事情，一石下去，轰鸣之声在河谷中回响，久久不绝。

　　有锁孔，必有钥匙。钥匙自然也在村中，在老金洞上面岩壁上，是一棵古老的崖柏。说来的确奇特，那棵崖柏在坚硬的石壁中长出来，不见一星泥土。更奇特的是，村里经过了很多代人，在一代代村里人眼中，就没有见过崖柏长高一寸，也没有见崖柏落叶和枯黄。崖柏自然是村里藏宝图的总钥匙啦。只要取到崖柏，插入老金洞锁孔中，老金洞洞中之洞的宝物、深潭中的金钟、天井中的夜明珠、天田中的金鸭儿就会一一露出水面。

我曾经多次问村里那些上了年纪的老人，村里真有这么些宝物？真有村里相传无数代的藏宝图？老人们说，这还用怀疑，没有这些宝，村里修那么多寨堡干什么？没有这些宝，村里人不都走光啦？当年，哪怕日子过得多么惨淡，多么无援无助，大家没有惊慌，没有恐惧，总在心里默默念叨："不怕！山上有寨堡，地下有珍宝！"今天，大家的日子都好过啦，村里在外面打工就算挣了太多的钱，他们也不会离开村庄，也会回到村庄，大家有共同的宝啊！

按照老人们研究的藏宝图，那些宝物应该能够很容易找到，可是山没有人去挖过，天田没有人去挖过，那棵崖柏也没有人去取过。老人们说宝物要留给后人，于是就这么一代代留了下来，我们的村庄就这样一代代茂盛起来。

我架好相机给老人们照相，老人们没有衰老的失落，没有穷苦的遗憾，村里有张藏宝图，好日子在后头。

我好像真的看见了那张藏宝图。

乡村全新的庄稼时代已经到来！

很长的乡村时光格上，玉米、高粱、水稻收获的时节，乡亲们总会在田边地角支起一个茅草棚，说是照看庄稼，其实在乡村几千年的时光格上，乡村从没有发生过偷庄稼的事情，和庄稼地睡在一起，看着庄稼成熟，心里格外踏实，看着比等着踏实。

今天乡村早见不到那些茅草棚。村里人领着我去李子园摘李子，想摘哪颗就摘哪颗。去看那漫坡的洋芋地，乡亲们说就算在大集体，也没有见过这么宽广的洋芋地，洋芋花开，每一株洋芋都是微笑的样子。村庄海海漫漫的坡地都是微笑的样子。明前茶的采茶季节已经过去，我无法亲手在自己的土地上采摘到茶香，茶香在递上来的茶杯中。村里的茶叶、蜂蜜、洋芋、槐花等等大地上新的庄稼，都有一个自己的商标：山后马槽。

乡村工厂，这样的词语油然而上。

丰衣足食，这样的词语真正来到了乡村，我们和我们远远近近的乡村再次手足无措。

"太阳出来啰嘞，喜洋洋啰啷啰，挑起扁担嗯嗯扯哐扯上山岗啰啷啰……"

歌声响起来，在山岗，在山坡，在田野，在河谷，在心中。

"只要我们啰嘞，多勤快啰啷啰，不愁吃来嗯嗯扯哐扯不愁穿啰啷啰……"

太阳出来喜洋洋，歌声唱响千百年，喜洋洋的梦想唱响千百年，不愁吃不愁穿的梦想唱响千百年，《太阳出来喜洋洋》，一首诞生在我们老家的民歌，走在村庄土地上，我一直在唱着这首歌。

回眸曾经的乡村，走进乡村的田地中，你摘一个瓜，一棵菜，一颗果，不会有人站出来指责你。我每年回到村里，总会开着空间很大的车回去，亲戚朋友在我的车里没有塞满玉米、红苕、洋芋、新米、绿豆和在各个季节出头露面的蔬菜，他们不会罢手。如果我的车足够大，他们会塞给我整个村庄。那些土生土长的宝贝拖到城里，送给城里的朋友，大家异常感动，说土生土长的就是香，这是真心话。

村里不能动的就是乡亲们的地，每家地界上的石头、沟渠、小树，那是神圣的，你要动人家一寸地，那是动人家的祖坟。土地是农民的命根子，这是不容置疑的。农民除了站在大地上的命，还有很多的命，土地在脚下立命，庄稼在土地上续命，牲畜在圈里养命，神在天空佑命。

现在，除了那些水田，田埂还能分出这是谁家谁家的田，村里所有的地没有了地界，仿佛连成了一片地，要能从茶园、槐林、果园、洋芋地中找出自家的田地，那得翻阅村里发黄的账簿。

村里还不能动的就是地上的庄稼，对每一棵庄稼乡亲们都疼到心尖上，风吹倒了一棵庄稼苗，牛羊偷吃了一棵庄稼苗，都割得乡亲们心口疼。按说每一棵庄稼也产不出多少粮食，每一棵庄稼都是乡亲们的儿女，每一棵庄稼都在乎。

故乡，对于大多数人，是用来逃离，继而用来怀念。我们的祖辈不断送孩子读书和参军，那是当年逃离村庄最好的两条路。

我们弟兄一个一个考学离开村庄，母亲在村口一个一个送我们进城，她的面容是高兴的，她的内心是孤独的。作为母亲，她希望儿子们都在身边，那是一个母亲的踏实。作为母亲，她更希望儿子们走出村庄，去过一种不同于祖辈们的生活，那是一个母亲的骄傲。

事实上，母亲很希望她最小的儿子能够留在村庄陪伴她，一起守望故乡的家，故乡的根。我最小的弟弟还是考上了大学，到城里参加工作。我回去接弟弟进城，其实更大的期望是接母亲进城。每一个儿子都近乎生气般地回家接母亲进城，母亲最大的理由是要把最小的儿子培养成才，如今所有的儿子都进入那个年代的成才序列，母亲应该可以和我们进城啦！

母亲依然不会收拾自己的行装，不会关上家的大门。理由是她走啦，田地上的庄稼怎么办，田地上的鸡鸭怎么办，最为关键的是她的"花花"怎么办。

"花花"是一只男狗，母亲取名"花花"，母亲生了六个儿子，从骨子里盼望自己有一个女儿。母亲走到哪里，花花跟到哪里，从没有离开半步。母亲煮饭，总会多出一个人的饭，那份饭是花花的。

我们一下找不到劝说母亲的理由，让一个年老的母亲孤独地留在山村，是母亲对儿子们的残忍。

母亲在村庄的那些日子，我们最怕母亲站在大门口望我们的城市，望山梁上那颗秋阳，我们怕看落日、残荷、秋叶……

母亲实在老啦，无力再喂养花花。我们叫人把花花关进堂屋，堂屋留下很多的食物，大门旁边挖了一个小洞。嘱托很多乡亲后，我们悄悄接走母亲……

我们到现在也不敢问我们的乡亲，我们花花的后来……

母亲取来一个大麻袋，在屋后菜园挖了一麻袋土，谁也不敢问。

母亲站在大门口，迟迟不上车。

遵照母亲的要求，母亲在城里的第一顿饭，食材全部是母亲从老家带来的。尽管如此，母亲还是昏昏沉沉地，提不起一点精神，我要去请医生，母亲要我打开大麻袋，取出一把土，泡进开水里，母亲喝下去，居然很快好了起来。

精神状态好起来，母亲走到小区，东看看，西瞅瞅，回来一脸愁云，"这么宽的地方，连一片种菜的地也不留出来！"

母亲在宽敞的客厅走过去走过来，手足无措。

　　我自然懂得母亲的心思，腾空天楼上的东西，把麻袋里的土倒在天楼上，请了几个工人从郊区运来几麻袋土，铺在天楼上，在天楼上铺成一块地，我取名叫"母亲天地"。从五金店买来锄头、镰刀，还有蓑衣和斗笠……

　　把母亲带到天楼上，把锄头交给母亲，给母亲披上蓑衣，戴上斗笠，母亲小孩一般笑开了花，逢人就说："谁说儿子不贴心？"

　　母亲几乎每天都到天楼上，用锄头，用手去侍弄那片天地。母亲说，这还是一片生地，只有把心、汗水融进去，才会成为种菜的熟地。母亲打电话叫乡下的亲戚从老家扛来一麻袋一麻袋的土，说药有药引子，地有地引子，天楼上的天地从生地变成了母亲的熟地……

　　冬季，母亲在她的天地种黄芽白、萝卜、小白菜。冬春之际，母亲的天地长满葱、蒜、菠菜、韭菜、香菜。夏天，天地中结满冬瓜、丝瓜、甜瓜、苦瓜……家里有吃不完的菜，我那栋小洋楼所有人家都有吃不完的菜，母亲成为我们大家的娘。

　　如果说早些年送儿子们读书，照顾生病的爷爷和父亲，艰难地拉着那挂叫"文家"的破车从苦难中走出来，成为母亲人生第一次辉煌。那么，天楼上天地中耕耘几年，就是母亲一生中第二次辉煌。

　　母亲老了，走路显得很吃力，而我们的小洋楼没有电梯。为了母亲，我把房子换成电梯房，但是换不到顶楼，母亲的天地没有啦。母亲开始一直抱怨，我让母亲走到郊区，找了一块地，母亲举起锄头，却无力落下，母亲只好放弃，长叹自己真老啦！

　　母亲病倒了，也许是母亲真的老了，就像村里土地上那些老去的树，必须回归大地。但是我一直以为，一直健康的母亲病倒，是因为心地上那根常青藤枯啦。早些年为了儿子们，尽管爷爷奶奶过早离世，父亲病倒多年，但心地那根藤不能断。后来随我们进城，牵挂"天地"上的土地，牵挂"天地"上的菜园，心地那根藤不会断。没有了对儿子和土地的牵挂，母亲心地上常青藤枯啦！换电梯房，失去"天地"，我感觉是我让母亲病倒的。

　　风烛残年，在医院守候母亲，这成了我最揪心的一个词语。

　　母亲不断给我讲她的梦，事实上母亲的梦就两个主题，一个是老屋偏屋中她的"千年屋"（棺材），说梦见"千年屋"一直在对着她笑；一个是尖峰寺下祖宗坟地，说那里开满了鲜花，结满了野果，父亲一直在那里对着她笑……

我们自然理解母亲的心思，母亲想回到老家，她一生中最担心的事情就是留在城市，最后走向城郊的"高烟囱"（殡仪馆）。城市是儿子们的城市，她是儿子们家的客人，乡村才是她的乡村，她是乡村土地上的一棵树，大树站在乡村土地上，大树躺下也必须在乡村土地上。

老家亲戚们不断来城里探望母亲，给母亲带来那些让她亲切的土地上的事情。有一天，老家来人啦，摆谈中——说到村里哪个哪个又走啦，哪个哪个拼命赶回老家，第二天带着微笑走啦。母亲牵挂着村里每一个人，落叶归根，这是大地上的人们认准的归宿。

老家人突然说到村里那棵大柏树，说大柏树从春天开始树叶一片一片枯黄，五月麦黄时节，大柏树最后一片树叶落下啦！

母亲先是一愣，突然之间张开嘴，但是说不出话来。医生们赶进来，悄悄对我们说："赶快回老家吧！不要让你母亲带着遗憾走。"我们知道，母亲从一进医院就连续不断给她的医生作出过回老家的坚决请求。

击倒母亲的是大柏树最后一片落叶！

遥远的故土，土地的召唤，这是一种无法用科学表述的力量。三个小时的漫长车程，三个小时车上儿子们不断地呼唤，母亲没有睁开一下眼睛。将母亲抬进堂屋，安放在床上，母亲突然睁开眼睛，微微一笑，安详地闭上了！

母亲走了！在她的故土，在她的家屋，魂归故土，落叶归根，根在土地。

最小的曾孙还小，见着母亲的"千年屋"稳稳当当搁放在黄土坑里，他说："我们把祖祖种在地里，是不是会长出很多的祖祖？"

很喜欢这诗意的悲痛，生生之土，归于土地。

村里老人们打开棺材盖："大家再看一眼吧！"

母亲躺在棺材里，棺材放在黄土里，我们跪在风声里。

大雨倾盆而下。

一个村庄的半径有多大

我们村庄的半径有多大？

你问的哪个村庄？

很佩服和感谢那些设计个人履历和个人档案之类表格的人，他们在姓名、性别、年龄、民族、党派等之后绝对会设计一个"出生地"的栏目，让你永远记着自己从哪里来。

知道从哪里来，就会知道往哪里去。

让我们纠结的是，在"出生地"栏目中，我们不知道是该填写"向阳坡"还是该填写"太阳溪"？

这是我们永远的痛。

我们出生在向阳坡，不是时光抹去了我们的村庄，是大地抹去了我们的村庄。自从那几方巨石携带泥石流从坡顶滚下，炊烟袅绕、鸡犬相闻的村庄瞬间被抹去，成为大地上一道巨大的伤疤。没有早些年的地图和地名册，没有那些上年纪人们的指引，今天我们找不到"向阳坡"这个地名，听不到关于"向阳坡"的念叨。

我们成长在太阳溪，万里长江大江截流成就高峡平湖的时候，江水淹没了我们的村庄。面对茫茫的江水，我们已经指不出我们曾经的"太阳溪"在哪方江波之下。

我们问我们和村庄之间的半径，其实是问我们人和村庄的半径，人在哪里，村庄的半径就延伸到哪里，村庄就有多远。

向阳坡，太阳溪，谁是我们的圆心？

我们和故乡的半径该从哪里计算？

1

我们的出生地在离大江很高的高山坡上，土地名叫向阳坡。几十户人家，檐瓦挨着檐瓦，挤暖一样连在一起。每一次改朝换代和政治风雨，都会重新赋予这片土地一个新的村名。远些年代的事不太清楚，近点的比如五十年代叫过跃进村、思源村，六十年代叫过红旗村、战斗村，七十年代叫过艳阳村、泉水村、白蜡村……不管村名怎么个叫法，它的辖区和土地名始终没有改变，上界是乱石嶙峋的山崖，下界是撑在江边高而陡的峭壁。左右没有明显的村界，反正见不着柿子树时，那就是村界。

有一个固定的土地名，却没有一个固定的村名，村史就成了坡史。坡史是上不得书的，从来都是坡上年纪最大的一个老人，他说起早先那会儿怎么样怎么样，坡史就从那里开始。

在村名更替的线索中，很有些带泉、带水的名字，其实坡上没有一眼泉水。太阳从升起一直到落山，芒辉都尽情地泼洒给山坡每一个角落，再常清的泉水也会回到天空云朵之上。因为缺水，坡上绝少种水稻，大多种些玉米、洋芋、高粱之类。孩子们最好的吃食莫过于甜玉米秆和粘在铁锅底的玉米糊锅巴。坡上的大人小孩嘴特宽大，原因是剥甜玉米秆啃生柿子练就的。坡上的大人们胸前总有些伤疤，原因是刮锅底玉米糊锅巴用力过猛，折断锅铲把让玉米糊烫的。

我们吃水就靠天，我们挖了很多的塘坑凼，买了很多的缸盆钵，我们望着天空的云朵，以求充分接纳天赐的甘露。逢上一连几十天不下雨，全村人就举家挑桶端盆地来回三四个小时下江取水，以致那取水的壮景成了远近闻名的风景。（也正是这刻骨铭心的风景让全村人摆脱了后来一场灭顶之灾。）

从向阳坡到长江，那是我们和村庄共同的半径。

我们在山坡上种玉米种洋芋种高粱，我们也在山坡上埋祖先。

我们在山坡上种树，我们也顺手折断祖先坟头的枯枝。

我们挑满一缸水，我们也会舀一瓢水捧给祖先。

我们回屋点亮一盏灯，我们也会在祖先坟前留一盏灯……

城里人去工作叫上班，村里人去工作叫上坡。

坡是阳光最充足的地方，坡是庄稼生长的地方，坡是祖先躺着的地方，坡是黄土最疼人的地方，坡是大地最平缓的地方。

有人曾劝过我们搬迁到有水的江边，却没有一家人离开，一家家屋檐贴在山坡上，就像一群吃草的牛羊，尽管并没有多少吃不完的草。我们划拉着风不调雨不顺的土地，我们甚至在心底小声咒骂着不通人情的天和咒骂着坡上那些瞎了眼睛的祖先，却没有一家在岁月的变迁中移动半步。离开村庄无异于婴儿离开父母，世间的一切景致带来的都是无一例外的迷茫和恐慌。

自己的爹妈生得丑，难道就要找一个生得漂亮的男人女人当爹妈？

村庄在坡上，祖先在坡上，根在坡上，我们熟悉每一块土地的皱纹。

坡上还有一方风景就是满坡的柿子树，贱贱地绿，贱贱地长，就像村里一代又一代子孙。不见有人去栽种、去料理，这些树落地生根，长满了山坡。坡下的村庄不断有人弄些树苗去栽，只见柿子树不见长柿子，从这点上看，上天是公平的。"铜打顶，铁打盖，高挂起，逗人爱"，这首唱柿子的儿歌成了坡上子孙学得最早记得最牢的文化启蒙课本，成为长进心中的幸福的种子。柿熟时节，遍坡铜色。走入向阳坡，沾了玉米糊的嘴边新添上一圈红红的柿汁，空气中注满了热烘烘的甜味——

有了这两方风景，坡上人哪怕长相不太水灵鲜活，也长得膀圆腰粗，声音硬朗，在袅袅的炊烟阳刚的犬吠中，茂盛着一代又一代子孙。如果没有那场灭顶的岩崩之灾，等到后来三峡水库水漫江边陡岩，涨到坡底那片柿子树下，这里定会成为风水宝地。谁知一场百年难遇的旱灾让悬挂在坡顶的几方巨石松动，骨碌碌地滚下来，一下抹去了炊烟和犬吠，抹去了祖先的坟茔，抹去了村名，抹去了地名，在漫天的尘土和树叶之中，弥漫着燕子的惊慌和嘶鸣。

幸运的是，岩崩时，全坡人正浩浩荡荡下江取水……

岩崩的惊雷响过，仰望那一片空白的村庄，我们也如同天空中惊飞的燕子，我们都找不到栖息的屋檐，大地抹去了我们和村庄之间的半径，落地才能生根，我们的根该长在什么地方？

2

搬家吧！没有了家什，没有了米粮，没有了牲畜，所拥有的是几根扁担，几担水桶。向阳坡那一方水土曾养活了一方人，如今那片土坡没有了人，几十年也不见长出一星新绿，一丝兔迹。

究竟是一方水土养一方人，还是一方人养一方水土？

政府同情我们祖祖辈辈都处于干渴之中，把我们几十户人家安置在江边叫太阳溪的村庄。太阳溪蜿蜒流过我们的村庄，是我们的村河。其实我们一直把长江当作是我们的村河，我们住在长江边，仿佛长江就是我们村庄的黄葛树、柿子树、杏子树、柑橘树，在村庄我们总是用树定位我们的方位，现在我们用长江定位我们的方位。

我们插花式地安置在太阳溪每一户人家，成为他们的客人。村里老人告诉我们，我们不是最早的客人。

250年前，湖广填四川。向氏家族中一支共10人，数月艰难撑船行舟，逆水而上到了长江之畔高鱼背，下船步行到黄桷梁，见这里土地肥沃，遍地桔香，推船上岸，埋锅煮饭。向氏老翁在九个女儿忙着煮饭的时候，在黄桷梁上种下一棵黄葛树苗，树落地生根，家落地生根，树苗刚好九枝枝丫。

向氏家族开枝散叶，黄桷梁上的黄葛树也开枝散叶，江风吹拂，江水滋润，九枝树丫向着天空无尽伸展，成为大地上茂盛的九丫黄葛树。想到向氏老翁那九个女儿，大家都喊"九丫黄葛树"，是向氏老翁的九个女儿，也是大地上的九个女儿。

我们是九丫黄葛树的第十枝丫吗？

刚到太阳溪，因为我父亲是医生，是他们最熟悉的人，推选我父亲做生产队长。父亲经常带着我到村里看边界，安排每一家建新家的位置，更为重要的事情是查看别的生产队会不会把锄头伸到我们的地盘。农人对于土地就是寸土必争，我们站在土地上，土地的半径就是收成的半径，土地就是我们的命根子。

父亲巡视他的"领地",其实更多的时候是寻找大地上的中药,父亲是我们那片土地上唯一的医生。父亲的生产队长并没有干很久,大家不看重父亲的生产队长身份,大家更看重父亲的医生身份。生产队长是一个生产队的,医生是大家的,医生没有生产队。

父亲背着药箱,他的半径不再是我们生产队,是整个村庄,甚至更远的地方。

3

独树成林的九丫黄葛树,种子却比蒲公英种子还要细小,飘进风中,沾上鞋底,被啄进鸟儿口中,黄葛树种子不会走路,是风要它走,人要它走,鸟要它走。黄葛树不是村庄最早的树,不是村庄最多的树,却是村庄长得最粗壮、最茂盛、最高大的树,黄葛树的种子落地生根,我们能够看到的是黄葛树干的年轮和年轮显示出的巨大的半径,但是我们看不到黄葛树枝丫的半径,村庄到处都可以见到黄葛树。

仰望九丫黄葛树蓝色的古树名木保护牌,它的编号前六位数字和我们身份证号码上前六位数字一样。

红桔树是不是村庄土地上最早长出的树,没有人去考证过,但红桔树绝对是村庄土地上长得最多的树。红桔在书面语中写作红橘,但是在我们三峡,大家总是写作红桔,大家更看重木字旁后面那个"吉",图一个语言上的吉祥。我们来到村庄的第一天,正是红桔收获的季节,村庄处处红桔飘香,看上去就像向阳坡上红红的柿子,给了我们空落落的心中无限的温暖。

这里没有柿子树的民谣,这里是红桔的民谣:

大禹治水苦,巨礽斧凿痕。
神女赐红桔,奖赏三峡人。
福星碧树挂,惠泽千万年。

327

在三峡人一代一代传承中,红桔是天上的星星,是神女赐给三峡人的仙果。红桔古称"丹桔","大红袍"是皇家给太阳溪红桔的赐名,三峡土地上有古盐道、古茶道,村庄的百步梯其实就是古桔道,那是一条把贡品"大红袍"红桔运到京城的"阆中桔道"。

神话传说中的古红桔有些缥缈,志书上的记载不容怀疑——

《巴县志》记载:"又西为铜罐驿……地饶桔(红桔)柚,家家种之,如种稻也。"

《史记·货殖列传》记载:"……蜀汉江陵千树桔……此其人皆与千户侯等。"蜀汉江陵指的就是今天的三峡库区万州一带。

到了西汉时期,万州红桔"已产甚丰",成为皇家的贡品。因为红桔贸易鼎盛,又因为古老的三峡桔道,朝廷在万州专设"桔官"一职,"桔官"的官邸就在我们太阳溪,收管桔税,上送贡桔。民国《万县乡土志》记载:"汉时桔正丰,故腒忍(辖万县)设桔官,后代无闻,清末渐兴。约1926年境内约有30万株,或以糖蜜之作,桔饼色味较资内尤佳。"

三峡人有四千多年的种植红桔历史。古红桔在三峡大地上落地生根。在太阳溪,在三峡,只要有土,栽上红桔苗,就会长成红桔树,结出红桔。红桔与三峡人民形成了千丝万缕的联系,这种联系超越了农业种植和自然生长,红桔成为村庄最信赖的"庄稼"。种下一片红桔,就是在土地上种上了一方聚宝盆,让三峡人心里格外踏实。

村里上百年的古红桔树很多,那些红色的古树名木保护牌挂在古红桔树上,它们的编号前六位数字和我们身份证号码前六位数字一样。

在村庄,树是我们的亲人,我们都是大地上长高的树。

4

村庄能够称为地理标志的很多,九丫黄葛树,百步梯,巴阳峡。它们都是为了一条古道,为了一条大江。

九丫黄葛树边有一条古道，古道通往江边的巴阳峡，因为黄葛树，那条古道在文人那里叫黄葛古道，在我们村庄叫百步梯，它连接着大江和大地。说是百步梯，其实从江边第一步石梯开始爬到九丫黄葛树，向上的石梯开始变成舒缓的黄土古道，那一坡向上的石梯共365步，不是村里人刻意地筑着石梯。一代一代人从江边往上铺石梯，一梯挨着一梯，一梯顶着一梯，就为垫出上坡的路，没有谁去刻意数过。

我们从坡上来，我们走惯了上坡的路。现在我们来到太阳溪，我们必须要学会走江中的路。

在长江边的村庄，我们太阳溪非常有名，因为我们有九丫黄葛树，那是走过长江路的人遥拜的神树，祈求九丫黄葛树带给一帆风顺。

在漫漫的长江路上，我们村庄旁边的巴阳峡非常有名，那是长江的咽喉。船过我们太阳溪，江面变得狭窄起来。船的两岸，是造型各异、连绵不绝的突兀江岸石。两岸岩石对峙，绝壁险峻，怪石嶙峋，绰约英姿，惊涛拍岸。历史的过往中，千百万年江水荡涤冲刷形成的千姿百态的江岸石，和船工撑竿在江岸石上点出的窝窝凼凼的"纤夫泪"石，构成了巴阳峡两岸特殊的景观，一览无遗的震撼，来之远古，传之未来，一江春水向东流。

巴阳峡险峻狭窄，是川江上以险、窄著称的咽喉之地，巴阳峡的半径是江水和江岸石头的半径，是船舵和礁石的半径，是生与死的半径。

巴阳峡古称"龙盘石"，郦道元《水经注》中"夏没冬出，基亘通渚"，说的就是巴阳峡。"深不过巴阳，险不过洛淇。"枯水月份，长江水位下降，两岸岩石就"浮"出水面。表面上水流看似平缓，而江底多是乱石，汹涌澎湃，暗藏杀机。巴阳峡最深处可达120米，我们的祖先连接几十根长竹竿，深入水中也探不到底。峡谷长约8千米，枯水期最窄处仅60多米，巴阳峡形同一座巨大的"石槽"，江水在石槽中静静流动，水道窄而深，两岸怪石嶙峋，水情变化无常，是长江船夫闻之色变的"单行道"。上下船舶，由航标引导，错时过往。除了晚上，白天的巴阳峡，汽笛不断，船工号子不断。巴阳峡崖壁石刻众多，其中，"善溢巴阳"的题刻格外引人注目。洪水期来临之后，江水漫出峡堤，河面宽度在短时期内即可达700多米。

在漫长的长江时光格上，船到巴阳峡，放下铁锚，纤夫上岸，仰望着峡边九丫黄葛树，祈求行路平安，长长的船队，长长的纤索，左顾右看，小心过峡。今天高峡平湖，巴阳峡沉入江波，船过巴阳峡，大家依然仰望着峡边九丫黄葛树，踏波远去。

附近很多村庄都拿巴阳峡做自己的背景，说自己家在巴阳峡。只要与巴阳峡沾上边，村庄立刻就有了名气有了高度，就有了让人记住的理由，其实他们距离巴阳峡还有很长的江路和旱路。我们太阳溪才是真正在巴阳峡的上方，"巴阳峡"那三个巨大的字就刻在我们村庄面向长江的山崖上，说巴阳峡是我们村庄的峡，一点也不过分。

巴阳峡水深，峡窄，滩险，峡上方水域江面宽阔，水势变缓，是下水船涉险出巴阳峡后停靠栖息的天然良港。这片水域，有一块裸露出水面的石头，有一间房子面积那么大，形状似鸭蛋，浅灰色泽，横卧江中。石头缝隙中还镶嵌着一个滑动的小石头"鸭蛋"，如石狮子口中的石球，摇得动，取不出。这片水域取名"鸭蛋窝"，长江在此形成一大片洄水区域，鱼类聚集，自古就是长江最好的捕鱼江段，也成就了太阳溪祖祖辈辈渔民，大家在不同的时段轮流着驶向鸭蛋窝，在自己的那段时段不管有没有收获，都会主动离开，让另外的渔船驶入鸭蛋窝。

我们从向阳坡上来的人对长江流过家屋门前感到神秘，对长江上打鱼的渔民更是感到神秘，我们几乎每天都到江边看江看船看打鱼看渔民。

渔民在我们心中无比神秘，在村里历史上却是"贱民"，大家都把川江上的船工喊为桡胡子。

老渔王熊人金告诉我们，古时川江上没有今天的大木船，更不用说机动船，都是挖空树干做成独木舟，后来才变成大大小小的柏木帆船，靠划"桡"来行船。胡子是川江对男人的别称，划船的男人当然就是桡胡子。也有叫船拐子、船板凳儿、船拉二、扯船子。桡胡子里面也有很多不同的分工，根据工作岗位，在桡胡子里就有很多分得很清楚工作岗位的称呼：前驾长（撑头）、后驾长、二篙（闲缺、二补篙）、撑竿、提拖（爬梁架）、三桡（抬挽、结尾）、烧火（杂工）、号子、头纤（水划子）、桡工（纤工）、杠子（岩板）等。

太阳溪呈现给我们的已经没有熊人金讲述中的桡胡子形象啦，我是从村庄语言的河流逆流而上去拜见川江桡胡子：不管寒冬酷暑，身子匍匐着背负长长的纤藤，在"嘿哟、嘿哟"的号子声中艰难前行。桡胡子一会儿上岸，一会儿在船上，时常涉水，衣服打湿后，做活和行走都不便，而且冬天裹着湿衣更冷，也容易生病，他们只好常常赤裸身子。

"船板凳儿不穿裤，当门搭块遮羞布。"这句民谣就是说他们的。

村里的渔民已经没有当年桡胡子的群像，但是酒依然是每个船工的命。熊人金说，在每个桡胡子的家里、船上都放有一个泡着药酒的大瓦罐，从来没有干过。桡胡子什么都可以不要，唯独这个瓦罐不能不要。川江上有两句很悲壮的话：桡胡子是死了还没有埋的人，挖煤的是埋了还没有死的人。桡胡子回到家中，老婆（川江上叫佑客）总会想方设法弄几个下酒菜。几杯酒下肚，红彤彤的脸上泛起水一般的光泽，疲劳和寒气全跑了，那个关于埋关于死的沉重，变成如雷的鼾声……

当桡胡子随着船随着江永远走了，佑客抱起那只大瓦罐，扔进长江，默默地养大儿女。

儿子大了，送到江上当桡胡子。

女儿大了，嫁给桡胡子……

这是历史上的渔民，在我们太阳溪，渔民明显比我们一般的村民具有优越感，大集体时候他们拿着比岸上农民高出很多的工分，每天至少能够吃到鱼，有时悄悄藏那么一点私货，也可以换几个烟酒钱。后来包产到户，他们江中有田地，家里有田地，还有柑桔林，那才是真正脚踏两只船的好营生。除了太阳溪原来的渔民，我们从向阳坡上来的人，想去当渔民也不行，不是划着船撒着网在江水中就能够捕到鱼。

我们刚从坡上下到江边，坡上那一套种地的技术在这里几乎派不上特别大用场，村庄很多的田地都种上柑桔树，庄稼不是村庄的主题。村庄不种鱼，江水种鱼。有鱼就会打鱼，就会有渔民。村庄安排人种树，也安排人打鱼，打鱼队伍里没有我们向阳坡上的人。

太阳溪的对面是古老的大周码头，长江赐予我们的鱼总有非常好的销路。

5

我三哥高中毕业回到家中，他不想再和祖辈一样在地里刨食，给生产队长说要去船上，让全队人笑了很久，你以为到船上是歇凉是吹风去啊？三哥就是不下地。生产队长只好问哪个船愿意带他。他知道大家只要都不要他，三哥就会听话。

谁也没有想到村里最德高望重的老渔王熊人金，把渔网往三哥身上一扔："跟我走！"

三哥是向阳坡上第一个走向渔船的人。

每年春节后开捕，老渔王熊人金带领全村人祭过船头菩萨。大家喊着船工号子，划着渔船披红挂彩走向"鸭蛋窝"。

> 白龙滩不算滩，提起桡子使劲扳，
> 千万不要打晃眼，努力闯过这一关。
> 扳倒起，使劲扳，要把龙角来扳弯，
> 一声号子我一身汗，一声号子我一身胆。
> 龙虎滩不算滩，我们力量大如天，
> 要将猛虎牙扳掉，要把龙角来扳弯……

更多的时候，从江上喊起的号子不是闯峡谷的号子，而是打鱼人过日子的回味——

> "喜洋洋闹洋洋，江城有个孙二娘。
> 膝下无儿单有女，端端是个好姑娘。
> 少爷公子他不爱，心中只有拉船郎……"
> "脚蹬石头手扒沙，弓腰驼背把船拉。
> 穿的衣服像刷把，吃的苞谷掺豆渣。"

船工号子有多高亢，村庄就有多高远，船工号子的半径向着天空无尽地延伸。

船的半径是船头到船尾，是船到江岸，是船到炊烟升起的家屋。三哥跟着熊人金学习划船、游泳、水里憋气、看波浪、看鱼情、撒网、收网、捉鱼等等水上的功夫。熊人金也把江上的诸多禁忌告诉三哥，比如渔民出船忌声张，男张网、女划桨。比如大网围捕，齐喊"千斤、万斤！"鸬鹚捕鱼，边打水，边唱"啊哈"渔歌。比如忌外人上船开舱板看鱼货。比如女人不踏船头，走边上岸，以免亵渎船头菩萨。搭渔舟上行不搭女，下行不搭男。比如捕鱼多时忌说"嘎许多"。熊人金总想把自己全身的本领传给三哥。

三哥毕竟读过高中，熊人金的实践经验和书本知识很快融合，没有几个月就成为行家里手。那一身推船划船撒网练就的腱子肉，那一脸让江风让太阳让白酒涂抹的"长江红"，让老渔民惊叹不已，说咱们太阳溪打鱼人有了传人。

也许是机遇，也许是本领，也许就是也许。1983年夏天，熊人金带着三哥在"鸭蛋窝"打鱼。三哥看见江水中一片欢腾的波浪，认准那里一定有鱼群，对准波浪一网下去，感觉渔网沉甸甸的，怎么也拉不动，大声喊着周围的渔船过来帮忙。村里的渔船把渔网围住，合力拉起渔网，网里分明是一条大家从来没有见过的长江中华鲟。大家把中华鲟放到村里最大的机动船上，可惜船上没有那么大的杆秤，6个人合力抬起，大家估计有300多斤。熊人金从船舱拿出一个牌牌，这次的牌牌居然是金的，平时江上打到特别大的鱼，都会在鱼翅膀上挂上一个牌牌放生，表示这条大鱼曾经让人打到过。这次给中华鲟身上挂着的居然是金牌牌，村里人知道船舱里只有一块金牌牌。

不知道那条挂着金牌牌的中华鲟最后游到了哪里，那是我们永远的牵挂。我们和那条中华鲟之间也有了牵挂的半径，那也是我们村庄的鱼。

生产队给我三哥记了300分工分，那是一个社员一天中记录的最高的工分，那也是我三哥在村庄得到的最高分。

三哥自然成为大家口中的新渔王。就在熊人金准备把一条船交给三哥的时候，公社来了征兵的军官，三哥报名了，因为我家的家庭成分，村里不敢签字。接兵的营长到村里调查，听说了三哥打到大鱼的事情，坚决地说，这个兵他们必须带走。

三哥所在的部队是西藏林芝一支炮兵部队，三哥每天都要准确地计算出炮弹飞翔的半径，但是三哥怎么也算不出他和村庄之间的半径。

三哥脸上的长江红变成了高原红。

三哥是村庄第一个走得最远最高的人。

6

我们从向阳坡上来的家庭很快在太阳溪建起了黄土屋，很快学会了如何去料理柑桔树，开始有了更多的人学着三哥一样走向生产队的打鱼船。我们和这片土地上的黄葛树、柑桔树一样落地生根，向着天空伸展。

家屋和桔林，家屋和渔船，家屋和长江，家屋和码头，那是我们每一个人在村庄的半径。

牛绳子的长短，山林的宽度，放牛人的呵斥，那是村庄牛们的半径。

鸡们的半径几乎在家屋四周点头哈腰，没有了家屋，没有了炊烟，鸡们就无所适从，不知道自己该走咋样的半径。

村庄碾盘的半径不足两米，石头碾滚在玉米、大豆、稻谷、高粱上碾压，碾滚走不远，粮食走得很远。后来村庄石头碾滚下再没有人送去粮食的时候，青苔捆住了碾滚，青草铺满了碾盘，碾盘转不出自己的半径。

万里长江，漫漫阆中桔道，江路，古道，村庄除了打鱼人，还有一群背二哥，他们也在大地的碾盘上转动着，在没有公路没有汽车的漫长时光格上，他们用肩膀用脚步把村庄的柑桔背出去，把外面的世界背回来，他们是村庄走路最多的人。

我是在先辈们语言的河流上见过这么一群在路上的人：背上背架，他们是背二。横起扁担，他们就是挑二。扛上木杠，他们是抬二。他们是村庄的跋涉者，守望者，他们丈量着村庄的半径有多大。

有了汽车，有了公路，背二哥的背二歌远去，他们总是围绕在古道上一方叫"天书"的地方。那是一块巨大的石板，石板上刻着密密麻麻像字又不像字的符号，公路畅通，道路上没有他们的活计后，我们村里的老背二哥们每天都会围在天书边，当年在路上没有时间读懂，现在有时间了就想读明白这些石板上的文字。

在天书石板上，我至今也读不懂那些文字，是天地的密码？是古道的密码？是祖先们的密码？那依旧是神秘的天书！

抬山号子嘛哦哦吼嘿——

哦哦吼嘿——

震天地嘛哦哦吼嘿——

哦哦吼嘿——

不怕风儿嘛哦哦吼嘿——

哦哦吼嘿——

不怕雨儿嘛哦哦吼嘿……

老背二哥们研究之余，总会唱着背二歌，或者高喊抬山号子，回味着那些在路上的岁月。听着抬山号子，踏着掀天撼地的旋律，伴着清清的溪水，那是村庄永远的力量……

我们总是悄悄坐在他们身后，才知道老人们研究的还真是一件大事——说天书是村里的藏宝图，说是祖祖辈辈传下来的，太阳溪山上有一对金佛，巴阳峡下面有一挂金钟，"鸭蛋窝"水下有成群的金鱼……

老人除去吃饭睡觉照看孙子，剩下的时间他们都在这里研究，村庄有多少年，那张藏宝图就研究了多少年。我们问真的有这张图。大人们说应该有吧，要不他们会研究这么多年，要不太阳溪的人不都走光了。除了当兵考学离开乡村或者生病长眠他乡，村里在外打工就算挣了很多很多钱，他们也不会离开乡村，都要回到村里来，村里有张藏宝图啊！

其实按照老人们研究的藏宝图，那些宝物应该能够很容易找到，可是山没有人去挖过，江水没有人去潜过，说宝物要留给后人，于是就这么一代代留了下来，太阳溪就这样一代代茂盛起来。

村庄就是一方大碾盘，我们都是时光中的碾滚。

7

洗澡有长江的江水，纳凉有高大的黄葛树，吃饭有一方方肥沃的稻田。应该说，这里绝对比向阳坡上幸福多了。可是在向阳坡上做梦常梦见汪汪清泉、白花花的大米，在这里做梦却总是梦见冒烟的喉嗓、枯萎的花草——我们对苦难和痛苦的留恋，绝对更甚于幸福和欢乐。

我们在江边播种，肥沃的土地、清清的江水给了我们从没有过的收获。每次干活累了，我们会直起腰，仰望高处的山坡，我们的祖先在坡上，我们的根在坡上。晚上，我们在星空下剥玉米、刨土豆、剥大豆。父亲说，天上是星星，玉米、土豆、大豆是星星，人死后，在宽广的大地上，坟墓也是另外的一群星星，望着高处空白的向阳坡，天上的星星闪烁，地上的星星晶莹，可是，我们却再也望不见坡上的星星。

大概是命中注定我们一生中有抹不去的搬家情结，新的家园还没有建好，分给我们的田地来不及去摸透品性，三峡工程隆隆的开工礼炮宣告我们又将搬家，我们要就地后靠搬到村庄更高的地方，一个村庄集体走向更高的地方集体走向政府安排的外迁地，这是我们村庄第二次集体搬家。

江水淹没了村庄，淹没不了村庄的地名，我们把太阳溪的地名带到江水的高处，水涨村高，我们的村庄长高啦！

我们挑满最后一缸水。

我们点燃最后一缕炊烟。

我们最后象征意义地锁上家门。

黑狗对着空村依恋地呜咽……

仰望向阳坡，跪拜太阳溪，我们摆上最后一炷香最后一根烛最后一刀纸，我们望不见祖先的牌位和坟茔，我们只能对着地名喊着地名，喊着祖先的名字，喊着祖先和我们一起上路。

血脉相连的祖先，血脉相连的地名，明天，香飘何处？烛照何方？

离开将要沉入江水中的村庄，哪怕只是一束茅草都是那样的宝贵。我们把一切能够拿走的，统统装上车，牛驴猪羊鸡，锅碗瓢盆桶，一样都不能少。恨不得有一张巨大的包袱，能够把村庄包上带走。只可惜土地拿不走，地名拿不走，很多都无法拿走。

离开向阳坡，我们背不走的，我们最想背的，就是井！

村里德高望重的风水先生赶来一只大鹅，让大鹅把村里的风水聚赶到村庄高处，我们跟在大鹅后面，唯恐落下一处风水。

再跪一次向阳坡！再跪一次那些要沉入江水中的黄葛树、桔树、水井！

那是娘不记得我们生日却有人给记着的地方。

那是娘没有奶水却有人给我们奶喝的地方。

那是让我们加倍感到温馨也加倍感受凄凉的地方。

那是我们每走一步路每见一个人心都要动一动的地方……

再喊一声向阳坡！再喊一声太阳溪！几年后，几十年后，几百年后，当我们从异地漂泊归来，我们指着浩渺的波涛，我们不知道我们的故乡在哪里，但是我们还能够喊出故乡的地名，因为我们知道我们的故乡是哪里！

自古文人墨客达官显贵怀念家乡，老百姓埋骨桑梓。在我们老家有一个很公认的说法，夜深人静的时候，突然听到开门声音，突然听到狗叫声音，突然听到灶台井台传出声音，那是远行人的魂回家啦，在寻找自己的足迹，在寻找回家的路。

我想只有那个时候，我们才能够说清楚我们和村庄之间的半径有多大。

不要问我从哪里来！

8

好在九丫黄葛树没有被江水淹没，仰望九丫黄葛树，俯瞰江边红桔树，树在向上生长，人也在向上生长，从这个景象想开去，我们何尝不是向上生长的树。九丫黄葛树没有挪过，红桔树挪过，我们也挪过。俗语说，人挪活，树挪死。这句话在故乡被完全颠覆，高峡平湖，水涨村高，我们有了另外一个热泪盈眶的名字：三峡移民。

人要走，树也要走，落地生根是这片土地上最大的词语。

一天天上涨的江水淹没了家园、桔园。家园、桔园就近后靠，从江边肥沃的平坝搬上高坡，高坡上长出了炊烟，高坡上长出了桔园。

我们对待每一棵桔树就像对待我们的孩子一样。桔树在大地上，坡上坡下，田埂两边，大路两旁，桔树长在不同的地方，桔子的口感味道就会不一样。就像我们同是母亲的孩子，吃着同一口奶，吃着同一锅饭，我们长大后走的方向就是不一样。我们的父辈能够根据地域阳光的不同，选择给桔树施什么肥，怎样打枝。给桔树喂红糖粥是照料桔树最走心最奢侈也最有效的办法。村庄家家都有一口大锅，不是为我们煮饭，是为红桔熬红糖粥，红糖粥喂养出的桔树桔子特别红特别甜。

魂牵梦绕的故园沉入江波，高坡上是新屋是新树，一切都是新的。

走进今天的太阳溪，四月桔花盛开，天地之间，大江之畔，白茫茫一片，一江白，一坡白，一山白，空气中飘荡着浓郁的桔香。

从金秋时节到阳春三月，红桔熟啦，三峡尽展平湖红，大街小巷桔飘香，桔树上挂满通红通红的桔子，空气中弥漫着浓郁的桔香，那是秋冬点亮的小桔灯，那是秋冬温暖的大红的笑容。一江红，一坡红，一山红。我们用背篓把桔树上的红桔装进，摆满桔园中的桔道，就像一条条红彤彤的小河在桔林流淌，那是太阳溪最红最饱满的季节。

人不辜负大地，大地就不会辜负人。

9

也许是九丫黄葛树下的子孙血脉里就有远赴他乡的宿命。上涨的江水淹没了我们最好最平最肥沃的田地和桔林。土地的减少，让这片土地再也承受不住更多的人。和我们的祖先一样，外迁他乡是必然的选择。在政府引导下，我们太阳溪就有 588 个人要远赴上海崇明岛、江苏南通、重庆璧山等地，给了一生第二个村庄。

跪拜巴阳峡，跪拜太阳溪……

告别故土，带不走的东西太多，但是手上总少不了捧上一棵黄葛树苗，人在哪里，心在哪里，根就在哪里，路就在哪里。

离别情，离别情，离别之时难舍分。
土生土长几代人，乡里乡亲几十春。
为了三峡大移民，幸福生活起航程。
我们愉快离，我们愉快分。

我们在三峡移民纪念馆读到了这样一首《离别情》，作者就是我们村的外迁移民魏太得。魏太得专门在九丫黄葛树荫下挖走一棵小黄葛树苗，捧着黄葛树苗，含泪作出这首《离别情》。

那一年，魏太得 61 岁。

故乡的黄葛树，你们落地生根他乡长得好吗？

10

我们搬到新家园，第二个走得最远的人是旷二娃。

旷二娃是村里唯一一个打得满村跑也不去读书的孩子，从小就放羊，只要一看见羊，他的眼中就有光，就有笑容。在他的眼中，羊永远在微笑。村里安排他种地，他拿着羊鞭，把田地里的庄稼当羊放。村里安排他给桔树修枝，他拿着羊鞭在桔树上赶一通后就回家。村里的姑娘没有一个看上他，请了媒婆把外村的姑娘请到家里，一看他的样子，茶都不喝，扭头就跑。本来移民干部安排他外迁到上海崇明岛，他听说那里有鱼，没有羊，坚决不签字。移民干部从另外一个外迁移民的村里争取了一个外迁新疆的名额，让他格外兴奋，很快就签字，踏上新疆的远路，那里有羊在微笑着等着他。

旷二娃在天山下一个村庄放上了羊，而且很快让一个牧羊姑娘看上，成为村庄走得很远的人，也成为村庄管得最宽的人，他说他管着好几片草原，其中的一片草原就比我们村庄大十多倍。他管着几千只羊，比我们村长管的人还多。

他挥动羊鞭，羊鞭是他舞动的半径。

他放牧羊群，草场是他羊群的半径。

他遥望远方，母亲是他和故乡村庄的半径。

今年三月，我回到村里，村里人告诉我，旷二娃赶着羊转场的时候，遇上雪崩，他和羊群都消失在雪山下。

旷二娃走的那天，他老母亲在菜地割草，突然手让镰刀割了一下，手不疼，心疼。

他母亲把旷二娃的照片和那把镰刀埋进菜地里，人走得再远，心却永远在村庄里，村庄是我们出生的地方，是我们的根，根总要浇水。

//

老渔王熊人金年纪大了，再也无法在江上行走，他们家被列为外迁移民，要离开祖祖辈辈守望的长江波涛声中的渔船，谁也不敢去做他的工作。熊人金自然听到了风声，他主动找到移民干部，说最好安排在有水的地方，听不见水声，他无法睡觉。

熊人金一家被安排到了上海崇明岛，这是移民干部特意的安排。移民干部把他和村里28家人送到崇明岛，给每家指了一幢楼房，一片菜园，房子是做梦也想不到的宽阔，给了他们惊喜。菜园却不足200平方米，给了他们惊吓，这么巴掌大一块地，如何养活一家人啊？后来的生活告诉他们，就这么一块地，种上蔬菜，居然有成百上千的收入，那是老家无法想象的收入。再后来，年轻人让政府安排到工厂、学校、商店打工，比起来最好最稳定的收入还是那巴掌大的菜园。这就是上海。

我理解我们那些到大城市的乡亲们。

在乡村，最踏实的事情就是到地里种庄稼看庄稼，放牛放羊。我问过很多和我一样从村庄考出来参加工作的伙伴，我们坐在办公室，我们站在讲台，我们看着车间流水线，心里总不踏实，总感觉自己在偷懒。这就是乡村的血脉乡村的责任。

熊人金每天都会来到海边，他从内心深处感谢政府给了他这么大一片水，可是自己再也没有力气在海上撒网捕鱼。

熊人金望着大海，他坚信从老家门口流过的长江最后注入的一定是这片大海，他们和老家村庄的半径就是一条江。

12

熊军，小的时候患重度小儿麻痹症，我父亲那样的赤脚医生自然无能为力，送到城里大医院，医生的判断和我父亲一样，断言他今生没有站起来的希望，大家都认为他这一生中就不会再走出村庄。不过医生还是送给了他一句医生最喜欢说的、也是说得最多的话，即要相信科学相信逐渐发达的医学。

熊军偏偏特别相信医生的话。

本来按照他家的地理位置和家庭情况，他家也要外迁到江苏南通。移民部门做通另外一家的工作，把他们家留在了村里。在家人和乡邻的帮助鼓励下，乐观坚强的熊军忍着剧痛不断练习，靠单腿站立了起来。更为奇迹的是，为了战胜自己，熊军爱上了马拉松，成为"蹦"遍大半个中国的马拉松运动员，并被大家亲切地称为"重庆阿甘"。

熊军说："我要带着一颗感恩的心活着，以马拉松般的坚持回报社会。"

后来熊军年龄大了，无法再跑马拉松，不能再把村庄的半径"蹦"到很远，脚不能再"蹦"在马拉松赛场上，心也要在天地之间"蹦"。他利用自己的名声进入 E 万州众创空间，成为一位创业者。专门给太阳溪的柑桔、牛肉干等农产品直播带货，在网络上"蹦"，让全村生产的土货卖出好价钱，让太阳溪"蹦"得很远。

13

我侄儿文台是全村就地后靠新家园第一个考上名牌大学的，那天村里放了很多鞭炮，大家最担心的新家园风水的事情，让侄儿的大学录取通知书吹散啦，这才相信那只大鹅把风水聚赶到了新家园。文台四年大学毕业后考上厦门航空公司飞行员，驾驶着飞机在天空上飞，在世界很多大城市飞，村里人从此开始仰望天空，仰望飞机飞过，他们坚信那上面一定有文台驾驶的大飞机。村里人说，文台是村庄走得最远的人，一下让我们太阳溪扩展到了全世界。

对文台是村庄走得最远的人持反对意见的是侯家老大侯大全。他当年当兵希望走得很远，成为村里九丫黄葛树下谈论的人，结果却安排在隔村庄 200 公里远的梁平空军机场搞地勤，当了四年兵就是不回家看看，觉得脸上无光。2003 年 10 月 15 日，杨利伟坐着神舟五号飞船第一个飞上太空，侯大全当天就赶回太阳溪，在九丫黄葛树下兴奋地给大家说杨利伟是他的战友，他当年在梁平机场维修过他的战机，还和他一起在梁平吃过"梁平烂肥肠"，给他寝室维修过电脑，和他一起照过相，他才是村里走得最远最高的人。

村里人自然很不服气，说杨利伟飞上太空那一天，他们都守在电视机旁边，他们都和杨利伟一起飞上了太空，他们都是村里走得最远最高的人。

侯大全在村庄超市买了足够的酒，再买上村里生产的"冉师傅"牛肉干，大家在九丫黄葛树下喝到月亮升起。

那天晚上，村庄走得特别远。

我们自古叫太阳溪，天空中的溪流，自然流得远，流得高。

地名记着所有的事情。

14

在村庄很长的历史上，一个人生下来，就会在村里一直居住下去，大家一起喝着同样的井水，大家的脸都长得有些相像，感觉我们在一个村庄住久了，脸上也会长锈，和土地上的小麦、稻谷一样黄，和树皮一样黑。我们就渴望走出村庄，去换一张新的脸回来。

我一直认为村庄总有一种什么力量在催动着我们走向远方，去扩大村庄的半径。

是粮食吗？粮食是土地上长出来的。

是土地吗？土地是雨落之后变得柔软的。

只要有种子和阳光，土地就有了母亲般的光辉。土地滋养庄稼，庄稼滋养人，这才有了看远方庄稼和远方人的冲动。其实村庄还有一种力量，祖辈的训示，父母的嘱托，对村庄的叛逆和依恋，对远方的向往。

我们每一个村庄的人所能做的最光宗耀祖的事情，就是把村庄的半径无限放大。村庄的土地半径是固定的，不能固定的是我们村庄人的半径，我们要在任何地方都能够见到我们村庄的亲人，都能听到我们村庄的惊喜。大家称赞一个地方好，可能那个地方的山水是真的好，我们称赞的好更多的是称赞这个村庄的人好。社会上最希望的成就是什么，我们就希望我们村庄的人具有这样的成就。

我们总是不断地在检视我们的家国情怀，这种情怀在我们村庄就精准到了家园情怀。我们站在村庄哪方半径之上？我们在村庄的序列中处于什么位置？我们为村庄做了什么？我们能够让村庄记住我们什么？

"人不出门身不贵"，这是村庄几千年来的俗语。

有一个词叫"衣锦还乡"，世界上最看重你成就的永远是你的村庄。

我们村庄的每一个人也在把村庄努力放小，小到一棵树、一个人、一口井、一条小河、一道曾经的老家味道，让我们的思念有了具体的意向。一砖一瓦，一树一叶，一沟一坡，都能够勾起我们对故乡无限的挂念，那种挂念是刻骨铭心的。

那些年代，走出村庄，走向远方，唯一的方式就是当兵、读书考学、远嫁他乡，当然也会有亲戚要走。"世界那么大，我想去看看。"产生这样念头的金句出现在今天，那时候谁也没有去想过刻意扩大一下村庄的半径，没想过去看看村庄以外的村庄和大地。旅游是一个很老的词语，是一种走向远方的出门方式。很长的时段，那只是村庄人的一个概念，现在却成了我们的生活方式。

世界那么大，必须去看看！

上涨的江水、高峡平湖、水涨村高、畅通的公路……村庄在以看得见的速度变化。现在我每次回到太阳溪，村庄的记忆总会变得模糊，甚至辨不清方向，我就去拜见九丫黄葛树，从那里想开去，村庄模糊的痕迹就渐渐清晰出来。

九丫黄葛树边的古道，如果用放大镜辨认，路上的脚印都会层层叠叠难以计数，无数人在路上走过，我们永远记着九丫黄葛树边的路，记住路就记住了回家，忘记路，意味着对时光对村庄对家园的背叛。

15

村庄不会有千天一律的云朵、千天一律的人和千天一律的风声，云朵让村庄的心思有了高度，我们想云上的天、云上的神，想云下面我们不知道的村庄和场镇，想我们牵挂的人。我们有心思的时候会告诉风声，风声会把我们的心思传得很远。风声总能吹进我们心里，除了关于庄稼、牲畜、人的担忧外，风声吹动树叶，吹动庄稼，吹动炊烟，就会吹动我们的心思，想一些忙碌的时候来不及想的事情，想一些超越眼前超越今天的事情。

村庄的人们陆陆续续降生，陆陆续续走出去。因为古老的红桔，城里的大学在村庄成立古红桔产业学院，开展古红桔产业提质增效、古红桔基因保留、古红桔深加工等全新的改版，延长"桔业链"，做大"桔文化"，红桔酒、桔汁饮料、红桔香精、香皂、唇膏、桔饼、桔皮，从红桔中凤凰涅槃，成为古老土地上长出的全新的"庄稼"。

走出村庄的还有很多，他们都扩大着和村庄的半径。

村庄的碾盘让城市三峡移民纪念馆搬走，一辈子走得最近的碾滚一下走得很远。

村庄九丫黄葛树的种子让鸟儿带走，让外迁他乡的人们带走，那是一个小小的村庄最茂盛的长势。

2020 年长江全面禁渔，村里的渔船全部上岸，政府在村庄新建的"小桔灯"生态文旅公园，以冰心老人的《小桔灯》为意象。曾经在江上的渔船在公园里被改造成一艘艘漂亮的船屋，接待天南海北的客人。船屋下不是长江的波涛，是厚实的大地，那是村庄最走俏的"旅馆"。只是村庄很难再听到翻江倒海的船工号子，那些回荡在村庄上空的船工号子已经属于一种等待消失的时间余韵。这种等待的消失在我们村庄很多，譬如三峡背二歌，譬如三峡哭嫁歌，譬如三峡盘歌。这些号子和歌声的每个尾音都有足够的长度和回响，尽管我们血脉中流淌着这些声音，但是最后的消失只是时间恩赐的半径。

住进船屋，船的根不在江上，在大地上，船在大地上落地生根。

村里在太阳溪流进长江的地方建立了一个小小的水电站，清清的太阳溪变成温暖的电力之光，把电并入国家电网，太阳溪的水声走得最远，走到了我们能够想到的所有的远方。

太阳溪的水是清的，太阳溪的光是金黄的吗？

每到过年过节的时候，天南海北的太阳溪人都会开着车匆匆忙忙赶回村庄，汽车里程表上的数据各不相同，那是我们和村庄之间的半径吗？那是路上的距离，没有什么东西能够数清楚我们和村庄心里的距离。我们总把生长我们的地方喊作家园，其实在我们心目中，总是表达为家圆。我们的村庄就是一个圆，我们每一个人都在这个圆的某一处半径之上，没有谁能够告诉我们和村庄精确的半径，村庄永远在那里，我们成就了村庄的圆满，我们能够说我们会永远在哪里吗？

牵挂和村庄之间的半径，哪怕你走到天涯海角，我们都记得住回家的路。

村庄的村字，一个木，一个寸，是用木条一寸寸量出的村庄吗？是用脚一

河
生

步步走出的村庄吗？

　　所以，我们要问一个村庄的半径究竟有多大，不要去问树，不要去问岩，要去问风，问河，问人。

停下来看一群蚂蚁

1

村庄里庄稼地多，山林比庄稼地更多，大人们往庄稼地走，我往山林走，我放着一群羊。说是一群羊，其实就五只羊，羊妈妈和她连续三年生出的四个孩子。

山林多，我们的羊从来不会担心吃的问题，让羊走向哪方山林，是我每天早晨很纠结的事情。妈妈不走亲戚的日子，花花跟着我，花花照看着我，这是它在妈妈面前蹲着接受的指令，我照看着羊。

花花是一条狗。

让花花在前面领路，花花走向哪片山林，我们就走向哪片山林。

花花总会带我们走向老鹰岩下的山林，那里有羊特别喜欢吃的蚂蚁草、鸡窝草、嫩嫩的山茅草，那里有我山里的朋友——蚂蚁。花花喜欢追逐那里的野兔，那片山林野兔很多，时不时出来在我们眼前晃，让花花兴奋地在山林里追逐，事实上花花从没有追上过一只野兔，这不是花花跑得不够快，我感觉花花在逗那些野兔玩。花花和妈妈走亲戚到很远地方的时候，我和羊群总望不见一只野兔出来。

有花花带路，我一年大部分时间在老鹰岩下放羊，除非花花早上闻到去老鹰岩的路上走过另外的羊群，羊群混在一起会打架，不同群的蚂蚁混在一起会打架，我们小伙伴混在一起也会打架。

2

高高的老鹰岩，有了鹰的飞翔姿态就有了生命，只是这只硕大的老鹰并没有飞走，永远保持一种飞翔的姿态，让我们觉得它下一秒就会飞起来。老鹰岩下面是一方巨大的山洞，自然叫老鹰洞。山洞里有一方水潭，清泉从洞顶上叮咚流下，总不见水潭满过，据说水潭连着山林下的小河。除了那方水潭，山洞中其他地方非常干燥。山洞中陆续有很多人家住过，住到村里修好自家的房子，才会从山洞中搬出去。老鹰洞就是那些年代村庄里的公租房或者过渡房，村里人说那也是我们村庄的窝。

老鹰洞外面有几块地，是当年的山林开垦出来的，有人家住的时候，那是菜地，没有人家住的时候，种些玉米高粱，那片地在村里没有登记。

地的下面是一排竹林，竹林下面是长着大片蚂蚁草、鸡窝草、山茅草的草场，竹林成了竹栅栏，挡着草场和庄稼地。

草场下面是一方乱石丛林，那些巨大的石头显然是从老鹰岩上垮塌下来的，估计是老鹰想飞翔时掀动了巨石，老鹰就不敢再飞，安分下来。巨石上长着草，长着树。巨石交错之下总会形成一些石洞，遮风挡雨。

那里成了蚂蚁的家。

石林下面本来是大片森林，长着挺拔的松树、柏树，村里人不断在那里砍树，把森林砍成了草场。

森林下面有一条小河，听说河水很清，听说河水中鱼儿特别多，但是大人们绝对不会同意我们穿过那片森林。

有竹林挡着，有花花看着，羊们在草场吃草，我有足够多的时间走进蚂蚁的家。

3

　　这里住着村庄常见到的黑蚂蚁。石林上面长着蚂蚁草，那不是蚂蚁吃的草，取名蚂蚁草更多的理由是那些叶片很像肚子长得特别夸张的蚂蚁。蚂蚁们在草丛中忙碌，在树枝上奔跑，有单独一只蚂蚁出来侦察食物信息，有三五只蚂蚁一队巡逻食物，更多的时候是一群蚂蚁共同搬运一片树叶、一只昆虫、一粒粮食，慢慢走向石林下面的家。

　　我不知道蚂蚁们是否看见我在看它们，如果知道，我绝对是它们眼中的庞然大物。事实上，大地上任何事物在蚂蚁面前都是绝对的庞然大物，但是它们并没有被吓倒。如果真被吓倒，大地上就没有一只蚂蚁啦！它们知道自己渺小，但从不畏惧自己渺小，对于大地上所有庞然大物，它们躲不过来，干脆迎头面对。"不以物喜，不以己悲，居庙堂之高则忧其民，处江湖之远则忧其君。"它们永远没有走进庙堂之高的时候，它们已经处于江湖之远，绝对是最微末的江湖，它们不敢忧，不能忧，不想忧，在大地上生长，无忧无虑，无欲无求。

　　一只蚂蚁总会让我们觉得微不足道，一群蚂蚁就会让我们肃然起敬。我在山上放羊的时候还不知道，甚至如花花追逐野兔一般戏玩过它们。当我读了更多的书，走了更多的地方，我才知道这几句话的分量——

　　　　一种动物，真正统治地球的是蚂蚁，大约一百兆只。
　　　　地球上蚂蚁吃掉的肉的总量超过所有狮子、老虎、狼加起来的肉的总和。
　　　　地球上每有一个人，就有 14000 只蚂蚁，蚂蚁超过人类的总重量。

　　幸好我在山上放羊的时候不知道这些！
　　羊在山林吃草，不需要我放牧，我更多的时候是在放牧这群蚂蚁。

摘来几片嫩叶，让蚂蚁搬回家。

捉来一只青虫，让蚂蚁运回家。

带来玉米面饼子，蚂蚁们无法搬运，一口一口把玉米面饼子咬成颗粒运回家。

我总有这样一种感觉，自己牵着一群蚂蚁，其实我身后牵着的是羊。

4

一只螃蟹闯入它们的家园，一只蚂蚁看见了，很快走来一群蚂蚁，它们围着螃蟹，在草地上就像围成一团墨，成为一幅蟹蚁对峙图。面对山一般高大的螃蟹，蚂蚁们无从下口，螃蟹一个快跑，就扔掉了身上的蚂蚁。蚂蚁没有放弃，被扔掉了又围上去，围了几次突然发现螃蟹没有先前的气势汹汹啦，慢慢变得虚弱，我看见蚂蚁从蟹脚的关键软肋处、眼睛里钻进蟹壳，蚂蚁绝对的聪明。怪不得后来知道蚂蚁是地球上吃肉最多的动物，它们的确吃出了经验。没过一会儿，这只威武的螃蟹就剩下一只空空的蟹壳。

山林中空空的蟹壳很多，山林下面有条暗河。

一群麦粒般大的蚂蚁，面对一只庞大的螃蟹，这明显是以卵击石。在我们人类看来，要制订这样一个夺食计划，必须得到很多的支持响应，必须得作出相应的规划预案，向一只螃蟹挑战，谁发出这个指令，这个指令怎样传达到成千上万的每一只蚂蚁，它们没有手机，没有电话，没有冲锋号，没有大喇叭，没有微信群。一只巨大的螃蟹走进自己的领地，不需要发动，不需要讨论，保卫家园就是动力，团队协作就是战术。

在山林我经常见识一群蚂蚁的力量，也经常见识一只蚂蚁的力量。长大后的知识告诉我们，一只蚂蚁可以支撑高于自己体重五倍的重量，这是我们人类无法达到的境界，哪怕久练成钢的举重运动员。

我在家中见到一只蚂蚁拖着一粒比自身大好几倍的谷粒攀爬门槛走向门外的洞穴。努力一次，失败一次，每一次都从门槛上跌下来，第99次掉地，依然毫不气馁地拖起谷粒走向门槛。当我用一种复杂的心情预测它第 100 次失败的情景时，这次，它居然奇迹般爬过门槛。

那一刻，我突然感觉我很渺小很无力。

5

我怀念我的放羊生活，其实是怀念我放蚂蚁的生活。我在山林中放羊，我也在山林中放蚂蚁。教会了我看天、听地、望风、躲雨，更为重要的是让我走进一群蚂蚁，那些蚂蚁如同一枚枚文字，给我无尽的遐想，我大脑中最先的故事就是蚂蚁的故事，我给村庄的蚂蚁编了很多的故事，在蚂蚁故事的天空我纵横驰骋，天马行空。今天很多父母向我打听成为作家的秘密，我告诉他们的经常只有两句话，给他一群羊，给他一方山坡。今天很多的孩子缺少大自然这门最重要的课堂。我们给了孩子我们所能想到的一切，但是我们总忘记把最重要的东西给孩子们。

蚂蚁和我们见到的蜜蜂很相似，有着分工明确的组织系统，工蚁就为集体服务，就为狩猎和保卫，它们保护着蚁后。地上奔波忙碌的是工蚁，我们很难见到蚁后，如果你的心思不那么宏大，看着工蚁和蚁后总有奴隶和奴隶主的感觉，一大群工蚁心甘情愿地养活一小群蚁后，而且是那么臣服。走进蚂蚁的世界，你会发现这里没有剥削，没有不公平，它们就是分工不同，没有高层和底层的区别。在我们人类，处于底层的人可以通过读书通过努力甚至通过反抗成就高贵，人的命运变化谁也无法预测，无法一眼看到，人有复杂的心思是很正常的。蚂蚁世界则不同，工蚁再怎么努力再怎么付出也不会成为蚁后，为集体服务就是它们的工作，也许大自然会赐予它们不同的遭遇、环境和美食，但是永远不会有身份改变的奇迹，是可以一眼看到底的蚁生，这就给了工蚁专注的单纯的幸福的一生。

蚂蚁们对生活的所求总是有自己的度，没有贪婪，没有欲求，它们在大地上寻找食物，总是寻找适合自身的米粒、植物的种子、树叶和濒临死亡的小虫，从不占有赖以活命之外的东西，从不去觊觎农人的谷仓，谁见过它们拖着鲍鱼、拖着金粒在大地上招摇过市？谁见过蚂蚁洞里塞满了粮食？

我们读过德国作家莱辛的寓言故事《土拨鼠和蚂蚁》，故事里面说："一只土拨鼠嘲笑蚂蚁说：'你们真可怜，一整个夏天忙忙碌碌，只搜集到很少的食物，你们该去看看我的储藏！'蚂蚁说：'是的，你储藏的食物的确比你所需的多很多，那么，当人们把你挖出来，就会清空你的粮仓……'"

蚂蚁们在地球上生活了一亿年，是地球上的老资格啦，但是它们对生活总是隐忍、沉默和顺从，有所得有所不得，每天匆匆忙忙在大地上爬行，在洞口守卫，绝对的脸朝黄土背朝天，这个劳作的影像就是我们村庄的农人，大家都在大地上耕耘。

我们人也可以单纯一些！

6

一两只蚂蚁在大地上爬行，那从容，那姿态，很有些国画意境。事实上国画中专门画蚂蚁的人很少，画虾、画蝌蚪的很多，它们都比蚂蚁大，但是它们不能在大地上爬行。就像我们眼前经常出现的蚂蚁，没有风雨，没有食物信息的时候，它们总是不慌不忙，不紧不慢，或者是散步，或者是打探食物的消息，或者什么也不是。

一群蚂蚁在大地上排着队伍，在洞穴中躲风躲雨，就没有了国画的意境，蚂蚁从没有想过生活的画面，只想过生活的全面。

风来啦，风吹动草，风吹动树，风吹动沙，树叶、枯草、泥沙都在风中，谁也不知道会到哪里去。我觉得风也不知道。

风吹不走蚂蚁。

照我们人类的思路，蚂蚁那么轻，那么渺小，让风卷进去是必然的结局，风中有树叶，风中有枯草，风中有泥沙，风中却看不见蚂蚁，是不是低矮的东西风吹不走？泥沙很低矮啊，还是让风吹走啦。蚂蚁有一双连通天地的天线，雨要来，风要来，它们会在风雨到来之前知道，躲进蚁穴中。蚁穴躲在大地中。风中自然见不到蚂蚁。

我很想知道蚂蚁有一个怎样的家。

雨来啦！蚁穴陷落在雨水里，不是所有的蚁穴都有我们老鹰岩下的安宁，都有大青石罩着。逃亡，向上，蚂蚁没有办法直面风雨，这是它们生活的常态，所以我们在大地上总见到迁徙搬家的蚂蚁长队。在这个世界上，没有一个家是永恒的。蚂蚁信赖家的温暖，但不依赖，蚂蚁在哪里，家就在哪里，哪怕风雨再惨烈，只要蚂蚁在，就有家园在。更为关键的是蚂蚁对天地之间风雨欲来的消息最先得知，蚂蚁搬家，风雨要来，这个消息也会传达到我们人这里。

蚂蚁是天地之间的风雨情报员。

我对蚂蚁的家园有了更急切的向往，它们有一个怎样神秘的家啊？

雨后天晴，大地还有些湿润，蚂蚁暂时不会去想搬家和逃亡的事情，最为关键的理由是，我只有一把镰刀，阳光晒干后的大地非常坚硬，我无法用镰刀去掀开蚂蚁的家。

老鹰岩下的蚂蚁窝，尽管有几方巨石遮风挡雨，但它们的窝依然免不了雨淋，雨淋过的大地变得松软，跟着蚂蚁进出的洞口，用镰刀掀开——

7

曲曲弯弯的通道，四通八达，没有红绿灯，没有交警指挥，蚂蚁们进进出出十分畅通，没有我们人类城市的拥堵。通道两边是大大小小的房间，有很多间食物贮藏室、幼虫室、蛹室、卵室，有很多间诸如休息室、会客室、信息发布室、信息研究室、指挥室，当然也有很多间交配室，感觉就像人类的婚房，还有很多房间我们人类无法命名，显然就是一座繁荣的地下城市。结构之复杂，布局之合理，井然之有序，让我们叹为观止。长大后我拜访过西部很多神秘消失的古城，每见到一座古城，我脑海中总会有蚂蚁窝的景象，感觉这些古城就是放大了的蚂蚁窝，只不过一个在地下，一个在地上，一个是大地当房顶，一个是天空当房顶。

我见到了蚁后，比一般蚂蚁大三四倍，前呼后拥的蚂蚁很多，对权力对母爱的崇拜天地相通，无一例外，无可厚非。

洞穴是蚂蚁的家，是蚂蚁的村庄，是蚂蚁的城堡，甚至可以说是蚂蚁的国家。进进出出的蚂蚁，面对天空飞来的巨大的镰刀，面对握着镰刀的巨人，有突然被我这个外敌入侵的惊慌，但不是人类体育场踩踏事件的那种惊慌，慌而不乱，只是比平常爬行的速度更快一些而已。它们首先转移的是蚁后，然后就是蚁卵、幼蚁，然后才是粮食。粮食没有啦，可以再去找。蚂蚁没有了，那是无法再找回来的，失去一只蚂蚁，就如同我们失去一位亲人，蚂蚁同样有人的理智。

蚁穴里的蚂蚁比我们村庄的人多多啦，甚至超过我们所在的乡，包括后来我走入的城市。我有一个疑问，每只蚂蚁有自己的名字吗？我想一定有，不然谁来指挥它们呢？那么多的蚂蚁用这个那个是喊不过来的。如果每只蚂蚁真有自己的名字，给每只蚂蚁取出不同的名字该是多么困难多么复杂的事情，就算用数字来编号，编到最后一只蚂蚁，那个数字该是多么巨大和惊人，把那串数字喊清楚是很费力的事情。

我一直感觉蚂蚁世界应该有一本比我们人类字典还要厚的字典，才有更多的字词来为每只蚂蚁取出一个不同的名字。如果蚂蚁没有自己的名字，为什么它们迁徙的队伍排列得那么整齐？为什么它们搬动一片大树叶或一只大昆虫或动物尸体的时候没有一点混乱？为什么它们的婚房没有吵闹、斗殴、绯闻？每只蚂蚁在哪个工位，每只蚂蚁在哪个位置，井然有序，显然有人在喊它们的名字，在安排每一只蚂蚁，蚂蚁中的指挥官绝对是伟大的将军！

在蚂蚁的世界，没有阳光，它们在黑暗中爬行，在黑暗中工作，在黑暗中生活，那是一个我们人类无法想象的黑暗世界。在黑暗中它们准确预测天地风霜雨雪，山崩地裂，地火喷发，是那么精准，逃过天地劫难。

我们村庄也有一群生活在黑暗中的人，一是生来就是瞎子的人，一是在大山中煤窑挖煤的人。他们没有蚂蚁在黑暗中练就的慧眼，瞎子总会摔倒，挖煤的人总会让大山埋进大山，他们对人生的下一秒无法预测。

如果抛开迷信之类的标签，村里有个段瞎子，从生下来就看不见东西，但是他偏把人生的一切看得分明，他给村里人算命，给外村人算命，给远远近近慕名而来的人算命，总会给人们一些意想不到的预测，总会让人埋怨段瞎子瞎说，偏偏这种"瞎说"的预测总会在不久的时光格上兑现。

是不是黑暗总能够给人慧眼？

段瞎子的所有关于人生的预测有没有科学依据，无法判断。段瞎子离世多年，我们也无从问到，是不是黑暗的世界里会有一个神秘的声音在告诉他，然后他再告诉我们，但是我们必须相信生活中总有一种神秘之物在愉悦地安排我们的一切，在适合的时间，在适合的地点，在适合的人群。

段瞎子最后走入了真正的黑暗，村里再没有人能够"瞎说"，大家对明天和不幸谁也不知道哪个会先到，村里再没有人去给我们的未来踩点。

我一直在想，如果蚂蚁会说话，它们应该都有段瞎子的神奇，它们会告诉我们更多天地的秘密更多人生的秘密。"黑暗给了我黑色的眼睛，我却用它来寻找光明。"诗人顾城在《一代人》中这样礼赞黑暗，黑暗比光明更光明，不信你去看看蚂蚁的家园。

我们村庄有盖子，那就是天空，很高很远，一半时间明亮，一半时间黑暗。

蚂蚁的村庄也有盖子，那就是大地，很低很低，它们永远在黑暗中。如今我掀开了它们村庄的盖子，给了它们光明，它们开始井然有序地搬家，它们要寻找它们的黑暗，它们踏上了蚁生新的道路——

8

德国作家黑塞说："每条道路都是回家的路，每一步都是诞生，每一步都是死亡，每一座坟墓都是母亲。"

感觉黑塞有点伤感，蚂蚁们没有把灾难看作灾难，就当作是生活中的一场演练。

面对浩浩荡荡、坚定向前的蚂蚁大迁徙队伍，我突然觉得自己很渺小。我们一直把比我们高大的叫树，把比我们矮小的叫树苗，在我们眼中叫树苗的在蚂蚁眼中就是高耸入云的大树，就连小草，在蚂蚁眼中也是大树，它们也许应该叫草树。把自己缩小几万倍，去做一只蚂蚁，去想蚂蚁的蚁生之路，去想蚂蚁的事情，我们会对周围一切充满力量。

我曾经在平整的石板上做过这样一个游戏，倒一摊水，用手指牵出水来形成一个水的围城，捉一只蚂蚁放进水的围城，蚂蚁在水城中拼命地爬动，用非常惊人的速度躲避着水，转着圈。水城的圈越来越小，蚂蚁转得越来越快，当水城的水慢慢淹没所有的空地，就要淹没到蚂蚁的时候，蚂蚁突然一跃，跃上水面，逃命而去，这就是蚂蚁面对绝境的力量。如果水不给蚂蚁最后一击，或许蚂蚁将永远被围困在水城。

绝路就是出路。

每一条道路的尽头，都是另外一条道路。

每一个到达的目的地，都是新的出路。

一生往前看，每一件事都是大事。

一生往后看，每一件事都不是大事。

人的一生从时间的长度上永远在做减法，没有时间允许我们哭天抢地，茫然无措。

时间的灰烬里，遍布着竖起耳朵等待春天的种子。

9

一个人走向我，我听出是全来福，他是村庄捡粪的人，每天背着粪筐在村道上在山林中走，捡牲畜的粪，捡山里动物的粪，滋润他家的土地。他没有儿女，却收养了远远近近好几个让家里人扔下的残疾儿童。大家致敬他的善良，却远离他，因为他身上总散发出一种味。

全来福走向我，我知道他把粪筐放在很远的地方，全来福和村里每一个人说话都会把粪筐放得很远。

"猛子，以后不要去打开蚂蚁窝，那是它们家的房子。在乡村只有最有仇恨的人家才会去掀人家房顶！我们和蚂蚁没有仇恨，它们也是生命！"

我没有想到平时头都不敢伸直的全来福会说出这么深刻的话，让我一下脸红。我连忙解释，我只是很惊奇蚂蚁的家。

全来福并没有再责怪我什么，吩咐我以后在村里玩的时候不要嫌弃他的那些孩子，他们是长错了地方的草，是长不成树的草，但是草也有青翠动人的一生啊！他们来人世一趟更不容易，他们也是村庄的孩子。

听说全来福小时候读过很多书，父母走得早，就没有读下去。

看着全来福的背影，刚才对蚂蚁窝的惊艳变成了愧疚。我没有嫌弃他的孩子，我也没有害这些蚂蚁的心。我会告诉全来福的孩子和村里所有的孩子，往大处想，我们每一个人都是天地之间小小的蚂蚁。

我该怎么告诉大地之上所有的蚂蚁？

我怎样才能和蚂蚁对话和沟通？

我知道只要让一只蚂蚁知道了我的心意，整个山林的蚂蚁，整个村庄的蚂蚁，甚至更远地方的蚂蚁，都会知道。

大地是相通的。

离开村庄，离开山林，我总会停下来看一只蚂蚁，我是有记忆的，我最清晰最深刻的记忆就是我放羊的山林，就是那些陪伴我的一群群蚂蚁。蚂蚁更是有记忆的，大地上的路那么复杂，我们从没有听说过有迷路的蚂蚁，我会告诉它们我的愧疚和致敬，相信我对他们的倾诉，他们会记住。生活中我们经常说一句话："我像捻死一只蚂蚁一样捻死你！"这是我们最爱表达的强大，这是对弱者的淡漠和轻蔑，我们经常拿蚂蚁说事，会不会传到蚂蚁心里，它们告诉蚁子蚁孙——

不要和人类往来！

这种告诫是可怕的！

看不见的时间，看得见的蚂蚁，停下来看一群蚂蚁，不去想那些太过伟大太过辉煌太过遥远的事情，我知道这些蚂蚁不是来自我们的乡村，不是来自我们的童年，蚂蚁有着强大的生命力，蚂蚁不是种子，就算那些有翅膀的蚂蚁，也飞不到我们的城市。从每一群蚂蚁的身上我们看到了乡村，看到了童年，看透了生活，蚂蚁就是乡愁和时间的药引，让生活这服汤药一下活泛起来。

但是，停下来看一群蚂蚁，在今天是需要勇气的，看手机、读微信、看美女、品美食、赴约会的年代，你看一群蚂蚁，一群人会看你。

哪怕这些都不存在，你会停下来看一群蚂蚁吗？

天地之间，我们其实也是一只蚂蚁。

给你一条江

江边孩子生下来，大人们会抱着孩子面朝大江拜祭。

拜江，是江边孩子一生中第一件大事。

"江神爷！我们和孩子给你磕头啦！请收下你的孩子！"

拜江，喊江，孩子，这是天地给我们的一条江。

一个人有一个人的人生，一汪湖有一汪湖的湖生，一棵树有一棵树的树生，一条江有一条江的江生。拜祭在江边，跟着大江走向远方，心就特别敞亮。

江河是长在大地上的一棵大树，这是关于江河最走心最贴切的比喻。作为一个在长江边长大的大江之子，门前的大江从哪里来？这是我们血脉中永远抹不去的悬念和向往。如果说长江是中国大地上最长最大的一棵大树，嘉陵江、岷江、赤水、沱江、乌江、雅砻江、汉江是这棵大树上最长最粗壮的枝丫。我拜问过长江上游的岷江、乌江、雅砻江、赤水。

嘉陵江一直在等着我。

嘉陵江从哪里出发，开始一条江的江生，大地和史书记着。一说陕西省凤县代王山东峪河；一说甘肃省天水市齐寿山西汉水。我不知道该拜问哪方源头。直到 2011 年 11 月，国家水利委员会在西安召开嘉陵江、汉江河源考证会，考证研究的结果，嘉陵江发源于陕西省凤县代王山东峪河。

我们知道嘉陵江从哪里来。

逆流而上，我是在四川省南充跟上了嘉陵江入川的脚步，顺流而下，跟着嘉陵江走向长江，我知道嘉陵江往哪里去——

"嘉陵江色何所似，石黛碧玉相因依。"这是诗圣杜甫笔下的嘉陵江风光。嘉陵江从陇源、秦岭深处踏波而来，在川东北画出上千里弧线，南充人说"嘉陵江把最柔美的身段给了南充"。嘉陵江一路走来，流过城市，流过村庄，大家总用最美好的词语描绘流过家乡的江段，总强调嘉陵江最美的江段在自己家乡，这是心中的河流，这是母亲河。

拜问嘉陵江，从南充出发。

我静静地伫立在江边，这种静，是仰望唐古拉山格拉丹东的静，是仰望珠穆朗玛雪峰的静，是仰望祠堂里祖辈们牌位的静。静静地想自己，想河流。一阵风过，江鸥翻飞，汽笛长鸣。多少次流淌在梦幻里的嘉陵江，如今就在我的身边，就在我的脚下，从三秦大地而来，跨过战国的动荡，见惯汉魏的风云，奔流在唐宋的诗篇中。

"看，百牛渡江！群牛归巢！"慕名而来的游客早已在岸边摩肩接踵，相机、手机、笑声、吆喝在江风中飞扬。我不知道我是不是人群中等待百牛过江的那一个，但是百牛过江的壮景刚好让我赶上。长江三斗坪还没有高筑大坝之前，我在大宁河上就赶上过"白龙过江"的壮景，江水从江上走过去那种赶上千载难逢。走过一条大江，走向对岸，人在走，水在走，风在走，船在走，桥在走，江在走，牛自然也要走。

这是嘉陵江上唯一一个百牛过江的地方，四川南充蓬安县相如镇油房沟村嘉陵江段。嘉陵江流过蓬安县城，江水的冲刷、泥沙的沉积，形成了两个巨大的江中岛屿——太阳岛和月亮岛。暮春到初秋，清晨，数百头水牛分别从嘉陵江岸边成群结队游上岛去，啃食青草。黄昏，牛又下水回游上岸，被称为"百牛渡江"。天地给了牛一条江，给了牛一方草，就给了牛走过一条江的理由。

想想牛，想想我们自己，这也是我们跟着一条江走向远方的理由。

水牛在岛屿上悠闲着它们的悠闲，反刍着它们的反刍，它们并不陌生人间烟火的浸润。据说独自乘船走上岛去，高大健壮的水牛群出现在眼前，你不会有被牛角对话的担忧。大的小的、形态各异的水牛也不会因陌生人造访而惊乱。这是它们和人类共同的大江。抬头和你对视，满眼都是温柔友善，满眼都是微笑。如果它们跟着你过来，你也不必慌张，甚至可以主动向它们靠拢，就像小时候在山坡上放牧的那些牛羊。它们在你的眼里，你也在它们的眼里。上岛的人逐渐多起来，牛和人在青草地上相映成趣。定格，拍照，朋友圈，牛儿摆着自然的造型配合，那种造型真的很牛，分不清谁是主角，谁是配角。

突然见到小牛追着母牛吃奶，少妇怀抱婴儿江边漫步，天地之间，江天一色，人、牛、江水，不分你我。

夕阳西下，头牛一声长眸，水牛们奔着声音和身影，一支浩浩荡荡的水牛大军很快形成，争先恐后冲向嘉陵江对岸，如百米冲刺的选手游弋江中，兴尽而归。

这一幕，刚好让我们赶上。如果你有充足的时间，我们可以天天赶上这幅"百牛渡江"的壮景，这就是嘉陵江。

可惜特别喜欢画牛的画家李可染先生没有看到这一幕。

逐水而居，这是人们不假思索的选择；靠水吃水，城市在嘉陵江滋养下迅速长大。曾经嘉陵江绕城而过，如今嘉陵江穿城而过，城市长大了，江水受苦了，很长的时光格上，人们随意让污水直排入江，随意在江上捕鱼，随意将垃圾倾倒入江，柔美的身段变成柔弱的身段。

嘉陵江病啦！

"小的时候，河水很清澈，我们经常去摸鱼。前些年河水一下臭得不得了，大家宁愿绕道都不想从河边走过。"

回首江事，清和痛是我们的反思。南充市营山县，南门河穿城而过，汇入渠江，最终注入嘉陵江。向河边的老人们问河，清澈是大家共同的记忆，河臭也是大家伤心的记忆。无法开窗，无法看景，无法看河，南门河成为大家口中戏说的"三无之河"。

营山人痛定思痛，向自己宣战，壮士断腕般改造县城 7 个街区、68 个小区，将城市污水全部收集、处理。投入大量资金将所有乡镇污水集中处理，整治河岸，在河边建起滨河公园，不让一滴污水进入河流。

漫步南门河畔，河边杨柳依依，绿草茵茵，散步，跑步，骑自行车，投食白鹭，闲来垂钓，脸上洋溢着从心底发出的笑容，展现出自脚底升起的力量。

南门河回来啦，流进渠江的所有河流都回来啦！

走向西充县城外一处公园，三面山丘合围，绿树，草坪，步道，木椅，秋千。

西充人笑着问我们："这里是什么？"

"这里是公园啊！？"

西充人大笑，显然这不是答案。在南充，这样的问题我们的回答错误很多，沧海桑田的巨变，我们刚好赶上，我们处处赶上。

果然，西充人告诉我们，这下面几年以前埋的全是垃圾，三面山丘刚好围成一个垃圾场，这里成了苍蝇的集散地。

过去，不管是西充，还是南充其他区县，垃圾的处理方式只有一种，填埋。我们机械地填埋，我们看不到垃圾裸露，就以为我们完成了垃圾的处理，总是忽略填埋之后的除臭措施，更为严重的是渗滤液处理设施工艺落后，能力不足，垃圾场的垃圾除了眼不看心不烦，臭味依然，渗滤液积存，新的更大的环境污染无法预测。

嘉陵江流入四川盆地，南充是封面，南充是第一站，是嘉陵江和长江清河、护岸、净水、保水接力赛中的第一棒。巴蜀人能否给下游一条最美最清的江，这是南充人的上游意识、上游责任。

南充人果断收回所有原垃圾填埋场经营权，交国有投资公司负责，分片区建设垃圾焚烧发电厂3座，让垃圾走进火炉，让垃圾发电，曾经在黑暗中躲藏的垃圾凤凰涅槃成为我们夜空的光芒，实现了垃圾资源化处置全覆盖，将垃圾转化为再生资源。同时建成废机油、废铅蓄电池等危险废物收集处置中心5座，建成医疗处置中心3座、污泥处置中心4座，建成川东北第一家大型危险废物综合处置中心，围绕嘉陵江岸线打造十多处城市滨水公园，让"最柔美的身段"水清、岸绿、景美，不让一星垃圾进入河流。

人在高处，江在低处。如今是江在高处，人也在高处，让人类的生命和江的生命共存。

陈志德祖祖辈辈都在嘉陵江上小龙到青居一段捕鱼，江就是他们的庄稼地，只是这片地上的庄稼就是鱼，鱼不是渔民种下的，是江种下的，是大地种下的，渔民只是收庄稼的人，收庄稼的人多了，江种不赢，水长不赢，渔民自然就不会有好的收成。大地要歇气，江也要歇气，鱼也要歇气。对于禁渔，陈志德知道这一天早晚会来，嘉陵江经不住人们的疯狂捕捞，这条种鱼的江要歇气啦。

2019年12月，南充顺庆区正式启动"退捕转产"，早在年初陈志德就和朋友联手开了打捞公司，从最开始的5个人、6艘打捞船，发展到今天25人、13艘打捞船，每天在30公里的嘉陵江上，来回巡逻打捞漂浮物，从"靠江吃江"的渔民成为"江河卫士"，每一天都在保护着自己的"母亲河"。陈志德告诉我们，随着打捞业务的扩大，他向相关部门申请造几艘自动化垃圾打捞船，开展更广阔水域的漂浮物打捞，给下游一江干净的清水。

在嘉陵江边，和清漂人站在一起。定格。微笑。朋友圈。他们也清除了我们心上的漂浮物。

浩波森森，碧蓝清秀，曾经的鱼腥味、污水味、腐臭味、柴油味荡然无存，江清，风清，天清，澄澈之气荡涤人心。

在嘉陵江守望着最后一丝晚霞隐去，大江两岸，灯火次第绽放，横跨大江的大桥在江面上隐约可见。夜空的繁星在水里，水里的月也在摇曳，一江灯火，一江清水。

浔栖江南，一个诗情画意的地名，如果不是清清的渠江，如果不是四川话，如果不是天南海北奔赴广安拜望伟人小平故乡的人群，亭台楼阁，小桥流水，粉墙黛瓦，青石板路，总给我们时空的错觉。

这里真是江南？

广安，广土安辑，广袤的土地因为嘉陵江、渠江而肥沃，也因为这两条江而充满悬念，给江修好路，让江水在自己的水路上走，不在人们的土地上走，那才是真正的广土安辑。广安市大龙镇光明村，一个在江边的村庄，村里每年的收成不是自己说了算，是渠江说了算，是天说了算。在美丽的渠江边，大家的日子却没有一天踏实。

广安区与浙江省湖州市南浔区手牵手，心连心，共同在这里绘制东西部扶贫协作重点对口扶贫合作项目，整治江岸，给渠江修路，让江水在自己的江路上走，给群众一片踏实的庄稼地。四川话中没有"劳动"这样的词语，"劳动"在四川话中就是"活路"。有了江路，就有了群众新的"活路"。江南水乡，巴山蜀水，江南的风和渠江的水对话。不移山，少砍伐，不填塘，不倒房。沙滩荒地变草坪，果树草木美化岸线，景观步道顺应山坡走势，山顶打造网红民宿，绿林中镶嵌星空泡泡屋，遥望星辰，诗意栖居。

走过小桥，遇见流水；走过屋舍，遇见飞鸟。绿色生态的传统村落呼之欲出，不是江南胜似江南，"浔栖江南"，记着地名好回家，架构在中国东部和西部的血脉桥梁，融合西部江河的风骨和东部大海的辽阔。

更难能可贵的是，当"浔栖江南"生态司法修复基地出现后，用法律给生态护航，生活在江上的鱼、鸟，生活在这片土地上的泥猪儿、鱼鳅猫、猪獾、鼬獾等山野朋友，再也不用担心有人猎杀它们。江水、江岸、动物、花草、村落……在"浔栖江南"的旗帜下形成一个有机的整体，写意成一幅宁静而安详的山水画。

"日出江花红胜火，春来江水绿如蓝，能不忆江南？"

柚香时节，走进广安区龙安乡群策村1组龙安柚母本园。100年前，一个叫杜鹏程的老人在外当兵，带回一株柚子树，至今还茂盛在园区内，成为大家拜望的百年柚王树，柚王树开枝散叶，一个人带回一棵树，一棵树带动一个产业，一个产业让渠江两岸柚香世界。

天云山下，渠江两岸，平坝是柚林，山坡是柚林，柚树上挂满金黄的柚子，空气中弥漫着浓郁的柚香，以漫山遍野绿油油的柚海为背景，那是冬日点亮的一盏盏黄灯笼，那是冬日最温暖的笑容。

沿着弯弯曲曲的柚园小道，柚林中随处可见扬着采柚网、背着竹背篓的村民，他们哼着《我望槐花几时开》的调子欢快地采摘柚子，兴奋地指导着兴奋的游客，向葱绿的柚树伸开采柚网，向金黄的柚子伸开采柚网。柚树上的黄灯笼一盏盏汇聚到竹背篼中，柚园中的柚林小道上放满了一串串金黄的背篼，就像阳光下金色的小河在柚林中流淌。

1919年夏天，伟人邓小平从渠江离开故乡广安，实现他广安天下的理想，从此以后再也没有回到过故乡，但是他牵挂着故乡的柚子，经常称赞说广安柚最甜，他从广安柚的香味中去回味故乡的乡味。

柚香广安，柚香渠江，柚香一生。

在园中认领一棵柚树，人走开，树不会走开，心就不会走开。

在广安，我有一棵柚子树。

"千里嘉陵，武胜最长。"这句话，武胜人说了几千年，这是武胜人的底气。武胜，以武取胜，一个很阳刚的县名，嘉陵江流经武胜117公里，县内还有长滩寺河、兴隆河、复兴河、吉安河，还有74条小溪，"一江四河74溪"，山环水绕，"嘉陵明珠"，阳刚的武胜更似江南水乡的秀美。

"千里嘉陵，武胜最美。"这句话，是86万武胜人最近几年庄严宣告的，这也是武胜人的底气。谁不说俺家乡好，美丽的嘉陵江流过的每一座城市，大家都说自己是嘉陵江上最美的城市。英雄的武胜人敢于大气地树标杆，他们感恩天地给他们一条江，让江水更清，让江岸更绿，让村庄更富，让城市更美，只有自己让山川河流服气，才能让江上所有城市对自己服气，对自己仰望，千里嘉陵，武胜敢于最美，就必然最美。

"靠山吃山，靠水吃水。"这是人们心中固存了几千年的生存法则，天地给了武胜人丰富的江河，他们在江河上网箱养鱼，渔船打鱼，在江河岸边养猪、养蚕，让武胜成为著名养鱼大县、捕鱼大县、养猪大县、养蚕大县。当温饱不再成为揪心的事情后，对富裕的渴求，让他们忘记了天地给予的江河，他们关注兜里的钱袋，忽视大地上的水带。各人自扫门前雪，连门前的水也不去多望一眼。污水随意排入江河，垃圾随意丢到江河。后来嘉陵江上建起东西关、桐子壕两座中型电站后，江水自净能力更加脆弱，"千里嘉陵，武胜最臭"，武胜大地上的江河水质一下下降为三类水质，江河上污水东流，垃圾漂浮,"一江四河74溪"成为武胜人最为揪心的痛。

江清保卫战打响啦——

——拆除江河上的网箱养鱼。武胜人以秋风扫落叶的气势做通养鱼人的工作,对每个网箱养鱼补助三千到五千的资金,让他们从江河上拆除,引导他们生产转型,选择陆上合适地方养鱼并完善污水处理设施。武胜所有江河上见不到一处网箱养鱼,江河水面一下清爽。

——渔民上岸。武胜县有劳动力的退捕渔民424人,他们祖祖辈辈就在江上捕鱼。武胜历史悠久的龙舟文化,优美动听的船工号子,传承着武胜渔民历史上的辉煌,武胜人血脉里总有龙舟竞渡的豪气和船工号子的激荡。武胜人最理解这些渔民的心情,县水产渔政局一条船一条船地走访,根据渔民自身情况和所在地条件,一船一策,帮助转产转业,助力渔民告别"水上漂",实现"陆上安",去过上一种不同于祖辈的全新生活。

中心镇狮子口村陈林看着自家几条渔船拉上岸,心里空荡荡的,以前在江上一网下去几百斤鱼,鱼挂在网上满满当当,那是一个渔民的收获。后来尽管一网下去只有几十斤,甚至几斤,但是大江总不会让自己空手回家。水产渔政局和陈林一起想今后新的"活路",帮助他申请政策资金,派出工程师赵江手把手指导他搞养殖业,承包村里51亩水田,发展稻虾综合种养,陈林在岸上找到了自己的"活路"。

走进陈林的养殖基地,和他一起上岸的渔民正在池子里打捞小龙虾,按照品质称重分装。陈林说,这是客户预订的小龙虾,将送到各个餐馆。上岸第一年,他家的养殖场就收获两批小龙虾5000斤,产值近20万元。陈林请我们吃小龙虾,笑着说自己最拿手的是煮嘉陵江鱼,但是养小龙虾让自己发了虾财,比捕鱼强多啦,他将扩大养殖规模,让更多和自己一道上岸的渔民参与进来,江上能够搏风斗浪,岸上就能够战天斗地。

陈林家的墙上我们见到好几根船桨,陈林说是特意从自家船上留下来的。

我们理解一个渔民对江河的感情。

拜问嘉陵江、长江两岸,每座城市都建起了很多污水处理厂,位于广安区滨江东路的广安市污水处理厂还是四川省首座下沉式城市污水处理厂,地下处理污水，地上是公园。沿江的每座工厂配套了污水处理设施，污水处理厂延伸到了乡镇、村落，确保流进江河的都是干净的水。四川、重庆 11 万艘渔船，28 万渔民上岸，每一个渔民在岸上都有自己新的职业和生活，沿江每个市区县都成立了自己的清漂队、护渔队，曾经的"打鱼人"成为今天的"清漂人""护渔人"。

人心改版，江河改版，大地改版。江河之上，我们暂时见不到渔歌唱晚，听不到船工号子，渔民在华丽转身，江河在华丽转身，大地在华丽转身，嘉陵江全流域流入长江的全在二类水质以上。

清清的嘉陵江回来啦！

武胜人在江清上大气魄，在岸绿上更是大手笔——

嘉陵江上没有高筑大坝修建水电站的漫长时光，嘉陵江就像一座没有缰绳的野马，在大地上狂奔乱跳，随时把岸边的树、庄稼、田园、房屋踏在自己波浪之下，除了顽强的芭茅草，嘉陵江消落带上伤痕累累，成为江边长长的疤痕。

庄稼提心吊胆。

家园提心吊胆。

嘉陵江两岸不是一江风景，是一江痛到心底的疤。

嘉陵江上筑起大坝，建起水电站，就像给嘉陵江系上两道缰绳，水涨到哪里，水落到哪里，完全在人们的掌控之中。

让两岸变得更美，让一江清水流淌在大地上的画框中，成为沿江人民最热切的期盼，成为乡村振兴最大的主题——

树是要种的。

看着两岸光秃秃的消落带，就像一个人有一双明亮的眼睛，却没有眼睫毛和眉毛，就像一个人没有了头发。现抽调嘉陵江乡村振兴专班的田昌金，之前的职务是武胜县林业局长。江边无树无绿，他这个局长脸上无光，心中无底，林业局局长必须给嘉陵江造林。

植树造林从绿化嘉陵江开始，这就是武胜人开始的"江绿工程"。

"绿水青山就是金山银山。"这是航标灯，这是行动书。

全县设立县乡村三级林长521名、三级河长427名，最大的中心任务就是植树和护河。每年植树造林重点区域就在嘉陵江两岸。桃树、李树、柑子树要栽，花开两岸。麻竹、柳树、松树、柏树要栽，绿满两岸。短短两年中履行植树义务24.75万人次，完成营造林1400亩，让嘉陵江两岸除了庄稼地之外的消落带上都种上绿树，水岸线、山脊线、天际线都是生机盎然的绿意。

庄稼是要种的。

乡村振兴专班由县上各部门退居二线的15名"一把手"组成，他们对全县嘉陵江流域了如指掌，关键是他们有着巨大的人脉和较高的威望，振臂一呼能够应者云集。专班每月一次例会，由县委副书记、分管农业副县长主持。每季度一次调度会，由县委书记主持。目的就是要把规划出的武胜乡村振兴图落实到大地之上大江之上，哪里出现问题，专班就给它开专课。

武胜人彩绘嘉陵江是前所未有的大手笔。他们在昔日因洪水而抛弃的撂荒地上，因地制宜，因江而谋，种植8000亩彩色油菜、6000亩向日葵、20万亩大雅柑、20000亩黄精等中药材。

绿了江岸，富了群众。

注目嘉陵江两岸，四季鲜花盛开，四季绿树常青，素雅的，浓艳的，高擎的，低伏的，无不轰轰烈烈。

水在哪里，河道就在哪里，嘉陵江河道多次切割变迁，形成西关、礼安、黄石、华封、中心五大河曲，千回百转，九曲回肠。1995年，东西关电站建成，两大河湾连环紧扣，背靠背，一湾为阳鱼，一湾为阴鱼，壮如太极图。

"烟波浩渺之上，绿树密林之间，春夏是彩画，秋冬湖面水天一色，宛如仙境。"村民每天都要到太极湖边散步，过上了城市人的生活，享受乡村慢和从容的时光。

紧邻太极湖的烈面镇高峰村三面环水，坡陡，路远，在东西关修电站之前，沿江而居的村民，汛期不时遭受洪峰过境的困扰，种庄稼看天吃饭，没有过上一天踏实日子。武胜县乡村振兴专班利用惠民帮扶政策，修起柏油路，流转土地种大雅柑，让村庄有了自己的滨江湿地公园，让河畔有了一座座标准化钓鱼池，成为垂钓、休闲、康养、旅游的特色风景区。

顺江而下，因水而兴的千年古镇沿口镇坐拥湖面宽阔、气势恢宏、旖旎妩媚的龙女湖，沿岸层峦叠翠，隽秀而平缓。沿岸群众"种庄稼"也"种风景"，沿口镇成为农旅融合的最美乡村。

武胜人2021年实现了全域公交，下一步将实现全域天然气、全域自来水、全域污水治理。"休闲江湾城，诗画田园乡。"这是武胜人给自己的名片，这一天一定会很早到来。

拜访了武胜一处处美丽的乡村，走上武胜人打造的游艇，我还得去拜问下游的嘉陵江。

武胜江面上最初只有一艘游艇，后来客人实在太多，又打造了七艘，武胜人说还得再增加。千里嘉陵，武胜最美，不是自己在表白，是每一个到过武胜、准备到武胜的人共同的点赞。清风徐来，水波不兴，天蓝蓝，水蓝蓝，江面如镜，再也想不出更精准的比喻。城映水中，村映水中，树映水中，天映水中，白鹭、红嘴鸥追逐看游艇走过的浪花，江水清着它的清，浪着它的浪，蓝着它的蓝，一江清波也荡去了我心中的尘埃和垃圾，让我通体明亮，如一江清水。

在游艇前后，不时有鱼群游动，鱼儿翻飞。同艇的有一位曾经江上的渔民老徐，他上岸后在一家饭店专门做煮鱼的大厨。

2017年全县取缔网箱养鱼，2021年又全面禁渔，祖祖辈辈在江上打鱼养鱼，自己却成了"叛逆者"，告别嘉陵江，走上江岸。他说他每周都要挤出时间来坐一次游艇，几天不见嘉陵江，心里空落落的。他指着让我看远处的鱼群，说这才禁渔两年，江中鱼就这么多，十年之后，江中鱼群该是多么让人惊异的景象。

请老徐给我们喊一段嘉陵江船工号子——

嘉陵江水哟，嗨嗨，悠悠哟，嗨嗨。
连手推船啰，嗨嗨，到河里走，嗨嗨。

龙角山黄葛树，嗨嗨，是又壮又胖，嗨嗨。

财神码头哟，嗨嗨，好热闹哟，嗨嗨。

锅盔凉粉哟，嗨嗨，味道长哟，嗨嗨。

下了船啰，嗨嗨，喝二两哟，嗨嗨……

我从老徐的号子中听出的是欢乐，听不到惊天动地惊心动魄，风平了，浪静了，水清了，嘉陵江船工号子少了昔日的悲壮和苍凉，少了昔日翻江倒海的生命激荡，我听出的就是一种发自内心的欢乐和幸福，就是一种心底的歌唱。

山是一座寨，寨是一座山。

武胜县方家沟村的宝箴塞，那高大威严的寨楼，陡峭险峻的城墙和瞭望四方的哨口，居高临下，一览无余。

走进宝箴塞，地道、暗门、碉楼、炮孔、高墙、粮仓、厨房、戏台、花园、水井……置身其中，却又恍若隔空离世。清澈的水井，远去的戏楼，雕花的窗棂，紧锁的四合院……

宝箴塞里有真实的人生活过，后来各种各样的电视剧或者电影，在此选址拍摄，各种人物和命运抗争，最后都殊途同归，化为大自然的一抔土。那是作家笔下的战争，事实上，这里从没有发生过一场战争，甚至没有一场战斗，守望着村落，守望着嘉陵江，其实守望的就是一个战争的童话。

宝箴塞戏台两边雕刻着两幅版画，用今天的专业术语讲，那应该是天幕背景图，图上左边雕刻着耕渔，右边雕刻着樵读。这是段氏家族修建这座宏大军事要塞的理想，他们实现了主人最初的理想。

如果说宝箴塞守望的是战争的童话，那么合川钓鱼城守望的就是影响世界格局的长达36年的战争。

顺江而下，渠江、涪江和嘉陵江在合川交汇，合川地名由此而来，集结大江大河，地名记着所有的事，地名守望着江河。合川区东城半岛的东北部，钓鱼城遗址控扼三江，自古为"巴蜀要冲"。踏着一字城墙青色的石板，抚摸古代战场的简单兵器投石机，从墙垛口间俯瞰着面前的三江交融口，以及城门口下水军码头遗址，聆听历史的足音，沐浴盛世的阳光，没有了刀光剑影，没有了血雨腥风，大江东去，风和日丽。

抚摸着钓鱼山"独钓中原"几个大字，举目远眺，视野里满目葱郁，良田沃野，古树参天。足下峭壁林立，远处碧波浩荡。走过古城墙，走过将士们浴血奋战的地方，天地给我们一条江，天地给我们一座山，守卫我们的江山，是威武不屈的人心，还是固若金汤的城垣？

钓鱼城下，冬阳暖暖地照着合川赵家渡水生态湿地公园，赵家渡水生态公园坐落于合川城区涪江右岸，起于铜溪镇沙湾河出口，止于涪江三桥，河道治理与水生态保护有机结合，防洪排涝、生态修复、城市景观、休闲游览等多功能集于一体，成为全国首例生态防洪护岸工程，荣获中国水利优质工程"大禹奖"。

湿地这边，花圃竞艳；湿地对岸，城市林立。两两相望，中间江水清澈纯净，白云飘落进梦里。

逆流而上，我们只是拜望嘉陵江的过客，红嘴鸥们也是每年的过客，它们每年冬天都会远离故土，成群结队迁徙到嘉陵江边，在这里过冬。

永远矗立在这里的是大禹石像，目光深邃，看着他的后人们守护大江、花海、草滩、栈桥……

与江水相映成趣的步道上制作了精美的宣传栏，图文并茂地介绍江上的鱼、鸟、花、草、树、船工号子等，一路步道，一路嘉陵江词典，让我们从文字上图片上去认识江上的鸟、江中的鱼、江畔的花，去查阅我们心中的那汪水、那片天空。

"备问嘉陵江水湄，百川东去尔西之。但教清浅源流在，天路朝宗会有期。"这是唐代诗人薛逢给嘉陵江的诗。

南充人，广安人，武胜人，阆中人，合川人，潼南人，北碚人，渝北人，江北人，渝中人，大家一路守望着千里嘉陵江，建立起流域共治网络和江河联合巡河网络，"但教清浅源流在，天路朝宗会有期。"共同为嘉陵江书写盛世之诗，把一江清水送入长江。

河

生

　　沿着嘉陵江一江清水走下去，嘉陵江走到重庆朝天门，一江清水投入长江，长江前方是三峡，三峡前方是大海，大海前方是天空……

　　生生嘉陵江，一江向东流。